Zum Buch:

Die perfekten Geschichten für ein romantisches Weihnachtsfest – mit dem Besten, was die besinnlichste Zeit des Jahres zu bieten hat, und noch viele Überraschungen mehr: gutes Essen, alte Traditionen neu entdeckt, genau die richtigen und genau die falschen Geschenke, ein Weihnachtsmarkt am See, ein Teddybär, der Menschen zusammenbringt, die einander brauchen, ein vom Himmel gefallener Engel, Süßes zum Fest, ein wenig Magie und ein wenig Eis, und die Erfindung des Fahrrads.

Ulrike Renk, Anne Jacobs, Marie Merburg,
Svenja Lassen, Jana Lukas, Beate Maly, Rena Rosenthal,
Petra Schier und Nicole Steyer

Schnee-flocken-momente

HarperCollins

1. Auflage 2022
Originalausgabe

Gesetzt aus der Stempel Garamond
von GGP Media GmbH, Pößneck
Druck und Bindung von GGP Media GmbH, Pößneck
Printed in Germany
ISBN 978-3-365-00110-3
www.harpercollins.de

Klimaneutral
Druckprodukt
ClimatePartner.com/15109-2009-1001

MIX
Papier
FSC FSC® C014496

Inhaltsangabe

Gans mit Füllung

von
Ulrike Renk

Es roch sirupartig, süß und klebrig, nach Sommer und Erdbeeren. Die erstickende Luftlosigkeit des Spätsommers lag über dem Haus und dem Garten wie eine Decke. Ich öffnete die Haustür, trat ein.

»Schön kühl ist es hier, aber auch dunkel«, seufzte meine Schwester Ann. Sie lief zielstrebig in die Küche und öffnete den Kühlschrank.

»Fühl dich wie zu Hause«, sagte ich amüsiert.

»Tu ich ja!«, gab sie lachend zurück. »Wenn ich nach so einem Tag nach Hause komme, begrüße ich mich selbst immer mit einem kalten Drink. Willst du auch einen Gin Tonic?«

»Lieber einen Weißwein mit Eis.« Meine dünne schwarze Jacke flog auf einen der Sessel, die Schuhe kickte ich unter den Tisch. Dann zog ich die Jalousien zur Terrasse hoch und ließ die Markise ausfahren. Hinten im Garten stand die Luft genauso wie vor dem Haus, aber die Büsche und Bäume kühlten etwas – das konnte der Asphalt nicht.

Ann kam zu mir, reichte mir ein Glas, in dem die Eiswürfel klirrten. Ihr Blick folgte meinem zur Ecke zwischen Wohnzimmer und Küche.

»Du hast das Kissen weggeräumt«, sagte sie leise. »Wurde ja auch Zeit. Es ist ein Jahr her …«

»Ich vermisse Sam noch immer. Jedes Mal hat er mich so freudig begrüßt, der ganze Hund hat gewedelt.«

Sam fehlte mir so sehr, dass ich keine Worte dafür fand, und bevor ich wieder zu weinen anfing, trank ich lieber einen großen Schluck Wein.

Ann sah meinen Kummer und nahm mich in den Arm, zum Glück diesmal wortlos.

»Lass uns nach draußen gehen«, schlug ich vor. Der Rasen war nicht gemäht und stand hoch – allerdings duckten sich die Gräser, die schon blühten, unter der Hitze. Als ich das letzte Mal einen Gartentag eingelegt hatte, hatte ich Sams Lieblingsball im Gebüsch gefunden. Ich hatte ihn so weit ich konnte weggeworfen, aber viel Kraft war nicht in dem Wurf gelegen, und so war er irgendwo hinten ins Gras gerollt. Ich würde ihn wiederfinden, sobald ich mähte – und das würde ich wohl irgendwann tun müssen.

Es duftete nach den Rosen, die um die Terrasse rankten. Am süßesten roch der Wildtrieb der weißen Kletterrose mit ihren ungefüllten, ehrlichen Blüten. Ich hätte ihn abschneiden sollen, aber das hatte ich so wenig übers Herz gebracht, wie die Tauben daran zu hindern, im Walnussbaum zu brüten. Der Garten war schläfrig, und die verschiedenen Düfte hingen schwer in der Luft. Aber vor allem roch es süßlich und klebrig nach den Erdbeeren in meiner Küche. Ann hatte sich in die Hollywoodschaukel gesetzt und ihre Füße untergezogen. Auch sie hatte sich von ihren Schuhen getrennt, sobald wir die Wohnung betreten hatten.

»Wieso hast du eigentlich diese Unmengen an Erdbeeren gekauft?«, fragte sie mich. »Das sind doch locker vier Kilo.«

»Es sind sechs. Sie haben mich so verführerisch angeschaut, und ich dachte, es wäre eine gute Idee. Natürlich habe ich mich wieder einmal überschätzt«, gab ich zu.

»Und was machst du nun damit?«

»Erdbeermarmelade. Sirup. Chutney … Mal sehen. Saft vielleicht auch.«

»Und Likör! Liköre sind immer gut. Erdbeer-Limes zum Beispiel. Köstlich. Und man kann ihn so gut verschenken.«

»Marmelade auch.«

Ann wirft mir einen mitleidigen Blick zu. »Aber Marmelade kann man nicht trinken, selbst wenn man sie mit Sekt verrührt.«

Jetzt musste ich doch etwas grinsen, auch wenn mir immer noch nicht danach zumute war.

»Komm, hol die Erdbeeren raus. Ich helfe dir beim Putzen«, schlug Ann vor.

Bald darauf saßen wir am Tisch, unsere Hände klebrig und rot von dem süßen Saft der zum Teil überreifen Beeren. Natürlich muss man beim Putzen und Schneiden immer wieder die Qualität der Früchte prüfen, aber auch zu zweit konnten wir dadurch die Menge nicht nennenswert dezimieren. Wir wechselten uns beim Getränkeholen ab, zwischendurch gab es auch die ein oder andere Flasche Wasser, denn ansonsten hätten wir schon bald unter dem Tisch gelegen.

»Ich bleibe heute Nacht hier«, beschloss meine Schwester. Sie fragte nicht, das musste sie auch nicht. Wir standen uns schon immer sehr nahe. Unsere Mutter war früh gestorben und unser Vater mit den beiden kleinen Mädchen am Anfang ziemlich überfordert gewesen. Dann war Tante Maude – Mutters Schwester – aus der Nähe von London zu uns gezogen und hatte den Haushalt mit eisernem Griff an sich genommen. Sie brachte uns die englischen Werte und Rituale bei, ertrug Vaters Launen mit britischer Gelassenheit. Wie groß ihr Opfer, das sie für uns gebracht hatte, gewesen war, wurde mir erst bewusst, als Ann endlich auf die weiterführende Schule kam und Tante Maude freudestrahlend ihre Koffer packte, um nach England zurückzuziehen.

Vater und sie hatten lange gebraucht, um einander zu verstehen. Er war ihr dankbar, dennoch war auch seine Erleichterung groß, als Maude wieder auszog.

»Mao, vermisst du Hannes eigentlich?«, fragte mich Ann.

Ich musste lächeln. Immer noch nannte mich meine Schwester ›Mao‹, was keinen chinesischen Hintergrund hatte und schon gar keinen Politischen, sondern einfach der Tatsache geschuldet war, dass sie als kleines Kind ›Miriam‹ nicht aussprechen konnte und ›Maoam‹ daraus machte. Die Namen klebrig süßer Leckereien konnte sie sich schon früh und ohne Probleme merken.

»Klar vermisse ich ihn«, sagte ich schulterzuckend. »Aber er konnte ja nicht ahnen, dass Tante Maude das Zeitliche segnet, wenn er gerade mit seinem besten Kumpel durch Australien fährt.«

»Nein, natürlich nicht. Niemand hat damit gerechnet, dass sie stirbt. Ich jedenfalls nicht.« Nun füllten sich Anns Augen mit Tränen, und ich füllte ihr Glas schnell mit Gin. »Was wird nun aus Weihnachten?«, fragte sie mit zitternder Stimme.

»Weihnachten?« Ich war verblüfft. »Wie kommst du jetzt auf Weihnachten?«

»Wie können wir ohne Tante Maude Weihnachten feiern? Es wird nie wieder richtig sein, nie wieder echt.«

Ich lehnte mich in meinem Stuhl zurück und schaute in den Garten, der zunehmend verwilderte. Ich war froh, dass Tante Maude diesen Anblick nicht sehen musste. Sie hatte mir schließlich das Gärtnern beigebracht und auch bei uns zu Hause eine Art englischen Garten angelegt. Diesen hatte ich auch nach ihrem Auszug damals nie verwahrlosen lassen und den Rasen stets sorgsam gepflegt.

Morgen, nahm ich mir vor, spätestens übermorgen, werde ich mich um den Garten kümmern. Ich werde den Rasen mähen und die Rosen zuschneiden. Aber erst würde ich mich um die Erdbeeren kümmern müssen. Bis auf etwa ein Kilo hatten wir alle geputzt, die meisten gezuckert. Auf dem Herd blubberte ein Topf mit Marmelade, Sirup simmerte sanft in einem anderen. Einen Teil hatte ich einfach nur püriert und eingefroren, der Rest hatte irgendwie Platz im Kühlschrank gefunden, und eine große Portion schwamm selig in einer Mischung aus Alkohol und Läuterzucker.

»Wir haben noch Zeit bis Weihnachten«, meinte ich.

»Das stimmt. Aber keiner kann die Füllung für die Gans so machen wie Tante Maude.«

»Weil sie ihre Rezepte nie aufgeschrieben hat!«, grummelte ich. »Sie hat einen Aufstand darum gemacht, als wären es Akten des MI5 und nur James Bond persönlich würde Zugang dazu bekommen.«

»Und nun sind all die leckeren Rezepte mit ihr ins Grab gegangen«, jammerte Ann. »Weihnachten – das ist doch mehr als nur bunte Lichter und Zuckerguss. Weihnachten, so wie wir es gefeiert haben, hatte Tradition!«

»Vielleicht«, sagte ich langsam, »ist es an der Zeit, neue Traditionen zu erschaffen.« Doch so wirklich war ich davon nicht überzeugt.

An diesem Abend schafften wir es noch, die Marmelade in sterile Gläser und den Limes in Flaschen abzufüllen. Dann leerten wir den Rest des Gins gemeinsam und schwankten ins Bett.

Es dauerte eine Weile, bis wir am nächsten Tag einigermaßen ausgekatert waren. Zum Glück hatte ich Rollmöpse und Brathering vorrätig. Ich lüftete die Küche ausgiebig, bevor die Sommerhitze wieder zuschlug, denn der Duft der reifen Erdbeeren klebte immer noch im Raum.

»War es ein Fehler?«, fragte Ann mich. Sie saß, eine große Sonnenbrille auf den Augen, auf der Terrasse und blies in ihren bitteren doppelten Espresso.

»Du meinst, Tante Maude im Familiengrab in Deutschland zu beerdigen?«

Ann nickte.

»Darüber denke ich auch die ganze Zeit nach. Sie liegt nun bei Mutter. Und Vater wird irgendwann dazu kommen. Vielleicht war es ein Fehler … aber dann … auch wieder nicht.«

Vor zwei Jahren war Tante Maude wieder nach Deutschland gezogen. Diesmal, um sich um unseren Vater zu kümmern, der immer vergesslicher wurde.

»Eure Mutter«, hatte sie damals mit stoischer Ruhe gesagt, »wusste, dass es irgendwann dazu kommen würde. Sie hatte einen Mann geheiratet, der fast zwanzig Jahre älter war als sie. Irgendwann werde ich ihn pflegen müssen, hatte sie mir bei ihrer Hochzeit anvertraut. Nun, leider kam es anders. Und deshalb ist es jetzt meine Aufgabe. So wie es meine Aufgabe war, mich für sie um euch zu kümmern.«

»Das musst du nicht«, hatten wir ihr versichert, aber sie ließ sich auf keine Diskussion ein.

In den letzten Monaten hatte sie sich einen Pflegedienst als Hilfe ins Boot geholt, und das war nun auch gut so – denn auf die Schnelle konnten weder Ann noch ich Vater bei uns aufnehmen.

»Aber sie hatte doch so gut wie alle engen Verbindungen nach England abgebrochen«, meinte ich nun. »Sie war unsere letzte Verwandtschaft in dem Familienzweig. Ich denke, sie hätte sich auch gewünscht, bei Mutter zu liegen.«

»Ja, das stimmt – es gibt nun niemanden aus der Familie mehr, außer uns«, sagte Ann traurig.

»Und auch niemanden, der mir die Familienrezepte beibringen würde«, murmelte ich. »Ich war mir sicher, dass sie sie mir irgendwann verraten hätte, und jetzt ist es zu spät.«

»Du bist doch eine großartige Köchin«, meinte Ann. »Du brauchst gar keine Rezepte!«

»Ich habe letztes Jahr versucht, den Plumpudding zu machen. Oft genug haben wir ihr ja beim ›Stir-up-day‹ dabei geholfen. Du wirst es nicht glauben – er schmeckte nicht. Dabei war ich mir sicher, dass ich alles so gemacht hatte wie sie. Und auch die Zutaten stimmten. Dachte ich – aber offensichtlich hatte sie noch irgendwelche Geheimzutaten, die sie eben nicht verraten hat.«

»Dann schmeckt der Plumpudding eben anders«, sagte Ann ein wenig trotzig. »Dann entwickelst du jetzt ein Rezept, das für uns dann Tradition wird.«

»Vergiss es! Glaub mir, beim ersten Bissen wirst du den Unterschied merken, und es wird uns niemals schmecken. Nein, ab jetzt gibt es keinen Plumpudding mehr zu Weihnachten.«

»Und was ist mit dem *Stuffing*?« Anns Stimme war ganz leise geworden.

In Deutschland füllt man das Geflügel – mal süß, mal herzhaft, je nach Gusto. Aber in England wird die Füllung, das »Stuffing«, außerhalb des Geflügels zubereitet. Klingt verrückt – ist aber so. Das liegt wohl daran, dass es keine wirkliche Füllung ist, sondern eher eine sehr beliebte Beilage.

Früher, das hatte mir Tante Maude erklärt, war die Füllung wirklich eine Füllung – aber da sie so lecker war, war immer viel zu wenig da. Deshalb gewöhnte man sich an, sie extra zuzubereiten. In unserer Familie wurde unter anderem grobe Bratwurst verwendet, aber eben auch noch andere Zutaten. Im Grunde wusste ich, was Tante Maude hineintat, aber ich befürchtete, dass es sich mit dem Stuffing ähnlich verhalten würde wie mit dem Plumpudding. Doch das wollte ich noch nicht zugeben.

»Ich kann jetzt wirklich nicht über Weihnachten und Weihnachtsessen nachdenken«, sagte ich und holte die restlichen Erdbeeren aus dem Kühlschrank, vertiefte mich in das Putzen derselbigen. Aber natürlich bekam ich das Fest trotzdem nicht aus dem Kopf, auch wenn ich das niemals zugegeben hätte.

***

Es war ein Sonntag, als der Herbst plötzlich den Sommer ablöste. Noch am Tag zuvor hatte die trockene Hitze über dem Garten gelegen, auch am nächsten Morgen, als ich die Kaffeetassen auf die Terrasse trug, duftete die Erde immer noch ein wenig wie gedörrt. Die Rosen, die ich inzwischen beschnitten und ordentlich hochgebunden hatte, verströmten immer noch ihren verführerischen Geruch, vor allem der Wildtrieb, den ich nicht hatte abschneiden können, sondern etwas verschämt hinter den Edelrosen versteckt hatte.

Der Rasen war frisch gemäht, was mich einige Mühe gekostet hatte, und die Büsche waren ein wenig gestutzt. Die wollte ich im Herbst richtig zurechtschneiden, wenn die Brutsaison der Vögel vorbei war.

Wie ein englischer Landschaftsgarten sah unser Grundstück natürlich immer noch nicht aus, aber nun würde sich Tante Maude wenigstens nicht mehr vor Scham im Grab umdrehen.

»Es würde ihr gefallen«, sagte Hannes, der wie so oft meine Gedanken erraten hatte, und stellte das Tablett mit den frischen, noch dampfenden Brötchen, der Butter und der Orangenmarmelade auf den Tisch. Vor einer Woche war er von seiner langen Tour durch Australien zurückgekehrt.

»Meinst du?«, fragte ich skeptisch und kniff die Augen zusammen.

»Wir haben einen Garten und keinen Park. Mir gefällt es hier – es ist kein klassischer deutscher Garten, zumindest habe ich hier noch keine exakten Blumenbeete entdeckt und auch keinen Gartenzwerg.« Er zwinkerte mir zu und nahm seine Tasse Kaffee. »Aber mal ernsthaft – dies ist ein schönes Stück Land, es sieht sehr natürlich aus. Tante Maude hatte es gefallen, und nun würde es ihr wieder gefallen. Vor allem dort hinten das Stück Wiese, dass du nicht gemäht hast. Gut für die Bienen, die Insekten und alles, was so kreucht und fleucht. Es fügt sich dennoch perfekt in das Gartenbild ein.«

»Hmmhmm«, machte ich und verriet ihm nicht, dass ich dort Sams Lieblingsball vermutete und deshalb dieses Stück Wiese in Ruhe gelassen hatte.

»Das hast du wirklich wunderbar gemacht«, fuhr Hannes fort, »und ich bin so stolz auf dich, dass du dich dazu hast überwinden können. Ich weiß, es war nicht einfach für dich.« Er schwieg für einen Moment. »Ich vermisse Sam auch immer noch«, fügte er leise hinzu.

Ich nahm eins der Brötchen, stach fest mit dem Messer hinein und schnitt es auf. Es dampfte, und ich bedeckte den Dampf schnell mit der bitteren Orangenmarmelade, biss hinein und hatte das Gefühl, in meine Kindheit katapultiert worden zu sein.

»Fahren wir heute zu deinem Vater?«, fragte Hannes nun.

Beinahe hätte ich mich an dem Brötchenbissen verschluckt. Es war Sonntag, natürlich. Sonntags fuhren wir meistens zu ihm. Mal erkannte er mich, mal nicht. Immerhin hatte er sich inzwischen mit der osteuropäischen Pflegekraft arrangiert, die nun bei ihm wohnte. Es war nicht Tante Maude … aber er war nicht alleine.

»Hmmhmm«, machte ich wieder, versuchte Zustimmung zu übermitteln.

»Ich finde, er schlägt sich ganz tapfer.«, sagte Hannes sanft

»Ja, immer dann, wenn er wieder in dieser Welt auftaucht«, seufzte ich. »Und das wird immer seltener.«

»Umso wichtiger ist es, diese Augenblicke zu nutzen«, sagte Hannes sachlich und traf damit einen wichtigen Punkt. Er sah sich um. »Es ist so schön hier. Was hältst du davon, wenn ich ihn abhole? Ihn hierherbringe? Das haben wir schon eine Weile nicht mehr gemacht.«

»Doch«, sagte ich. »Ich habe ihn geholt, aber du warst nicht da. Es ist aber tatsächlich eine gute Idee. Würdest du das wirklich tun? Dann backe ich schnell seinen Lieblingskuchen.«

Vater hatte immer Biskuitrollen geliebt. Mit einer Cremefüllung und Früchten der Saison. Es gab noch die letzten Erdbeeren, aber auch schon die ersten echten Heidelbeeren – nicht diese gezüchteten und geschmackslosen Monster. Außerdem gab es Brombeeren und noch einige Himbeeren. Im hinteren Teil des Gartens hatten wir eine Art Laubengang – mehrere Metallbögen, eigentlich für Rosen gedacht, hintereinander. Nun wuchsen und rankten dort keine Blumen, sondern Himbeeren und eine neue Sorte Brombeeren. Letztere waren als »stachellos« beworben worden, aber wie das mit Werbung so war – so ganz stimmte das nicht. Sie piekten immer noch, aber sie durchbohrten einen nicht mehr so sehr wie die wilden Brombeeren, die an den Bahngleisen wuchsen und mir meine

Kinderhaut jedes Jahr wieder zerkratzt hatten. Doch reife Brombeeren, in der letzten Spätsommersonnenhitze von den Ranken gepflückt und sofort in den Mund gesteckt, hatten einen ganz besonderen Geschmack von Sommer und Freiheit, von Abenteuer und auch ein wenig von Verwegenheit und Mut. Selbst gepflückte Früchte schmeckten immer so viel besser als gekaufte – vielleicht war das ein Erbe aus dem Garten Eden, vielleicht lag das aber nur an den langen Transportketten der Supermärkte.

Als Hannes nach dem Frühstück zu meinem Vater fuhr, machte ich mich schnell an das gelingsichere Rezept für den Biskuitteig. Ich trennte fünf Eier, schlug das Eiweiß auf, vermischte Eigelb mit Zucker, zog beides unter das steife Eiweiß, ließ das Mehl und einen Hauch Backpulver in die Masse rieseln und rührte es mit einem Spatel unter. Dann schob ich den glattgestrichenen Teig in den vorgeheizten Ofen, wartete zehn bis fünfzehn Minuten in Ofennähe und nahm die Teigplatte rechtzeitig heraus. Schnell stürzte ich sie auf ein sauberes Küchentuch und rollte sie ein.

Die Sahne-Quarkmasse war fix zusammengerührt, ein bisschen Zucker, Zitronenabrieb und die Früchte hinzugefügt – voilà. Als die Teigrolle abgekühlt war, strich ich die Füllung darauf und rollte alles wieder zusammen, streute Puderzucker darüber und fertig war der Kuchen. Vater liebte es üppig, also platzierte ich auch ein paar Beeren, leicht gezuckert, auf der Biskuitrolle. Zufrieden stellte ich den Kuchen auf den Tisch. Das ging erst, seit es Sam nicht mehr gab – er hätte den Vorkoster gemacht, recht rücksichtslos und ziemlich gierig.

Kurze Zeit später schloss Hannes unsere Haustür auf. Ich sah ihm und meinem Vater gespannt entgegen. Hannes hielt den Daumen hoch, es war also ein guter Tag, und Vater war einigermaßen klar.

Vater folgte ihm, sah sich um und klatschte in die Hände. »Wo ist er denn?«, rief er freudig. »Sam, komm her. Sam, komm zu mir. Nun komm schon, alter Junge.«

Ich musste kurz die Augen schließen und holte tief Luft.

»Aber Harald, Sam ist doch tot«, sagte Hannes sanft. »Über ein Jahr schon.«

»Tot?« Mein Vater schaute auf, nickte dann betrübt. »Ach ja, ach ja. Natürlich. Ich erinnere mich. Verdammt … Was für eine Schande. Er war so ein guter Hund.« Dann schüttelte er sich. »So viel Tod. Auch Maude ist von uns gegangen. Viel zu früh. Und natürlich Mabel, meine Frau.« Er sah Hannes an. »Aber Mabel ist schon ganz lange tot, nicht wahr?« Ein wenig Unsicherheit schwang in seiner Stimme mit, und alles Mitleid und all die Liebe, die ich für ihn hatte, schmolz plötzlich in mir und durchdrang mich wie weiche Butter.

»Hallo, Papa«, sagte ich und umarmte ihn. »Schön, dass du hier bist.«

»Ich freu mich auch, Spatz.« Er erwiderte die Umarmung herzlich, und für einen Augenblick war ich mir ganz sicher, dass er wusste, wer ich war und wo er sich befand. Diese Augenblicke wurden seltener.

Wir deckten den Tisch auf der Terrasse. Vater ging durch den Garten, die Brille tief auf der Nase, und begutachtete die Stauden. »Hmmmhmm, soso«, murmelte er. »Lilien. Lilien hätte ich hier nicht gepflanzt, eher eine Spiere«, sagte er. »Oh und hier ist eine Pfingstrose, die wäre besser an der Mauer dort hinten. Sind das dort Astern? Hmmm, ob die da Sinn ergeben? Aber die Funkien sind wunderbar. So schön, die hätten Mabel gefallen.« Dann schüttelte er denn Kopf. »Nicht Mabel, ich meinte natürlich Maude. Kommt sie noch?« Er schaute mich an, dann wurde sein Blick wässrig. »Natürlich kommt sie nicht«, sagte er mit rauer Stimme. »Sie ist ja auch tot. Beide sind tot. Mabel und Maude. Wer hätte das gedacht? Wer hätte gedacht, dass ich die beiden überlebe? Ich nicht.« Er seufzte schwer.

»Ach, Papa«, sagte ich und nahm ihn beim Arm. »Ach, Papa, man kann es doch nicht ändern.«

»Das stimmt«, sagte er, und sein Gesicht hellte sich auf, als er die Kuchenrolle sah.

Er langte ordentlich zu und ließ es sich schmecken. Doch plötzlich hob er den Kopf und schaute mich fragend an. »Was wird denn jetzt aus Weihnachten?«

Ich zuckte zusammen.

»Wie sollen wir ohne Maude Weihnachten feiern?« Er schüttelte den Kopf. »Das kann ich mir gar nicht vorstellen.«

»Wir werden uns natürlich alle treffen«, sagte ich.

»Kannst du denn die Gans so machen wie Maude? Und was ist mit der Füllung? Weihnachten ohne die Füllung ist wie ein Frühling ohne Mai.«

»Ich dachte, wir probieren mal etwas anderes«, sagte ich vorsichtig. »Es muss ja nicht immer Gans sein.«

»Was meinst du damit?«, wollte mein Vater verblüfft wissen.

»Nun, wir starten eine neue Zeit, das müssen wir ja, ohne Tante Maude. Wir schaffen uns neue Rituale, neue Traditionen.«

»*Neu* und *Tradition* – das ist doch ein Widerspruch in sich«, sagte mein Vater.

»Am Anfang schon, aber in ein paar Jahren wird es dann eben eine Tradition sein.«

»Das kannst du machen, wenn ich nicht mehr bin. Wie soll ich mir denn eine neue Tradition merken? Nein, nein – Weihnachten ist nur dann Weihnachten, wenn es Gans gibt. Und Füllung. Und natürlich den brennenden Plumpudding.«

»Ich habe aber keine Rezepte«, gab ich zu. »Maude hat sie mit ins Grab genommen.«

»Aber du kannst doch kochen«, sagte mein Vater und nahm sich zufrieden noch ein Stück vom Kuchen.

»Backen ist nicht kochen«, murmelte ich und spürte das Grummeln in meinem Bauch.

»Was ist eigentlich mit Maudes Sachen?«, versuchte Hannes das Thema von Weihnachten wegzulenken.

»Was soll damit sein?«, fragte Vater zurück. »Ich habe sie in Kartons gepackt und auf den Dachboden gestellt.«

»Und da sollen sie bleiben?«, wollte ich wissen.

»Sie stören dort doch keinen.«

Der Nachmittag verlief angenehm, langsam verzog sich die trockene Hitze. Und dann wurde es Zeit, meinen Vater nach Hause zu bringen. Er hatte einen überraschend klaren Tag gehabt, Momente und Gespräche, von denen ich wusste, wie kostbar sie waren und dass es immer weniger davon geben würde.

»Das war ein sehr schöner Tag, Mao.« Auch er hatte den Kosenamen, den mir Ann gegeben hatte, übernommen. »Bevor ich gehe, muss ich euch noch etwas sagen.« Seine Stimme hatte sich verändert. Es lag eine gewisse Ernsthaftigkeit darin. Er sah mich an. »Eigentlich hätte ich auch Ann gerne dabei gehabt, aber sie ist wohl unterwegs?«

»Ja.« Ich spürte einen Kloß im Hals. »Sie ist mit ihrem neuen Freund für ein paar Tage an die See gefahren.«

»Kenn ich den Freund schon?«, fragte Vater.

Ich schüttelte den Kopf.

»Sollte ich versuchen, mir seinen Namen zu merken?«

»Das lohnt noch nicht«, sagte ich und lächelte. Ann verliebte sie oft und schnell – aber genauso schnell waren die Liebschaften auch wieder vorbei. Ich gönnte es ihr, diese Zeit des Sichausprobierens. Aber manchmal hatte ich den Eindruck, dass sie sich nur wieder verliebte, um in Übung zu bleiben.

»Nun, sich Namen merken«, murmelte Vater und schaute mich dann an. »Das fällt mir, wie du sehr wohl weißt, immer schwerer. Ich vergesse viel und oft. Manchmal weiß ich gar nicht mehr, wo ich bin ... Manchmal bin ich davon überzeugt, dass deine Mutter noch lebt, dabei ist sie schon so lange tot.«

Ich wollte etwas sagen, aber Vater hob die Hand, schüttelte den Kopf.

»Ich weiß, dass es dieses Alzheimer ist oder beginnende Demenz oder wie auch immer. Ich weiß, in meinem Gehirn sind nun Lücken und Leerstellen, und die werden immer größer werden. Der Arzt hat es mir ja erklärt. Ich weiß, ich werde nach und nach alles vergessen – vielleicht auch mich selbst. Kein schöner Gedanke, und noch hoffe ich, dass ich sterbe, bevor ich nur noch eine geistlose Hülle bin. Aber das liegt nicht in meiner Hand.« Er räusperte sich. »Ich habe eine Entscheidung getroffen. Eigentlich schon vor drei Jahren, als die Vergesslichkeit anfing. Aber dann kam Maude und, nun ja, … mit Maude war es einfacher. Ich mag Wanda oder Sonja oder wie sie heißt. Sie ist nett und freundlich, kümmert sich gut um mich. Aber das ist kein Zustand, der auf Dauer gut gehen wird. Ich habe mich also entschlossen, in eine Einrichtung zu gehen. Gerda – du weißt doch, unsere frühere Nachbarin?« Er sah mich fragend an, und ich nickte. »Sie ist da. Und auch Günther ist nun dort eingezogen. Karl-Heinz ebenso und auch Regine lebt in so einem Haus. Sie haben ihr Zimmer mit eigenem Bad. Mittags gibt es Mahlzeiten im Gemeinschaftssaal, und alle loben das Essen. Es gibt kleine Apartments, die sogar eine Küchenzeile haben, so dass man sich sein Frühstück und Abendessen selbst machen kann. Aber für mich wäre das nichts. Warum soll ich mir selbst ein Ei kochen, wenn es auch andere für mich tun können.« Er lächelte, und ich blinzelte meine Tränen weg. »Ich stand dort schon auf der Liste, bevor Maude zu mir kam. Und mehrfach hätte ich ein Zimmer haben können – aber Maude war ja da. Das ist sie jetzt nicht mehr. Und nun ist wieder ein Zimmer frei. Ich habe diesmal zugesagt. Nächsten Monat kann ich einziehen.«

»Aber … Papa … Du kannst doch auch …«

Er wischte meine Worte mit einer Handbewegung weg. »Ich habe es mir gut überlegt, liebe Mao. Wirklich sehr gut. Damals schon, als ich noch richtig denken konnte. Und damals habe ich mir auch aufgeschrieben, was daran gut ist – damit ich es lesen kann, falls ich es vergessen hätte, was zwischendurch ja immer vorkommt. Mein Entschluss steht fest. Dort bin ich nicht alleine, um mich wird sich gekümmert – und zwar in dem Maße, wie es nötig ist. Das finde ich gut.« Er nickte ernsthaft und nahm mich in seine Arme, die mir früher immer so stark und kraftvoll erschienen, jetzt aber dünn und ein wenig zittrig waren. »Es ist wirklich mein Wunsch, und ich hoffe, du kannst es auch gut finden«, murmelte er in mein Ohr.

»Oh, Papa, natürlich.«

»Meine Entscheidung steht. Ich bin damit sehr zufrieden. Da gibt es sogar Gruppen zum Gedächtnistraining, stell dir vor! Karl-Heinz geht da immer hin. Und sie haben auch einen Chor oder eine Gesangsgruppe, da ist Regina ganz aktiv. Ich kann mich da beschäftigen und einbringen – im Rahmen meiner Möglichkeiten.« Er lächelte, aber es war ein unsicheres Lächeln. »Und ihr könnt mich besuchen. Das macht ihr doch auch?«, fragte er leise.

»Aber natürlich werden wir dich besuchen!« Nun liefen meine Tränen, ich hielt sie nicht zurück.

»Du kannst doch auch weiterhin bei uns vorbeikommen, oder?«, fragte Hannes, es klang unsicher.

»Selbstverständlich. Es ist ja kein Knast.« Jetzt lachte mein Vater. Dann atmete er tief aus. »Bevor ich fahre, hätte ich jetzt gerne noch einen Schnaps. Ist das möglich?«

Hannes eilte in die Küche. Er wusste, welchen Grappa mein Vater am liebsten trank, und brachte die Flasche und drei Gläser.

»Du auch?«, fragte mein Vater. »Du musst mich doch noch fahren.« Sein Blick wurde streng.

»Ein kleiner geht.«

»Weihnachten«, sagte Vater und nahm das Glas, trank es mit einem Schluck leer und schüttelte sich dann wohlig. »Weihnachten feiern wir dann hier. Du wirst kochen, Mao. Du machst das schon, auch mit der Füllung. Darauf freue ich mich jetzt schon.« Er schlug mir leicht auf die Schulter und lachte.

So war er, so war mein Vater, schon immer gewesen. Plötzlich zweifelte ich an der Diagnose. War es mit über achtzig denn nicht normal, manchmal Dinge zu vergessen?

Nun klatsche mein Vater in die Hände, stand auf und streckte sich. »Lass uns gehen, mein Sohn«, sagte er zu Hannes. »Die ... die ... die Dings wartet sicher schon. Wie heißt sie noch gleich? Wanda? Hannah?«

»Svetlana«, sagte ich.

»Jaja, genau. Nette Frau. Nicht wie Maude, aber nett.« Er drehte sich um, sah in den Garten. »Nun komm, sag mir ›Auf Wiedersehen‹ alter Junge. Wo versteckst du dich denn? Komm her, komm zu mir!«

»Papa?«

»Wo ist denn Sam? Er war doch gerade noch hier. Sam? Sam!« Vaters Stimme wurde immer lauter. »Ich muss ihn doch verabschieden, den alten, treuen Hund.«

»Aber Papa ... Sam ist tot.«

Mein Vater sah mich entsetzt an. »Seit wann?«

»Schon ein Jahr ...«

»Das kann nicht sein, er war doch vorhin noch hier. Willst du mich verwirren? Also wirklich, Mao. Du lügst doch. Sam! Sam komm her.« Er wurde richtig ungehalten. »Nun komm schon, Sam. Komm her!«

Hannes ging dazwischen, denn ich war nicht handlungsfähig und zutiefst betroffen.

»Harald?«, sagte Hannes ganz leicht und freundlich. »Wir müssen jetzt gehen. Komm, ich bring dich nach Hause.«

»Aber ich will mich doch auch von Sam verabschieden.«

»Sam ist schon alt. Er hat dich gehört und weiß, wie sehr du ihn magst. Aber er kann nicht mehr kommen. Er schläft jetzt.«

»Ach ja? Ach so. Natürlich, natürlich«, murmelte mein Vater. »Maude ist schon vorgegangen?«

»Ja, Papa, das ist sie.«

»Gut.« Er sah mich an und runzelte die Stirn. »Ich wollte etwas Wichtiges sagen. Habe ich das getan?«

Ich nickte. »Ja, das hast du.«

»Dann ist ja gut. Worum ging es?«

»Weihnachten, es ging um Weihnachten.«

Vater lächelte. »Ach ja. Weihnachten. So ein schönes Fest. Ich liebe es.«

Während Hannes meinen Vater nach Hause brachte, räumte ich den Tisch auf der Terrasse ab und die Küche auf. Sam, dachte ich, du fehlst. *Du hättest jetzt mit deinem treuen Blick neben mir gesessen, hättest dich in den Arm nehmen lassen und mich durch deine schiere Anwesenheit getröstet.* Aber Sam gab es nicht mehr, und Vater schwand immer mehr in andere Welten, in das Nichts.

Hannes kam wieder, wir setzten uns auf die Terrasse und auf einmal war der Sommer vorbei und der Herbst zog ein. Die Luft war plötzlich viel klarer und reiner, ohne wirklich kälter zu sein. Es lag ein anderer Duft über allem – anders süßlich als der Sommerduft, mit einer leichten Note von Verwesung und Vergangenem.

***

»Papa will was?«, frage mich Ann entgeistert, als ich sie endlich telefonisch erreichen konnte.

»Er zieht in ein Heim.«

»Unmöglich! Das kannst du doch nicht zulassen«, erzürnte sich meine Schwester. »Das geht doch nicht, nicht unser Vater!«

»Willst du ihn aufnehmen? Willst du dich um ihn kümmern und all die Verantwortung übernehmen?«

»Aber wir können ihn nicht einfach abschieben! Es gibt doch noch diese … Wanda?«

»Svetlana. Seine Pflegerin heißt Svetlana«, sagte ich erschöpft. »Ich schiebe ihn nicht ab. Er hat es selbst so entschieden und auch schon die Papiere unterschrieben. Er möchte es so.«

»Bist du dir da sicher? Weiß er das denn überhaupt noch?«

»Ja, ich bin mir sicher. Ich habe mit der Heimleitung gesprochen, und ich war auch schon da. Es ist wirklich schön dort. Es ist kein Gefängnis, Ann, sondern ein Heim für ältere Menschen. Und sie haben alles, was sie brauchen, es gibt Apartments mit kleinen Küchen – kleine Wohnungen, wo sich die ›Mieter‹ selbst versorgen können, so lange sie es können und wollen. Vater will das gar nicht mehr. Er möchte seine Mahlzeiten serviert bekommen. Und die kann er alleine auf seinem Zimmer einnehmen oder mit den anderen zusammen. Darauf freut er sich schon. Es sind viele seiner Bekannten dort, die meisten jünger als er. Und fitter«, fügte ich leise hinzu.

»Aber … Aber …«

»Kein Aber, er wünscht es sich so, und es ist eine gute Lösung. Wir können ihn dort besuchen, und er kann ja auch immer zu uns kommen.«

»Und Weihnachten? Was wird mit Weihnachten?«

»Das feiern wir hier, bei uns.«

»Was wird dann mit dem Haus?«

»Das weiß ich noch nicht. Ich will es nicht. Willst du es? Ansonsten sollten wir es wohl verkaufen. Papas Rente ist hoch genug, er kann sich das Heim leisten. Noch. Vielleicht braucht er irgendwann mal mehr Geld – aber das weiß ich nicht so genau.«

»Ich will das Haus nicht, Mao«, sagte Ann mit einer Grabesstimme. »Aber es ist unser Elternhaus. Wir haben dort immer Weihnachten gefeiert. Immer und immer.«

»Und jetzt werden wir es bei Hannes und mir feiern«, sagte ich. »Wir müssen ja nicht sofort verkaufen – aber in einem leeren Haus werde ich nicht die Feiertage verbringen. Es ist Zeit, zu neuen Ufern aufzubrechen.«

»Hast du mal über die Gans und die Füllung nachgedacht?«

Ich verdrehte sie Augen. »Fondue«, sagte ich und versuchte heiter zu klingen. »Fondue oder Raclette. Die meisten Deutschen machen das zu Weihnachten, das habe ich gerade noch in einer Zeitschrift gelesen.«

»Die Deutschen?! Wir sind zur Hälfte britisch! Ich will eine Gans mit Füllung«, sagte Ann trotzig.

»Dann musst du sie auch braten. Bitte, kannst du machen. Sollen wir zu dir kommen, oder möchtest du es bei mir tun? Ich stelle dir meine Küche zur Verfügung.«

»Was? Bist du noch bei Trost, Mao? Ich kann das nicht. Wenn das jemand hinkriegt, dann du.«

***

Eine Woche später traf ein ganzer Stapel an Kochbüchern bei mir ein – alles Bücher von britischen Spitzenköchen, und Ann hatte gelbe Zettel auf die Seiten geklebt, wo es um Füllungen und Plumpudding ging.

Ich legte den Stapel auf den Esstisch und schaute in den Garten. Es regnete, es regnete seit Tagen, und der Garten war durchweicht. Das Laub fiel, rieselte, sank in Haufen, feucht und schnell schwarz werdend, zu Boden, ohne sich, wie es sich für einen ordentlichen Herbst gebührte, in leuchtende Farben verwandelt zu haben.

Ich mochte den Herbst mit seiner klaren Luft, in der sich plötzlich wieder Konturen abzeichneten und nicht in der wabernden Hitze verschwammen. Ich liebte diese kühle Jahreszeit, in der man wieder Luft schöpfen konnte. Aber den nassen, den verregneten Herbst mochte ich nicht. Alles vermoderte zu schnell, die Insekten hatten keine Zeit, aus Laub Humus zu machen, die Igel schüttelten die nassen Blätter entsetzt aus ihren Stacheln und suchten nach trockenen Unterschlüpfen für den Winter.

Die Luft war kalt und feucht. Ich wollte diesen Herbst am liebsten überspringen, einschlafen und im kalten, klaren, reinen Winter wieder aufwachen. Aber das war leider nicht möglich, und am Anfang des Winters stand Weihnachten – ein Fest, das ich immer geliebt hatte. Ein Fest voller Freude, voller familiärer Rituale und lieb gewonnener Bräuche, die zum

Teil recht archaischer Natur waren. Die zwölf Weihnachtstage – *the twelve days of Christmas* – vielleicht hatte sie unsere Mutter schon mit uns zelebriert, aber daran konnte ich mich nicht mehr erinnern. Tante Maude hatte darauf einen großen Wert gelegt. Weihnachten fing für sie schon im November an. Da war der »Stir-up Sunday«, an dem man den Teig für den Plumpudding zusammenrührte. Das »Stir-up« hatte allerdings eine andere Bedeutung als »Zusammenrühren«, es kam von einem biblischen Psalm, meinte ich mich zu erinnern, konnte mich aber auch täuschen. Es gab den Heiligen Abend, der in Deutschland wichtig war, und dann den ersten Feiertag, der in England am meisten Bedeutung hatte. Wir hatten immer beide gefeiert. Das Aufstellen des Baumes, das Schmücken – es gab so viele liebgewonnene Bräuche, und dennoch drohten in diesem Jahr die Füllung und der Plumpudding.

Ich sah mir den Berg an Kochbüchern lustlos an, schauderte, als der Wind auffrischte und eine Regenbö gegen das große Fenster schlug. Der Regen schien hämisch zu lachen, er wollte mir die Laune verderben, da war ich mir sicher.

»Ich mache dann mal den Kamin an«, sagte Hannes sanft. »Ein wenig Wärme können wir gut gebrauchen.«

»Hast du gesehen, was mir Ann geschickt hat?«, seufzte ich verzweifelt.

»Allerdings. Was willst du als Erstes testen? Jamie Oliver? Nigel Slater? Oder gar Gordon Ramsay? Oh, was sehe ich da«, sagte Hannes grinsend und nahm ein Buch hoch. »Es gibt sogar ein Downton-Abbey-Kochbuch? Ob du da fündig wirst?«

Ich sah ihn böse an. »Was würdest du denn an meiner Stelle tun? Ich weiß nicht, wie Tante Maude ihre Füllung gekocht hat. Ich wäre ja für Raclette.«

»Ernsthaft?« Hannes hob die Augenbrauen. Er ging zum Kamin, steckte etwas zusammengeknülltes Papier hinein, baute dann sorgfältig ein kleines Tipi aus Anzündholz drumherum, dann legte er zwei kleine Holzscheite an den Rand, nahm das lange Feuerzeug und entzündete das Papierknäuel. Schnell züngelten die Flammen hoch zum Anzündholz, und schon bald knisterte es, das Feuer loderte auf, griff auf die Holzscheite über. Hannes beobachtete das wärmende Spektakel, bis die Holzscheite brannten, dann schloss er zufrieden die Glastür des kleinen gusseisernen Ofens. Das Feuer flammte auf, und schon bald füllte die wohlige Wärme den Raum.

Sam hatte den Kamin geliebt, vor allem an durchweichten und nassen Tagen, an denen die Sonne nie aufzugehen schien, es immer duster und grau blieb mit den tiefhängenden Wolken, die an den Baumwipfeln zu kratzen schienen.

Sein Kissen war in der Nähe des Kamins gewesen, und er hatte dort gelegen, die Augen geschlossen und die Pfoten zuckend, eine träumerische Jagd nach irgendwas, im Warmen und Trockenen.

In der kalten Jahreszeit vermisste ich meinen Seelenhund noch mehr als im Sommer, wo er sich Schattenplätze im Garten gesucht hatte – unter den Bäumen oder Büschen, in der Kühle der feuchten Erde. Im Herbst und im Winter hatte er meine Nähe gesucht, hatte zu meinen Füßen gelegen, wollte kuscheln und wärmen.

Er war dann immer bei mir in der Küche gewesen, wenn ich kochte, rührte und briet. Oft war er im Weg gewesen, was mich geärgert hatte, weil ich damals noch nicht wusste, wie sehr ich es vermissen würde, wenn er nicht mehr dort lag.

Ich sah zu dem Kamin, sah das warme Feuer und griff schnell nach einem der Kochbücher, bevor das beklemmende Gefühl in meiner Brust noch stärker wurde.

An diesem ungemütlichen, regnerischen Tag notierte ich mir diverse Rezepte aus den verschiedenen Kochbüchern. Ich schrieb Einkaufslisten und überprüfte unsere Vorräte.

In den kommenden Wochen kochte und briet ich Füllungen. Ohne Gans. Ich wusste, das letzte bisschen Geschmack kam von dem Fett, das während des Bratens aus dem Vogel trat und in dem tiefen Backblech aufgefangen wurde. Dieses Fett musste immer und unbedingt die Füllung benetzen, sie durchdringen, von ihr aufgesaugt werden und ihr den letzten Kick an Geschmack verleihen. Ich nahm stattdessen Entenfett und Gänseschmalz, ließ es bei geringer Temperatur schmelzen und goss es über die Füllung, die im Ofen schmurgelte.

Hannes, mein Vater und Ann mussten immer wieder testessen, aber zufrieden mit dem Ergebnis war keiner von uns.

»Es fehlt das gewisse Etwas«, sagte Ann. Heute hatten wir Vaters Möbel in das Heim gebracht, das eher an ein luxuriöses Apartmenthaus erinnerte als an ein Altenheim. Alles war sehr sauber und komfortabel. Im Eingangsbereich gab eine Rezeption. In der oberen Etage waren die Apartments, sehr schöne zwei oder sogar zweieinhalb Zimmer mit einer Pantryküche, einem großen Flur und einem Bad mit ebenerdiger Dusche. Die Türen waren sehr breit, sodass man auch mit Rollator oder Rollstuhl ohne Probleme hindurch kam.

Eine Etage tiefer gab es Zimmer mit eigenem Bad. Auch dort war alles sehr schön groß und hell, aber gab es keine Pantryküchen. Dafür aber waren an den Wänden schon Installationen für medizinische Gerätschaften angebracht, und wer es brauchte, bekam ein Pflegebett.

Noch eine Etage tiefer – im Erdgeschoss – war die richtige Pflegestation für die »Gäste«, wie sie im Haus hießen, die sich nicht mehr alleine versorgen konnten und auf vollumfängliche Pflege angewiesen waren.

»Ich ziehe in der dritten Etage ein«, sagte mein Vater mit seinem unverwechselbaren trockenen Humor, »und werde immer weiter nach unten wandern. Es wird im Keller enden und von dort aus in die Erde, um die Radieschen von unten zu bewundern.«

Ann und ich waren blass geworden. »Sag das nicht, Papa«, meinte Ann mit brüchiger Stimme.

»Meine liebe Tochter, wir alle wissen, dass das Leben endlich ist. Bei dem einen früher, bei dem anderen später. Die

Aussichten, den Rest meines Lebens hier verbringen zu können, finde ich sehr beruhigend. Ich kann jederzeit Dienstleistungen dazubuchen und werde somit immer optimal versorgt sein. Das ist doch wunderbar.«

Sein Bett, einen Nachttisch, einen Sessel, den Fernseher und zwei Bücherregale mit den entsprechenden Büchern hatte er mitgebracht. Er hatte den alten Küchentisch mit den Stühlen aufgestellt und die Kaffeemaschine in die Pantryküche geräumt.

»Mehr als Kaffee werde ich nicht kochen«, sagte er. »Das Essen hier ist gut. Man kann immer zwischen verschiedenen Mahlzeiten auswählen – fast wie im Restaurant.«

»Aber heute isst du noch nicht hier«, sagte Ann und zog ihn mit sich. »Heute probieren wir die nächste Version von Maos Füllung.«

Doch nun saßen sie am Tisch und verzogen die Gesichter.

»Es fehlt einfach immer etwas«, sagte auch Vater. »Aber ich kann dir nicht sagen, was.«

»Fondue«, sagte ich und seufzte. »Oder Raclette. Ich wäre für Raclette – da können wir oben grillen und unten überbacken. Wir finden für jeden etwas, was ihm schmeckt.«

»Raclette ist super«, meinte Ann. »Aber nicht an Weihnachten. Das geht nicht. Es muss Gans geben.«

»Ich mach euch eine Gans, kein Problem. Aber ohne Füllung.«

»Dann ist es aber nicht richtig«, meinte nun auch Vater. »Das schmeckt doch nicht.« Er sah zur Nische, dort wo früher Sams Kissen gelegen hatte. »Wo ist eigentlich Sam?«

»Papa … Sam ist tot.«

»Ach, ja richtig, richtig«, sagte er traurig und sah mich dann an. »Willst du nicht einen neuen Hund haben? Es ist so seltsam, bei dir zu sein, und es ist kein Hund da.«

»Nein!«, sagte ich entschieden. »Ich kann Sam nicht ersetzen. Es gibt keinen Hund wie ihn. Und ich könnte keinen neuen Hund lieben.«

»Quatsch!«, sagte Ann. »Natürlich gibt es keinen Hund wie Sam – aber andere Hunde, die dann so sind, wie sie sind. Du brauchst einen Hund, Mao, das sieht doch ein Blinder mit Krückstock.«

»Ich will aber keinen mehr«, sagte ich bockig. »Ende des Themas.«

»Was machen wir denn jetzt mit deinem Haus, Harald?«, fragte Hannes sanft. Wie immer wusste er geschickt das Thema zu wechseln.

»Was sollen wir schon damit machen?«, fragte Vater ein wenig verärgert. »Ich brauche es nicht mehr. Ihr werdet es erben – zu gleichen Teilen, Mao und Ann. Macht damit, was ihr wollt. Und jetzt möchte ich … nach Hause. Also in mein neues Zuhause. Die erste Nacht dort. Ich bin sehr gespannt, wie das werden wird.« Vater erhob sich und sah Hannes erwartungsvoll an.

»Ist gut, ich fahre dich.«

»Und wenn ich wiederkomme, wäre es schön, wenn du die Füllung noch mal gekocht hättest. Du bist ja nahe dran, Mao.« Vater Worte klangen ein wenig gönnerhaft, was mich ärgerte. Aber dann schluckte ich meinen Ärger schnell wieder herunter. Vater würde nun die erste Nacht in seinem selbst gewählten neuen Zuhause verbringen. Er tat es mit stoischer Ruhe und scheinbarer Gelassenheit, doch ich war mir sicher, dass er ziemlich nervös war. Er hatte diese Entscheidung getroffen, auch für uns, damit wir uns nicht um ihn sorgen mussten.

»Er beeindruckt mich«, sagte ich zu Ann und schenkte uns beiden ein weiteres Glas Rotwein ein. »Er fasst den Entschluss und zieht es durch.«

»Ja, es ist das Beste, was er machen konnte, und das weiß er auch.«

»Natürlich weiß er das, Ann. Dennoch.«

»Aber das Haus, was wird nun damit? Ich kann es nicht verkaufen, und ich glaube, das ist rechtlich auch nicht so ganz einfach. Aber vielleicht können wir es vermieten. Es leer stehen zu lassen ist sicherlich die schlechteste Lösung.«

»Erst einmal müssen wir es entrümpeln. Gibt es Sachen, die du haben willst?«

Ann schaute mich mit großen Augen an. »Darüber habe ich noch gar nicht nachgedacht.« Sie nippte an ihrem Glas. »Aber ja – sicher. Es gibt bestimmt Dinge, die ich behalten möchte. Es sind ja auch noch Erinnerungen an unsere Kindheit und an Mutter da.«

»Dann sollten wir am Wochenende vielleicht hinfahren und in Ruhe durch das Haus gehen.«

»Gut, abgemacht. Und dann kannst du ja auch noch eine weitere Füllung ausprobieren. Papa hat Recht – du kommst dem Original immer näher.«

»Raclette. Das kann sehr lecker sein«, sagte ich. »Wirklich. Wir werden es lieben und nie wieder etwas anderes machen wollen.«

»Gans. Mit Füllung. Und Plumpudding.«

***

Der Herbst zeigte sich von seiner bunten und schönen Seite, als wir am Wochenende zu unserem Elternhaus fuhren. Die abgeernteten Stoppelfelder lagen staubig im Sonnenlicht, das seine Kraft mehr und mehr verlor. Der Rosskastanienbaum vor dem Haus winkte mit roten und gelben Blättern, ein paar vertrocknete kupferbraune trudelten vor uns zu Boden, so als würde der Baum sie absichtlich auf unserem Weg ausstreuen.

Schon unzählige Male hatte ich die Tür aufgeschlossen. Aber nun war es anders, und ich zögerte. Dann stupste mich Ann in den Rücken. Ich sah sie an, ihr Gesicht war plötzlich ganz klein und wirkte ein wenig verängstigt.

»Nun mach schon«, murmelte sie, und entschlossen steckte ich nun den Schlüssel ins Schloss. Er drehte sich leicht wie immer, dabei hatte ich angenommen, dass er klemmen und uns den Eintritt schwer machen würde. Ich öffnete die Tür, und wir traten in den Flur, blieben einen Moment stehen. Vater war erst vor ein paar Tagen ausgezogen, und doch wirkte das Haus jetzt schon seltsam verlassen. Sicherlich bildete ich mir nur ein, dass es staubig und ein wenig moderig roch. Vater hatte nicht viele Möbel mitgenommen, und trotzdem hatte ich den Eindruck, als ob unsere Schritte im Flur hallten.

Ann war stehen geblieben, sie atmete schneller und flacher. »Es ist … gespenstisch«, wisperte sie. »Wie in einem dieser ›Lost Places‹, weißt du, was ich meine?«

Ich nickte. »Ja«, flüsterte ich zurück. Warum flüsterten wir? Ich kam mir ein wenig wie ein Eindringling vor, als würde ich etwas Verbotenes tun, aber das stimmte ja gar nicht. Also räusperte ich mich. »Sollen wir zusammen schauen gehen, oder willst du das lieber alleine machen?«

»Ich weiß nicht«, sagte Ann verwirrt. »Ich habe das Gefühl, wir sollten wieder gehen.«

»Ja, das habe ich auch. Aber wann willst du das dann machen? Meinst du, du fühlst dich nächste Woche anders? Oder in einem Jahr?«

»Möglicherweise. Papa lebt ja noch. Was, wenn er nächste Woche beschließt, zurückzukommen? Vielleicht gefällt es ihm ja gar nicht im Heim. Er könnte ja durchaus wieder hier einziehen.«

Entgeistert sah ich meine Schwester an. »Ja, das stimmt«, sagte ich. »Darüber hatte ich gar nicht nachgedacht. Aber nun sind wir einmal hier. Wir müssen ja nichts mitnehmen. Wir wollen uns nur einen Überblick verschaffen, oder?«

»Ganz genau.« Ann atmete erleichtert aus. »Ja, so ist das.« Entschlossen ging sie ins Esszimmer, blieb stehen und schaute sich um. Dann öffnete sie die Vitrine und sah sich das Geschirr an. »Mutter hat es von ihrer Mutter zur Hochzeit bekommen«, sagte sie.

In meinem Hals hatte sich ein dicker Kloß gebildet, und ich spürte, dass ich noch nicht bereit für das war, was wir taten. »Schau du hier. Ich gehe nach oben.«

Langsam stieg ich die Treppe empor. Seltsam fremd erschien mir das Haus, in dem ich groß geworden war. Im ersten Stock waren die Schlafzimmer. Nur einen kurzen Blick warf ich hinein. Mein Zimmer hatte Tante Maude bewohnt. Sie hatte ihr Bett, einen Schrank und eine Kommode aus England mitgebracht, und die Möbel standen jetzt immer noch da. Das Bett war natürlich abgezogen und die Regale leer. Ihre Kleidung hatten wir gespendet, die anderen Sachen hatte Vater in Kartons gepackt, erinnerte ich mich. Aus Anns Zimmer war nach ihrem Auszug ein Gästezimmer geworden. Da hatte die Pflegerin, die Vater für einige Monate betreut hatte, geschlafen. Das Zimmer wirkte sehr unpersönlich. Aus dem ehemaligen Gästezimmer, in dem Tante Maude ganz früher, als wir noch klein waren, gewohnt hatte, hatte Vater nach ihrem Auszug eine Bibliothek gemacht. Die vielen Buchrücken reihten sich aneinander. Was machte man mit so einer Hinterlassenschaft? Einige Bücher würde ich sicher behalten wollen, Ann hatte bestimmt auch den einen oder anderen Favoriten, aber was war mit dem Rest?

Nachdenklich ging ich noch eine Treppe weiter nach oben. Dort war das Dachgeschoss. Spinnen hatten ihre dichten, verstaubten Vorhänge gewebt, die nun sacht im Luftzug schaukelten. Es roch abgestanden und ein wenig süßlich. Meine Nase kitzelte, und ich musste niesen. Viel war hier oben nicht – nur ein paar Kartons. Zwei davon sahen etwas neuer aus – das mussten Tante Maudes Sachen sein. Ich trug beide nach unten.

Ann war inzwischen auch durch das Haus gegangen. Sie hatte drei Romane aus der Bibliothek und Mutters silberne Zuckerdose mitgenommen. Fragend sah sie mich an. »Darf ich die haben?«

Ich nickte. »Schau, das sind Maudes Sachen. Etwas anderes

mag ich nicht mitnehmen. Nicht jetzt. Sollen wir die bei mir zusammen durchsehen?«

»Ich bin verabredet ... Er heißt Olli. Ein wahnsinnig netter Typ.«

»Olli? Nicht Frank?«

Ann winkte lachend ab. »Frank ist doch schon lange Geschichte. Nein, Olli kenne ich erst seit letzter Woche. Aber ich habe ein gutes Gefühl!«

»Dann viel Spaß«, wünschte ich ihr und hievte die Kartons in meinen Wagen. Ich war froh, dass sie die Füllung vergessen zu haben schien, ich hatte nämlich keine gemacht.

»Morgen komme ich vorbei. Eine gute Füllung schmeckt am nächsten Tag noch besser«, sagte Ann nun aber. »Das ist wie mit Eintopf.«

»Aber ... Ich ...« Doch sie hörte schon gar nicht mehr zu, stieg in ihr Auto und fuhr davon.

»Maudes Sachen?«, fragte Hannes verblüfft. »Was ist das denn?« Er half mir, die Kartons ins Haus zu tragen. »Ich dachte, dein Vater hätte ihre Kleidung weggegeben.«

»Sie hatte ja nicht nur Kleidung. Und eigentlich ist es erstaunlich, dass nur zwei Umzugskartons da waren. So wenig bleibt am Ende eines Lebens.«

Da der Abend altweibersommerlich mild war, öffneten wir die Terrassentüren und ließen die Herbstdüfte ins Haus.

In dem einen Karton war Krimskrams. Döschen mit billigem Schmuck, Stehrümchen, die jeder irgendwie irgendwo hat – Figuren, Ansichtskarten in einer Schachtel, alte Briefe. Es gab verschiedene Kästchen mit alten Kugelschreibern, Gummibändern und Büroklammern. Mehrere leere Notizblöcke. Kopfschüttelnd schloss ich den Karton wieder und öffnete den anderen. Darin waren ein paar englische Taschenbücher. Alte Ausgaben der Miss-Marple-Romane, Jane Austen und eine Gideon-Bibel. Und noch mehr Notizbücher – diesmal waren sie aber offensichtlich benutzt. Eines fiel mir auf – es wurde von einem dicken Gummiband zusammengehalten, in ihm waren lose Blätter und wohl auch Zeitungsausschnitte. Ich zog das Gummiband ab, öffnete das Buch.

›*Für Miriam*‹ stand auf der ersten Seite. Verblüfft sah ich Hannes an. »Was mag das sein?«

»Nun schau schon nach«, sagte er und klang genauso neugierig, wie ich mich fühlte.

Ich blätterte um und fand sorgfältig notierte Rezepte auf Englisch – aber am Ende jedes Rezeptes hatte sie die Mengenangaben in Gramm und Kilo umgerechnet, statt in Pfund und Cup. Zuerst waren es all die kleinen Alltagsgerichte, die sie uns gezaubert hatte. Manchmal lagen Zettel als Ergänzungen dabei, hin und wieder auch inzwischen vergilbte Ausschnitte aus Kochzeitschriften oder sogar Seiten aus alten Kochbüchern.

Ich blätterte und blätterte, und da waren sie dann: die Weihnachtsrezepte. Gans, Plumpudding, Früchtekuchen, Erbsenpüree, Quetschkartoffeln aus dem Ofen (»unbedingt mehlige Kartoffeln verwenden!«) und auch drei Rezepte für verschiedene Füllungen.

Ich musste das Buch wieder schließen, Tränen stiegen mir in die Augen. Tante Maude hatte immer ein großes Gewese um ihre Rezepte gemacht, aber nie verraten, dass sie sie für mich aufgeschrieben hatte. Aber sie hatte es getan! Und ganz sicher hätte sie mir das Buch irgendwann gegeben, wenn sie es gekonnt hätte, doch das Schicksal hatte zu unerwartet und zu früh zugeschlagen. Vielleicht hätte ich dieses Buch nie gefunden, hätte nie davon erfahren. Vater hätte auch alles zusammenpacken und wegschmeißen können – aber das hatte er nicht getan.

»Es sind wirklich die Weihnachtsrezepte?« Hannes lachte. »Wie großartig! Nun ist das Weihnachtsfest gerettet. Was für eine wunderschöne Überraschung.« Er holte uns einen Drink. »Lass uns auf Tante Maude anstoßen. Und auf ihre herrlichen Stuffings.«

Wir hoben das Glas, sahen uns an und lächelten beide.

»Du wirst es niemandem sagen, nicht wahr?«, fragte Hannes. »Du wirst sie überraschen?«

Ich nickte nur. »Es gibt Raclette«, sagte ich verschmitzt. »Das werde ich sie glauben lassen.«

»Dann werden sie das Fest bei uns verweigern«, warnte mich Hannes.

»Nein, das werden sie nicht. Weder Vater noch Ann wollen an Weinachten alleine sein. Sie werden sich seufzend fügen – und dann – tada – wird es Gans und Stuffing geben. Und einen brennenden Plumpudding.« In mir war alles ganz froh. Es würde ein anderes Weihnachtsfest werden als sonst, aber auch mit vertrauten Ritualen und Nuancen.

Und noch etwas fand ich in dem Karton: eine Schachtel mit den alten Baumkugeln, sorgsam in Seidenpapier eingewickelt, und außerdem den kleinen Engel aus Wachs mit seinem roten Samtkleid, der immer auf der Spitze des Weihnachtsbaums zu sitzen hatte. Ich hielt ihn in der Hand, strich mit dem Finger über den alten, etwas brüchigen Samt und blinzelte die Tränen weg. Es waren Freudentränen und zugleich aber auch Tränen der Trauer. Dieser Engel hatte schon auf der Baumspitze gesessen, als meine Mutter und Tante Maude noch Kinder gewesen waren. Das hatte sie jedes Jahr erzählt, wenn wir alle gemeinsam den Baum schmückten.

Als Ann am nächsten Tag zum Essen kam, hatte ich das Raclette-Gerät aufgebaut. Ich hatte es erst letzte Woche neu gekauft und gestern noch schnell alle möglichen Zutaten besorgt.

Entsetzt sah sie mich an. »Nicht dein Ernst?«

»Oh doch«, sagte ich mit fester Stimme. »Du kannst immer noch entscheiden, dass du lieber Gans hättest, aber dann musst du sie zubereiten. Ich mache es jedenfalls nicht.«

Sie zeterte noch ein wenig, fügte sich dann aber geknickt. »Vielleicht wird es ja doch ganz schön. Aber Papa … Er wird enttäuscht sein.«

»Und es vermutlich schon bald wieder vergessen haben.«

»Vielleicht, vielleicht auch nicht«, meinte meine Schwester und lud sich Kartoffeln und Käse in ihr Pfännchen.

***

Der Herbst schritt voran, die Luft wurde immer kühler, die Tage kürzer. Es war ein Herbst mit viel Regen, mit grauen Stunden. Auf den gefährlich schlüpfrigen Gehsteigen häufte sich das schwarze, faulende Laub. Wenn ich meinen Vater abholte, hakte ich ihn ganz fest bei mir unter und ging ganz langsam, obwohl sein Schritt immer noch fest und sicher war.

Über das Haus sprachen wir nicht mehr. Stattdessen erzählte er von den Brettspielnachmittagen mit den anderen »Gästen« des Heims sowie vom Gedächtnistraining und schwärmte von der guten Küche und dem abwechslungsreichen Essen dort. Er blühte ein wenig auf, war mein Eindruck.

»Wir sind eine Truppe von vier und sitzen immer zusammen an einem Tisch. Karl-Heinz schüttet gerne Maggi auf sein Essen – nicht nur in die Suppe, nein, auf alles, wirklich auf alles. Das wissen sie schon, also steht auf unserem Tisch immer eine Flasche Maggi. Und sie wissen auch, wie ich mein Frühstücksei möchte: Sechs Minuten, nicht länger und auch nicht kürzer. Und das machen sie mir. Jeden Morgen. Ist das nicht wunderbar?«, erzählte er begeistert. Er hatte viel zu erzählen – immer passierte etwas, und er entdeckte etwas Neues. Das er manche dieser Sachen jede Woche erneut entdeckte, störte mich nicht. Ich hörte es mir jedes Mal so an, als würde er es zum ersten Mal erzählen.

Ende November kam er mir ganz aufgeregt entgegen. »Stell dir vor – zu Weihnachten gibt es Gans bei uns im Hausrestaurant. Gans. Weihnachtsgans.« Sein Blick hatte etwas Vorwurfsvolles.

Ich schluckte. Seit Wochen erzählten wir ihm, dass wir Raclette machen würden, und inzwischen hatte er die Kröte auch geschluckt. »Hauptsache wir sind alle zusammen«, hatte er gesagt. Aber nun? Sollte ich ihm nun gestehen, dass es bei uns auch Gans geben würde? Die hatte ich schon längst beim Bauern vorbestellt. Und die Füllungen hatte ich heimlich nach Tante Maudes Rezept probegekocht – sie waren fantastisch und schmeckten genau so, wie sie schmecken sollten.

»Möchtest du Weihnachten lieber dort essen?«, fragte ich unsicher.

»Man kann auch Gäste einladen. Dafür muss man bezahlen«, erklärte er. »Aber das würde ich machen. Ihr könntet alle zu mir kommen und wir könnten Weihnachtsgans essen.«

»Meinst du denn, dass sie so schmecken würde wie die Gans von Tante Maude?«, fragte Hannes.

Vater sah ihn an, dann runzelte er die Stirn. »Vermutlich nicht«, brummte er dann. »Nein, wohl kaum.«

»Wir würden schon kommen«, sagte ich nun. »Und es natürlich auch bezahlen, wenn du lieber dort feiern möchtest …«

»Raclette«, sagte Vater. »Wir machen Raclette. Das haben wir ja so beschlossen.«

»Ich habe eine Überraschung für dich.« Ich schaute ihn an und grinste. »Heute ist der letzte Sonntag im November vor dem Advent. Weißt du, was an diesem Tag ist?«

»*Stir up, we beseech thee, O Lord, the wills of thy faithful people*«, rezitierte Vater sicher. »Heute ist Stir-up Sunday?«

Ich nickte. Als Kind hatte ich immer gedacht, dass »stir-up« von zusammenrühren kam, aber es lag an dem Gebet, dass man an diesem Tag sprach. »Erhebe dich, oh Herr …« Aber gleichzeitig war dies auch der Tag, an dem man traditionell den Plumpudding zubereitete, denn er musste ein paar Stunden gedämpft werden und dann für einige Wochen durchziehen – je länger, desto besser. Also hatte sich die Tradition verbreitet, dass die Familie sich an diesem Tag traf, um den Pudding zusammenzurühren. Der Teig war früher aus Fleisch und viel Fett gewesen, Gewürze kamen hinzu, Trockenobst. Aus Deutschland, so hatte es mir zumindest Tante Maude erzählt, kam um

1700 schließlich ein fleischloses Rezept. Während diese Tradition und das Rezept hier inzwischen vergessen war, hatte Prinz Albert, der Mann von Königin Victoria, daraus eine der wesentlichen englischen Weihnachtstraditionen gemacht.

Das Rezept war aufwendig und die Teigmasse sehr schwer und klebrig – deshalb kauften inzwischen die meisten Engländer ihren Plumpudding heutzutage, aber wir hatten ihn immer selbst gemacht.

Ich hatte auch Ann heute zu uns eingeladen, aber weder ihr noch Vater verriet ich, dass ich Tante Maudes Rezepte gefunden hatte. Ann kam kurze Zeit später, und als ich die Tür öffnete, entdeckte ich einen jungen, sympathisch wirkenden Mann an ihrer Seite.

»Das ist Olli«, sagte sie und drängte sich an mir vorbei ins Haus. »Es ist doch okay, dass ich ihn mitgebracht habe?« Es klang wie eine Frage, war es aber natürlich nicht.

»Hallo, Olli«, begrüßte ich ihn und führte ihn in die Küche, wo Hannes schon die Becher mit Glühwein – natürlich selbst gemacht und keine Plörre aus dem Supermarkt – auffüllte.

»Ich fasse es nicht, dass du doch einen Plumpudding machen willst«, sagte Ann fröhlich. »Wo wir doch gar keine Gans essen werden.«

»Man muss ja nicht mit allen Traditionen sofort brechen«, sagte ich. »Und ich finde, der *Stir-up Sunday* ist ein schöner Termin, um die Weihnachtszeit einzuläuten.«

»Aber du hast doch gesagt, dass deiner nicht so schmeckt wie Tante Maudes.«

»Das stimmt«, sagte nun Hannes und reichte ihr einen Becher. »Aber schlecht schmeckt er auch nicht. Vielleicht gewönnen wir uns ja an den Geschmack – und es wird reichlich Brandybutter dazu geben.«

»Na gut«, sagte Ann. »Ich glaube, damit kann ich leben. Das ist immer noch etwas anderes als schlechte Füllung, die geht gar nicht.«

»Und deshalb«, sagte Hannes, »wird es ja Raclette geben.«

»Heiligabend gibt es bei uns immer Fisch«, sagte Olli. »Meistens Forelle. Das hat irgendeinen Grund, aber ich habe ihn vergessen – die Schuppen bringen Glück und Geld oder so. Und am ersten Feiertag essen wir Fondue.«

»So hat jede Familie ihre eigenen Traditionen«, meinte Vater. »Wir ändern nun unsere ein wenig – aber das ist ja auch nicht verboten. Wer sind Sie nochmal, junger Mann? Kennen wir uns schon?«

»Das ist Olli, mein Freund«, sagte Ann.

»Sollte ich mir den Namen merken?«, murmelte mein Vater. Hannes und ich sahen uns an und grinsten.

»Ich habe alle Zutaten besorgt. Nun müssen wir sie nur noch zusammenrühren. Dabei gibt es einige Regeln zu beachten«, erklärte ich Olli. »Hast du schon mal einen Plumpudding gemacht?«

»Nein, dieser Zusammenrührtag ist etwas ganz Neues für mich!«

»Nein, nein«, sagte Vater und erklärte ihm den Zusammenhang mit dem *Book of Common Prayers* der anglikanischen Kirche.

»Jeder muss rühren – von jung nach alt. Das heißt, Ann fängt an, Vater rührt ganz zum Schluss. Man rührt von Ost nach West. Hier in der Küche wäre das also von rechts nach links, wenn wir vor der Kücheninsel stehen. Und jeder darf sich, während er rührt, stumm etwas wünschen. Wir geben auch einen Silberpenny in den Teig – wer ihn dann Weihnachten in seinem Stück hat, hat noch einmal besonderes Glück.« Ich hatte die Trockenfrüchte schon gestern in Brandy eingelegt, die Nüsse und die anderen Zutaten bereitgestellt. Das Geheimnis von Tante Maudes Rezept war das Rindernierenfett, und es hatte mich einige Mühe gekostet, es hier zu bekommen. Aber nun hatte ich es da und in eine Schale gefüllt. Ebenso hatte Tante Maude laut ihrem Rezept immer frisch geriebene Quitten statt Äpfel verwendet. Da sie die Früchte, so wie ich heute, schon vorab gerieben und mit etwas Zitrone beträufelt hatte, war ich nicht darauf gekommen. Aber nun, seit ich es wusste, war mir klar, was den besonderen Geschmack ihres Puddings ausgemacht hatte. Sie hatte immer Muscovadozucker genommen, und ich war der Meinung gewesen, einfacher Rohzucker würde reichen.

Da der Pudding ja bis Weinachten reifen musste, wusste ich heute natürlich nicht, ob er wirklich so schmecken würde wie früher. Aber ich ging sehr davon aus.

Wir rührten also reihum – mit einem großen Holzlöffel und natürlich nicht mit einem elektrischen Mixer. Jeder kam drei Mal an die Reihe, durfte von Ost nach West rühren und sich etwas wünschen, dann hatte der Teig seine klebrige, feste Substanz, die er brauchte. Die Form hatte ich mit Butter eingefettet, und nun hängten wir sie in den großen Topf, um sie zu dämpfen. Drei Stunden musste sie im Wasserbad hängen, und den Wasserstand musste man regelmäßig überprüfen.

Als ich den Topf auf den Herd stellte, applaudierten alle, und Hannes öffnete eine Flasche Champagner. Im Hintergrund lief unsere Lieblings-Weihnachts-CD, und an die Fenster, die langsam vom Wasserdampf beschlugen, prasselte der Novemberregen. Ein kleiner, wohliger Schauer lief mir den Rücken herunter. Plötzlich freute ich mich sehr auf das Weihnachtsfest.

»Jetzt habe ich Hunger«, sagte Ann entschieden. »Du hast doch sicherlich etwas vorbereitet?«

»Aber natürlich. Es gibt Shepherd's Pie.« Ich sah die Freude in ihrem Gesicht und wie sie sich über die Lippen leckte. Während ich die Pie in den Ofen schob und die Suppe, die es als Vorspeise gab, erwärmte, gingen die anderen schon mal ins Wohnzimmer. Von der Küche aus konnte ich sehen, dass sich Vater sehr angeregt mit Olli unterhielt. Ich fand, dass der junge Mann sich ziemlich tapfer schlug.

»Olli heißt er, nicht wahr?«, sagte Vater zum Abschied, als wir ihn zurück ins Heim brachten. »Ich hoffe, dass ich mir den Namen merken sollte. Ich mag ihn.«

»Ich mag ihn auch«, stimmte ich Vater zu und hoffte dasselbe.

***

Mitte Dezember zog ein Tiefdruckgebiet auf und brachte uns Polarluft. Die meisten Menschen stöhnten und beschwerten sich über die Kälte, so wie sie sich im Sommer über Hitze beschwerten, aber ich liebte es. Der Winter war für mich immer wie eine Art Neuanfang. Der Himmel blassblau, ein klares, reines Leuchten, die Luft knackig und frisch. Die Kälte rauschte im Kopf, und das Gesicht prickelte. Wenn ich durch den Garten ging, knirschte das gefrorene Gras unter meinen Schuhen, und manchmal nachts hörte ich das Knacken, wenn die Zweige in der Kälte brachen.

Zum Frieren an der frischen Luft gehörte auch das Hereinkommen in die Wärme, der Moment, wo das Gesicht von der Hitze des Kamins rot und feucht wurde. Zum Winter gehörten Heißgetränke, die nach Gewürzen dufteten, nach dem Orient und fremden Welten. Zimt, Kardamom und Piment lagen in der Luft.

Das Essen wurde schwerer und sättigender, und an den langen Abenden, an denen man schon früh die Kerzen entzündete, kuschelte ich mich gerne auf die Couch, ein gutes Buch in der Hand. Nur ... Sam fehlte. Sam fehlte im Winter noch mehr als im Sommer.

Ich schmückte nach und nach unser Haus, liebte den Duft der Tannenzweige, die ich in großen Vasen überall verteilte. Auf dem Kaminsims standen die ersten Weihnachtskarten, und ich war froh, dass meine Freunde diesen Brauch ebenso liebten wie ich.

Am Sonntag vor dem Heiligen Abend schmückten wir gemeinsam den Baum. Ich hatte Lebkuchen gebacken und Plätzchen. Das Aroma von Vanille vermischte sich mit dem frischen Geruch der Tanne, die Hannes vom Bauern geholt hatte.

Ann und ich hatten aus dem Haus meines Vaters zwei Kartons mit Weihnachtsschmuck geholt. Enttäuscht hatte sie festgestellt, dass die alten, versilberten Kugeln und der rotsamtene Engel nicht dabei waren. Ich freute mich auf ihr Gesicht, wenn ich sie herausholen würde.

»Hallo, Olli«, sagte ich, als ich die Tür öffnete, überrascht, aber im positiven Sinne. Meine Schwester schmiegte sich an ihn und lächelte mir zu.

»Er wollte unbedingt den Baum mit uns schmücken. Steht er schon?« Sie stürmte ins Wohnzimmer.

»Natürlich steht der Baum schon, die Äste müssen sich doch setzen«, sagte ich und verdrehte belustigt die Augen.

Vater sah ihnen entgegen und kniff kurz die Augen zusammen. »Sie sind der Freund meiner Tochter, sagen Sie nichts.« Er überlegte, lächelte dann. »Olli, nicht wahr?«

»Richtig!«

Mir fiel ein Stein vom Herzen, überhaupt machte Vater, seit er in dem Apartment wohnte, einen sehr aufgeweckten Eindruck. Natürlich wusste ich, dass er letztendlich seinen Weg des Vergessens gehen würde, aber wir schienen einen kleinen Aufschub bekommen zu haben, und das machte mich froh. Olli hatte eine Flasche mit etwas, was prickelte, mitgebracht, so gehörte sich das auch, wenn man den Baum schmückte. Bisher hatten wir auch immer einen Baum bei uns gehabt – aber der in meinem Elternhaus war doch jedes Jahr etwas Besonderes gewesen, das lag auch an dem Baumschmuck, zum Teil von uns selbst gebastelt. Andere Kugeln hatten wir nach und nach gekauft, früher hatte es Lametta gegeben, aber seit Sam nicht mehr. Lametta kann für Tiere sehr gefährlich sein, wenn sie es aus Versehen fressen, und Sam hatte sich so ziemlich alles einverleibt, was sich in Höhe seines Mauls befand. Dieses Jahr hätten wir wieder Lametta aufhängen können. Ich hatte bei Tante Maudes Sachen sogar noch etwas von den alten, schweren, glitzernden Silberfäden gefunden, aber sie waren bleihaltig und sowieso nicht gut für die Umwelt, also hatte Hannes sie zum Werkstoffhof gebracht.

Ich hatte die Lichterketten schon sorgfältig von innen nach außen um den Baum gewickelt, und nachdem jeder ein Glas in der Hand hatte, löschte ich das Licht. Es war einer der frostigen Tage, wo die Welt wie mit einer dünnen Schicht von Zuckerguss überzogen zu sein schien und der Himmel allmählich die Farbe verlor, um dann ganz dunkel zu werden. Nur das Feuer im Kamin knisterte, und der Lichtschein tanzte auf dem Parkett. Ich drückte den Schalter an der Steckdosenleiste, und der Baum erstrahlte im warmweichen Licht.

Ann trank einen Schluck, kniff die Augen zusammen, dann ging sie zum Baum, zupfte hier und da an den Lichterketten. Ich gesellte mich zu ihr und tat es ihr gleich. Es war wichtig, dass die Lichter gleichmäßig verteilt waren, damit es harmonisch wirkte. Erst, als wir ganz zufrieden waren, öffneten wir die Kartons mit dem Baumschmuck. Ich gab Hannes ein Zeichen, daraufhin holte er die Schachtel aus Tante Maudes Nachlass und stellte sie auf den Tisch.

Ann sah mich mit großen Augen an. »Was … Woher … Oh mein Gott, der Engel …« Ihre Augen liefen über, und sie fiel mir schniefend um den Hals. »Wo hast du das gefunden?«

»Auf dem Dachboden, bei den Sachen von Tante Maude.«

»War da noch mehr?«

»An Weihnachtsschmuck? Nein. Aber es gibt noch eine ganze Kiste mit Krimskrams – falls du die haben willst. Und einige alte Taschenbücher, die ich gerne behalten würde.«

»Du kannst alles haben. Aber es ist so, so schön, dass der Engel … Also Weihnachten ohne den Engel … Ich habe schon Albträume gehabt, weil der Baum ja ohne ihn nicht echt gewesen wäre.«

»Der Engel hat schon den Baum geschmückt, als eure Mutter noch ein kleines Mädchen war«, sagte Vater nun. »Er ist schon lange in der Familie. Schon bei den Großeltern eurer Mutter. Während des Krieges hat man ihn in eine Bleikassette gesteckt, damit er bei einem Bombenangriff nicht schmilzt. Er ist nämlich aus Wachs, wisst ihr?«

»Wirklich, Papa?«, sagte ich. »Dann ist es ja wunderbar, dass wir ihn immer noch haben.«

»Ja, das ist es«, sagte er und nickte voller Überzeugung.

Wir schmückten den Baum, es dauerte eine Weile. Ich hatte Quarkstollen mit viel Marzipan gebacken, so wie mein Vater ihn am liebsten mochte. Später gab es noch eine herzhafte Suppe. Und dann saßen wir mit Wein, Gin und Brandy am Kamin und bewunderten den Baum, an dem die alten und nicht ganz so alten Kugeln glitzerten und das Licht widerspiegelten, schauten zum Engel, der über der Spitze zu schweben schien.

Der Baum stand zwar nicht in unserem Elternhaus, aber dennoch hatte er etwas sehr Beruhigendes, Vertrautes. Ann drückte meine Hand. »Darf Olli zu Weihnachten kommen?«, fragte sie mich wispernd.

»Oh, so ernst ist es?«, sagte ich überrascht und beglückt. So weit hatte es bisher noch niemand bei Ann gebracht.

Ann nickte. »Ich glaube schon.«

»Olli ist herzlich willkommen«, sagte ich und überlegte, ob ich wohl noch zwei oder drei zusätzliche Gänsekeulen bei unserem Bauern bekommen würde. Einen Versuch war es wert.

***

Und dann kam der Heilige Abend. Ich hatte die Gänsekeulen und eine wirklich stattliche Gans besorgt. Ich würzte und füllte sie zum Teil, schob sie in den Ofen. Nach eineinhalb Stunden stellte ich die große Auflaufform mit der Füllung dazu und schließlich auch die Quetschkartoffeln, die gut ausgedämpft waren. Das Erbsenpüree und den Rosenkohl hatte ich schon vorbereitet und musste es nur noch aufwärmen. Die Soße hatte ich schon am Vortag gekocht, ich würde noch etwas Gänsefett hinzufügen und sie aufkochen lassen.

Hannes deckte den Tisch, die Lichter am Baum leuchteten und der Kaminofen brannte. Hannes wirkte auf mich etwas fahrig. Immer wieder ging er durchs Wohnzimmer, sah sich um, schob den Stapel an Zeitschriften auf dem Tisch in die Mitte, schüttelte die Kissen auf.

»Ist irgendetwas?«, fragte ich ihn.

»Alles ist bestens. Steht der Champagner kalt? Hast du den Pudding schon aus der Vorratskammer geholt? Haben wir genügend Brandybutter und Clotted Cream?«

»Ja. Und was wir jetzt nicht haben, haben wir nicht«, sagte ich.

Ann hatte sich bereit erklärt, einige Einkäufe für das Raclette zu übernehmen, aber ich hatte ihr das zum Glück ausreden können.

Ich holte die Packung mit den Tröten und den Papierhüten heraus und legte sie auf den Tisch. Auch Knallbonbons hatte ich in England bestellt – so wie es auch Tante Maude immer getan hatte. Eigentlich waren das Accessoires für den ersten Feiertag, aber da würden wir nur Reste essen – die sicherlich reichlich übrig bleiben würden.

»Ich fahr dann mal«, sagte Hannes.

»Ich dachte, Ann holt Papa ab?«

»Ähm, das haben wir geändert«, murmelte Hannes. »Zurück nimmt er ein Taxi, da wird keiner von uns mehr fahren können.«

»Gut.« Ich prüfte die Gans, übergoss sie mit dem Bratfett. Es roch köstlich, und nun traute ich mich auch, die Füllung zu probieren. Sie schmeckte hervorragend – und vor allem genau so, wie Tante Maude sie immer gemacht hatte. An das Rezept hatte ich mich penibel gehalten. Für Ann hatte ich eine Kopie von dem Buch anfertigen lassen. Der Buchbinder hatte sogar die ausgeschnittenen Rezepte und die zusätzlichen Zettel kopiert und dort eingefügt, wo sie auch im Original lagen. Auch hatte er das Buch mit einem Gummiband versehen – es war fast eine exakte Kopie, und ich war sehr auf Anns Gesicht gespannt.

Hannes war gefahren, und für einen Moment hatte ich das Haus für mich alleine. Ich ging vom Wohnzimmer durch das Esszimmer in die Küche. Alles war so, wie ich es mir vorgestellt hatte. Es war natürlich nicht so wie zu Hause, aber es kam dem schon nahe, was das Gefühl an Vertrautheit und Geborgenheit anging. Das lag bestimmt auch an dem Duft, der durch die Räume waberte und alles umhüllte. Gans, Füllung, Soße und Plumpudding. So wie früher. Nur Tante Maude fehlte. Und Sam.

Es klingelte, ich legte die Schürze ab. Im Hintergrund dudelte die Weihnachts-CD »The Twelve Days of Christmas«, und ich war plötzlich ganz aufgeregt und glücklich zugleich. Schnell fuhr ich mir noch einmal mit den Händen durch die Haare, dann öffnete ich die Tür. Mein Vater stand vor mir.

»Frohe Weihnachten«, sagte er und reichte mir einen großen Karton, der in buntes Papier eingeschlagen war. Hinter ihm standen Ann und Olli.

»Frohe Weihnachten!«, riefen die beiden.

Verblüfft sah ich sie an. »Hannes ist unterwegs, um Papa abzuholen«, sagte ich.

»Lass uns doch rein«, brummte mein Vater und schob sich an mir vorbei. Ann und Olli folgten und mit ihnen eine Brise kalter, nasser Winterluft. Schnell schloss ich die Tür hinter ihnen wieder.

»Das muss ein Missverständnis sein … Ich werde Hannes anrufen«, sagte ich verwirrt.

»Nein, nein«, meinte Ann fröhlich. »Das hat alles so seine Richtigkeit.« Dann hob sie die Nase, schnupperte. »Das riecht …«

»Es riecht nicht, es duftet«, sagte Vater. »Es duftet nach Gans und Weihnachten. Wie herrlich!«

»Gans? Aber es gibt doch Raclette?«

»Nein«, meinte ich dann und schloss meine Schwester in die Arme. »Es gibt Gans. Und Stuffing. Und Quetschkartoffeln aus dem Ofen. Und Plumpudding. Er hängt schon im Wasserbad.«

Sie schüttelte den Kopf. »Aber … Wie …?«

»Komm, ich zeig dir was. Das habe ich im Haus auf dem Dachboden gefunden.« Ich reichte ihr Tante Maudes Rezeptbuch.

Verblüfft öffnete sie es, blätterte darin, ihre Augen glänzten. »Sie hat alles aufgeschrieben, alles notiert. Wie schön ist das denn? Das ist unfassbar!«

Ich nickte und reichte ihr das Buch, das ich für sie hatte anfertigen lassen und das ich in einem neuen Geschirrtuch eingepackt hatte. »Frohe Weihnachten …«

Vorsichtig öffnete sie die Schleife. »Du bist unglaublich, Mao«, flüsterte sie. »Ich werde nie so kochen können wie du und Tante Maude. Aber ich könnte es nun wenigstens versuchen. Danke.« Wir drückten uns.

Vater hatte sich schon an den Tisch gesetzt. »Gibt es keinen Aperitif? Ein trockener Sherry wäre doch angebracht.«

Olli ging zur Anrichte, fand den Sherry und brachte Vater ein Glas.

»Den Olli solltest du behalten«, flüsterte ich meiner Schwester zu.

»Ich habe es vor. Diesmal wirklich«, flüsterte sie zurück.

Alles war so wunderbar, so schön, ich hatte das Gefühl, mein Inneres würde langsam und sacht schmelzen, wie Schnee in der Sonne. Dann hörte ich den Schlüssel in der Haustür. Ach herrje, ich hatte Hannes gar nicht angerufen. Nun war er vergebens zum Heim meines Vaters gefahren. Hoffentlich nahm er uns das nicht übel.

Hannes kam rein, schüttelte sich. Er zog etwas hinter sich her. »Nun komm«, sagte er sanft. »Trau dich.«

Ich ging ihm entgegen und sah ein Wuschel aus grauem und schwarzem Fell, etwa kniehoch.

»Frohe Weihnachten, mein Schatz«, sagte Hannes und reichte mir die Leine. »Das ist Abby. Sie ist ein wenig schüchtern. Sie kommt aus ganz schlechten Verhältnissen und brauchte dringend ein neues Zuhause. Und du brauchtest dringend einen neuen Hund.«

»Wie bitte?«, fragte ich verblüfft, aber ich kniete schon nieder, hielt Abby meine Hände entgegen, die sicherlich immer noch nach Bratensoße und Gänsefett rochen. Abby kam näher, schnupperte. Dann sah sie mich an und ich sie. Unsere Blicke hingen einen Moment aneinander, und dann, dann war alles zwischen uns geklärt. Vorsichtig leckte sie an meinen Händen, sah sich dann um. »Komm«, sagte ich und ging ins Esszimmer. Abby folgte mir langsam, sie ging durch den Raum und schnupperte. Plötzlich zog Ann ein großes Hundekissen aus einer der Tüten, die sie mitgebracht hatte, und legte es in Sams Nische. Abby schnupperte und zögerte. Ich ging in die Küche, holte eine Schüssel aus dem Schrank, füllte sie mit Wasser und stellte sie auf den Boden. Sams Näpfe hatte ich alle weggeschmissen. Abby war mir gefolgt. Sie trank durstig, dann ging sie durch die Küche und zurück zur Nische, drehte sich auf dem Kissen drei Mal im Kreis und ließ sich dann wohlig seufzend nieder.

»Da hat wohl jemand sein neues Zuhause gefunden«, sagte Olli lachend. »Und was wollt ihr nun trinken?« Er stand an der Anrichte und sah uns erwartungsvoll an. Normalerweise konnte ich es nicht leiden, wenn sich Fremde in meinem Haushalt bedienten, aber Olli war kein Fremder mehr und alles fühlte sich richtig an.

»Du hast es gewusst!«, sagte ich später zu Ann, während Hannes die Gans tranchierte und sich alle von der Füllung auf den Teller schaufelten. »Die Sache mit dem Hund. Sonst hättest du das Kissen nicht dabei gehabt.«

»Das Kissen ist mein Geschenk an dich. Wir haben auch noch Näpfe und all so Zeugs. Damit sie hier gut ausgestattet ist. Wohl fühlt sie sich ja jetzt schon.« Ann sah zur Nische, wo Abby lag und schlief. »Es ist gut, dass wieder ein Hund im Haus ist. Hier gehört ein Hund hin.«

»Ich wollte keinen Hund.«

»Du wolltest ja auch Raclette zu Weihnachten machen – tja, man bekommt nicht immer das, was man sich so vorstellt.« Hannes lachte. »Natürlich wolltest du einen Hund. Nur hättest du es nie gewagt, das zu sagen, um Sam nicht untreu zu werden. Aber glaub mir, Sam sitzt im Hundehimmel und ist froh, dass sein Platz jetzt wieder gefüllt ist und die arme Abby ein gutes, wenn nicht sogar das beste Hundezuhause gefunden hat.«

Ich wollte Hannes widersprechen, rein aus Trotz, aber er hatte ja Recht, und außerdem war Weihnachten.

Es wurde ein langer, gemütlicher, fröhlicher und glückseliger Abend. Zwischendurch drehte ich eine kleine Runde um den Block mit Abby und freute mich über die Wärme, das Gelächter und all die Düfte, als ich wieder hineinkam.

Es war der perfekte Weihnachtsabend, an dem Tante Maude natürlich fehlte. Aber sie und Sam waren – wenn auch nur in unseren Gedanken – bei uns. Und das würden sie immer sein.

»Abby«, sagte Vater, als das Taxi kam, um ihn heimzubringen. »Abby, den Namen werde ich mir merken müssen. Sie wird ja wohl bleiben, nicht wahr?« Dann schaute er auf und schmunzelte. »So wie Olli auch, will ich hoffen.«

»Ja«, sagte Ann und zog mich an sich. »Wir haben heute ein neues, anderes Weihnachtsfest gefeiert. Mit Abby, aber ohne Tante Maude. Ich bin sehr gespannt, wie es nächstes Jahr sein wird. Immerhin wissen wir nun eins: Es wird auch im nächsten Jahr Gans mit Füllung geben.«

»Und diesen köstlichen, flambierten Plumpudding«, fügte Olli hinzu und hielt den Penny hoch, den er im Pudding gefunden hatte. »Was für ein Glück.«

»Frohe Weihnachten euch allen. Und wer will, kann morgen zum Resteessen kommen.« Ich sah meine Familie an und war ganz und gar von Glück erfüllt. »Frohe Weihnachten.«

Das Schweigen

von
Anne Jacobs

Warum ist es bloß so schwierig, einer Tochter das richtige Weihnachtsgeschenk zu machen? Ach, Töchter haben nun einmal ganz andere Vorlieben und Abneigungen als ihre Mütter ... Julia hat niemals die abgelegten Sachen ihrer Mama anziehen wollen, nicht einmal eine Strickjacke oder einen Pullover. Und wenn Ingrid irgendwo ein hübsches Teil für die Tochter gekauft hat, war es immer ein Reinfall.

»Das zieh ich nicht an, Mama!«, hat sie entrüstet gesagt.

»Aber die jungen Leute tragen doch sowas ...«

»Ich nicht!«

Mit den Spielsachen war es genauso. Zu Geburtstagen oder zu Weihnachten gab es fast immer Tränen, weil es eben nicht das Barbie-Haus war, das die Tochter hatte haben wollen, sondern ein anderes Puppenhaus, eines aus Holz, das Ingrid viel preiswerter und vor allem nicht so kitschig gefunden hatte.

»Nie kriege ich das, was ich mir gewünscht habe!«, beschwerte sich Julia dann und weinte bitterlich.

Leider wünschte sich Julia immer nur das Teuerste, und Mutter Ingrid war es gewohnt, zu sparen. So war sie nun einmal erzogen worden, die Eltern waren Flüchtlinge gewesen, hatten bei null angefangen und ein Häuschen gebaut, da mussten Hypotheken abbezahlt werden, und jede Mark, die am Monatsende übrigblieb, kam aufs Sparbuch. Weil man damals dafür noch gute Zinsen bekam.

Natürlich hat Ingrid selbst diese Sparwut der Eltern auch nicht gefallen, aber die Erziehung steckt einem nun einmal in den Knochen – und leider ertappt man sich irgendwann bei den gleichen Fehlern, die einen an den Eltern immer gestört haben. Nach dem Tod ihrer eigenen Mutter hat Ingrid sich allerdings einen Ruck gegeben. Du liebe Güte – das alte Häuschen vollgestopft mit Krempel, den niemand mehr haben will, und auf der Bank einen Batzen Geld, den sich die Mutter buchstäblich vom Mund abgespart hat! Sie hätte es sich in ihren letzten Jahre so schön machen können, auf Reisen gehen, hübsche Kleider kaufen, das Haus altersgerecht und bequem einrichten – aber sie hat sich bis zu ihrem Tod nicht einmal eine Urlaubsreise gegönnt und ist tagein, tagaus in ihren uralten Kittelschürzen herumgelaufen. Alte Gewohnheiten legte man eben nicht so schnell ab.

Ingrid hat beschlossen, dass dieses Jahr zu Weihnachten alles anders werden soll. Julia ist dreißig, eine erwachsene Frau, sie hat einen hervorragenden Abschluss an der Universität hingelegt und sich ein Jahr lang in der Welt herumgetrieben. Jetzt hat sie eine gut bezahlte Position in einer Werbeagentur und kann sich eigentlich jeden Wunsch selbst erfüllen. Inklusive ihres größten Traumes: ein Kind. Auch das wird sie bald geschafft haben, der Vater ist Ben, Amerikaner mit schottischen Wurzeln, ein netter Bursche – heiraten wollen sie auch bald. Erstmal soll das Baby kommen, dann irgendwann eine Hochzeit – die jungen Leute sehen das heute eben locker. Vor allem aber ist Julia, seit ihr Vater vor zwei Jahren gestorben ist, sehr am Familienleben interessiert. Sie besucht Ingrid, so oft sie kann, und natürlich wird der Heilige Abend noch immer gemeinsam gefeiert. Dieses Jahr freut Ingrid sich ganz besonders darauf, weil sie ja sozusagen schon zu viert unter dem Baum sitzen werden.

»Weißt du was?«, hat Ingrid vorgeschlagen. »Wir fahren zusammen ins Einkaufszentrum, und du suchst dir etwas Hübsches aus, das ich dir schenken kann.«

»Aber dann ist es doch keine Überraschung mehr!« Julia hat den Vorschlag sofort abgewiesen.

»Aber wenigstens bekommst du dann etwas, das dir gefällt!«

Die Tochter hat daraufhin die Schultern gezuckt und gemeint, sie könnten es ja mal versuchen, sie hätte selbst auch ein paar Weihnachtseinkäufe zu erledigen.

Ingrid wusste einfach nicht, was sie tun sollte. Was sie auch anstellte, es passte der Tochter nicht. Trotzdem fuhren sie einige Tage später gemeinsam in ein großes Einkaufszentrum und schauten sich dort die Auslagen in den Geschäften an. Ach, die hübsche, bunte Weihnachtsdekoration! Die riesige Tanne, die vor Kugeln, Lichtern und Flitterwerk glitzert, der künstliche Schnee darunter mit einem Rentierschlitten, auf dem der Weihnachtsmann sitzt und die vorübereilenden Kauflustigen fröhlich angrinst. Jedes Geschäft ist mit Zwergen, Engeln und rieselndem Schnee phantasievoll geschmückt, und über ihnen in den breiten Gängen hängen beleuchtete Girlanden mit Herzen oder Sternen aus künstlichem Tannengrün. Ein zauberhaftes, weihnachtliches Lichtermeer, in dem auch eine kleine Eisenbahn umherfährt, auf der die Kinder eine Runde drehen können, während ihre Eltern Weihnachtsgeschenke kaufen.

Julia scheint dieser vorweihnachtliche Rummel zu gefallen, was Ingrid sehr freut. Ihre Tochter kauft verschiedene Kleinigkeiten für irgendwelche Freunde, die sie beschenken will, die Taschen füllen sich: Ein elektronisches Teil für Ben wird besorgt, dann gönnen sie sich beide eine Currywurst im Stehen. Das findet Julia praktischer, weil die Cafés brechend voll sind und man ewig auf einen freien Tisch warten muss. Außerdem erinnert es Julia an früher, weil sie im Urlaub an der Nordsee immer Currywurst mit Mayo essen durfte.

»Gehen wir gleich nochmal in den Laden gegenüber?«, fragt Ingrid und deutet mit der Plastikgabel in die Richtung.

Dort ist ein kleines, aber feines Geschäft für Kinder- und Babyausstattung, und sie hat ganz bezaubernde Sachen im Schaufenster entdeckt. Aber natürlich – aussuchen muss Julia. Nur nicht die gleichen Fehler wie damals machen!

Aber die Tochter schüttelt den Kopf.

»Nee, das ist mir zu früh. Mit Babyausstattung fange ich erst an, wenn ich im siebten Monat bin. Ben ist da abergläubisch, seine Eltern finden auch, dass es besser so ist.«

Ingrid verkneift sich die Bemerkung, dass die Enkeltochter – sie kennen natürlich schon das Geschlecht des Kindes – ja auch im siebten Monat zur Welt kommen könnte und dann würde Julia dastehen und hätte nicht einmal eine Grundausstattung! Aber nein, das sagt sie besser nicht, sie will der Tochter keine Angst machen, nur weil sie sich selbst Sorgen macht, und überhaupt soll heute, an so einem schönen Tag mit ihrer Tochter, nichts Negatives aufs Tapet kommen.

»Dann vielleicht eine Handtasche? So eine richtig teure, weißt du?«

Julia seufzt und dreht die Augen zu dem Stern aus beleuchtetem Tannengrün, der über ihren Köpfen baumelt.

»Brauch' ich doch nicht …«

Tatsächlich besitzt die Tochter eine reiche Kollektion an Handtaschen unterschiedlichster Qualität, aber etwas wirklich Teures ist nicht dabei. Ingrid findet das reichlich seltsam – früher konnte das Geschenk ihr gar nicht teuer genug sein, aber jetzt auf einmal möchte Julia das nicht mehr.

Ingrid seufzt – sie meint es doch nur gut! »Vielleicht eine hübsche Kette mit einem Anhänger?« schlägt sie vor. »Da drüben ist ein Juwelier. Oder ein Armband?«

»Hat mir Ben schon geschenkt.«

»Ach so …«, sagt Ingrid enttäuscht.

Die Sache mit dem Barbie-Haus von damals wäre doch einfacher gewesen. Aber dazu ist es nun zu spät. Sie wird es an der Enkelin einmal wiedergutmachen und ihr alle Wünsche sofort erfüllen, nimmt sie sich vor.

Julia wischt die rote Currysoße mit dem Rest ihres Brötchens aus der Pappe und will wissen, warum eigentlich Tante Ilse am Heiligen Abend nie eingeladen wird.

»Ich bin wahnsinnig traurig, dass Papa nicht mehr bei uns ist«, sagt sie und legt die Hand auf ihren Bauch. »Wie hätte der sich gefreut! Aber wenigstens Tante Ilse könnte mit uns Weihnachten feiern. Sie gehört doch auch zur Familie!«

Ingrids ältere Schwester wohnt etwa 50 Kilometer von ihr entfernt. Leider ist der Kontakt auf Sparflamme, man ist zu verschieden, das war schon immer so und hat sich im Alter nicht unbedingt verbessert – eher im Gegenteil. Ilse ist immer noch die Kluge, Intellektuelle von ihnen beiden, sie hat Abitur gemacht und ist Gymnasiallehrerin, Papas ganzer Stolz. Ingrid dagegen war schon immer das hübsche, fröhliche Nesthäkchen, der kleine Wildfang, hat später alle Jungen bezaubert. In der Schule hat sie nie größere Leistungen vollbracht, die Banklehre hat sie abgebrochen, um zu heiraten. Sie hat es zwar nicht bereut, hat einen lieben Ehemann gefunden und eine Tochter großgezogen, später hat sie Ehrenämter übernommen, kümmert sich um die Bibliothek der Kirchengemeinde und singt im Chor. Aber natürlich steht Ilse mit dem Gehalt der Oberstudienrätin besser da, und dann geht sie ja auch ganz und gar in ihrem Beruf auf …

»Tante Ilse hat doch ihren eigenen Kreis. Die treffen sich immer am Heiligen Abend.«

»Sie könnte ja einmal eine Ausnahme machen, schließlich wird sie Großtante!«

»Ich weiß nicht, ob sie darüber begeistert sein wird.«

Das war wieder falsch, jetzt ist die Tochter enttäuscht und verletzt. Sie drängt zur Heimfahrt, die Beine tun ihr weh vom vielen Herumlaufen.

»Na gut, dann kaufen wir einfach noch zwei Stückchen Sahnetorte beim Bäcker, die können wir später zum Kaffeetrinken naschen.«

Julia hätte lieber selbstgebackene Weihnachtsplätzchen, aber die hat Ingrid in diesem Jahr noch nicht hergestellt, also gibt es Nürnberger Lebkuchen aus dem Fachgeschäft.

Im Auto schweigen sie sich eine Weile an. Julia fährt, das lässt sie sich nicht nehmen. Sie ist eine hervorragende Autofahrerin, und Ingrid überlässt ihr bereitwillig das Steuer.

Schließlich, als sie an einer Ampel warten müssen, hält es Ingrid nicht mehr aus.

»Kannst du mir wenigstens einen Tipp geben? Ich weiß wirklich nicht, womit ich dir zu Weihnachten eine Freude machen könnte.«

Die Ampel springt auf Gelb, dann wird es Grün und Julia fährt los.

»Da wüsste ich schon etwas ...«

»Dann heraus damit!«, meint Ingrid erleichtert.

»Die Puppe hätte ich gern.«

»Was denn für eine Puppe?«

Ingrid wühlt in ihrem Gedächtnis. Hat sich Julia einmal eine Puppe gewünscht, die sie nicht bekommen hat? Ach nein, sie hat damals wirklich etliche geschenkt bekommen, wenn Ingrid eine besonders niedlich fand. Gespielt hat Julia damit so gut wie gar nicht. Also ging es wohl um eine dieser scheußlichen Barbie-Puppen, die sie der Tochter nur mit Widerwillen gekauft hat. Weil diese Plastikweibchen genau das waren, was Ingrid als rückständig ansah, schließlich kämpfte sie schon damals für Frauenrechte. Die Tochter fand das schrecklich albern – damals! Heute nehmen die jungen Frauen eben diese mühsam erstrittenen Rechte ganz selbstverständlich für sich in Anspruch.

»Um welche der zahllosen Barbies geht es, die ich dir damals vorenthalten habe?«, erkundigt sie sich mit einem leichten Augenrollen.

»Doch keine Barbie, Mama!«, stöhnt die Tochter.

»Was für eine Puppe meinst du denn dann?«

»Die, die bei uns früher immer auf dem Sofa gesessen hat. Die du von der Oma hast.«

»Die ... diese alte, hässliche Gliederpuppe?«

»Genau die! Hast du nicht erzählt, dass die Oma diese Puppe auf der Flucht aus ... keine Ahnung ... mitgenommen hat?«

Großer Gott! Dieses alte Ding hat tatsächlich früher einmal auf dem Sofa gesessen. Eine Gliederpuppe mit Echthaar und starrem Porzellangesicht, die den albernen Namen »Ortrud« trug und Ingrid immer ein wenig unheimlich gewesen war.

»Aus Ostpreußen sind sie geflohen. Aber … Ich weiß gar nicht mehr, ob ich die Puppe noch habe.«

Ingrid hat nach dem Tod ihres Ehemannes Tabula rasa gemacht. Sie hat das Haus verkauft, gründlich ausgemistet und ist allein in eine Dreizimmerwohnung gezogen. Die Erbschaft ihrer Mutter ist ihr eine Lehre gewesen – sie will niemandem zumuten, ein solches Messie-Haus ausräumen zu müssen. Ein paar Fotoalben hat sie noch, weil Julia so daran hing. Aber die Puppe ist der Aktion zum Opfer gefallen oder sogar noch schlimmer …

»Was? Du hast mir doch versprochen, dass du sie für mich aufhebst!«, rief Julia.

»Wann hätte ich dir das denn versprochen? Daran kann ich mich nicht erinnern.«

»Das ist doch immer das gleiche! Du versprichst mir etwas, und hinterher willst du nichts mehr davon wissen!«

»Weil du mir immer irgendwelche angeblichen Versprechen anhängst, wenn ich nur einmal ›vielleicht‹ gesagt habe!«

»Du hast nicht ›vielleicht‹ sondern ›Ja‹ gesagt, Mama, da bin ich mir ganz sicher!«

Da sind sie schon wieder im alten Fahrwasser angekommen. Genau diesen Streit haben sie jahrelang miteinander geführt: Immer hat Julia behauptet, die Mutter hätte ihr etwas »versprochen.« Wobei Ingrid der Ansicht ist, sie habe nur »vielleicht« oder »mal sehen« gesagt.

»Reg dich bitte nicht so auf«, meint Ingrid schließlich beschwichtigend. »Das schadet dem Kind. Ich habe noch ein paar Kartons im Keller stehen, da könnte sie drin sein.«

»Und wenn nicht?«

»Ich finde sie schon, Julia.«

»Echt? Oh Mama, dann wünsche ich mir, dass sie am Heiligen Abend unter dem Weihnachtsbaum liegt. Versprichst du mir das?«

Schon wieder. Und dieses Mal gibt es kein »vielleicht« oder »ich will mal sehen«. Sie muss Farbe bekennen, schließlich ist es ein Weihnachtswunsch.

»Versprochen!«

***

Der Nachmittag endet schließlich doch in Harmonie. Zwei Kerzen brennen am Adventskranz, alte Fotos werden angeschaut, Julia ist besänftigt. Es werden Pläne geschmiedet, Julia zeigt ihr im Internet, welche Babyschaukel, welchen Kinderwagen sie haben will, wie sie das Babyzimmer einrichten möchte. Im Herbst wollen sie mit der Kleinen nach Chicago zu den amerikanischen Großeltern fliegen. Da soll Ingrid mitkommen, damit sich die Familie endlich einmal kennenlernt.

Als Julia am Abend zurück in ihre Wohnung fährt, räumt Ingrid sorgenvoll das Geschirr in die Spülmaschine, dann setzt sie sich mit dem Handy aufs Sofa und tut einen tiefen Seufzer, bevor sie die Nummer heraussucht. Jetzt heißt es, über den eigenen Schatten zu springen – denn die verflixte Puppe besitzt inzwischen ihre Schwester Ilse.

Sie haben monatelang keinen Kontakt mehr gehabt. Wann hat sie das letzte Mal angerufen? Ach ja, das war wegen dem Mieterbund, wo Ilse schon lange Mitglied ist, da hat Ingrid einen Rat gebraucht, weil sie Ärger mit ihrem Vermieter hatte.

»Hallo?«

Typisch Ilse. Sie meldet sich niemals mit ihrem Namen, weil sie sich vor kriminellen Anrufern fürchtet. Schließlich lebt sie allein, verheiratet war sie nie.

»Ich bin's, Ingrid. Wollte mal hören, wie es dir so geht.«

»Ingrid!«

Das klingt milde gesagt zurückhaltend. Man könnte es auch misstrauisch nennen …

»Wir haben ja so lange nichts mehr voneinander gehört, und da dachte ich, ich rufe mal an!«

Ilse räuspert sich lautstark. Das tut sie immer, wenn sie unsicher ist, wie sie reagieren soll.

»Nett von dir. Kann ich etwas für dich tun?«

Ingrid wird bewusst, dass sie die Schwester in den vergangenen Monaten nur angerufen hat, wenn sie irgendetwas von ihr wollte. Ein Dokument, einen Ratschlag. Schließlich war es keine Kleinigkeit, nach dem Tod des Ehemannes ganz allein mit allem, was anfiel, fertigzuwerden. Jetzt könnte sie natürlich gleich mit dem wahren Grund für ihren Anruf herausrücken – aber das wäre taktisch unklug, weil Ilse dann sicherlich sofort »Nein« sagen würde.

»Ach, wir haben uns doch so lange nicht gesehen, Ilse. Da gibt es viel zu erzählen. Weißt du eigentlich, dass Julia ein Baby bekommt?«

»Tatsächlich? Nun ja – ist ja auch höchste Zeit. Sie ist schon über dreißig, nicht wahr?«

So ist sie, ihre Schwester. Immer gleich alles madig machen.

»Genau das richtige Alter. Weißt du was? Ich hätte Lust, einmal bei dir vorbeizukommen. Nur auf einen kleinen Adventskaffee. So ein kurzes Plauderstündchen. Ich könnte Kuchen mitbringen ...«

Vermutlich hat die kluge Ilse den Zaunpfahl, mit dem Ingrid winkt, längst wahrgenommen, aber wenn sie ablehnt, hat sie den schwarzen Peter.

»Im Prinzip gern«, sagt Ilse vorsichtig. »Allerdings habe ich viel zu tun, weil jetzt vor Weihnachten jede Menge Arbeiten korrigiert werden müssen. Warte mal ...«

Ingrid weiß, dass die Schwester jetzt die Brille auf ihrer Nase hochschiebt, um auf ihren Wochenkalender zu schauen.

»Am Samstagnachmittag? So gegen halb drei? Kuchen brauchst du nicht mitzubringen, ich habe noch etwas eingefroren.«

Da ist sie wieder, die anerzogene Sparsamkeit. Sie wird jetzt »Nachhaltigkeit« und »Umweltbewusstsein« genannt. Nur nichts wegwerfen – der Schwester kann man ja die vor drei Jahren eingefrorenen Tortenstücke noch vorsetzen.

»Wunderbar. Dann bin ich nächsten Samstag gegen halb drei bei dir. Ich freue mich!«

»Bis dahin.«

Zack ist der Anruf beendet, und Ingrid starrt auf den roten Punkt auf ihrem Smartphone. Das Gespräch war kurz und knapp. Aber wenigstens hat sie sich eine Chance erarbeitet.

***

Für den Samstag betreibt sie einigen Aufwand. Sie backt Weihnachtsplätzchen: Butterspekulatius, Zimtsterne und Mandelmakronen. Die hat die Mutter früher auch gemacht und in Blechdosen gelegt, die bis Weihnachten streng gehütet wurden.

Mit einer Tüte voller Gebäck, einer hübschen Kerze und guten Vorsätzen ausgestattet fährt sie los. Ilse lebt in einer großzügigen Vierzimmerwohnung in Bad Homburg. Innenstadt, aber dennoch ruhig gelegen, die Geschäfte vor der Tür, das Gymnasium fußläufig zu erreichen. Das Treppenhaus glänzt vor Sauberkeit, an den Türen prangen gediegene Weihnachtskränze, im zweiten Stock, wo Ilse ihre Wohnung hat, hängt ein elegantes Gebinde aus Fichtenzweigen, Tannenzapfen und irgendwelchen getrockneten Waldfrüchten. Die Schwester lebt naturbewusst, ist seit Jahren Vegetarierin und setzt sich für aussterbende Tierarten ein.

»Da bist du ja. Komm rein.«

Die Begrüßung fällt wie üblich distanziert aus, aber immerhin hat sie Kaffee gekocht und den Tisch gedeckt. Zwei schmale Stückchen Mocca-Torte warten auf dem Kuchenteller, von Weihnachtsgebäck umgeben. Richtig – das bekommt sie immer von ihren Kolleginnen geschenkt. Ilse nimmt die Gaben ihrer Schwester mit höflichem Dank entgegen und stellt sie auf der Kommode ab, wo ein einzelner schlichter

Engel aus Jutestoff und Wollfäden spartanische Weihnachtsstimmung verbreitet. Ingrid schaut sich verstohlen um: Die Puppe ist auf den ersten Blick nirgendwo zu sehen.

»Schön, dass du einmal vorbeikommst«, bemerkt Ilse. »Setz dich. Trinkst du immer noch Schonkaffee? Ich habe extra welchen besorgt.«

»Wie lieb von dir! Ja, ich muss mit dem Magen etwas aufpassen …«

»Ich sage dir seit Jahren, dass du dich falsch ernährst, Ingrid. Hast du dich einmal untersuchen lassen?«

Und schon würde Ingrid am liebsten wieder gehen. So war ihre Schwester ihr gegenüber schon immer gewesen – jetzt kommt gleich ein Vortrag über gesunde Ernährung, und dabei wird Sahnetorte gegessen. Ingrid will gerade ablenken, da wechselt ihre Schwester selbst schon das Thema.

»Und hat deine Tochter also endlich eine gute Anstellung ergattert? Das Studium war ja recht ausgedehnt. So etwas hätte ich mir damals nicht erlauben dürfen. Aber das waren eben andere Zeiten …«

Nur nicht widersprechen, denkt Ingrid. Dann lässt sich vielleicht der Frieden bewahren. Sie versucht, Themen zu finden, bei denen sie übereinstimmende Ansichten haben, was nicht einfach ist, aber doch machbar. Ja, ein Auslandsaufenthalt ist im heutigen Berufsleben sehr wichtig. Allerdings nur, wenn es zielgerichtet ist und nicht in eine Weltenbummelei ausartet.

»Wie hast du dich außerdem in deiner Wohnung eingelebt? Du warst doch an das große Haus gewöhnt. Ich finde es zwar nach wie vor richtig, dass du dich verkleinert hast, aber trotzdem war diese radikale ›Befreiung‹, wie du es genannt hast, meiner Ansicht nach übereilt.«

Da hat sie Glück gehabt, dass Ilse selbst das Gespräch dorthin lenkt, wo Ingrid es selbst haben will. Natürlich tut sie es auf die ihr eigene Weise, nämlich verbunden mit dem Vorwurf, dass die Schwester zu spontanen Entschlüssen neigt und unfähig ist, wichtige Entscheidungen vorab zu planen.

»Nun ja – ich bin eben emotional, das weißt du ja«, gibt sie zu. »Nach Manfreds Tod gab es für mich zwei Möglichkeiten: Entweder ich baue eine Mauer aus Erinnerungen um mich herum und schmore im eigenen Saft. Oder ich befreie mich von allem und wage einen Neuanfang. Das habe ich dann eben gemacht.«

Ilse nickt dazu und kratzt die Sahnereste von ihrem Teller. Das Service stammt von den Eltern, ebenso die Kaffeelöffelchen und die Kuchengabeln.

»In gewisser Weise hast du aber nicht ganz unrecht«, beginnt Ingrid vorsichtig auf ihr Ziel zuzusteuern. »Einige Dinge, die ich letztes Jahr so leichtherzig weggegeben habe, fehlen mir nun doch.«

»Das dachte ich mir schon«, erwidert Ilse selbstzufrieden. »Aber weg ist weg. Es war deine eigene Entscheidung!«

Ilse schenkt Kaffee nach, schiebt Ingrid Milch und Zucker zu und nimmt sich einen Zimtstern. Sie sind flacher, ohne Eiweiß. Ilse hat Mühe, einen Zacken des veganen Sterns abzubeißen.

»Deshalb bin ich immer noch froh, dass du damals gekommen bist, um die Sachen durchzusehen«, fährt Ingrid fort. »Weil ja auch Dinge aus dem Haushalt unserer Eltern dabei gewesen sind. Wie schön, dass das Kaffeeservice zu deiner Einrichtung passt.«

»Ja, das hat mir schon immer gefallen. Aber weil du es nach Muttis Tod unbedingt haben wolltest, habe ich es dir gelassen …«

Jetzt muss sie direkt vorgehen, sonst kommt sie gar nicht mehr zu Potte.

»Hast du eigentlich die Puppe noch?«

Ilse lächelt hart. So sieht sie bestimmt aus, wenn sie einer Schülerin null Punkte gibt.

»Aber natürlich. Ich habe sie vor deiner Entsorgungswut gerettet und halte sie in Ehren.«

»Dafür bin ich dir sehr dankbar, Ilse! Aber weißt du«, fängt sie vorsichtig an. »Mama hat ja eigentlich gewollt, dass die Puppe in der Familie weitervererbt wird, nicht wahr?«

»Richtig. Aber wie es scheint, hat sich Julia wenig dafür interessiert, oder?«

Das ist leider wahr. Julia hat als Kind überhaupt nicht mit Puppen gespielt, die alte Gliederpuppe, die mit blauen Glasaugen im unbeweglichen Gesicht auf dem Sofa thronte, hat sie schon gar nicht interessiert. Sie fand sie immer »gruselig«.

»Stell dir vor, seit Julia ein Kind erwartet, hat sie sich vollkommen verändert. Sie zeigt plötzlich Interesse für die Familie – und hätte gern die Puppe, die der Großmutter gehört hat …«

Ilse runzelt die Stirn. Sie nimmt die Kaffeetasse in die Hand und lehnt sich im Sessel zurück, um sie auszutrinken.

»Sie hätte gern die Puppe Ortrud?«, meint sie gedehnt. »Nun – das wird vermutlich eine vorübergehende Manie sein. In der Schwangerschaft spielen die Hormone verrückt, da kann es schon einmal zu seltsamen Gelüsten kommen …«

»Aber nein – sie meint es sehr ernst. Es ist ihr Weihnachtswunsch, Ilse. Verstehst du, in welcher Klemme ich jetzt stecke?«

»Tja«, sagt Ilse und stellt die geleerte Tasse mit einer gezielten Bewegung zurück auf die Untertasse. »Das hast du dir leider selbst zuzuschreiben.«

Jetzt ist der Schatten wirklich riesig, über den sie springen muss. Geradezu eine schwarze Wand.

»Das weiß ich ja, Ilse«, sagt sie zerknirscht. »Aber könntest du nicht … Ich meine, es ist doch Weihnachten. Das Fest der Liebe. Und der Familie …«

Ingrid kennt das Gesicht, das die Schwester jetzt aufsetzt. Hochmütig die Augenbrauen emporgezogen, der Blick überlegen, geradezu triumphierend.

»Die Puppe wurde mir jahrzehntelang vorenthalten, Ingrid. Und jetzt, da ich sie aus einem Karton gerettet habe, der für den Müll bestimmt war, kannst du sicher sein, dass ich sie auch behalten werde. Wenn das deiner Tochter nicht gefällt, kann sie mich gern anrufen, ich werde ihr meine Gründe darlegen. Ich werde diese geschichtsträchtige Puppe, die die entbehrungsreiche Flucht von Ostpreußen bis Frankfurt miterlebt hat, später einem Museum übereignen. Damit sie in die richtigen Hände kommt …«

Jetzt reicht es Ingrid – der der lange zurückgehaltene Zorn platzt aus ihr heraus, sie steht auf und faucht die Schwester an: »Dass du mit deiner Bosheit ausgerechnet mein Kind so kränkst, werde ich dir nie verzeihen. Meinetwegen kannst du in deinem Bunker aus Selbstgerechtigkeit und Egoismus verschimmeln. Fröhliche Weihnachten!«

Der Abgang ist grandios, sie verlässt den Ort ihrer verlorenen Schlacht hocherhobenen Hauptes und schlägt die Wohnungstür so energisch hinter sich zu, dass die Fichtennadeln von dem Ökogebinde rieseln. Hat sie es doch gewusst! Ihre Schwester hat sich keinen Deut verändert, im Gegenteil, jetzt im Alter wird sie starrsinniger denn je und schaut immer noch zuerst auf sich selbst.

***

Zu Hause sitzt Ingrid vor dem Fernseher wie jeden Abend – es gelingt ihr jedoch nicht, sich auf die Handlung des Films zu konzentrieren, immer wieder steigt der Zorn auf die Schwester auf. Wie hochnäsig sie sie behandelt hat! Was für ein Fest muss es für Ilse gewesen sein, der kleinen Schwester wieder einmal ihre »geistige Überlegenheit« vor Augen zu führen.

In ein Museum will sie die Puppe geben – das sieht ihr ähnlich. *Geschichtsträchtig*! Ein Erinnerungsstück aus der Familie ist sie – weiter nichts. Die alte Puppe hat im Elternhaus immer in der Vitrine gesessen, und die Mutter hat sie manchmal liebevoll saubergemacht. Auch die langen, braunen Zöpfe, da hat sich gern der Staub hineingesetzt. Daneben haben zwei schwarz angelaufene Teelöffelchen gelegen, die waren aus Silber und mussten alle paar Jahre geputzt werden, dann wurden sie ganz blank ... Moment einmal! Hat sie nicht nach Mutters Tod eines dieser Löffelchen mitgenommen? Natürlich, das andere hat Ilse beschlagnahmt. Aber wo ist es geblieben? Ach, sie hat letztes Jahr das »zusammengestoppelte« Besteck weggegeben und sich ein schönes neues Set in einem großen Möbelhaus gekauft. Da wird das alte Löffelchen wohl auch verloren sein.

Oder doch nicht? War da nicht in der Zuckerdose ein Löffelchen, das sie eigentlich weggeben wollte, aber dann im Schrank vergessen hat? Sie springt auf, wirft die Fernbedienung von sich und sucht im Geschirrschrank nach der Zuckerdose. Da ist sie – mit Löffelchen! Mein Gott – was hat sie für ein Glück! Das alte, schwarz angelaufene Silberlöffelchen ihrer Mutter. Immerhin kann sie Julia nun ein Erinnerungsstück aus der Familie präsentieren. Man müsste es nur putzen, damit man das Monogramm, das im Griff eingeprägt ist, besser entziffern kann. Womit reinigt man Silber? Die Mutter hatte immer so eine grüne Flasche mit einer weißen, stinkenden Flüssigkeit. Sidol! Aber das hat sie damals natürlich entsorgt. Sie versucht es mit Spülmittel, aber das bringt nichts. Mit Badreiniger. Auch nicht viel besser. Aber mit dem Putzstein, den sie einmal in einem Anfall von Ökowahn gekauft hat, weil er zu 99 Prozent biologisch abbaubar ist, funktioniert es. Der schwarze Überzug verflüchtigt sich, und das Silber tritt glänzend zutage. Was steht da in verschlungenen Buchstaben? Ach herrje – wer kann sowas lesen? Ist das ein L? Oder ein G? Die Mutter hieß doch Mathilde Koschnik. Aber ein M oder ein K kann sie in diesen Verschlingungen wirklich nicht erkennen.

Sie kommt zu keinem Ergebnis, da dieser silberne Löffel jedoch ziemlich alt ist und in der Vitrine ihrer Mutter gelegen hat, muss er wohl ein Erbstück sein. Komisch eigentlich, dass sie so wenig über ihre Familie weiß. Es muss daran liegen, dass die Eltern nicht viel erzählt haben. Sie waren ganz und gar damit beschäftigt, neu anzufangen, Geld zu verdienen, ein Häuschen zu bauen, wieder »zu etwas zu kommen«. Vom Krieg und von der Flucht aus Ostpreußen wurde nicht gesprochen. Das sei nichts für Kinder, hat die Mutter gemeint. Und der Vater wollte schon gar nichts von seiner Kriegsgefangenschaft in Russland erzählen.

»Wenn ich davon anfange, dann kommt das alles wieder hoch, und ich kann drei Nächte lang nicht schlafen«, hat er einmal gesagt.

Als Kinder haben sie das so hingenommen und nicht mehr gefragt. Aber wenn sie es jetzt richtig betrachtet, war da eigentlich immer ein Geheimnis. Eine Lücke. Ein Schweigen.

Ob sie das Julia eingestehen soll? Aber die ist gerade so glücklich, erwartet ein Kind und wünscht sich eine liebevolle, heile Familie. Da muss Ingrid ihr nicht solch triste Sachen erzählen – schon gar nicht am Heiligen Abend. Sie hat jetzt ja zum Glück das Löffelchen gefunden, da wird ihr Julia die fehlende Puppe vielleicht verzeihen können.

***

Am Heiligen Abend bereitet sie das traditionelle Essen zu: Sauerbraten mit Klößen und Apfelmus. Den Nachtisch bringen Julia und Ben mit, irgendeine Creme, die Ben im Thermomix zubereitet. Seit die beiden dieses Gerät angeschafft haben, kochen sie abwechselnd mit Leidenschaft – kein Wunder, da braucht man nicht viel über Lebensmittel und Kochrezepte zu wissen, und es geht doch niemals schief. Ingrid hat eine kleine Tanne gekauft, die sie mit Lichterkette und neu erworbenen bunten Kugeln geschmückt hat. Den alten Weihnachtsbaumschmuck hat sie in ihrer »Befreiungsaktion« weggeworfen, was Julia schon im vergangenen Jahr tief bedauert hat.

»Da waren die Sterne drin, die ich als Kind gebastelt habe!«

»Dann hättest du sie ja mitnehmen können, als du hier ausgezogen bist!«

»Du hast versprochen, sie für mich aufzuheben, Mama!«

»Daran kann ich mich nicht erinnern …«

»…«

»…«

Nun – Julia hat die verknitterten Goldsternchen aus ihrer Kindheit verschmerzt, in diesem Jahr war zumindest keine Rede mehr davon. Ingrid hat das elektronische Teil für Ben hübsch verpackt und auch für den silbernen Kaffeelöffel eine weihnachtliche Schachtel erstanden. Dazu hat sie kurz vor dem Fest für Tochter und Schwiegersohn in spe je ein paar Wollsocken mit eingestricktem Rentiermotiv samt passendem Schal und Mütze besorgt. Partnerlook. Sie hofft, den beiden gefällt es, aber immerhin ist es eine Überraschung. Genau das, was Julia wollte.

Ein Kaffeelöffel anstatt einer Puppe wird sie auch überraschen.

Gegen vier Uhr treffen die beiden in ihrer Wohnung ein. Julia strahlt in glückseliger Vorfreude, der rothaarige Ben umarmt die zukünftige Schwiegermutter und bedankt sich, dass er eingeladen wurde. Höflich ist er, und auch sonst ein gutmütiger Bursche. Wenn er gemeinsam mit Julia zu Besuch ist, gibt es selten Streit – vielleicht auch, weil Julia sich von ihrer besten Seite zeigen will.

»Kommt herein in die gute Stube«, scherzt Ingrid und öffnet die Wohnzimmertür. Da steht der Weihnachtsbaum in voller Pracht, darunter liegen ihre Geschenke, in Schachteln und Weihnachtspapier verpackt. Ben leert den großen Beutel aus, den er die Treppe hinaufschleppen durfte, und stellt zwei bunte Schachteln dazu. Für Oma Ingrid, eine von ihm und eine von Julia. Bescherung ist erst nach dem Essen, dann werden die Pakete verteilt und unter den Augen der neugierig zuschauenden anderen geöffnet. Bis dahin hat Ingrid noch ihre Ruhe.

Das Essen verläuft tatsächlich in bester Stimmung. Ben muss sich an deutschen Sauerbraten erst gewöhnen, aber er lobt die Soße und vor allem die »Knödel«, von denen er ganze fünf Stück verdrückt. Er kann ein paar Brocken Deutsch, die er der künftigen Schwiegermutter zu Ehren reichlich anwendet. Der Nachtisch ist ein Traum aus Spekulatius, Mascarpone, Schlagsahne und Weintrauben, sehr kalorienintensiv, aber ungemein lecker. Ingrid serviert anschließend Espresso und selbst gebackene Weihnachtsplätzchen, aber da sind sie alle schon so satt, dass sie kaum noch etwas hinunterbringen.

»Jetzt kommt die Bescherung!«, ruft Julia.

Ben grinst fröhlich. Die Geschenke gibt es bei ihm zu Hause immer am Weihnachtstag, aber Julia hat ihm die deutsche Tradition des »Heiligen Abends« erklärt, die er »really nice« findet.

Zumindest bis jetzt.

Die Zeremonie beginnt. Julia hat sich zur Zeremonienmeisterin aufgeschwungen und teilt die Pakete aus. Ingrid bekommt ein seidenes Halstuch und ein T-Shirt mit der Aufschrift »Oma 2000« in lila mit pinkfarbenen Buchstaben. Nun ja, sie kann es ja im Sommer als Schlafanzugoberteil tragen, da sieht es keiner. Ben freut sich über das elektronische Ding, dessen Funktion Ingrid ein Buch mit sieben Siegeln ist, aber Julia hat wohl genau gewusst, was sie da kauft. Dann packen Ben und Julia ihre gestrickte Rentierkollektion aus, und es gibt Gelächter, weil Ben die Mütze aufsetzt und damit wie ein norwegischer Troll ausschaut. Aber wie es scheint, hat sie seinen Geschmack getroffen und damit auch Julia eine Freude gemacht.

»Aber ... Wo ist die Puppe?«

Julia hält die schmale Schachtel in der Hand, in der unmöglich die alte Gliederpuppe sein kann. Es ist das letzte Geschenk, das unter dem Weihnachtsbaum gelegen hat, alle anderen sind ausgepackt.

»Mach es doch erst mal auf!«

Aber Julia denkt nicht daran. Sie knallt die Schachtel auf den Tisch.

»Du hast mir versprochen, dass die Puppe meiner Oma heute unter dem Weihnachtsbaum sitzt!«

Ben interveniert auf Englisch, soweit Ingrid verstehen kann, findet er, dass Julia sich nicht so aufregen soll.

»Ich hab mich so darauf gefreut!«, beharrt sie. »Und da kriege ich jetzt irgend so eine Halskette, die ich überhaupt nicht haben wollte.«

Ben schaut unglücklich drein, Julia ist rot vor Ärger.

Also kommt jetzt die Notlüge auf den Tisch, die sie sich für diesen Fall zurechtgelegt hat.

»Die Puppe habe ich zu einem Puppendoktor gegeben, leider ist sie nicht rechtzeitig fertig geworden.«

»Wieso das denn?«, regt sich Julia auf. »Ich will doch keine restaurierte, sterile Puppe haben. Ich wollte Omas Puppe, so wie sie sie in den Händen gehalten hat, als sie aus Ostpreußen geflohen ist. Weil das einfach eine Botschaft von ihr ist, verstehst du das nicht? Meine Oma hat diese schreckliche Zeit miterlebt, und ganz sicher ist die Puppe ihr ein Trost und eine Zuflucht gewesen ...«

Ingrid, die das alles bisher für eine fixe Idee gehalten hat, ist verblüfft, welch tiefgreifende Gedanken sich Julia um ihre Großmutter gemacht hat. Sie hat sich diesmal sogar gemerkt, woher die Oma geflüchtet ist.

»Es musste leider sein, Julia«, schwindelt sie weiter. »Es waren irgendwelche Parasiten drin. Ich glaube, die Motten ...«

»Die Motten? Das ist eine Gliederpuppe, Mama. Keine Stoffpuppe. Wie sollen da die Motten hineingekommen sein?«

»Im Kleid und in den Haaren waren sie.«

Die Puppe besitzt eine Perücke aus echtem Menschenhaar, aber das Kleid ist aus Baumwolle, und die Schuhe sind aus Leder. Julia ist nicht überzeugt, Ben, dem sie die Sachlage übersetzt, erklärt, kein Spezialist in Sachen Kleidermotten zu sein.

»Und wann bekomme ich sie dann endlich?«, will Julia wissen.

»In ein paar Wochen, hat er gesagt.«

»Wenn du schon wusstest, dass es so lange dauert, hättest du sie ebenso gut auch nach Weihnachten dort hingeben können!« Julia scheint ernsthaft gekränkt zu sein.

»Es tut mir leid. Möchtest du nicht trotzdem dein Päckchen aufmachen? Es ist etwas anderes aus unserer Familie darin.«

»Tatsächlich?«

Ingrid ist erleichtert. Julias Neugier ist geweckt, nun wird sie über dem silbernen Kaffeelöffelchen hoffentlich die abwesende Puppe vergessen können. Die Chancen, Ilse die Puppe auf irgendeine Art und Weise zu entreißen, stehen schlecht.

»Ein … Teelöffel«, stellt Julia fest.

»Ein Kaffeelöffel«, verbessert Ingrid.

»Und der ist aus unserer Familie? Woher hast du den, Mama?«

»Der hat in Omas Vitrine neben der Puppe gelegen. Vermutlich stammt er auch aus Ostpreußen.«

Man versucht gemeinsam, die Initialen des Monogramms zu entziffern. Nicht einfach – aber schließlich ist Julia davon überzeugt, dass es ein L und ein G sein muss.

»Wer soll das denn sein, Mama? Die Oma hieß doch Mathilde Koschnik, oder?«

»Das stimmt allerdings. Aber dieses Löffelchen könnte ja auch einem anderen Mitglied unserer Familie gehört haben.«

Julia zuckt die Schultern und legt das Familienandenken wieder in die Schachtel zurück.

»Eine Lisa Grossmann oder eine Gunhild Lüders … Das klingt fast so wie eine Eva Mustermann. Na, ich weiß nicht. Am Ende hat jemand Oma das Löffelchen geschenkt. Ist aber immerhin echtes Silber, schau, da ist eine Punze. 800 mit dem Halbmond.«

Die Stimmung ist nur halb gerettet, immer noch steht die Enttäuschung im Raum. Ben bemüht sich, gute Laune zu verbreiten, und erzählt, dass er vorhat, seine schottischen Verwandten ausfindig zu machen.

»There is a lot of them in Scotland. Aber ich kenn sie nicht. No address.«

Keine leichte Aufgabe, denn seine Vorfahren sind im neunzehnten Jahrhundert nach Amerika ausgewandert, und der Name MacKenzie ist in Schottland weit verbreitet. Aber er will Nachforschungen anstellen.

»Next year ... Dann wir wissen mehr...«

»Vielleicht fahren wir dann nach Schottland, suchen nach den Spuren seiner Familie«, meint Julia.

»Lass erst einmal dein Kind zur Welt kommen«, findet Ingrid.

Dieser Familienwahn muss tatsächlich eine Schwangerschaftserscheinung sein, denn auch Ben macht sich jetzt, da er Vater wird, Gedanken um die Vorfahren.

»Was soll ich sagen, wenn meine Tochter mich fragt?«, findet er. »Darum, I have to know.«

Eine Weile später packt Julia schon ihre Geschenke in die große Tasche, Ben trägt brav das Geschirr in die Küche und will im Flur die Mäntel holen – da klingelt es an der Wohnungstür.

»Wer kann das sein, am Heiligen Abend?«, fragt Ingrid bang.

»Santa Claus«, scherzt Ben.

»Der kommt durch den Schornstein, Ben.«

»This is central heating, honey.«

In solchen Fällen ist es nicht übel, einen Mann im Haus zu haben. Ben öffnet mutig die Tür und schaut die unbekannte Frau, die davor steht, fragend an.

»Fröhliche Weihnachten!«, sagt Ilse und räuspert sich.

»Tante Ilse!«, ruft Julia begeistert und umarmt die Tante, die sie so lange nicht gesehen hat. Der »Bräutigam« wird vorgestellt, der Ilse galant den Mantel abnimmt während Julia schon das Paket in der Hand hält, das die liebe Tante für sie mitgebracht hat. Oh, diese …! Jetzt wird sie Julia die rührende Geschichte erzählen, wie sie die Puppe der Großmutter vor der Mülltonne gerettet hat, in der die herzlose kleine Schwester sie beinahe entsorgt hätte. Diesen krönenden Abschluss des ohnehin misslungenen Weihnachtsabends hätte sie wirklich nicht gebraucht.

Zunächst lässt sich Ilse von dem jungen Paar ins Wohnzimmer führen, Ingrid holt eine Flasche Wein und eine Tüte Apfelsaft für Julia aus dem Kühlschrank, dazu werden Weihnachtskekse angeboten. Ilse erzählt, dass sie sich heute ausnahmsweise früher von ihrer Kollegenrunde verabschiedet hat, weil sie gern ihre Nichte wiedersehen wollte.

»Ich war etwas schroff zu dir, Ingrid«, meint sie. »Aber ich habe es mir überlegt. Schließlich geht es um meine Nichte, die ein Kind erwartet. Und es ist Heiliger Abend. Also habe ich meinem Herzen einen Stoß gegeben und bin hergefahren.«

»Du hättest vorher anrufen können«, meint Ingrid. »Du handelst doch sonst nicht so … planlos.«

»Es war ein spontaner Einfall!«

»Ach? Tatsächlich?«

Spontanität gehört keinesfalls zu Ilses Gewohnheiten – Ingrid wittert Übles. Jetzt fängt Julia an, das Geschenk auszupacken, und schreit gleich darauf begeistert auf.

»Omas Puppe! Ich werd wahnsinnig! Wie kommst du denn zu der, Tante Ilse? Hast du sie vom Puppendoktor abgeholt?«

Ilses Miene bleibt unbeweglich. Vermutlich hat sie sich schon gedacht, dass Ingrid irgendeine Ausrede erfinden würde. Schließlich sind sie Schwestern, sind gemeinsam aufgewachsen …

»Ja, ich … habe sie abgeholt. Ich finde es wirklich schön, dass du solches Interesse an dieser Puppe hast, Julia.«

Julia zeigt Ben die alte Gliederpuppe. Weist auf das »echte Haar« hin, die beweglichen Glieder, die schon immer so unangenehm geknarrt und gequietscht haben, das zerschlissene Kleid, das die Flucht aus Ostpreußen überlebt hat.

»Danke, Mama! Und auch dir ganz herzlichen Dank, Tante Ilse!«

Julia teilt Küsschen aus, während Ben etwas hilflos wirkt mit der glasäugigen, bleichgesichtigen Puppe auf dem Schoß. Du lieber Himmel! Sie ist noch hässlicher, als Ingrid sie in Erinnerung hatte.

»Diese Puppe hat meine Oma an ihr Herz gedrückt, während sie durch Eis und Schnee gelaufen ist. Was mag sie alles erlebt haben? Es sind schreckliche Dinge passiert auf dieser überstürzten Flucht, wo sie die Russen auf den Fersen hatten ...«

Ingrid mag es sich nur ungern vorstellen. Gewiss, die Mutter hat nie davon erzählt, schließlich war sie damals ja noch ein Kind gewesen, gerade einmal acht oder neun Jahre alt. Aber es hat in den vergangenen Jahren Filmberichte im Fernsehen gegeben, da konnte man die endlosen Flüchtlingstrecks sehen, Frauen und Kinder, die sich zu Fuß durch den Winter geschleppt haben, die wenigen Habseligkeiten auf einem Leiterwagen hinter sich herzerrend. Oft saß auch eine alte Frau mit auf dem Wagen, die nicht mehr laufen konnte und sich mit einer Wolldecke gegen die Kälte schützte.

»Möglich, dass sie einen Teil des Wegs mit der Bahn gefahren sind«, fällt Ilse in ihre Phantasien. »Auf manchen Strecken war das sogar 1945 noch möglich. Aber es war nicht ungefährlich, wegen der Tiefflieger. Und auch weil in den Zügen allerlei Gesindel war, das es auf Raub und junge Frauen abgesehen hatte.«

»Woher weißt du das alles?«

»Ich habe Bücher darüber gelesen, Ingrid.«

Auch Julia scheint sich informiert zu haben, und Ingrid kommt sich plötzlich ziemlich einfältig vor. Wenigstens hat Ilse die Sache mit der Puppe nicht offengelegt. Das hat sie – ehrlich gesagt – nicht erwartet. Inzwischen reden Ilse und Julia eifrig über die vergangenen Zeiten.

»Die hatten alle furchtbare Angst vor den Russen«, sagt Julia. »Die würden jede deutsche Frau vergewaltigen, hieß es. Das hatte der Hitler ihnen eingeredet. Viele haben sich sogar umgebracht, als die sowjetische Armee anrückte …«

»Unberechtigt war diese Furcht nicht«, meint Ilse. »Aber das ist der Krieg, die haben alle vergewaltigt, die Männer. Auch die deutschen.«

»The Americans nicht!«, fällt Ben ein.

»Doch, die auch«, widerspricht Ilse. »Unsere Mutter hat zeitlebens schreckliche Angst gehabt, ich könnte während meines Studiums in Frankfurt vergewaltigt werden. Irgendwo in einer dunklen Straße in der gefährlichen Großstadt.«

»Sie hat oft gesagt: ›Unterm Hitler konnte man ohne Angst als Frau allein durch den Wald gehen‹«, fällt Ingrid plötzlich ein.

»Das hat sie wirklich gesagt?«, staunt Ilse.

»Ja, ich erinnere mich genau!«

Ingrid ist stolz, etwas zu dem Thema beitragen zu können, das Ilse bisher nicht bekannt war.

»Ach herrje!«, meint Julia. »Da hat sie aber Glück gehabt. Damals gab es doch auch hier Sexualstraftäter. Trotz Todesstrafe. Aber das wurde einfach nicht publik gemacht.«

Was wohl die Mutter zu diesem Gespräch gesagt hätte? Man konnte mit ihr über diese Dinge nie reden, sie hatte ihre festen Ansichten von denen wich sie nicht ab.

»Und der Opa? Ist der eigentlich auch ein Nazi gewesen?«, will Julia wissen. »Hast du nicht gesagt, dass er manchmal solche Sprüche losgelassen hat, Mama?«

Ganz harmlos fragt sie das. So wie: *War der blond oder braunhaarig?* Dabei ist das ein Thema, über das man eigentlich schweigen sollte!

»Aber nein!«, sagt Ingrid empört. »Der war doch noch ganz jung, als er zur Wehrmacht musste, nicht wahr, Ilse?«

»Er war siebzehn, als sie ihn geholt haben«, weiß Ilse. »Das war anno 1944. Aber gerade die jungen Leute waren ja durch die Gehirnwäsche der Partei gegangen. Erst Pimpfe, dann HJ, dann gleich zur Wehrmacht. So hat es für ihn auch ausgesehen.«

»Woher weißt du das alles?«, fragt Ingrid erstaunt.

»Weil ich nach Muttis Tod die Akten und Dokumente mitgenommen habe. Da war Papas Einberufungsschein drin. Und der Entlassungsschein aus der Kriegsgefangenschaft. Das war 1950.«

»Der war sechs Jahre prisoner?«, staunt Ben. »Poor boy!«

»Wo war er denn?«, will Ingrid wissen.

»In Russland. Jekaterinburg steht auf dem Entlassungsschein.«

Ingrid hat noch nie Interesse an alten Papieren gehabt, hat nie etwas damit anfangen können. Nur die Fotos hat sie gern angeschaut, deshalb hat sie auch die Alben nicht weggeworfen. Jetzt geht sie zum Regal und zieht zwei davon heraus. Da macht Ilse große Augen.

»Die hast du also mitgenommen? Und ich habe schon Angst gehabt, sie seien damals im Müll gelandet, als wir Mutters Haus ausgeräumt haben.«

Jetzt bekommen die Fotos plötzlich eine neue Bedeutung. Ilse erzählt Dinge, die Ingrid vergessen hatte, dafür hat Ingrid sich andere Sachen gemerkt. Julia lauscht mit heißem Gesicht und kann nicht aufhören zu fragen.

»Ihr habt beide Zöpfe getragen, wie die Puppe! War das die Mode damals?«

»Ich fand es schrecklich!«, gesteht Ingrid.

Ilse hat es gefallen, wegen der Zopfspangen, da waren bunte Plastikherzchen drauf.

»Die Oma schaut so lieb aus«, seufzt Julia. »War sie wirklich so streng?«

»Sie hat immer versucht, gerecht zu sein«, meint Ilse.

»Einen Tick hat sie gehabt mit ihrer Sparsamkeit«, widerspricht Ingrid.

»Meine Güte, Ingrid! Sie hatten nichts, als sie geheiratet

haben. Unser Vater hat noch studiert, und Mama hat bei reichen Leuten geputzt.«

»Deshalb brauchte sie aber nicht immer die Papierservietten einzustecken, wenn wir im Restaurant essen gegangen sind«, beharrt Ingrid.

»Das hat sie getan?«

»Weißt du das nicht mehr? Ich habe mich zu Tode geschämt, weil sie die unbenutzten Servietten zusammengefaltet und in ihre Handtasche gesteckt hat. Weil man die noch brauchen konnte.«

»Das hatte ich vergessen!«

Von der Hochzeit gibt es kein Foto. Das älteste Bild im Album zeigt die Mutter mit der neugeborenen Ingrid im Arm. Papa hat es aufgenommen, deshalb ist er selbst auch auf nur wenigen Bildern zu sehen. Sie blättern und reden, tauschen Erinnerungen aus und erzählen – langsam gefällt Ingrid dieses unerwartete Zusammensein. Julia hat recht gehabt, sie hätte Ilse öfter zu sich einladen sollen, sie hat ja doch auch viele gute Seiten. Vor allem versteht sie sich mit Ben und Julia, das wiegt vieles auf.

»Da ist die Puppe!«, ruft Julia und zeigt auf ein Foto. »Das Glas der Vitrine spiegelt leider, aber ich kann die Zöpfe und die Schuhe erkennen.«

»Und da sind auch die beiden Löffelchen!«, triumphiert Ingrid.

»Das waren zwei?«, fragt Julia erstaunt.

»Allerdings!«, sagt Ilse. »Einen habe ich, und den anderen hat Ingrid mitgenommen. Sag bloß, den hast du noch, Ingrid! Sie stammen von deiner Urgroßmutter, Julia. Mathilde Granzow, das war ihr Mädchenname.«

»Mathilde Granzow!«, staunt Julia. »Wieso hast du das nicht gewusst, Mama?«

Ingrid ringt nach Erklärungen, Ilse kommt ihr zu Hilfe.

»Weil ich doch die Akten mitgenommen hatte. Da war auch die Heiratsurkunde unserer Eltern dabei. Dort sind die

Namen der Großeltern aufgeführt, daher weiß ich, dass deine Urgroßmutter eine geborene Granzow war.«

»Dann stammt das Löffelchen doch aus unserer Familie!«, freut sich Julia. »Hebst du deines für mich auf, Tante Ilse? Versprich es mir!«

Ingrid freut sich diebisch, dass nun auch die Schwester auf bewährte Weise festgenagelt wird. Aber Ilse nickt mit großem Ernst und meint: »Es stehen ja noch weitere Familienfeste ins Haus, da wäre es wohl ein passendes Geschenk.«

»Tante Ilse – du bist meine absolute Lieblingstante!«

Stürmische Umarmung, Ingrid muss die Schale mit den Plätzchen retten, Ben fasst geistesgegenwärtig den Hals der umstürzenden Weinflasche.

»Mathilde Granzow«, meint Julia dann nachdenklich. »Was ist aus ihr geworden? Sie war doch noch jung, als sie geflohen sind, wenn sie eine neunjährige Tochter gehabt hat.«

»Sie ist früh gestorben«, berichtet Ilse beklommen. »Noch bevor unsere Eltern geheiratet haben. Unser Großvater ist gefallen, das hat sie nicht verkraftet.«

Das hat Ingrid zwar noch in Erinnerung, weil die Mutter es ihnen irgendwann gesagt hat. Aber wie, wo und warum wollte sie nicht erklären.

»Sie hatte sich ein Nierenleiden auf der Flucht eingehandelt«, weiß Ilse. »Wegen der Kälte. Und weil sie nachts auf dem blanken Boden schlafen mussten.«

»Wie schrecklich!«

»So viel Leid und Unglück hat das Dritte Reich über die Menschen gebracht«, meint Julia kopfschüttelnd. »Wie war es dann möglich, dass der Opa immer noch solche Sprüche geklopft hat und die Oma gemeint hat, unterm Hitler wäre vieles besser gewesen? Haben die denn nicht nachgedacht?«

»Es ist eben leicht, Menschen zu verführen«, sagt Ilse. »Erschreckend leicht. Und es haftet. Unsere Eltern waren nicht dumm und auch nicht ungebildet. Sie waren liebevolle und besorgte Menschen, haben sich bemüht, ein anständiges Leben zu führen. Und trotzdem gab es da Ansichten, die Ingrid und ich nicht verstehen konnten.«

So war es. Diese Sprüche von »da müsste mal einer Ordnung schaffen« oder »unterm Hitler wär das nicht passiert«, die hat der Vater nur losgelassen, wenn sie mit sehr guten Freunden zusammensaßen und die Kinder im Bett waren. Aber natürlich haben sie und Ilse mitgehört, weil sie noch wach gewesen sind und gelauscht haben. Wenn die Nachbarin, die aus Schlesien geflohen war, zu Besuch kam, passierte auch etwas Komisches. Dann hat die Mutter die Töchter weggeschickt, und die beiden Frauen haben leise gewispert. Schlimme Sachen sind das gewesen, die sie damals nicht recht verstehen konnten.

»Warum hat sie das uns nie erzählt, Ilse?«

»Das konnte sie nicht. Hättest du deiner Tochter erzählt, wie du oder deine Mutter vergewaltigt wurde?«

»Großer Gott – glaubst du, das ist ihnen passiert?«

»Wir wissen es nicht.«

Das Schweigen, die Lücke zwischen den Generationen. Es war manchmal, als ginge man über dünnes Eis, und darunter wirbelte kaltes Wasser. Die Eltern hätten reden müssen, aber sie schafften es nicht, die Büchse der Pandora zu öffnen. Stattdessen haben sie angestrengt nach vorn geblickt. Vergessen, begraben, weiterleben.

Nur die Puppe mit dem seltsamen Namen Ortrud saß als stumme Zeugin der Vergangenheit in der gläsernen Vitrine. Jahrelang.

»Es tut gut, endlich darüber zu sprechen«, sagt Ingrid leise. »Es ist irgendwie … befreiend.«

»Das finde ich auch.«

»Das hätten wir längst tun sollen«, meint Julia. »Ben und ich wollen auch mal nach Kaliningrad fahren, da kann man vielleicht nach den Koschniks und den Granzows forschen.«

»Wo wollt ihr denn noch überall hin, ihr zwei?«, stöhnt Ingrid.

»One after another. Erst das Baby«, stellt Ben klar. »Dann

wir besuchen meine Eltern in Chicago und later wir fahren nach Scotland.«

»In die Highlands!«, bestätigt Julia mit glänzenden Augen.

Ilse und Ingrid schauen einander an – und es sind zum ersten Mal seit Jahren keine feindseligen, sondern belustigte Blicke, die sie tauschen.

»Ich habe auch etwas vor«, berichtet Ilse da. »In den kommenden Sommerferien werde ich eine Reise nach Kaliningrad unternehmen. Wenn du möchtest, kannst du ja mitkommen, Ingrid.«

Vermutlich eine dieser langweiligen Studienreisen, die die Schwester immer bucht, weil sie sich für Kunst und Kultur interessiert. Aber immerhin – Königsberg! Und dann ist Ilses Angebot wirklich ungewöhnlich, sie hat die jüngere Schwester bisher noch nie zu einer ihrer »Exkursionen« eingeladen.

»Das … würde ich in Betracht ziehen.«

»Überleg aber nicht zu lang – die Reise ist schon fast ausgebucht. Tatsächlich erhoffe ich mir davon in Bezug auf unsere Familienforschung nicht allzu viel, aber es ist immerhin der Ort, an dem unsere Mutter ihre Kindheit verbracht hat.«

»Das machst du auf jeden Fall, Mama!«, ruft Julia dazwischen. »Oder willst du wie Oma den Rest deines Lebens zu Hause hocken?«

Nein, das will sie natürlich nicht. Sie möchte durchaus hin und wieder eine Reise unternehmen. Allerdings fällt der Entschluss ihr schwer. Früher sind sie zu zweit gereist, Manfred und sie, und jetzt ist sie allein …

»Buch mir einen Platz, Ilse«, sagt sie kurz entschlossen. »Ich fahre mit.«

»Ganz spontan?«, fragt ihre Schwester und zieht die Augenbrauen hoch.

»Du kannst dich darauf verlassen.«

»Gut.«

***

Der Abend neigt sich seinem Ende entgegen, Julia und Ben müssen los. Draußen hat es zu schneien begonnen – der Schnee wird zwar nicht liegenbleiben, dazu ist der Boden zu warm. Aber trotzdem muss man vorsichtig fahren. Auch Ilse will aufbrechen. Julia umarmt die Tante und bedauert, kein Geschenk für sie zu haben, weil sie ja nicht wusste, dass sie heute kommen würde. Auch Ben verteilt »hugs« an die Schwiegermutter und die Tante, dann stehen sich Ingrid und Ilse gegenüber. Etwas verlegen, weil ein herzlicher Abschied unter ihnen lange nicht mehr üblich war.

»Ach, diese elektrischen Lichterketten«, sagt Ilse. »Früher hatten wir immer echte Kerzen am Baum.«

»Ja, wirklich. Da haben wir gesessen und jede hat sich eine Kerze ausgesucht, weißt du noch? Die Kerze, die am längsten gebrannt hat, hat gewonnen.«

»Wie romantisch!«, seufzt Julia und übersetzt es Ben, der schmunzeln muss.

»Dann ... Bis demnächst, Ingrid«, sagt Ilse und räuspert sich.

»Morgen. Morgen rufe ich dich an.«

Und da kann Ingrid nicht mehr anders, sie legt spontan die Arme um ihre Schwester und gibt ihr einen Kuss auf die Wange. Ilse ist gerührt und drückt der Schwester auch ein Küsschen auf. Immer noch verlegen, aber sie lächelt.

»Nächstes Jahr feiern wir den Heiligen Abend wieder alle gemeinsam. Zu fünft!«, verkündet Julia triumphierend.

»Bei mir!«, verkündet Ilse.

»Ach, es ist so schön, eine Familie zu haben!«

Als sie unten in ihre Autos steigen, steht Ingrid am Fenster und winkt. Sie winken zurück. Auch Ilse. Sogar Ilse!

Später räumt Ingrid die Küche auf und sitzt danach noch eine Weile im Wohnzimmer unter dem Weihnachtsbaum. Was für ein schöner Weihnachtsabend! Sie nimmt das lilafarbene T-Shirt in die Hand und plötzlich fällt ihr auf, dass es eigentlich recht gut zu ihrem grauen Rock passt. Sie wird es auf der Reise nach Kaliningrad tragen. Sollen die Leute doch reden.

Der Weihnachtsengel

von
Marie Merburg

Es war der Tag vor Heiligabend. Noch vor wenigen Stunden war die Stadt von gestressten Leuten, Verkehrslärm und Hektik erfüllt gewesen, doch jetzt, nach Einbruch der Dämmerung, kehrte langsam Ruhe in Rostock ein. Hinter den hell erleuchteten Fenstern saßen die Menschen im Warmen, tranken Tee und erzählten sich Geschichten, während draußen die Schneeflocken lautlos zu Boden schwebten. Schon seit Tagen schneite es fast ununterbrochen, und im Licht der Straßenlaternen glitzerte der Schnee wie eine weiße, mit Diamantenstaub verzierte Decke.

Die Äste der Tannen waren geschmückt mit ihrer eisigen Last, während der Weihnachtsengel Sophie an ihnen vorbeistapfte. Ihre Flügel und die blonden Locken waren mittlerweile bedeckt mit kleinen Flocken, und die Winterkälte kroch in ihre Glieder. Der schmale Schnitt ihres bodenlangen Kleides betonte ihre zierliche Figur, und der weißsilbrige Stoff schimmerte im Mondschein.

»Das ist unfassbar, Matthias!«, schimpfte Sophie gerade in ihr Handy. »So etwas habe ich in all den Jahren noch nicht erlebt.«

»Es tut mir wirklich leid«, sagte der Mann am anderen Ende der Leitung bedrückt. »Ich konnte auf die Schnelle keinen besseren Ersatz für die Weihnachtsfeier auftreiben. Justin ist zwar ein Idiot, aber bestimmt bereut er schon, was er getan hat.« Er atmete tief durch und fragte hoffnungsvoll: »Vielleicht war es auch nur ein Missverständnis zwischen euch?«

Ein junges Pärchen kam Sophie im Park entgegen. Die beiden grinsten breit, als sie aneinander vorbeiliefen. Anscheinend fanden sie Sophies Aufzug höchst amüsant, aber das war ihr im Augenblick gleichgültig.

»Der Weihnachtsmann hat mir an den Hintern gefasst!«, rief sie empört. »Was kann man da denn bitte missverstehen? Justin meinte, dass es als Engel unser Job wäre, ihn glücklich zu machen! Wie sich herausgestellt hat, hatte er vor mir auch schon Bianca begrabscht. Dabei war der Typ nur dafür zuständig, in seinem Kostüm die Cocktails zu mixen!«

Sie wedelte mit einer Hand aufgeregt in der Luft herum und wirbelte dabei ein paar unschuldige Schneeflocken beiseite. »Die Situation wäre nicht mal eskaliert, wenn er sich wenigstens entschuldigt hätte. Stattdessen hat er mich eine verklemmte Zicke genannt. Das muss ich mir nicht gefallen lassen, Matthias! Du weißt, dass ich nur noch dir zuliebe diesen Job mache. So dringend brauche ich das Geld nun auch wieder nicht.«

Zugegeben, das stimmte nicht ganz. Eigentlich war sie auch dieses Jahr über die Nebeneinkünfte, die sie in der Adventszeit als Weihnachtsengel verdient hatte, dankbar gewesen. Seit Sophie vor ein paar Monaten ihr Germanistikstudium abgeschlossen hatte, arbeitete sie zwar in einem kleinen Verlag, aber leider nur Teilzeit. Ihr Chef war allerdings so zufrieden mit ihrer Arbeit, dass er ihr eine Festanstellung in Aussicht gestellt hatte. Deshalb hoffte Sophie, dass sie sich nächstes Weihnachten keine Sorgen mehr darum machen musste, wie sie die Geschenke für ihre zahlreichen Patenkinder finanzieren sollte. Ihre Brüder hatten sich als recht fortpflanzungsfreudig erwiesen, sodass Sophie mittlerweile siebenfache Tante war. Und sie liebte jedes einzelne Patenkind, das es an Heiligabend reich zu beschenken galt.

»Ich werde Justin, diesen Grabscher, nie mehr engagieren!«, gelobte Matthias, dessen Eventagentur zu den renommiertesten der Stadt gehörte. »Keine meiner Angestellten muss mit so einem Typen zusammenarbeiten.«

Sophie war erleichtert, das zu hören. Seit ihrem ersten Studienjahr jobbte sie bei ihm im Catering-Service, um ihre Einkünfte aufzubessern. Zu Weihnachten bot Matthias seinen Kunden ein exklusives Christmas-Eventpaket an und stattete seine Angestellten mit liebevoll gestalteten Kostümen aus. Sogar die Flügel, die Sophie am Rücken trug, wirkten täuschend echt – auch wenn sie beim Servieren der Drinks zuweilen etwas hinderlich waren.

»Bist du dann nächstes Jahr wieder dabei?«, fragte er hoffnungsvoll. »Du bist die Einzige, der ich keine blonde Perücke besorgen muss, und du zählst zu meinen besten Leuten. Keine spielt den Engel mit so viel Hingabe wie du!«

Sophie hatte tatsächlich ein Faible für Weihnachten. Das lag an ihrer Mutter, die für Sophie und ihre Brüder diese Zeit des Jahres immer zur schönsten gemacht hatte. Wie von selbst wanderte ihre freie Hand zu der Halskette mit dem silbernen Anhänger, der die Form eines Tannenbaums hatte und in dem winzige Diamanten eingelassen waren. Wenn das Licht darauf fiel, sahen sie aus wie die schimmernden Kerzen eines Weihnachtsbaums. Die meisten konnten nicht verstehen, dass Sophie das ganze Jahr über diese weihnachtliche Kette trug. Nur ihr Vater und ihre Brüder wussten, wieso ihr dieser Anhänger so am Herzen lag – und natürlich ihre beste Freundin Nele.

»Das ist lieb von dir«, entgegnete sie. »Aber ich schätze, für die nächste Adventszeit musst du dir einen anderen Weihnachtsengel suchen.«

Matthias, der nur wenig älter als Sophie war, seufzte schwer. »Leider liegen gute Engel nicht gerade auf der Straße.«

»Dann such doch mal im Himmel oder am Nordpol«, witzelte sie.

Der Schnee knirschte unter ihren Schuhen, als sie den Park verließ und in ein Wohngebiet einbog. Sie blieb kurz stehen und besah kritisch das Straßenschild.

»Mist!«, fluchte sie. »Ich glaube, ich bin hier falsch. Typisch, dass ich mich ausgerechnet jetzt auch noch verlaufe. Wahrscheinlich hätte ich im Park doch rechts abbiegen müssen …«

Inzwischen war Sophie so kalt, dass sie sogar bereit gewesen wäre, ein Taxi zu rufen. Dummerweise befand sich ihre Handtasche samt Portemonnaie immer noch in einem abgeschlossenen Büro des Start-up-Unternehmens, für das die Eventagentur heute eine Weihnachtsfeier ausgerichtet hatte. Als der Streit zwischen Sophie und Justin eskaliert war, war der Chef des Start-ups konsequent dazwischengegangen. Allerdings hatte er nicht den übergriffigen Weihnachtsmann kurzerhand vor die Tür gesetzt, sondern Sophie. Wahrscheinlich weil er auf eine Bedienung eher hatte verzichten können als auf den Kerl, der die Cocktails mixte. Noch nicht mal ihre Tasche und ihre Klamotten hatte er sie holen lassen. Zwar hatte ihre Kollegin Bianca versprochen, ihre Sachen später mitzunehmen, doch das änderte nichts an der Tatsache, dass Sophie nun in einem Engelskostüm und mit nichts als ihrem Handy durchs abendliche Rostock stapfte.

»Soll ich dich mit dem Auto abholen?«, bot Matthias an.

»Nein!«, wehrte sie eine Spur zu energisch ab. Etwas sanfter fügte sie hinzu: »Danke, das ist wirklich nicht nötig.«

Sie wusste, dass er eine Schwäche für sie hatte. Zwar war er niemals zudringlich geworden, doch immerhin hatte er sie in den vergangenen Jahren schon drei Mal um ein Date gebeten. Für Sophie war er allerdings nur ein guter Freund. Dabei war Matthias durchaus attraktiv und charmant – und sie selbst schon seit einer halben Ewigkeit Single. Aber es hatte bei ihm einfach nicht klick gemacht. Nach mehreren gescheiterten Beziehungen war Sophie fest entschlossen, dieses Mal auf den Richtigen zu warten – auf einen Mann, der ihre Welt aus den Angeln hob und ihr Herz zum Flattern brachte. Ein Mann, der neben Humor und Intelligenz auch Tiefe besaß. Denn nur ein Mann, der genau wie sie auch schon die Schattenseiten des

Lebens kennengelernt hatte, konnte sie wirklich verstehen. Bei Matthias war das leider nicht der Fall.

»Ich rufe einfach Nele an«, sog sie sich eine Ausrede aus den Fingern. »Sie ist schneller bei mir als du.« Dass ihre beste Freundin gerade überhaupt nicht in der Stadt war, wusste Michael ja nicht.

»Wenn du meinst«, lenkte er widerstrebend ein. »Pass auf dich auf, ja?«

»Natürlich! Das Kostüm bringe ich dir morgen früh zurück«, versprach sie, da sie wusste, wie sehr ihm die teuren Einzelanfertigungen am Herzen lagen.

Nachdem sie aufgelegt hatte, rief sie auf ihrem Handy eine Straßenkarte auf. Schneeflocken zerschmolzen auf dem Display, sodass die bunten Linien vor ihren Augen verschwammen. Trotzdem konnte Sophie erkennen, dass es zu ihrer Wohnung, die sie zusammen mit Nele gemietet hatte, nicht so weit war, wie sie befürchtet hatte. Sie war nur zufällig in einer Gegend gelandet, in die sie es selten verschlug. Sie prägte sich den Weg ein und schob das Handy zurück in die versteckte Tasche ihres Kostüms.

Entschlossenen Schrittes lief sie weiter. Warmes Licht strömte aus den Fenstern der Einfamilienhäuser, und der farbenfrohe Weihnachtsschmuck in den Vorgärten war unter dem Schnee nur noch mit Fantasie zu erahnen. Außer Sophie schien niemand mehr unterwegs zu sein, und es herrschte eine gedämpfte Stille.

Mit klappernden Zähnen beschleunigte sie ihr Tempo, obwohl der Untergrund teilweise glatt war. Hoffentlich fing sie sich so kurz vor Weihnachten nicht eine Erkältung ein!

Gerade als sie ein Haus passierte, das im Gegensatz zu allen anderen fast im Dunkeln lag, rutschte sie plötzlich auf einer vereisten Stelle aus. Sophie versuchte noch, das Gleichgewicht wiederzufinden und ruderte wild mit den Armen, aber sie konnte den Sturz nicht mehr verhindern. Einen Wimpernschlag später lag sie schon auf dem Rücken, und der harte

Aufprall presste ihr die Luft aus den Lungen. Der spitze Aufschrei, der ihr vor Schreck entfahren war, hallte in ihren Ohren nach. Für einen Moment war sie unfähig, sich zu regen, und sie starrte benommen nach oben. Die weißen Flocken schienen sich über ihr wie von Zauberhand direkt aus dem Schwarz des Nachthimmels zu lösen.

Sie stöhnte. »Verdammter Mist!«

Nicht mal ihre falschen Flügel hatten den Aufprall mildern können. Ob sie sich etwas gebrochen hatte?

In diesem Augenblick näherten sich zaghafte Schritte. Als Sophie jedoch den Kopf heben wollte, ergriff sie ein unangenehmer Schwindel.

Ein paar Sekunden später schob sich ein kleines Gesicht in ihr Sichtfeld. Es war ein etwa fünfjähriger Junge mit einer weißen Pudelmütze, geröteten Pausbacken und großen braunen Augen.

»Bist du gerade vom Himmel gefallen?«, hauchte er. Er lispelte leicht, was ihn noch putziger wirken ließ.

»Wie bitte?«, entgegnete sie irritiert.

Anscheinend hatte sie sich ernsthaft den Kopf gestoßen, denn mit dieser Frage konnte sie überhaupt nichts anfangen. Erst als der Junge voller Staunen ihr Kostüm und die weißen Flügel betrachtete, fiel bei ihr der Groschen.

»Ein Engel«, flüsterte er ehrfürchtig. »Ein Weihnachtsengel!«

Trotz ihrer Situation musste sie schmunzeln.

Sie versuchte erneut, den Kopf zu heben. Dieses Mal blieb der Schwindel glücklicherweise aus. »Wie heißt du denn?«

»Ich bin Ben.«

»Freut mich sehr, Ben! Ich heiße Sophie.«

Er streckte die Hand aus, aber schien sich nicht zu trauen, die Flügel zu berühren. »Engel Sophie?«

»Genau, aber Sophie reicht völlig.«

Er erinnerte sie an ihren Neffen Tobi, der ungefähr im gleichen Alter war. Allerdings besaß Tobi nicht diese kindliche

Ernsthaftigkeit, die Ben umgab. Seine traurigen Augen berührten etwas tief in ihrem Inneren.

Erneut näherten sich Schritte. Über die Straße kam eine grauhaarige alte Dame mit einem Verbandskasten auf sie zugeeilt. Sie trug einen karierten Rock, hatte dunkle Wollstrümpfe an, und eine gestrickte Stola lag über ihren Schultern. Ihre bequemen Hauspuschen waren für diese Witterung allerdings denkbar ungeeignet.

»Vorsicht!«, rief Sophie ihr besorgt zu. »Unter dem Neuschnee ist es stellenweise echt glatt.«

Die ältere Frau drosselte ihr Tempo. Trotzdem war sie hörbar außer Atem, als sie bei ihnen ankam.

»Ich wohne direkt gegenüber und stand zufällig am Fenster, als Sie gefallen sind«, sagte sie aufgeregt. Sie ließ den Verbandskasten neben Sofie in den Schnee fallen und suchte sie mit den Augen nach Verletzungen ab. »Geht es Ihnen gut? Haben Sie eine Kopfwunde? Oder sich einen Fuß gebrochen?«

»Oder einen Flügel?«, ergänzte Ben voller Sorge. »Du musst doch in den Himmel zurückfliegen können, Engel Sophie.«

»Meine Flügel sind völlig intakt«, beruhigte sie ihn. Wenigstens in diesem Punkt war sie sich sicher.

»Zuerst war mir schwindlig, aber mittlerweile geht es wieder«, informierte sie die Frau. »Fürs Erste würde ich mich gern aufsetzen.«

»Gut, versuchen wir es mal!« Die ältere Dame legte ihr vorsichtig die Hand in den Nacken. Sie war so herrlich warm, dass Sophie wohlig aufseufzte.

»Ich bin übrigens Frau Petersen, Engel Sophie«, stellte sie sich mit einem sympathischen Augenzwinkern vor, während sie ihr half, ihren Oberkörper aufzurichten.

»Oh, oh«, murmelte Sophie.

Für einen Augenblick starrte sie stumm geradeaus, bis die Welt vor ihren Augen wieder ins Gleichgewicht kam und ihr Blick klar wurde.

»Soll ich nicht doch einen Krankenwagen rufen?«, fragte Frau Petersen.

»Nein, es geht schon! Ich habe drei ältere Brüder und bin hart im Nehmen.«

Frau Petersen wirkte nicht überzeugt. »Mir wäre wohler, wenn ein Arzt Sie sich ansehen würde.«

»Ich hole meinen Papa«, sagte Ben mit eifrigem Nicken. »Er macht unseren Weihnachtsengel wieder gesund. Und dann können wir uns alle etwas von Sophie zu Heiligabend wünschen.«

»Aber …« Ehe sie ihn bremsen konnte, flitzte der Kleine auch schon in das halbdunkle Haus. Noch nicht mal ein Weihnachtsstern am Fenster oder ein Nikolaus neben der Eingangstür waren zu sehen.

Sophie seufzte. Noch mehr Zuschauer konnte sie eigentlich nicht gebrauchen. Das Ganze war ohnehin schon peinlich genug. Obwohl sie nach einer kurzen Bestandsaufnahme zugeben musste, dass ihr rechter Knöchel recht nachdrücklich pulsierte.

»Sie erfüllen also Weihnachtswünsche?«, fragte Frau Petersen schmunzelnd. Sie nahm ihre Stola ab und schaffte es irgendwie, sie der bibbernden Sophie trotz der Flügel über die Schultern zu legen.

»Ich kann nichts versprechen«, entgegnete sie mit einem amüsierten Schnauben. Dankbar zog sie die wärmende Stola enger um ihre Brust. »Was würden Sie sich denn von einem Weihnachtsengel wünschen?«

»Da muss ich nicht lange überlegen«, antwortete sie. »Mein Sohn und seine Frau wollten mich mit meiner Enkelin eigentlich wie immer über Weihnachten besuchen. Sie leben nämlich in London.« Sie blickte mit trauriger Miene die Straße entlang und seufzte. »Doch heute Morgen hat er angerufen und abgesagt – die Kleine hat Windpocken bekommen. Jetzt werde ich dieses Jahr wohl allein die Feiertage verbringen müssen.«

»Oh, das tut mir leid!«, sagte Sophie mitfühlend.

Frau Petersen lächelte schwach. »Tja, so ist das Leben.«

So verloren wie die alte Dame wirkte, hätte Sophie sie gern aufgemuntert, nur leider wusste sie nicht, wie. Es gab nichts Positives daran, an Heiligabend überraschend allein sein zu müssen.

In diesem Moment durchbrach Bens aufgeregte Stimme die Winterstille. »Komm schnell, Papa! Da vorne ist der Engel!«, rief er so laut, dass es wahrscheinlich die ganze Straße hörte.

Mit geröteten Wangen sauste der Kleine durch das Gartentor und kam schlitternd vor ihr zum Stehen. Schwere Schritte folgten ihm.

Sophie linste an ihm vorbei und blickte geradewegs in zwei ausdrucksstarke grüne Augen. Ihr Herz kam ins Stolpern, und für einen Augenblick vergaß sie, zu atmen. Das konnte unmöglich sein. Der Mann, der vor ihr stand, war David …

***

David hatte gerade eine halbe Stunde mit seinen Eltern telefoniert, die tiefbetrübt waren, dass sie Weihnachten nicht mit Ben und ihm verbringen konnten. Er hatte ihnen unzählige Male versichert, dass ihr Enkel auch ohne sie ein schönes Fest haben würde. Und es ärgerte ihn, dass seine Mutter in diesem Punkt Zweifel zu haben schien. Immerhin war er schon seit zwei Jahren alleinerziehend, und seiner Einschätzung nach machte er diesen Job nicht mal schlecht. Von Bens Erzieherinnen und den anderen Müttern hörte er jedenfalls nur glühendes Lob. Außerdem verhielt sich Ben absolut normal und altersentsprechend. Insofern bestand überhaupt kein Grund zur Sorge!

Natürlich würde der morgige Heiligabend nicht so traditionell werden wie bei seinen Eltern. David hatte schon alles exakt durchgeplant: Morgen um achtzehn Uhr würden sie Kartoffelsalat mit Würstchen essen, danach die Küche aufräumen, und im Anschluss kam die Bescherung. Ganz ohne kitschigen Firlefanz, ein richtiges Männer-Weihnachten. David hatte das Theater, das seine Mutter immer veranstaltete, ohnehin nie nachvollziehen können. Beispielsweise verlangte von ihm kein normaler Mensch mit funktionierendem Gehörsinn, zu singen. Ein Nicht-Talent, das er von seinem Vater geerbt hatte. Doch jedes Jahr wurden sie von seiner Mutter dazu genötigt, »Oh Tannenbaum«, »Stille Nacht, heilige Nacht« und »Ihr Kinderlein kommet« zu brummen. Dass dabei die handbemalten Glaskugeln am Baum seiner Eltern noch keine Risse bekommen hatten, glich einem Wunder.

»Komm schnell, Papa! Da vorne ist der Engel!«, rief Ben.

Er seufzte und folgte ihm nach draußen. Bens Fantasie war schon immer ausgeprägt gewesen, doch in letzter Zeit hatte es ein bedenkliches Ausmaß angenommen. Seit sie vor ein paar Tagen im Kindergarten eine Weihnachtsgeschichte gelesen hatten, redete er andauernd davon, dass er vor Heiligabend unbedingt mit einem Weihnachtsengel sprechen müsste. Und jetzt behauptete er auch noch, dass so ein Engel direkt vom Himmel auf den Gehweg vor ihrem Haus gefallen war …

Als er durch das Gartentor trat, fiel sein Blick auf seine Nachbarin von gegenüber. Sie kannten sich nur vom Grüßen, und er konnte sich nicht einmal an ihren Namen erinnern. David nickte ihr höflich zu und wandte sich zu der Person, die trotz der Eiseskälte am Boden kauerte.

Er erstarrte. Es war tatsächlich ein Engel. Ein wunderschöner weiblicher Engel, um genau zu sein. Mit weißen Flügeln und einem enganliegenden Kleid, dessen weißer Stoff einen silbrigen Schimmer besaß. Im Licht der Straßenlaterne glänzten ihre blonden Haare golden und ihre blauen Augen hielten ihn für einen Moment gefangen. Allein ihre sinnlichen vollen Lippen wollten nicht ganz zu der überirdischen Erscheinung passen.

David schüttelte ungläubig den Kopf. Ben hatte tatsächlich die Wahrheit gesagt. Nun ja, fast jedenfalls. Im Gegensatz zu seinem Sohn war ihm natürlich klar, dass es sich nicht um einen echten Engel, sondern um eine hübsche junge Frau im Kostüm handelte. Sie kam ihm sogar seltsam bekannt vor. Hatte er sie schon mal gesehen? Erneut wanderte sein Blick zu ihren Augen, glitt über ihre hohen Wangenknochen und ihre zierliche Gestalt. Ein vages Gefühl des Erkennens durchflutete ihn, allerdings zu flüchtig, um danach zu greifen.

Er räusperte sich. »Was ist denn hier passiert?«

Sie öffnete den Mund, um zu antworten, doch Ben kam ihr zuvor: »Sophie ist vom Himmel mit dem Rücken auf den Boden geknallt. Sie hat geschrien, und dann war ihr schwindlig.«

Ihre Wangen bekamen einen entzückenden rötlichen Schimmer.

»So in etwa«, räumte sie ein. »Der Schwindel ist mittlerweile weg. Nur mein linker Knöchel ...« Sie bewegte ihn leicht und sog schmerzerfüllt die Luft ein.

David schaltete in den Arztmodus. »Trotzdem möchte ich mir als Erstes Ihren Schädel ansehen«, informierte er sie, ging in die Hocke und wollte nach ihrem Kopf greifen. Als sie stirnrunzelnd zurückzuckte, fügte er hinzu: »Keine Sorge, ich bin Sportmediziner! Ich bin zwar auf Menschen spezialisiert, aber ich schätze, die Anatomie eines Engels unterscheidet sich nur geringfügig.«

Er wusste selbst nicht, wieso er diesen lahmen Scherz gemacht hatte. Normalerweise war er nicht der Typ, der Witze riss – schon gar nicht gegenüber Patienten. Früher war er anders gewesen. Unbeschwerter, nicht so ernst und verschlossen. Doch das war schon lange her. Er konnte sich nicht mal mehr daran erinnern, wann er zuletzt von Herzen gelacht hatte. Verärgert schüttelte er diese störenden Gedanken ab.

»Ein Arzt?«, entgegnete sie. »Da habe ich mir für meinen Sturz offenbar genau das richtige Haus herausgesucht.«

Als sie ihn anlächelte und sich vertrauensvoll zu ihm beugte, breitete sich eine ungewohnte Wärme in seiner Brust aus. Besser, er konzentrierte sich auf ihre Verletzungen!

Ihr blondes Haar unter seinen Fingern war seidig weich und duftete verführerisch nach Vanille. Das war allerdings eine wenig hilfreiche ärztliche Diagnose.

»Sie haben keine Kopfwunde, nur eine kleine Beule vom Aufprall«, sagte er, nachdem er sie vorsichtig abgetastet hatte.

»Ist das gut?«, fragte Ben und hüpfte ungeduldig von einem Bein aufs andere.

»Ja, das ist es! Trotzdem könnte eine Gehirnerschütterung vorliegen. Sobald Übelkeit auftritt oder …«

»… Schwindel und Kopfschmerzen muss ich sofort in die Klinik«, beendete sie seinen Satz. Ihre Lippen zitterten und ihre Finger, die eine altmodische Stola umklammert hielten, wirkten völlig steif. »Ich weiß, ich hatte als Teenagerin schon mal eine leichte Gehirnerschütterung. Damals hat mich ein Junge mit dem Fußball getroffen. Er hatte einen ziemlich harten Schuss.«

Sie warf ihm einen seltsamen Blick zu, und er stutze kurz. Wieder streifte ihn das flüchtige Gefühl, dass er sich an etwas erinnern müsste.

Er räusperte sich erneut. »Dann kennen Sie ja die Warnzeichen!«, erwiderte er knapp. »Gut, jetzt sehe ich mir den Knöchel an.«

Er schob das bodenlange Kleid ein wenig nach oben und griff nach ihrem Bein. Selbst durch die dünne Strumpfhose spürte er ihre kalte Haut. Wie konnte sie bei dieser Witterung nur in so einem dünnen Kostüm durch Rostock laufen? Sie musste völlig durchgefroren sein.

»Es sieht nicht nach einem Bruch aus«, verkündete er nach der Untersuchung, bei der sie tapfer die Zähne zusammengebissen hatte. »Auch die Bänder scheinen in Ordnung zu sein. Wir kühlen den Knöchel erst mal, dann müsste es schnell besser werden. Ich nehme Sie kurz mit ins Haus, okay?«

Ben war von diesem Vorschlag begeistert. »Au ja! Darf ich Sophie dann meine Dinosaurier-Sammlung zeigen?«

»Wenn sie das möchte …«

David entging nicht, dass Sophie seiner Nachbarin einen fragenden Blick zuwarf. Die alte Dame beugte sich über sie und legte ihr vertraulich die Hand auf die Schultern. »Herr Doktor Thiel wird sich gut um Sie kümmern, Kleines! Bei ihm sind Sie in guten Händen.«

»Ich danke Ihnen, Frau Petersen! Sie waren so freundlich zu mir.« Sie zog sich die Stola von den Schultern und reichte sie ihr. Dabei drückte sie kurz, aber herzlich deren Hand. »Und ich wünsche Ihnen, dass sie das Weihnachtsfest mit Ihrer Familie ganz bald nachholen können.«

»Danke, Sophie!« Frau Petersen lächelte leicht, griff nach dem Verbandskasten zu ihren Füßen und wandte sich zum Gehen. »Und natürlich frohe Weihnachten!«

Sie winkte Frau Petersen zum Abschied und wandte David den Kopf zu. »Und jetzt?«

Er erhob sich und stemmte die Hände in die Hüfte. »Wir können das jetzt auf die einfache oder die harte Tour machen«, erklärte er.

Ihre Stirn legte sich in Falten. »Worin besteht der Unterschied?«

»Die einfache Tour wäre, dass Sie sich von mir reintragen lassen. Die harte Tour, dass Sie sich auf meine Schulter stützen und unter Schmerzen ins Haus humpeln.«

Ihre Augen verengten sich, und sie reckte stolz das Kinn. »Ich entscheide mich für die harte Tour.«

Er seufzte. »Na schön! Aber sagen Sie nicht, ich hätte Sie nicht gewarnt …«

***

Er erinnerte sich nicht mehr an sie! Sophie wusste nicht, ob sie das schmerzen oder erleichtern sollte. Anscheinend hatte sie bei David damals keinen besonders nachhaltigen Eindruck hinterlassen. Noch nicht mal, als sie die Anspielung mit dem Fußball gemacht hatte, war bei ihm der Groschen gefallen.

Aber wahrscheinlich sollte sie dankbar sein. Immerhin war David für den wohl peinlichsten Moment ihres Lebens verantwortlich, und Sophie hätte einiges dafür gegeben, ihn vergessen zu können. Deshalb hätte sie dieses Zusammentreffen auch am liebsten so schnell wie möglich wieder beendet. Dass sie jetzt hier in Davids Wohnzimmer stand, war ihr überaus unangenehm.

»Das ist unser Sofa und das unser Ofen, da brennt echtes Feuer. Und das ist unser Fernseher«, erklärte Ben eifrig jeden Gegenstand im Raum. »Aber ich darf nur fernsehen, wenn Papa es erlaubt. Also gar nicht oft …«

Er stülpte seine Unterlippe vor und zog eine enttäuschte Schnute, sodass Sophie trotz ihres pulsierenden Knöchels lachen musste. Nachdem sie Schritt für Schritt ins Haus gehumpelt war, hatte David sie für einen Moment im Türrahmen des Wohnzimmers abgestellt, um schnell etwas zu holen.

»In deinem Alter musste ich auch immer fragen, ob ich fernsehen darf«, tröstete sie ihn.

»Engel schauen fern?«, fragte er mit großen Augen.

»Natürlich!«, sagte sie mit ernster Miene. »Im Himmel kann es manchmal ganz schön langweilig sein.«

»Oooh«, entfuhr es Ben erstaunt. Dass es so etwas Schreckliches wie Langeweile auch im Himmel gab, traf ihn offensichtlich unerwartet. Doch gleich darauf eilte er weiter, um seine Runde durchs Zimmer fortzusetzen. »Da stehen Papas Bücher. Die sind aber alle ohne Bilder … Und das hier ist unser Weihnachtsbaum. Gefällt er dir?«

Er blieb neben einem etwa kniehohen Baum stehen, der in der Ecke auf einem Schemel stand. Es war eines dieser Plastikteile, die man schon komplett geschmückt mitsamt Lichterkette kaufen konnte. Das war sicherlich praktisch, aber für Sophie strahlte er nicht besonders viel Weihnachtsstimmung aus. So etwas passte eher auf den Tresen eines Schulsekretariats oder in einen Supermarkt. Dabei war das Wohnzimmer eigentlich groß genug für einen richtigen Baum.

»Nun ja, er ist … nett. Etwas klein vielleicht. Meinst du, da passen all deine Geschenke darunter?«

Nun betrachtete auch Ben den Baum etwas kritischer. Seine kleine Stirn legte sich in tiefe Falten.

In diesem Augenblick kam David zurück. »Ich habe eine warme Decke und ein Kühlpad mitgebracht.« Er ging leicht in die Knie, damit sie sich an ihm abstützen konnte. »Wollen wir?«

Sein männlich herber Duft stieg ihr in die Nase, und für einige Atemzüge versank sie in seinen smaragdgrünen Augen. Durch den schwarzen Ring um seine Iris trat die Farbe noch deutlicher hervor und gab seinem Blick etwas Fesselndes.

Zaghaft legte Sophie ihm wieder die Hand auf die Schulter, während er um ihre Taille griff. Ihr fünfzehnjähriges Ich wäre vor Glück wahrscheinlich einer Ohnmacht nahe gewesen, wenn sie ihm zu jener Zeit derart nahegekommen wäre. Schon allein mit ihm in einem Raum zu sein hatte damals ausgereicht, um aus ihr das reinste Nervenbündel zu machen. Die Erinnerung sorgte prompt dafür, dass etwas von ihrer damaligen Nervosität zur ihr in die Gegenwart schwappte und sich ein flaues Gefühl in ihrem Magen ausbreitete. Sie biss sich auf die Unterlippe. Das war doch lächerlich! Mittlerweile war sie eine erwachsene Frau, hatte einen Hochschulabschluss und kannte David überhaupt nicht mehr. Es gab nicht den geringsten Grund, in seiner Gegenwart nervös zu werden.

Mit seiner Hilfe humpelte sie zum Sofa. Bevor sie sich jedoch setzen konnte, löste er sich von ihr und machte Anstalten, die Decke um ihren Körper zu wickeln. Anscheinend wollte er sie verpacken wie einen Wrap. Durch Sophies Kostüm ein etwas schwieriges Unterfangen.

»Sie sind durchgefroren und brauchen Wärme«, stellte er mit seiner dominanten Arztstimme fest, die Sophie neu war. »Die Flügel müssen weg!«

Ein durchaus logischer Vorschlag, der nur leider nicht umzusetzen war. Die Flügel waren mit dem Kleid vernäht und wurden durch versteckte Gurte zusätzlich am Körper gehalten. Sophie konnte die Flügel somit nur ablegen, wenn sie sich komplett auszog.

»Das geht nicht. Die sind angewachsen.« Sie konnte sich einen verschwörerischen Blick zu Ben, der heftig nickte, nicht verkneifen.

David rollte sichtlich genervt mit den Augen. Er war es anscheinend gewohnt, dass seine Patienten taten, was er verlangte.

Nachdem sie sich gesetzt hatte, steckte er die Decke um sie herum fest, lagerte ihren Fuß nach oben und packte das Kühlpad auf ihren Knöchel. All dies in völligem Schweigen.

»Ich mache Ihnen noch einen Tee zum Aufwärmen«, kündigte er anschließend an. Und schon war er wieder weg.

Sophie blickte ihm irritiert hinterher. Ihre Anwesenheit in seinem Haus schien ihm nicht gerade angenehm zu sein. Vielleicht hatte er Sorge, dass Bens Mutter heimkam und wenig erfreut über eine fremde Frau in ihrem Wohnzimmer war? Allerdings sah die hochwertige Einrichtung recht funktionell aus. Nur der Schwedenofen, in dem die Holzscheite knackten, verbreitete gemütliche Wärme und vertrieb die Kälte aus Sophies Gliedern. Ihr Bauchgefühl sagte ihr, dass David und Ben allein hier lebten. Zu ihrer Linken in der Ecke hinter dem Esstisch entdeckte sie einen vergessenen Umzugskarton.

»Wohnt ihr schon lange in dem Haus?«

Ben schüttelte den Kopf. »Erst seit ein paar Monaten«, gab er bereitwillig Auskunft. »Papa wollte näher zu Omi und Opi. Damit ich hinlaufen kann.«

Dann war es vielleicht gar nicht so erstaunlich, dass sie noch nicht aufeinandergetroffen waren? Trotzdem konnte Sophie es nicht fassen, dass sie derart nah beieinander wohnten. Als sie vor einigen Jahren nach Rostock zurückgekehrt war, um in ihrem ehemaligen Heimatort zu studieren, hatte sie ein paar Mal an David gedacht und sich gefragt, was wohl aus ihm geworden war. Die erste Liebe vergaß man eben nie, selbst wenn sie nur einseitig gewesen war.

Ben ließ sich neben sie aufs Sofa plumpsen, steckte die Hände unter die Oberschenkel und baumelte mit den Füßen.

Sophie lächelte ihn an. Sie hatte den Kleinen schon in ihr Herz geschlossen. »Habt ihr an Weihnachten was Schönes geplant?«

»Papa und ich sind an Heiligabend allein. Er sagt, wir machen ein richtiges Männer-Weihnachten.« Er straffte die Schultern und streckte stolz die Brust raus.

Sophie blickte von ihm zu dem kümmerlichen Plastikbaum. »So, so. Ein Männer-Weihnachten«, murmelte sie skeptisch.

»Sonst feiern wir immer bei Omi und Opi«, plapperte er weiter. »Aber dieses Jahr machen sie eine Fahrt mit einem großen Schiff. Weil sie schon gaaanz lang verheiratet sind. Elfundachtzig Jahre.«

Sophie kicherte. Zahlen waren wohl nicht Bens Stärke. Sie hatte Davids Eltern damals zwar nur ein oder zwei Mal gesehen, aber so alt waren sie garantiert noch nicht. »Das klingt spannend. Eine Kreuzfahrt macht bestimmt Spaß.«

»Zuerst hat Oma sich auch ganz doll gefreut. Aber seit sie weg ist, hat sie Heimweh. Sie sagt, sie wäre lieber bei mir.«

Sophie wuschelte über Bens dunkle Locken. »Das kann ich verstehen.«

»Und am Tag nach Heiligabend fahren wir nach München«, erzählte er weiter. »Dort wohnen meine anderen Großeltern. Wir besuchen sie manchmal. Aber ich mag es dort nicht so sehr.« Er seufzte schwer und ließ die Schultern hängen.

Sophie hob die Augenbrauen. »Wieso denn nicht?«

»Sie sind immer so traurig. Wegen Mama«, sagte er etwas leiser. »Papa sagt, ich erinnere sie an sie.«

Sie schluckte schwer. Das konnte eigentlich nur eines bedeuten …

»Ist deine Mama etwa im Himmel?«, fragte sie vorsichtig.

Ben nickte. Die Traurigkeit, die sie schon vorhin in seinen Augen entdeckt hatte, kehrte zurück. »Sie hatte einen Unfall. Da war ich drei.«

Sophies Herz zog sich vor Mitgefühl zusammen. Die allzu bekannte Trauer, die sie begleitete, seit sie fünfzehn war, griff unbarmherzig nach ihr. Reflexartig tastete sie nach ihrer Kette mit dem Tannenbaum-Anhänger.

»Meine Mutter ist auch gestorben, als ich ein Kind war«, sagte sie ebenso leise wie Ben.

Erstaunen zeichnete sich auf seinen kindlichen Zügen ab. »Deine Engelmama ist gestorben?«

»Sie hatte eine böse Krankheit. Ich war nicht mehr so klein wie du, aber es hat trotzdem sehr, sehr wehgetan, sie zu verlieren.«

Er schien für einen Moment tief in Gedanken versunken. Schließlich überbrückte er den Abstand zwischen ihnen, drückte sich wortlos an sie und lehnte seinen Kopf an ihre Schulter. Intuitiv nahm sie seine kleine Hand und hielt sie fest in ihrer. Ein unsichtbares zartes Band schien sich um sie zu schlingen. Als würden ihre Seelen den Schmerz des anderen erkennen und sich dadurch getröstet fühlen. Für einige Augenblicke waren die einzigen Geräusche im Zimmer nur noch ihre Atemzüge und das Knacken der Holzscheite.

»Vermisst du deine Mama noch?«, fragte Ben schließlich und schaute zu ihr auf.

Sie strich ihm sanft eine dunkle Locke aus der Stirn. »Ja, natürlich. Auch wenn es mit der Zeit etwas leichter wird, kann niemand ihren Platz einnehmen. Aber ich habe einen ganz tollen Papa, so wie du. Und natürlich meine drei Brüder – Alex, Valentin und Markus.« Sie lächelte aufmunternd. »Deine Großeltern helfen dir bestimmt auch gegen dieses Gefühl der … Mama-Leere, oder? Außerdem habe ich noch etwas anderes, das mich an meine Mutter erinnert …« Sie beugte sich zu ihm, damit er den Anhänger an ihrem Hals besser sehen konnte. »Sie hat mir diese Kette kurz vor ihrem Tod zu

Weihnachten geschenkt. Seither lege ich sie nicht mehr ab. Weil ich das Gefühl habe, dass meine Mutter dadurch bei mir ist und mich begleitet.«

Ehrfurchtsvoll strich Ben über die Kette, als wäre sie ein kostbarer Schatz. Und das war sie auch – jedenfalls für Sophie.

»Sie ist wunderschön.« Er ließ die Hand sinken und nagte an seiner Unterlippe. »Papa hat gesagt, meine Mama ist jetzt ein funkelnder Stern am Himmel. Und jede Nacht leuchtet sie, um auf mich aufzupassen. Sie hat nämlich die Sterne geliebt und im Pla… Pla…«

»Planetarium?«, half sie ihm.

Er nickte. »Genau. Dort hat sie gearbeitet. Deshalb habe ich mir auch gewünscht, dass du kommst, Engel Sophie.« Er löste sich von ihr und setzte sich aufgeregt auf seine Fersen, sodass er fast auf Augenhöhe mit ihr war. »In der Kita hat Tante Erika eine Geschichte vorgelesen. Darin hat ein Weihnachtsengel kurz vor Heiligabend einen ganz dringenden Wunsch erfüllt. Einen, der nicht auf dem Wunschzettel stand, den der Weihnachtsmann bekommen hat. Und jetzt bist du tatsächlich da.«

Er stieß einen so erleichterten Seufzer aus, dass Sophie schmunzelte. Ben musste das tatsächlich wie ein Wunder erscheinen.

»Und wie lautet der dringende Wunsch, den ich dir erfüllen soll?«

»Es muss aufhören zu schneien!«, platzte es mit allergrößter Ernsthaftigkeit aus ihm heraus. »Seit Tagen sind Wolken am Himmel, und nachts sind die Sterne weg. Aber Oma und Opa sind doch schon nicht da. Deshalb wünsche ich mir, dass morgen die Sterne funkeln und Mama uns sieht. Sonst sind Papa und ich ganz allein.«

»Oh, Ben …«, flüsterte Sophie ergriffen.

Er hatte die Hände zusammengepresst und starrte sie voller Hoffnung an. Dabei war es ein so herzzerreißend simpler Wunsch: Er wollte lediglich, dass an Heiligabend die Sterne am

Himmel standen. In diesem Augenblick wäre Sophie gern ein echter Weihnachtsengel gewesen. Mit jeder Faser ihres Körpers sehnte sie sich danach, ihm seinen Wunsch erfüllen zu können.

Erneut strich sie ihm die widerspenstige Locke aus der Stirn. »Ich werde schauen, was ich machen kann«, antwortete sie, um ihn nicht zu enttäuschen. »Aber ich bin mir sicher, dass deine Mama dich auch durch die Schneewolken sehen kann und bei dir ist.«

»Ehrlich?«, fragte er zweifelnd.

»Ganz sicher!«

Er atmete auf. Das Kostüm schien Sophie ein hohes Maß an Glaubwürdigkeit zu verleihen.

»Und jetzt komm her!« Sie hob auffordernd ihren Arm und er kuschelte sich vertrauensvoll an sie. »Wenn deine Mama Sterne so liebte, hat sie dir dann auch die Geschichte von den singenden Sternen erzählt? Sie ist von den Wyandot-Indianern, sehr alt und gehört zu meinen Lieblingsgeschichten.«

Sie stellte fest, dass ein Germanistik-Studium und ein Teilzeit-Job in einem Verlag zuweilen recht hilfreich sein konnten. Denn unweigerlich hatte man ein großes Repertoire an Geschichten im Kopf abgespeichert.

»Erzählen!«, krähte Ben begeistert.

Sie lächelte und holte tief Luft …

***

David hasste es zu lauschen. Trotzdem konnte er sich nicht überwinden, zurück ins Wohnzimmer zu gehen. Er hatte sich ohnehin schon wie ein Idiot aufgeführt. Keine Ahnung, wieso ihn die Gegenwart dieser Frau so durcheinander brachte! Seit sie hier war, wuselte er völlig konfus durchs Haus und hatte nur noch ihr Wohlergehen im Kopf. Als er mit dem frischgebrühten Tee zurückgekommen war, hatte er jedoch mitbekommen, wie Ben über Christina gesprochen hatte – und er war wie angewurzelt hinter der Tür stehengeblieben.

Normalerweise erwähnte Ben seine Mutter kaum noch. Wahrscheinlich hätte David genau das zu denken geben müssen. Er schalt sich selbst in Gedanken einen Holzkopf. Ben war fünf Jahre alt, und es war ganz natürlich, dass er seine Mutter vermisste. Dass sein Sohn sich nun ausgerechnet dieser fremden Frau anvertraute, ärgerte ihn. Selbst wenn sie, wie er zugeben musste, verständnisvoll und feinfühlig reagiert hatte. Jedes Mal, wenn er bisher versuchte hatte, mit Ben über Christina zu reden, hatte er sich außergewöhnlich unbeholfen angestellt. Jedes Wort aus seinem Mund hatte sich falsch angefühlt. Dazu kam diese bohrende Schuld in seinem Inneren, weil er seinen Sohn vor diesem Schmerz nicht beschützen konnte. Er selbst wäre damals an Christinas Tod fast zerbrochen, und Ben war noch viel zu klein, um so viel Leid ertragen zu können.

»... Aber ich habe einen ganz tollen Papa, so wie du«, sagte Sophie gerade mit dieser sanften, melodiösen Stimme. »Und natürlich meine drei Brüder – Alex, Valentin und Markus.«

Als sie die Namen ihrer Brüder erwähnte, bekam er endlich die flüchtige Erinnerung zu fassen. David zuckte unwillkürlich zusammen, sodass Tee über den Rand der Tasse schwappte und über seine Hand lief.

Valentins kleine Schwester Sophie, der er bei einem Turnier versehentlich einen Fußball an den Kopf geschossen hatte, sodass sie eine Gehirnerschütterung bekommen hatte ... Die jahrelang bei fast jedem Spiel ihrer Mannschaft zugesehen hatte, obwohl sie grottenschlecht gewesen waren ... Sophie, die sie irgendwann »Bienchen« getauft hatten, weil sie oft einen gelb-schwarz gestreiften Regenmantel getragen hatte. Jeder hatte »Bienchen« gemocht, und sie war so was wie ihr Mannschaftsmaskottchen gewesen. Jedenfalls bis ...

David presste gequält die Augen zusammen, als ihn die letzte, höchst beschämende Erinnerung überfiel. Er war damals ein dummer arroganter Kerl gewesen. Nicht, dass er mit ernsthaften Problemen zu kämpfen gehabt hätte, aber wie jeder junge Mann von achtzehn, neunzehn Jahren war er völlig überfordert mit dem Gefühlschaos in seinem Inneren gewesen und hatte seine Verwirrtheit unter einer Maske der Coolness versteckt. Er hatte auf alles mit absolutem Gleichmut reagiert. Paradoxerweise hatte gerade das auf die Mädels besonders anziehend gewirkt – anscheinend auch auf Valentins jüngere Schwester. Für ihn war sie damals noch ein kleines Mädchen gewesen, ein halbes Kind. Es war nach einem Spiel gewesen, als »Bienchen« sich an einem kalten Januartag vor ihn hingestellt hatte …

Sie konnte ihm kaum in die Augen sehen. Ihre schlanken Hände waren nervös, flogen im eisigen Nieselregen unruhig umher wie Schmetterlinge – strichen über ihre Jacke, zupften an ihrem Kragen, tasteten nach ihren blonden Zöpfen.

»Magst du mit mir ins Kino gehen, David?«, fragte sie mit zittriger Stimme.

Er schulterte seine Trainingstasche und schaute sie verständnislos an. »Ich? Mit dir? Wieso denn?«

»Weil ich dich mag«, gab sie schlicht zurück.

Er ächzte. »Wie bitte?«

Er hatte keine Ahnung, was plötzlich in Valentins Schwester gefahren war. Sie war klein, selbst für ein Mädchen ihres Alters, und so dürr wie ein Torpfosten. Außerdem hatte sie diese seltsame Art sich zu kleiden. Die gelb-schwarz gestreifte Regenjacke war dafür das beste Beispiel. Davon abgesehen hatten sie bisher nie mehr als ein, zwei Sätze am Stück miteinander gewechselt.

Ungeduldig spielte er mit dem Autoschlüssel in seiner Hand. »Hör zu, ich muss los. Frag doch jemand anderen, ob er mit dir ins Kino geht!«

Er wollte sich an ihr vorbeidrücken, doch sie fasste ihn am Arm. Ihre blauen Augen waren weit aufgerissen.

»Ich liebe dich, David«, platzte es aus ihr heraus. Trotz der Kälte glühten ihre Wangen in einem tiefen Rot.

Er verdrehte die Augen. Blieb ihm heute eigentlich nichts erspart? Zuerst hatten sie bei diesem schrecklichen Wetter

Fußball gespielt, natürlich haushoch verloren, und jetzt auch noch das! Dabei musste er dringend heim, um für eine Klausur zu lernen. Wenn er zum Medizinstudium zugelassen werden wollte, durfte er sie nicht verpatzen! Hilfesuchend blickte er sich auf dem Schotterparkplatz um, doch von ihrem Bruder war leider nichts zu sehen.

»Du hast bestimmt gehört, dass meine Mutter vor Kurzem gestorben ist. Und vor ihrem Tod hat sie mir etwas Wichtiges gesagt …«

Jetzt fing sie auch noch von ihrer toten Mutter an. Klar, das war schlimm, und die Familie tat ihm auch leid. Aber was konnte er schon daran ändern?

Sie holte tief Luft. »Sie hat gesagt: Sophie, die Liebe sollte dein Leben bestimmen. Denn die Liebe, die du zu geben bereit bist, ist am Ende das Wichtigste und Wertvollste, das du in den Herzen der anderen zurücklässt.« *Ihre Stimme brach, und sie blinzelte angestrengt.*

Er räusperte sich. »Ja, schön. Ich muss jetzt aber wirklich los.«

David schob sich an ihr vorbei und lief zielstrebig zu seinem Auto. Leider folgte sie ihm auf dem Fuße.

»Das war das letzte Mal, das ich mit meiner Mutter gesprochen habe, und deswegen dachte ich, dass … dass ich dir von meinen Gefühlen erzählen muss«, erklärte sie keuchend. »Dass ich dir sagen muss, dass ich in dich verliebt bin.«

Er schmiss seine Trainingstasche in den Kofferraum und war in zwei großen Schritten an der Fahrertür. Gleich wäre er die Kleine los …

Erneut versuchte sie, seinen Arm festzuhalten. »Denn ihre letzten Worte … Sie müssen *doch etwas bedeuten, oder?« Die Verzweiflung ließ ihre Stimme gepresst klingen.*

Trotz des Nieselregens konnte er Tränen über ihre Wangen laufen sehen. Sie vermischten sich auf ihrem Weg mit den Regentropfen. Schwere traurige Winterregentränen.

Er wollte nur noch weg. Entschlossen löste er ihre Hand von seinem Arm. »Ich habe keine Ahnung, was das bedeuten soll. Fakt ist, dass ich nie mit dir ausgehen werde. Hörst du? Nie!«

Damit hatte er sich ins Auto gesetzt und die weinende Sophie zurückgelassen …

David unterdrückte einen Fluch und wischte sich die Hand, über die der Tee gelaufen war, an der Hose ab. Mittlerweile wusste er natürlich, dass ihr Liebesgeständnis ein Hilferuf gewesen war. Sie hatte sich an die verzweifelte Hoffnung geklammert, im Tod ihrer Mutter noch so etwas wie einen verborgenen Sinn zu entdecken. Sie hatte sich gewünscht, dass sich ihre mädchenhafte Schwärmerei für David in echte Liebe verwandelte, in der sie die Wärme wiederfinden konnte, die sie mit ihrer Mutter gerade verloren hatte. Doch er hatte sich wie ein Arsch verhalten. Scham für sein früheres Ich prickelte unangenehm unter seiner Haut.

Kurze Zeit später war Sophies Familie aus Rostock weggezogen. Der Vater hatte wohl einen neuen Job in einer anderen Stadt gefunden. Und so hatte David sie und den unglückseligen Vorfall vergessen.

Aber jetzt war Sophie wieder hier. Als wunderschöner Weihnachtsengel, der vor seinem Haus auf dem Schnee ausgerutscht war. Als warmherzige erwachsene Frau, die sich offensichtlich wunderbar mit seinem Sohn verstand. Als Mediziner war er jedoch ein Mann der Wissenschaft und glaubte nicht an das Schicksal oder gar Wunder. Außerdem kamen Ben und er inzwischen sehr gut allein zurecht. Nach Christinas Tod war es schwer genug für sie beide gewesen. Sein Sohn brauchte niemanden, der ihn in seinen kindlichen Fantastereien auch noch bestärkte. Und David brauchte niemanden, der ihn derart durcheinanderbrachte und dafür sorgte, dass er sich wie ein kopfloser Idiot verhielt. Es war an der Zeit, dass er wieder das Ruder übernahm! Er machte auf dem Absatz kehrt und brachte den Tee zurück in die Küche.

***

»… und so stieg die kleine Schildkröte auf eine Wolke, die sie hoch hinauf in den dunklen Himmel brachte«, erzählte Sophie, während Ben ihr gebannt lauschte. »Die anderen Tiere auf Erden hofften, dass es der kleinen Schildkröte gelang, ein Licht am Himmel zu entzünden und die Finsternis …«

»Ende der Geschichtsstunde!«, verkündete David, als er ins Wohnzimmer zurückkam.

Statt des versprochenen Tees hielt er Verbandsmaterial in Händen. Sophie musterte ihn irritiert. Schon zuvor war er in ihrer Gegenwart angespannt gewesen, doch nun wirkte seine Miene plötzlich verschlossen und abweisend.

»Ben, Zeit fürs Bett«, ordnete er an. »Du musst dich von Sophie verabschieden und deine Zähne putzen!«

Entrüstet setzte sich sein Sohn auf. »Aber ich möchte das Ende der Geschichte hören! Wir sind noch gar nicht zu den singenden Sternen gekommen.«

»Ein andermal vielleicht.«

Davids Blick streifte ihren, und Sophie wusste, dass es kein anderes Mal geben würde. Er wollte sie loswerden. Wieder einmal.

Ben schlang zum Abschied die Arme um ihren Hals. »Danke, dass du gekommen bist«, flüsterte er ihr ins Ohr. »Ich mag dich, Engel Sophie!«

Gerührt erwiderte sie seine Umarmung. »Ich dich auch«, raunte sie ihm zu und strich über seinen Rücken. »Und vergiss nicht: Deine Mama sieht dich auch durch die Wolken hindurch.«

Er löste sich von ihr und nickte mit leuchtenden Augen. »Gute Nacht!«

Er flitzte aus dem Wohnzimmer, und sofort veränderte sich die Atmosphäre. Mit Ben schien jede Fröhlichkeit und Unbeschwertheit den Raum verlassen zu haben.

David nahm das Kühlpad von ihrem Knöchel und bestastete die Schwellung. »Ich würde auf eine leichte Verstauchung tippen«, informierte er sie.

Sie verschränkte schützend die Arme vor der Brust. »Das Pulsieren ist auch fast weg.«

»Vom Sturz wird Ihnen morgen sicherlich die Nackenmuskulatur wehtun, aber Ibuprofen sollten helfen. Ich trage noch eine schmerzstillende Salbe auf und lege einen elastischen Verband an.« Er sah kurz zu ihr auf. »Dann können Sie endlich gehen.«

Okay, das war deutlich! Verärgerung regte sich in ihr. Sie hatte nicht darum gebeten, von ihm verarztet zu werden, und nichts getan, um so eine unhöfliche Behandlung zu verdienen. David gab ihr nicht mal die Zeit, die Strumpfhose auszuziehen, denn er schnitt sie einfach mit der Verbandsschere über dem Knöchel auf. Umso überraschter war sie, als er begann, die schmerzstillende Creme langsam mit sanften Bewegungen einzumassieren.

Sie betrachtete sein Profil mit angehaltenem Atem. Seine Haare, die ein helleres Braun besaßen als Bens, fielen ihm in die Stirn. David war nach wie vor ein attraktiver Mann, auch wenn die Jahre Spuren hinterlassen hatten. Viel zu früh zeichneten sich graue Strähnen an den Schläfen ab, und seiner Stirn war anzusehen, dass er sie häufig in grüblerische Falten legte. David war schon immer diszipliniert gewesen und hatte geradlinig seine Ziele verfolgt, doch nun lag eine Härte in seinem Gesicht, die nicht zu ihm passte. Sophie ahnte, dass dies seinem Schicksal als Witwer und alleinerziehendem Vater geschuldet war. Ihr entging ebenfalls nicht, dass seine sanften Hände ihr etwas völlig anderes vermittelten als seine harschen Worte. Als die Salbe eingezogen war, fuhr er ein letztes Mal über Sophies Fußrücken. Wie ein Pianist, der am Ende des Stücks mit den Fingerspitzen liebevoll über die Klaviatur strich. Ein schneeflockenleichtes Prickeln tanzte ihren Rücken hinab. David schien seine verräterische Geste selbst zu bemerken, denn er ballte seine Finger zur Faust und zog sie hastig zurück.

»Fertig, Bienchen!«, sagte er mit gepresster Stimme.

Sie erstarrte. Nur einen Augenblick später überflutete Hitze ihre Wangen. »Du erinnerst dich?«, quiekte sie.

»Ja, es hat nur etwas gedauert«, sagte er, während er die elastische Binde straff um ihren Fuß wickelte. »Immerhin ist es lange her, und du bist jetzt eine erwachsene Frau. Dazu noch das Kostüm ...« Er wiegte den Kopf hin und her. »Andererseits hattest du ja schon immer eine Vorliebe für seltsame Klamotten.«

»Diese Regenjacke war vielleicht nicht hübsch, aber sie hat mir gute Dienste geleistet«, verteidigte sie sich.

»Das glaube ich gern.«

Er hielt kurz inne und stieß die Luft aus. »Sophie, es tut mir leid, was damals geschehen ist. Ich habe dich zwar gemocht, aber nicht auf die Weise, die du dir gewünscht hast. Du warst ein nettes Mädchen, aber für mich immer nur Valentins kleine Schwester. Nachdem du deine Mutter verloren hattest, hast du Halt und Trost gesucht. Wie ich mich dir gegenüber verhalten habe, war falsch, grausam und herzlos. Ich war ein Idiot.«

Mit einer Entschuldigung hatte Sophie absolut nicht gerechnet. Deshalb wusste sie im ersten Moment auch nicht, wie sie reagieren sollte. »Ähm ... Danke.«

Er machte die Binde mit einer Klemme fest und dachte sogar daran, den oberen Teil ihrer aufgeschnittenen Strumpfhose daran festzumachen. »Aber dieses Wiedersehen finde ich offen gestanden mehr als seltsam.«

Stirnrunzelnd sah sie ihn an. »Was meinst du denn damit?«

Er räumte die Sachen zusammen und warf ihr einen vielsagenden Blick zu. »Als wir uns das letzte Mal gesehen haben, hast du mir deine Liebe gestanden. Und jetzt tauchst du aus heiterem Himmel plötzlich hier auf – angeblich, weil du ausgerechnet vor meinem Haus ausgerutscht bist.«

»Du denkst, ich wusste, dass du hier wohnst und hätte das inszeniert?«, fragte sie ungläubig.

Er stand auf, steckte die Hände in die Hosentaschen und zuckte mit den Schultern. »Der Verdacht liegt nahe.«

»Das ist doch nicht zu fassen ...« Sophie wurde selten zornig, doch David hatte es geschafft, dass sie vor Wut kochte. Sie schnappte sich ihren Schuh und schlüpfte trotz des Verbandes hinein. »Du hältst dich wohl für unwiderstehlich. Nur damit das klar ist: Ich hatte keinen Schimmer, dass du hier lebst und war genauso überrascht von unserem Wiedersehen wie du.«

Sie erhob sich ebenfalls, darauf bedacht, nur ihren gesunden Fuß zu belasten. Davids helfende Hand ignorierte sie geflissentlich.

»Für einen kurzen Moment dachte ich, du hättest dich verändert«, schimpfte sie weiter. »Weil du genau wie ich Schlimmes erleben musstest. Und weil du einen entzückenden Sohn hast, der offensichtlich ganz nach seiner Mutter kommt – denn du bist immer noch ein Idiot. Eine andere Art von Idiot als früher, aber nichtsdestotrotz ein Idiot.«

Ihre Worte schienen ihre Wirkung leider zu verfehlen. »Wenn du meinst«, entgegnete David ungerührt.

In diesem Moment ertönte von draußen ein Hupen.

»Ah, das Taxi ist da!«, sagte er. »Mit dem Fuß solltest du nicht heimlaufen, deshalb habe ich es vorhin für dich gerufen.«

Wahrscheinlich damit er sie schneller loswurde. »Wie fürsorglich von dir«, fauchte sie.

»So bin ich eben«, sagte er mit einem nonchalanten Lächeln. »Ich habe immer das Wohl meiner Patienten im Sinn.«

Sie wollte ohnehin keine Sekunde länger in diesem Haus bleiben. Entschlossen marschierte sie zur Tür, auch wenn ihr Knöchel dagegen protestierte.

Doch sie blieb noch einmal stehen und wandte sich zu ihm um. »Du bist nicht so undurchschaubar wie du vielleicht denkst, David. Jemanden zu verlieren, den man geliebt hat, ist schlimm. Aber du kannst deshalb nicht immer allem aus dem

Weg gehen, was dir womöglich wehtun könnte. Der Schmerz wird dich trotzdem wieder einholen, denn er gehört zum Leben dazu. Am Ende wirst du nur das bereuen, was du aus Angst verpasst hast.«

Sophie ließ ihm keine Zeit für eine Antwort und lief tapfer nach draußen, wo sie die eisige Winterkälte empfing.

***

Am nächsten Morgen saß Sophie am Fenster ihrer Wohnung und blickte gedankenverloren nach draußen auf die Schneeflocken, die unablässig vom Himmel fielen. Sie war schon in aller Frühe aufgestanden, da sie unfassbar schlecht geschlafen hatte.

Nele kam gähnend in die Küche geschlurft. »Bewunderst du die schöne Winterlandschaft?«

»Im Gegenteil …«, murmelte sie.

Sie verdrängte die Gedanken an Bens herzergreifenden Wunsch und bemühte sich um ein Lächeln. »Danke noch mal, dass du gestern das Taxi für mich bezahlt hast.«

Sie winkte ab. »Kein Ding! Zum Glück war ich schon zu Hause. Hast du deine Handtasche und die Klamotten wieder zurückbekommen?«

Sophie nickte. »Ich war vorhin kurz unten, als Bianca mir alles vorbeigebracht hat«, erzählte sie. »Sie hat sich dafür bedankt, dass ich Justin den Marsch geblasen habe. Anscheinend war er danach handzahm und hat sich benommen.«

»Was ihn hoffentlich nicht vor einem Rauswurf bewahren wird!«, entgegnete Nele säuerlich.

Während ihre Freundin sich einen Kaffee machte, schaute Sophie wieder nach draußen. Es hörte einfach nicht auf zu schneien. Dabei bekam sie Bens Augen, die sie so hoffnungsvoll angesehen hatten, partout nicht aus dem Kopf. Sie hatte das Gefühl, eine besondere Verbindung zu dem Kleinen aufgebaut zu haben. Mit jeder Faser ihres Herzens sehnte sie sich danach, ihm zu helfen. Leider würde das nicht so leicht werden. Außerdem gab es da noch seinen Vater, was die Sache komplizierter machte.

Sie seufzte und massierte sich den Nacken. Genau wie David prophezeit hatte, waren heute ihre Muskeln durch den Sturz verhärtet. Dafür waren jedoch die Schmerzen im Knöchel so gut wie verschwunden.

Nele setzte sich mit ihrem Kaffee an den Tisch und musterte sie kritisch. »Was ist los mit dir? Freust du dich nicht auf heute Abend?«

»Doch, doch«, erwiderte sie etwas lahm.

Schon seit Wochen hatten sie geplant, den Heiligabend zu zweit mit Raclette-Essen, Filme gucken und einem großen Pott Schokoladeneis zu verbringen. Es sollte ein entspanntes Fest werden, bevor sie am nächsten Tag zu ihren Familien aufbrachen. Doch dann hatte sich kurzfristig Neles neuer Freund Tim eingeladen und mit ihm sein bester Kumpel samt Freundin. Sophie ahnte, dass sie sich zwischen den verliebten Pärchen wie das fünfte Rad am Wagen fühlen würde. Allerdings war das nicht der Hauptgrund für ihre verhaltene Vorfreude.

Nele konnte in ihr anscheinend lesen wie in einem Buch. »Es geht um den kleinen Jungen von gestern, oder?«

Ertappt schaute Sophie auf. »Er vermisst nun mal seine Mutter und wünscht sich ein schönes Weihnachtsfest. Irgendwie habe ich dieses …«, sie hob die Schultern und seufzte, »… drängende Bedürfnis, ihm diesen Wunsch zu erfüllen.«

»Das klingt nach einer schweren Aufgabe.«

Sophie schüttelte den Kopf. »Eigentlich nicht. Ich weiß schon, wie ich Ben helfen könnte.« Sie grinste. »Ich mache mit ihm einfach das Gleiche wie meine Mutter mit uns. Dadurch wurde der Heiligabend für uns zum schönsten Tag des Jahres.«

Nele erwiderte ihr Grinsen. »Du hast also ein drängendes Problem und auch schon die Lösung. Dann frage ich mich nur, wieso du hier noch untätig herumsitzt?«

»Weil mir der Mut fehlt«, gab sie kleinlaut zu.

»Dir? Der Mut?« Nele riss die Augen auf und fasste sich schockiert an die Brust. »Spreche ich da gerade mit meiner besten Freundin Sophie? Die Frau, die sich von niemandem etwas sagen lässt? Die noch nicht mal davor zurückschreckt, einen grabschenden Weihnachtsmann bei einer Firmenfeier lautstark zusammenzustauchen?«

Sophie nagte an ihrer Unterlippe. Nele hatte recht! Sie hatte sich noch nie von ihren Überzeugungen abbringen lassen. Und was hatte sie schon zu verlieren? Im schlimmsten Fall schickte David sie wieder weg. Aber dann hatte sie wenigstens versucht, Ben zu helfen. Sophie blickte zu dem Engelskostüm, das auf dem Bügel an der Küchentür hing, weil sie es gleich noch bei Matthias hatte vorbeibringen wollen. Sicher hatte er nichts dagegen, wenn sie es noch ein bisschen länger behielt.

***

Mit klopfendem Herzen drückte Sophie auf die Klingel. Neben der Treppe am Eingang standen ein vollbeladener Korb, eine Jutetasche und ein Tannenbaum im Nylonnetz. Er war einer der letzten gewesen, die der Verkäufer noch gehabt hatte. Es war schwierig gewesen, das ganze Zeug in Neles gelbem Mini zu verstauen, da Sophie wegen ihrer Flügel nur auf dem Rücksitz hatte platznehmen können. Ihre beste Freundin hatte ihr eben noch geholfen, alles auszuladen und war nach einer herzlichen Umarmung zu ihrem Liebsten davongebraust.

Endlich öffnete sich die Tür, und Ben erschien in einem roten Weihnachtspullover mit Rentieraufdruck. Sophie wusste sofort, dass sie sich richtig entschieden hatte, als sie die weiße Feder entdeckte, die Ben wie einen kostbaren Schatz in seiner Hand hielt. Sie musste sich gestern aus ihrem Kostüm gelöst haben. Es dauerte nur einen Wimpernschlag, ehe er seine Überraschung überwunden hatte.

»Engel Sophie, du bist zurück!«, jubelte er und umarmte so schwungvoll ihre Beine, dass sie fast das Gleichgewicht verlor.

Sie ging in die Knie und strich ihm über die Locken. »Ich wurde noch mal hergeschickt, um dir heute ein wunderschönes Weihnachtsfest zu bescheren«, sagte sie feierlich.

Seine Augen funkelten. »Ich wusste, dass du wiederkommst.«

Am liebsten hätte sie ihn fest in die Arme geschlossen und geknuddelt. Er war einfach zu goldig.

»Ich freue mich schon sehr darauf, mit dir den Weihnachtstag zu verbringen«, entgegnete sie. »Ich habe jede Menge tolle Überraschungen geplant.«

Damit hatte sie Ben natürlich sofort am Haken. »Was denn?«, fragte er atemlos.

Sophies Blick fiel über seine Schulter auf David, der im Flur an der Küchentür lehnte. Er beobachtete sie aufmerksam und hatte die Arme locker vor der Brust verschränkt, doch seiner Miene nach zu urteilen, war er eher überrascht als verärgert.

Sie konzentrierte sich wieder auf Ben. »Als Erstes werden wir Weihnachtsplätzchen backen, nach dem Rezept meiner Mutter. Das werden die besten Plätzchen, die du je gegessen hast!«, prophezeite sie. »Die Backsachen sind in der Jutetasche. Bringst du sie schon mal in die Küche?«

Das musste sie ihm nicht zwei Mal sagen. Wie der Wind flitzte er die Treppe hinunter, schnappte sich die schwere Tasche und schleppte sie tapfer ins Haus.

Als er in der Küche verschwunden war, kam David zur Tür und baute sich vor Sophie auf.

Sie reckte das Kinn und hob den Zeigefinger. »Um eins klarzustellen: Ich bin nur wegen Ben hier. Du hast damit überhaupt nichts zu tun. Man könnte sogar sagen, dass ich hergekommen bin, *obwohl* du auch hier wohnst.«

David entfuhr ein Schnauben.

»Das habe ich wohl verdient«, räumte er jedoch mit einem Zucken um seine Mundwinkel ein.

Er wirkte nicht mehr so unfreundlich und abweisend wie gestern bei ihrem Abschied. Womöglich warf er sie doch nicht umgehend wieder hinaus?

»Ich habe nachgedacht, und …«, er seufzte und rieb sich mit der flachen Hand über die Wange, »… ich schätze, ich habe überreagiert. Dir zu unterstellen, dass du dieses Wiedersehen inszeniert hast, war wohl ziemlich bescheuert.«

»Das war es!« Sie nickte, erleichtert, dass er wenigstens in diesem Punkt zur Vernunft gekommen war. Trotzdem machte sie sich keine Illusionen, dass er sie plötzlich in ihrem Leben willkommen heißen würde.

»Heute bin ich in einer wichtigen Mission hier«, erklärte sie. »Dein Sohn glaubt nämlich, ich als Weihnachtsengel könnte dafür sorgen, dass es endlich aufhört zu schneien.«

Irritiert schaute er sie an. »Wieso das denn?«

»Damit heute die Sterne funkeln können und seine Mutter vom Himmel aus bei euch sein kann. Weil er nicht möchte, dass ihr an Heiligabend ganz allein seid. Das hat er mir gestern auf dem Sofa anvertraut.«

David erbleichte. Seine ruhige, gelassene Haltung war mit einem Schlag dahin. »Das … das wusste ich nicht.«

Er schüttelte den Kopf und fuhr sich durch die Haare.

»Da habe ich wohl das Wichtigste verpasst«, murmelte er.

Sophie zog die Augenbrauen in die Höhe. »Wie bitte?«

»Ich habe einen Teil eures Gesprächs mitbekommen«, gestand er und hatte immerhin den Anstand, peinlich berührt auszusehen.

Sie zählte eins und eins zusammen. Das erklärte, wieso er danach so abweisend geworden war. David musste sich in diesem Moment an sie erinnert und völlig falsche Schlüsse gezogen haben.

»Und was genau willst du jetzt für Ben tun?«, fragte er skeptisch. »Hast du etwa einen direkten Draht zum Wettergott? Dass wir in Rostock diesen ungewöhnlichen Schneefall haben, liegt am Lake-Effekt. Wenn kalte Luftmassen über große, vergleichsweiße warme Gewässer strömen, gefriert der entstandene Wasserdampf und kommt als …«

»Jaja!«, fiel sie ihm ins Wort und winkte ab. »Und nein, ich habe keinen Draht zum Wettergott. Ich habe lediglich vor, diesen Tag für Ben zu etwas Besonderem zu machen. Kinder in seinem Alter haben nämlich mehr verdient als ein praktisches *Männer-Weihnachtsfest*.«

Sie trat näher an ihn heran. »Hast du schon mal vom Zauber der Weihnacht gehört? Ben glaubt fest daran, dass es eine Zeit ist, in der alles möglich ist. Eine Zeit der Wunder. Dieser kindliche Glaube ist bezaubernd und kostbar – und sollte bewahrt werden.« Sie bedachte ihn mit einem vielsagenden Blick. »Wenn wir Glück haben, färbt davon sogar ein bisschen auf uns ab und unsere graue, triste Erwachsenenwelt wird etwas bunter.«

Davids Miene nach zu urteilen hatte sie ihn völlig aus dem Konzept gebracht. Sie wusste nicht, ob es an ihrer Hartnäckigkeit, ihren eindringlichen Worten oder ihrer plötzlichen Nähe lag. Seine Augen wanderten über ihr Gesicht und blieben kurz an ihren Lippen hängen. Sie versuchte, das leichte Kribbeln, das dabei durch ihren Körper lief, zu ignorieren.

»Also, darf ich reinkommen?«, fragte sie selbstbewusster, als sie sich fühlte.

»Sophie, wo bleibst du?«, rief Ben in diesem Moment ungeduldig aus der Küche. »Ich hab schon alles ausgepackt.«

Da hatte sie offenbar ihre Antwort. Sie lächelte siegessicher – und David trat seufzend zur Seite.

»Wärst du so nett, die Sachen reinzuholen?«, bat sie ihn.

Er seufzte erneut und nickte, während sie sich in die Küche begab, um mit Ben zu backen.

Genau wie ihre Mutter erlaubte sie ihm, den Teig selbst zu machen. Sie leistete nur Hilfestellung, auch wenn sich die Küche dadurch innerhalb kürzester Zeit in ein Schlachtfeld verwandelte. Doch die Freude, die dabei in Bens Augen funkelte, war die zusätzliche Arbeit wert. Der Kleine war mit Feuereifer bei der Sache. Schon bald war er bis zu den Ellbogen mit Teig und Mehl beschmiert.

»Normalerweise kommt der Teig jetzt in den Kühlschrank«, erklärte Sophie, nachdem sie eine Kugel geformt hatten. »Aber wir stellen ihn raus auf die Fensterbank. Dann bekommt er ein ganz besonderes Schneeflocken-Aroma.«

Das leuchtete Ben sofort ein. Sorgsam stellte er die Schüssel nach draußen und streute sogar ein bisschen Schnee auf den Teig.

Er wandte sich zu ihr um. »Und jetzt?«

»Jetzt schmücken wir den Baum«, kündigte sie an. »Der ist nämlich groß genug, dass all deine Geschenke darunter passen, und außerdem macht das Schmücken Spaß.«

Ben riss begeistert die Arme hoch. »Baum schmücken! Baum schmücken!«, rief er und sauste ins Wohnzimmer.

Sophie folgte ihm schmunzelnd. Sie traute ihren Augen nicht, als sie dort den bereits aufgestellten Tannenbaum vorfand. Groß und majestätisch stand er in der Ecke und verströmte schon jetzt den frischen Duft von Wald, Erde und Harz. Einzig seine krummgewachsene Spitze störte ein wenig – aber so war das eben, wenn man in letzter Minute einen Baum kaufte. David kramte gerade in einer Kiste mit der Aufschrift »Weihnachtskugeln« herum. Als sie hereinkam, richtete er sich auf und lächelte leicht.

»Ich dachte, ich fang schon mal an und bereite alles vor.«

Sophie konnte ihre Überraschung nicht verbergen. »D-danke«, stammelte sie.

Sie war schon froh gewesen, dass er sie ins Haus gelassen hatte. Dass er sich nun sogar beteiligte, traf sie unerwartet. Wärme breitete sich in ihrer Brust aus, und sie konnte nicht anders, als Davids zaghaftes Lächeln strahlend zu erwidern.

»Wir haben jedoch ein Problem«, sagte er gleich darauf mit düsterer Stimme. Er bückte sich und zog ein großes grünes Knäuel aus dem Karton.

Sophie riss die Augen auf, doch gleich darauf kicherte sie. »Das ist auch eine wichtige Weihnachtstradition«, sagte sie an Ben gewandt. »Das Auseinanderfummeln der Lichterkette. Dabei ist es sogar erlaubt zu fluchen.«

»Ich mach das!«, rief Ben und schnappte sich das Knäuel.

Schon wenige Augenblicke später saßen sie gemeinsam auf dem Sofa und ihre Stimmen gingen wild durcheinander:

»Blöder Mist!«

»Sind das eigentlich zwei oder drei Ketten?«

»Welcher Idiot hat die denn so in den Karton gepfeffert?«

»Wahrscheinlich der, der fragt …«

»Das ist superdoof!«

»Hat schon jemand das Ende gefunden?«

***

David hatte nicht erwartet, Sophie wiederzusehen. Die halbe Nacht hatte er wachgelegen und sich gefragt, wieso er sich ihr gegenüber wie ein Ekel verhalten hatte und wie er auf die verrückte Idee hatte kommen können, sie hätte ihren Sturz inszeniert – dabei hatte er ihre Verletzung doch eigenhändig versorgt. Aber leider hatte Sophie auch in einem anderen Punkt Recht gehabt: Er hatte Angst bekommen. Ihre Anwesenheit in seinem Haus hatte etwas mit ihm angestellt. Ihre kristallblauen Augen, die vollen Lippen und ihre unbeugsame Stärke, die nur noch durch ihre Herzlichkeit übertroffen wurde … Zum ersten Mal seit Christinas Tod hatte er wieder etwas gefühlt – und das hatte ihn so mit Furcht erfüllt, dass er Sophie nur noch hatte loswerden wollen.

Doch jetzt war sie wieder hier. Aus gutem Grund, wie er sich eingestehen musste. Ben hatte ihm in den vergangenen Tagen so oft gesagt, dass er unbedingt einen Weihnachtsengel treffen musste, doch David war kein einziges Mal auf die Idee gekommen, seinen Sohn zu fragen, weshalb ihm das so wichtig war. Als Sophie ihm vorhin von Bens Wunsch erzählte hatte, hatte es ihn bis ins Mark getroffen. Zum ersten Mal stellte er sich die Frage, ob er vielleicht doch nicht alles so gut im Griff hatte, wie er es sich immer einzureden versuchte.

»Er ist wunderschön.« Ben schaute verträumt auf den glitzernden, funkelnden Weihnachtsbaum.

Sie hatten ihn mit roten Kugeln, Strohsternen und kleinen Holzfiguren geschmückt. Sophie musste gehofft haben, dass sie das alles aus früheren Zeiten im Keller lagerten.

Er besah sich kritisch ihr Werk. »Nur die schiefe Tannenspitze ist …«

Sophie warf ihm einen mahnenden Blick zu.

»… absolut einzigartig«, beendete er hastig seinen Satz. »So einen besonders speziellen Baum hat sonst garantiert niemand.«

»Sehr gut!«, raunte sie ihm zu. Sie grinsten sich an.

»Und jetzt backen wir die Plätzchen!« Obwohl sie sich erst vor zwei Minuten aufs Sofa gesetzt hatten, sprang Sophie schon wieder in die Höhe. Diese Frau war wie ein Wirbelwind.

Ben blieb neben ihm stehen und sah ihn hoffnungsvoll an. »Papa, backst du mit uns? Biiitte!«

Auch Sophie schaute ihn erwartungsvoll an. Wahrscheinlich war es gerade dieser Blick, der ihm das Gefühl gab, schon zu weit gegangen zu sein. Es war besser, etwas Abstand zu halten.

»Macht ihr das mal ohne mich!«, wiegelte er Bens Bitte ab. »Ich räume die Kartons auf.«

Die beiden ließen ihn allein. Schon kurze Zeit später hörte er aus der Küche ihre fröhlichen Stimmen. Seine Frau Christina war still, leise und gutmütig gewesen. Er vermisste ihr sanftes Lächeln jeden Tag. Sophie dagegen war temperamentvoll, und ihr herzliches Lachen schallte durchs ganze Haus. Das machte ihm schmerzlich bewusst, wie still es vorher gewesen war – und das, obwohl ein kleines Kind hier wohnte.

Mit einem Mal kam er sich vor wie eine griesgrämige Spaßbremse. Ausgerechnet an Heiligabend. Ach, du lieber Himmel, er … er war der Weihnachtsgrinch! Diese Erkenntnis war nichts sonderlich angenehm.

Er verstaute die Kartons auf der Kellertreppe und linste in die Küche. Ben und Sophie malten sich gerade gegenseitig Mehl auf die Nase. Unwillkürlich musste er grinsen. Wie Sophie in dem Engelskostüm in der nicht sehr geräumigen Küche zurechtkam, war ihm ein Rätsel. Sie musste viel Übung damit haben. Plötzlich wurde ihm bewusst, dass er kaum etwas über sie und ihr jetziges Leben wusste. Seine Neugier erwachte.

Er trat in die Küche. »Steht euer Angebot noch?«

»Papa!« Ben strahlte vor Freude. »Du machst mit? Aber dann muss dir Sophie auch eine Mehlnase malen! Wir sind nämlich Plätzchen-Indianer.«

»Gern! Wenn ihr mich in euren Stamm aufnehmen wollt?«

Er stellte sich vor Sophie, und sie blickte mit einem unsicheren Lächeln zu ihm auf. In diesem Moment sah er wieder das fünfzehnjährige Mädchen vor sich, das in ihn verliebt gewesen war. Im Gegensatz zu damals wallte heute jedoch das Bedürfnis in ihm auf, sie in die Arme zu schließen und wie einen kostbaren Schatz festzuhalten. Anscheinend fand auch sie seine Nähe nicht so abstoßend, wie sie ihn glauben lassen wollte. Ihr mehlbestäubter Finger zitterte ein wenig, als sie seine Nase bemalte, und ihre Wangen bekamen einen bezaubernden rötlichen Schimmer.

»So! Jetzt gehörst du zu uns«, sagte sie mit heiserer Stimme.

»Danke.« Er lächelte und klatschte tatkräftig in die Hände. »Wo kann ich helfen?«

Während sie sich gemeinsam ans Werk machten, beantwortete Sophie bereitwillig seine Fragen und erzählte ihm von ihrem abgeschlossenen Studium, der Teilzeit-Stelle im Verlag und ihrem Job als Weihnachtsengel. Dass ihr Bruder Valentin mittlerweile verheiratet war und schon drei Kinder hatte, brachte ihn zum Lachen. Früher hatte Valentin stets behauptet, dass er sich niemals in eine Beziehung zwängen lassen würde und Kinder die reinste Plage wären. Offenbar hatte er seine Einstellung dazu mittlerweile geändert. So wie Sophie über ihre Familie sprach, war ihr anzumerken, dass sie sie über alles liebte.

Sie drückte David eine kreisrunde Form in die Hand. »Hier, damit kannst du einen Fußball ausstechen! Um der alten Zeiten willen«, neckte sie ihn.

Er grinste. »Keine Angst, dass ich ihn dir versehentlich an den Kopf donnere?«

»Keine Sekunde! Mein Kopf nimmt es sogar mit Asphalt auf«, erwiderte sie augenzwinkernd. »Das habe ich erst kürzlich ausprobiert.«

Hätte David es nicht besser gewusst, hätte er vermutet, dass sie mit ihm flirtete. Allerdings war er in diesen Dingen ziemlich eingerostet. Dafür machte ihm das Backen zu seiner Überraschung tatsächlich Spaß. Sie verzierten die Plätzchen fantasievoll und schon bald erfüllte ein herrlicher Duft die Küche.

Er schloss versonnen die Augen. »Es riecht wie in meiner Kindheit.«

»Solche Erinnerungen sind wie ein kostbarer Schatz«, murmelte Sophie wehmütig.

Auch ohne zu fragen wusste er, dass sie gerade an ihre Mutter dachte. Und er wusste, was sie damit meinte: Erinnerungen waren ein wertvolles Gut. Jedes gemeinsame Erlebnis mit Christina hatte er sorgsam in seinem Kopf archiviert und hielt es in Ehren. Aber vielleicht war es an der Zeit, nicht mehr in der Vergangenheit zu verharrten und nach vorne zu schauen. Um neue schöne Erinnerungen zu schaffen.

Nachdem sie fertig waren, setzten sie sich mit einer Kanne Tee ins Wohnzimmer und aßen die Plätzchen, die genauso lecker schmeckten wie Sophie versprochen hatte. Da Ben seinen Mittagsschlaf verpasst hatte, schlummerte er schon bald pappsatt und zufrieden auf dem Sofa ein. Gerade als David begonnen hatte, sich zu entspannen und auf den restlichen Tag mit seinem Sohn und Sophie zu freuen, klingelte es an der Tür.

»Ah, das ist Frau Petersen!«, rief sie.

»Die Nachbarin?«, fragte er stirnrunzelnd.

»Ich hab vorhin bei ihr geklingelt und sie eingeladen«, erwiderte sie, als wäre es das Selbstverständlichste auf der Welt. »Ihre Familie lebt in London und wollte sie eigentlich über Weihnachten besuchen. Doch jetzt hat ihr Sohn kurzfristig abgesagt, und die Arme wäre Heiligabend ganz allein.« Schon lief sie in Richtung Haustür.

Er eilte ihr hinterher und passte sie im Flur ab. »Du lädst eine Fremde zu unserem Weihnachtsfest ein?«, fragte er verärgert.

Und woher wusste sie das eigentlich alles? Sie konnte doch nicht mehr als ein paar Minuten mit der Frau gesprochen haben.

»Jetzt sei nicht böse, David!«, bat sie ihn mit einem entschuldigenden Lächeln, dem er nur schwer widerstehen konnte. Hatte sie sich das von Ben abgeschaut?

»Sie ist keine *Fremde*, sondern deine Nachbarin und eine ganz entzückende, liebenswerte Dame. Trotz ihres Alters und der eisigen Kälte ist sie mir gestern Abend sofort zu Hilfe geeilt, um sich um mich zu kümmern. Sie ist ein guter Mensch und sollte sich heute nicht einsam fühlen!«

David betrachtete sie kopfschüttelnd. Diese Frau machte ihn fertig, so viel stand fest.

Sie hob den Zeigefinger. »Außerdem hat Frau Petersen unser Abendessen dabei. Sie hatte die Weihnachtsgans und die Beilagen nämlich schon für ihre Familie eingekauft.«

Er horchte auf. »Es gibt Gans?«

Schon beim Gedanken daran lief ihm das Wasser im Mund zusammen. Das klang um Längen besser als Würstchen mit Kartoffelsalat aus dem Supermarkt.

Es klingelte erneut.

»Na schön, von mir aus!« Er seufzte und gab Sophie mit einem Wink zu verstehen, dass sie zur Tür gehen sollte.

»David, bitte sei nett zu ihr!«, ermahnte sie ihn noch.

»Ich bin immer nett«, brummte er.

Sie öffnete. »Wie schön, dass Sie gekommen sind!«, begrüßte sie die alte Dame.

Frau Petersen erwiderte Sophies strahlendes Lächeln. Offensichtlich hatte sie sich für heute schick gemacht. Sie trug ein etwas altmodisches lindgrünes Kostüm, hatte Lippenstift aufgelegt, und ihre weißen Haare waren perfekt frisiert. Mit beiden Händen umklammerte sie einen großen und anscheinend ziemlich schweren Korb.

»Es geht Ihnen wieder gut? Das freut mich. Und vielen Dank für die Einladung.« Unsicher sah Frau Petersen zu ihm. »Ich hoffe, mein Besuch kommt Ihnen nicht ungelegen, Herr Thiel?«

Sophies Flügel streifte seine Schulter, als sie neben ihn trat und ihre Hand in seine gleiten ließ – eine wortlose Bitte, sich an sein Versprechen zu halten. Ihre Berührung sandte ein Prickeln durch seinen Körper, und er wandte ihr den Kopf zu. Sophie erwiderte seinen Blick und lächelte ihn an. Sie schien von innen heraus zu leuchten, und ihr Licht durchbrach die Dunkelheit in ihm, riss die Mauer nieder, die er in seinem Inneren errichtet hatte, und erreichte sein Herz.

Nur mit Mühe konnte er sich wieder auf Frau Petersen konzentrieren. Plötzlich tat ihm die nette Dame ebenfalls leid. Sie sollte den Abend nicht allein verbringen müssen.

»Sie sind bei uns herzlich willkommen«, beantwortete er endlich ihre Frage. »Ich nehme Ihnen gleich mal den Korb ab. Kommen Sie herein!«

Sie lächelte erleichtert. »Danke.«

In diesem Moment stieß Ben zu ihnen, der sich verschlafen die Augen rieb. »Was ist denn los?«

Sophie ging neben ihm in die Knie. »Frau Petersen wird mit uns Heiligabend feiern«, erklärte sie ihm.

Ben hatte damit offenbar überhaupt keine Probleme. Sofort war er wieder hellwach und schnappte sich Frau Petersens Hand. »Komm, du musst dir unseren Baum ansehen!«

Er zog sie ins Wohnzimmer. Frau Petersen folgte ihm bereitwillig und blieb ehrfürchtig vor dem Baum stehen.

»Oh, wie wundervoll! So einen schönen Baum habe ich lange nicht mehr gesehen.«

»Ich hab beim Schmücken geholfen«, sagte er stolz.

»Als ich ein Kind war, hat das immer mein Vater gemacht. Wir durften den Baum erst sehen, wenn Bescherung war«, erzählte sie ihm. »Und wir mussten ganz artig sein, damit uns der Weihnachtsmann nicht mit der Rute schlägt.«

Seine Gesichtszüge entgleisten. »Er hat euch geschlagen?«, hauchte er schockiert. »Ich dachte, der Weihnachtsmann ist lieb?«

»Keine Sorge! Ich habe nie erlebt, dass das passiert ist«, beruhigte sie ihn. »Übrigens haben wir damals bei der Bescherung auch immer ein Gedicht aufgesagt, dann gab es mehr Geschenke.«

»Mehr Geschenke?« In Bens Augen trat ein Funkeln. »Kannst du mir auch ein Gedicht beibringen?«

Sie lachte gutmütig. »Natürlich! Aber erst muss ich in eure Küche. Ich habe die Gans schon vorgegart, doch sie muss gleich wieder in den Ofen.« Sie blickte zu David. »Wenn das in Ordnung für Sie ist?«

»Selbstverständlich! Wir sind Ihnen sehr dankbar, dass sie uns bekochen«, versicherte er ihr. »Die Küche ist ab sofort Ihr Reich!«

Er ging voraus und zeigte ihr alles, was sie brauchte.

Frau Petersen fand sich schnell zurecht und scheuchte sie dann nach draußen, um sich ungestört ans Werk machen zu können.

Im Flur blickte Ben erwartungsvoll zu Sophie. »Und jetzt?«

»Jetzt gehen wir nach draußen und bauen einen Schneemann. Kommst du auch mit, David?«

Dieses Mal ließ er sich nicht zwei Mal bitten. Sie streiften ihre warmen Jacken über, und Sofie zog sich wegen ihrer Flügel einen Poncho über, den sie von zu Hause mitgebracht hatte.

Draußen erwartete sie ein perfekter Wintertag. Es hatte endlich aufgehört zu schneien, und die Sonne lugte zwischen den Wolken hervor. Die Luft war herrlich klar, der Schnee glitzerte in der Sonne, und die Winterkälte prickelte angenehm auf Davids Wangen. Unter viel Lachen und Gekeuche bauten sie einen Schneemann, der am Ende leider kaum größer war als Ben. Trotzdem steckte der Kleine voller Stolz die Karotte in das Schneegesicht. Gerade als David noch die Steine für die Augen festdrückte, hörte er hinter sich aufgeregtes Getuschel – keinen Moment später landete ein Schneeball in seinem Nacken.

Langsam drehte er sich um. »Wer war das?«, fragte er mit äußerst strenger Miene.

Bens vergnügtes Lächeln erlosch. Er schluckte schwer und deutete dann hastig auf Sophie. Sie blickte fassungslos auf ihn herab.

»Das ist also der Dank«, murmelte sie kopfschüttelnd.

Da traf sie Davids Schneeball auch schon mitten ins Gesicht.

Er grinste breit. »Ätsch!«

Ben kicherte, während Sophie sich den Schnee aus dem Gesicht wischte. »Dein Vater will offenbar Krieg.« Sie schaute zu ihrem Schützling und reckte die Faust. »Angriff!«

Johlend warf sich sein Sohn auf ihn, David kam ins Taumeln und landete mit Ben im Arm im Schnee. Der Kleine strampelte wild auf ihm herum und versuchte, ihn abwechselnd zu kitzeln oder mit seinen Fäusten zu boxen. David lachte lauthals, als sich plötzlich Sophie über ihn beugte.

»Das hast du dir verdient!«, sagte sie grinsend, ehe sie sein Gesicht mit einer Ladung Schnee einrieb.

»Stopp!«, rief er japsend und wand sich hin und her, um entweder Ben oder Sophie abzuschütteln. »Aufhören!«

Doch den Gefallen taten sie ihm nicht. Schließlich stellte er seine Gegenwehr ein und lachte, bis ihm in die Tränen kamen.

Es dämmerte bereits, als sie schließlich gutgelaunt ins Haus zurückkehrten. Dort empfing sie der leckere Duft eines brutzelnden Gänsebratens. Sie halfen Frau Petersen in der Küche bei den letzten Vorbereitungen, deckten gemeinsam den Tisch und schmückten das Esszimmer mit der Weihnachtsdekoration, die Sophie mitgebracht hatte. Zu guter Letzt zogen sich auch David und Ben schickere Kleidung an.

Als sie zurückkamen, erleuchteten Kerzen das Zimmer und das Essen stand auf dem Tisch. Sophie und Frau Petersen standen neben den Stühlen und sahen ihnen lächelnd entgegen. Vor Davids innerem Auge flammte kurz das Bild auf, wie er dort jetzt allein mit Ben zusammen Kartoffelsalat essen würde. Sein geplantes »Männer-Weihnachtfest« wäre eine durch und durch traurige Angelegenheit geworden.

Sie nahmen an der festlich gedeckten Tafel Platz. David wusste, dass es unpassend war, doch er konnte seinen Blick einfach nicht von Sophie abwenden. Er starrte sie über den hellerleuchteten Tisch an, als wäre ihm tatsächlich ein Engel erschienen. Bens fröhlich plappernde Stimme, die lächelnden Gesichter, der verlockende Duft des Gänsebratens – noch heute Morgen hätte er all dies für unmöglich gehalten. Sein Zuhause hatte sich in ein Heim verwandelt. Dank Sophie. Bis zu diesem Moment hatte er nicht gewusst, wie einsam er eigentlich gewesen war. Ben schien es jedoch bemerkt zu haben – und er hatte sich deshalb einen Weihnachtsengel gewünscht. Davids Herz floss vor Dankbarkeit über.

***

Nachdem sie zum Dessert die leckeren Bratäpfel von Frau Petersen gegessen hatten, war Sophie pappsatt. Sie sehnte sich nach einer Pause, doch Ben schien keine Sekunde länger auf die Bescherung warten zu können. Vor Aufregung hatte er kaum einen Bissen hinuntergebracht und seine Wangen waren gerötet. David holte seinen Laptop, weil er seiner Mutter versprochen hatte, zur Bescherung einen Videoanruf zu machen.

Seine Eltern waren ganz aus dem Häuschen über den schönen Weihnachtsbaum, und Ben erzählte ihnen begeistert von all seinen tollen Erlebnissen. Er brachte viel durcheinander, doch wahrscheinlich zählte für seine Großeltern ohnehin nur, dass ihr Enkel glücklich war. Als Sophie in ihrem Kostüm jedoch im Bild auftauchte und ihnen zuwinkte, war ihnen ihre Überraschung deutlich anzusehen. David erbarmte sich und erklärte ihnen in knappen Worten, was in den letzten vierundzwanzig Stunden alles geschehen war.

Schließlich bestand seine Mutter darauf, dass sie alle gemeinsam ein paar Weihnachtslieder sangen. Sophie konnte sich dabei einen schockierten Blick auf David nicht verkneifen, denn sie hatte selten jemand gehört, der so falsch sang. Aber er hatte schließlich andere Talente.

Danach sagte Ben das Gedicht auf, das er mit Frau Petersen einstudiert hatte. Er knetete nervös seine Finger und holte tief Luft: »*Lieber Weihnachtsmann, ich war immer ganz doll lieb, bitte gib mir keinen Hieb! Ich hab so gut wie nie gelogen und war auch sonst nicht ungezogen.* Ende.«

Sie klatschten alle Beifall, und Ben verneigte sich. Dann ging es endlich an die Bescherung. Ben stürzte sich auf seine Geschenke und war schon nach kürzester Zeit wie im Himmel, da all seine Wünsche erfüllt worden waren.

Nach dem aufregenden Tag genoss es Sophie, hier zu sitzen, Ben zu beobachten und die wohlige Atmosphäre zu genießen. Im Schwedenofen knackte das Holz, Weihnachtsdüfte lagen in der Luft und eine friedliche Ruhe überkam sie. Sonst konnte sie eigentlich keine fünf Minuten still sitzen, doch nun entspannte sie sich vollkommen. Als hätte sie etwas gefunden, was sie schon lange gesucht hatte.

Nicht zum ersten Mal an diesem Abend spürte sie Davids Blick auf sich ruhen. Sophie sah auf. Als er sie anlächelte, kam ihr Herzschlag ins Stolpern und kleine Weihnachtselfen schienen in ihrer Magengrube Loopings zu fliegen.

Nach der Bescherung beendete David den Videoanruf mit seinen Eltern, und auch Frau Petersen verabschiedete sich. Müde, aber glücklich machte die alte Dame sich auf den Heimweg. Sogar David schien mittlerweile froh zu sein, dass Sophie sie eingeladen hatte.

Die hatte jedoch noch eine letzte Überraschung vorbereitet.

»Hier ist etwas für dich!«, sagte sie und reichte Ben ein weiteres Geschenk. »Das ist von mir.«

»Oh, toll!« Feierlich nahm er es entgegen und packte es ungewohnt geduldig aus. Wahrscheinlich weil man nicht alle Tage von einem Engel beschenkt wurde.

»Es sind selbstklebende Sterne für die Decke in deinem Zimmer«, erklärte sie, nachdem er die Bögen in Händen hielt. Sie hatte heute Morgen die halbe Stadt durchkämmt, ehe sie sie in einem kleinen Laden entdeckt hatte. »Sie leuchten im Dunkeln, wenn du im Bett liegst. Falls die Wolken draußen mal wieder die Sterne verdecken.«

Ben deutete auf den größten Stern. »Und das hier ist Mama«, hauchte er ehrfürchtig.

Sie nickte und strich mit den Fingern über die Kette an ihrem Hals. Im Grunde waren es nur Symbole, aber sie wusste, wie wichtig solche Dinge waren. Und zwar nicht nur für Kinder.

»Danke, Sophie!«, sagte er und drückte ihr einen feuchten Kuss auf die Wange.

Sie lachte. »Wir sollten auch noch mal nach draußen an die frische Luft gehen!«, schlug sie vor. »Was meint ihr?«

David schaute sie erstaunt an, doch sie gab ihm mit einer Geste zu verstehen, dass er ihr vertrauen sollte. Sie hatte gerade extra noch einmal ihre Wetter-App gecheckt.

Gemeinsam traten sie auf die Terrasse und sahen nach oben. Die Schneewolken hatten sich endgültig verzogen, und über ihnen leuchtete ein Meer aus Sternen. Auf dem dunklen Samt des Nachthimmels funkelten sie wie Diamanten. Durch die Winterkälte schienen sie zum Greifen nahe, als würden sie jeden Moment auf die Erde fallen.

»Sie ist wieder da!«, flüsterte Ben erleichtert. Er drückte sich an die Beine seines Vaters und schniefte leise.

David schluckte schwer, schloss ihn in die Arme und hob ihn hoch. In einträchtiger Stille sahen die beiden zum Nachthimmel auf und lauschten der Melodie der singenden Sterne, die nur sie hören konnten.

Doch dann griff David nach Sophies Hand und hielt sie fest in seiner. »Danke.«

Es war nur ein einzelnes Wort, doch in ihm schwangen so viele Gefühle mit, dass sie gerührt nickte.

Der Mann neben ihr war nicht mehr der coole David von früher. Und auch nicht der griesgrämige Typ, der sie gestern von der Straße aufgesammelt hatte. Vor ihr stand ein David, der Tiefe besaß, der gereift und empfindsam war. Ein Mann, in den sie sich ernsthaft verlieben könnte.

Als die Kälte in ihre Glieder kroch, gingen sie wieder hinein und Ben gähnte herzhaft.

»Ich will ins Bett«, verkündete er freiwillig. »Kann Sophie mir noch eine Geschichte vorlesen?«

David nickte. »Natürlich. Geh dich schon mal umziehen!«

Als sie allein waren, wandte er sich zu ihr um. »Ich habe darüber nachgedacht, was du zu mir gesagt hast. Steht dein Angebot noch?«

Verständnislos sah sie ihn an. »Welches Angebot?«

»Die Einladung zum Kino«, half er ihr auf die Sprünge. »Ich habe es mir überlegt und würde jetzt mitgehen.«

Sie lachte. »Du musstest aber ziemlich lange überlegen.«

»Manchmal bin ich offensichtlich etwas schwer von Begriff.« Er hielt ihren Blick fest, und plötzlich lag ein sehnsuchtsvolles Knistern zwischen ihnen in der Luft. David trat zu ihr, hob die Hand und strich ihr sanft mit dem Daumen über die Wange. Mit klopfendem Herzen sah sie zu ihm auf.

»Darf man Engel eigentlich küssen?«, fragte er mit rauer Stimme.

»Vielleicht wenn es sich um einen ganz unschuldigen Kuss im Sinne des Festes handelt«, hauchte sie.

Alles um sie herum verschwamm, als David sich vorbeugte. Seine weichen Lippen trafen auf ihre in einer federleichten, zärtlichen Berührung. Sie spürte das Echo des Kusses in ihrem ganzen Körper, und ihr entfuhr ein glückliches Seufzen.

Er legte seine Stirn an ihre. »Frohe Weihnachten, Bienchen!«

Sie erwiderte sein Lächeln, während sie das Gefühl hatte, auch ohne Flügel zu schweben. »Frohe Weihnachten!«

Weihnachtsmagie mit Rutschgefahr

von
Svenja Lassen

Mein Chef, Richard Nissen, stand im Türrahmen und sah mich betrübt an. Ich legte das gerahmte Familienfoto, das ich vom Schreibtisch genommen hatte, in den kleinen Karton mit meinen persönlichen Dingen und lächelte ihm aufmunternd zu.

»Machen Sie sich keine Sorgen, ich finde schon was anderes. Sie haben sich ihre Rente verdient.«

»Hätte es die Gesundheit erlaubt, hätte ich noch ein paar Jahre weitergemacht. Wir hatten es schließlich gut miteinander, nicht wahr?«

»Das hatten wir«, stimmte ich zu. »Aber jetzt müssen Sie an sich und Ihre Gesundheit denken. Das warme Klima Portugals wird Ihnen guttun.«

Herr Nissen winkte ab. »Ach, so einen alten norddeutschen Baum verpflanzt man nicht. Zumindest nicht dauerhaft. Aber über den Winter werde ich das nasskalte norddeutsche Wetter nicht vermissen.« Ich schmunzelte über seine Worte.

Richard Nissen hatte ein kleines Immobilienbüro an der Küste geführt, und ich hatte mich um den Papierkram gekümmert. Ich hatte diesen Job gemocht. Richard Nissen und ich waren ein eingespieltes Team gewesen. Doch mittlerweile war er 67 Jahre alt und hatte sich seinen Ruhestand mehr als verdient. Seine Bewegungen waren deutlich schwerfälliger als noch vor ein paar Jahren und die graublauen Augen müder. Mehr als einmal hatte er mir angeboten, das Immobiliengeschäft zu übernehmen, aber ohne ihn wäre es nicht dasselbe. Wenn ich tief in mich hineinhorchte, dann hatte ich diese Arbeit nur deshalb so gern gemacht, weil er ein guter Chef gewesen war. Häuser an den Mann oder die Frau zu bringen, gehörte nicht zu den Dingen, bei denen ich mich zukünftig sah. Ich nahm meine Jacke von der Stuhllehne und schlüpfte hinein.

»Frohe Weihnachten, und einen guten Rutsch ins neue Jahr. Grüßen Sie die Algarve von mir.«

»Das mache ich, Astrid. Dir auch ein frohes Fest, und danke für die jahrelange gute Zusammenarbeit.«

Er hielt mir einen Kuvert entgegen. »Ein bisschen was für den Übergang.«

Überrascht sah ich ihn an. Waren das Tränen, die in seinen Augen glitzerten? Ich zögerte, den Umschlag anzunehmen, doch er drückte ihn mir in die Hand.

Nachdem ich ihn in meine Jackentasche geschoben hatte, machte ich einen Schritt auf Herrn Nissen zu und schloss ihn in die Arme. »Danke, ich habe immer gern für Sie gearbeitet!« Ein letztes Mal rieb ich ihm über den Rücken, bevor ich die spontane Umarmung löste. In all den Jahren hatten wir uns nie umarmt, aber nun schien es mir angebracht. Im Anschluss griff ich nach meinem Karton. »Jetzt muss ich aber los. Meine Schwester kommt heute aus Frankfurt.«

Richard Nissen nickte und sah mir nach, als ich das Büro verließ.

Draußen vor dem kleinen Reetdachhaus waren die Schaukästen, in denen sonst die Exposés der Immobilienangebote hingen, bereits geleert worden. Schon bald würde das Gebäude zu einer Ferienwohnung umgebaut werden. Ich warf einen letzten wehmütigen Blick zurück und lächelte Herrn Nissen durch die Scheibe zu, dann straffte ich meine Schultern und ging zu meinem Auto. Die dünne Schneedecke knirschte bei jedem meiner Schritte. Ob es in diesem Jahr tatsächlich weiße Weihnachten geben würde? Das wäre zu schön! Meistens hielt der Winter erst im Februar Einzug, wenn ich mich längst nach dem Frühling sehnte. So früh wie in diesem Jahr ließ er sich selten blicken.

Der Motor meines alten Opel Corsa heulte auf, als ich im Rückwärtsgang aus dem Parkplatz zurücksetzte und mich dann langsam die schmale Straße entlangschob. Die Scheiben beschlugen, und ich wischte mit dem Ärmel meiner Jacke darüber, um wieder freie Sicht zu haben. Im Anschluss drehte ich zunächst die Heizung höher und dann das Radio lauter.

»… schlägt das Wetter morgen außergewöhnliche Kapriolen, nach den frostigen letzten Tagen steigen die Temperaturen sprunghaft an.«

»Hm, schade, also doch kein Schnee zu Weihnachten«, murmelte ich und wechselte den Sender. Mariah Carey sang *All I Want for Christmas is you* … Summend schlug ich mit den Fingern im Takt der Musik aufs Lenkrad. Ich liebte Weihnachten. Es war nicht nur die besinnlichste Zeit im Jahr, der Neuanfang war auch zum Greifen nah. Neues Jahr neues Glück. Ich hoffte, das galt bei mir für den Job *und* die Liebe. Das vergangene Jahr gehörte definitiv nicht zu meinen erfolgreichsten. Erst hatte Christian unsere Beziehung beendet und dann hatte ich von Richard Nissen vom Ende des Immobilienbüros erfahren. Als sich nach dem Aus mit Christian keinerlei Herzschmerz bei mir bemerkbar gemacht hatte, war mir bewusst geworden, dass der letzte Schmetterling schon lange ausgeflogen war und wir nur noch aus Gewohnheit ein Paar gewesen waren. Mit etwas Abstand war ich ihm dankbar, dass er es als Erster erkannt und einen Schlussstrich gezogen hatte. So hatten wir beide die Chance, die wahre Liebe zu finden. Durch diese doch recht miese Bilanz des Jahres würde ich mir meine Vorfreude auf die Weihnachtstage aber nicht kaputtmachen lassen. Und genauso wenig durch die Anwesenheit meiner Schwester Marit. Meine jüngere Schwester lebte in Frankfurt, wo sie als Investmentbankerin ihr Geld verdiente. Normalerweise hatte sie keine Zeit ans nördlichste Ende Deutschlands zu fahren oder wie Marit gern sagte: an den Arsch der Welt, um Oma und mich zu besuchen. Doch nun war sie verlobt, und wir sollten ihren zukünftigen Ehemann kennenlernen, bevor sie sich in fünf Monaten auf irgendeinem Schloss in der Nähe von Frankfurt das Ja-Wort geben würden. Durch diesen überraschenden Besuch sah ich unser ansonsten beschauliches Weihnachtsfest in Gefahr und hoffte insgeheim, ihr war in letzter Minute etwas dazwischengekommen. Das war kein sonderlich netter Gedanke, das wusste ich selbst. Aber ihren Verlobten könnten wir schließlich genauso gut im Januar kennenlernen.

Ich bog auf die einsame Landstraße unweit des Deiches ab, die zu der Warft führte, auf die Marit und ich nach dem Unfalltod unserer Eltern gezogen waren.

Als ich vorhin im Büro das gerahmte Foto von meinem Schreibtisch genommen hatte, hatte ich einen Moment innegehalten und mir die Gesichter angeschaut, die mir von der Aufnahme entgegenblickten. Neben einer jüngeren Version von mir selbst lächelten mich meine Eltern an, die ich an Weihnachten immer etwas stärker vermisste als an den anderen Tagen des Jahres. Obwohl ihr Verlust lange zurücklag, konnte ich mich noch an die gemeinsamen Weihnachtsfeste erinnern. Dann war mein Blick an dem jüngeren Abbild von Marit hängen geblieben, und ich musste schmunzeln. Selbst als Kinder hatte kaum jemand vermutet, dass wir Schwestern waren. Obwohl ich die ältere von uns beiden war, war Marit bereits damals genauso groß gewesen wie ich. Mittlerweile überragte sie mich um einen halben Kopf. Meine Haare waren rostbraun, meine Augen grün, und Sommersprossen tummelten sich auf meiner Nase und den Wangen. Marit hingegen war hellblond und ihre Augen leuchtend blau. Und das waren nur die äußerlichen Unterschiede. Als wir zu Oma Dorte gezogen waren, hatte sie alles getan, um uns nach dem Tod unserer Eltern ein Zuhause zu geben. Ich hatte mich recht schnell eingelebt, doch Marit hatte sich nie richtig wohlgefühlt.

Als ich die Warft erreichte, zerbarst die Hoffnung, Marit könnte etwas dazwischengekommen sein. Ich parkte mein Auto neben dem sportlichen Flitzer meiner Schwester. Mit dem Karton unter dem Arm stapfte ich zur Haustür und streifte im Flur als Erstes die Schuhe ab. Es duftete nach Vanillekipferl und Glühwein, doch die friedliche Stimmung wurde jäh von Marits Stimme unterbrochen.

»Und dann ist er auf die Knie gefallen und hat mir den hier angesteckt«, verkündete sie. Als ich die Küche betrat, wedelte sie Oma gerade mit ihrer Hand vor der Nase rum.

»Astrid!«, begrüßte Marit mich. »Schau mal, sieht der nicht fantastisch aus?« Sie hielt mir ihren Ring entgegen.

»Der ist wunderschön«, pflichtete ich ihr bei, hob dann meinen Blick zu ihrem Gesicht. »Schön, dich zu sehen, ist ja schon eine Weile her. Wo ist denn dein Verlobter?«

»Julian kommt morgen nach. Wir sind beide stark eingespannt in unseren Jobs, daher schaffe ich es auch nicht häufiger herzukommen.«

Wo ein Wille ist, ist auch ein Weg, hätte ich am liebsten gesagt, verkniff es mir aber. Obwohl Oma sich über häufigere Besuche sicherlich freuen würde.

»Wie war der letzte Tag?«, erkundigte Oma sich bei mir.

Ich zuckte mit den Schultern. »Schon ein wenig traurig, es war eine schöne Zeit.«

»Oma hat mir bereits erzählt, dass du ab heute arbeitslos bist.«

Bei dem Wort »arbeitslos« zuckte ich innerlich zusammen. »Herr Nissen hat sein Immobilienbüro geschlossen, weil er in Rente geht«, erklärte ich.

»Und du hast noch nichts Neues?«

Ich schüttelte den Kopf und nahm mir einen Keks von dem Teller auf dem Küchentisch. »Aber ein paar Bewerbungen offen«, nuschelte ich mit vollen Backen.

»Ich könnte das nicht, so in den Tag hineinleben. Aber wenn du damit glücklich bist …«

»Wie bitte?« Ich schnaubte. Marit hatte schon immer gewusst, welche Knöpfe sie bei mir drücken musste, um mich zu piesacken.

»Ist doch die Wahrheit. Karriere stand bei dir nie sonderlich weit oben auf der Liste, und mit der eigenen Familienplanung scheint es ähnlich zu sein, immerhin bist du zwei Jahre älter als ich und frisch getrennt.«

Die Liebe war doch kein Wettbewerb! Mir lagen einige bissige Erwiderungen auf der Zunge, doch dann fing ich Omas traurigen Blick auf und zügelte mich. Ich atmete tief durch, bevor ich antwortete. »Marit, wir haben uns zwei Jahre nicht gesehen. Und es ist Weihnachten, bitte lass uns nicht streiten.«

Am nächsten Morgen pfiff der Wind um die Reetdachkate und rüttelte an den alten Holzfenstern. Ich kuschelte mich für ein paar weitere Minuten unter die Decke, ehe ich sie zurückschlug und in ein paar verwaschene Jeans und einen kuscheligen Wollpullover schlüpfte, den Oma mir letztes Jahr zu Weihnachten gestrickt hatte.

Ich schlurfte in die Küche, wo Oma bereits auf der Eckbank saß und den Rosenkohl für das Weihnachtsessen am Abend putzte.

»Morgen«, begrüßte ich sie und gähnte herzhaft, während ich mir eine Tasse Kaffee einschenkte.

»Guten Morgen, mien Lüttje. Heute ist also der große Tag. Wir lernen den zukünftigen Mann deiner Schwester kennen.« Oma schüttelte lächelnd den Kopf. »Kaum zu glauben. Als ihr zwei Mädchen zu mir kamt, hätte ich nie gedacht, dass ich diesen Moment einmal erleben darf. Ich hoffe, sie findet ihr Glück. Sie war immer so rastlos.«

Ich erwiderte das Lächeln meiner Oma. »Da bin ich mir sicher.«

Mit einem kleinen Küchenmesser setzte ich mich zu ihr an den Tisch und half ihr beim Rosenkohl.

»So viel Besuch hatten wir zwei schon lange nicht mehr, was?«

»Ich fand unsere Weihnachten zu zweit auch ganz schön«, gab ich schulterzuckend zurück.

»Ach, du kannst doch nicht ständig mit mir altem Weib

zusammenhocken. Warum streckst du deine Fühler nicht mal etwas weiter aus? Was würdest du denn machen, wenn ich nicht mehr da wäre? Bestimmt nicht in der alten Kate hocken und Rosenkohl putzen.«

»Ich mag Rosenkohl.«

Meine Oma lachte. »Das ist der beste Beweis dafür, dass du zu viel Zeit mit alten Leuten verbringst.«

»Im Ernst, Oma, ich bin wirklich gern hier.«

»Das freut mich, aber da schlummert doch sicherlich noch der ein oder andere Traum in dir.«

Zögernd nickte ich. Und meine Gedanken wanderten zu einem Teil der alten Kate, der seit Jahrzehnten als Abstellraum diente.

Im nächsten Augenblick kam Marit in die Küche gerauscht, die Haare mit einem Handtuch zu einem Turban auf dem Kopf aufgetürmt. An ihrem linken Ohr klemmte ein Headset, und sie redete unglaublich schnell auf ihren Gesprächspartner ein. Fasziniert beobachtete ich sie dabei. Sie nickte uns zu, nahm sich einen Kaffee und verschwand wieder.

»So, das sollte genügen«, beschloss Oma, und ich wusch den Rosenkohl, während sie die Blätter für die Hühner beiseitestellte.

Im Anschluss holte ich die Kiste mit dem Weihnachtsschmuck und trug sie ins Wohnzimmer. Nachdem wir den Baum gemeinsam auf den Christbaumständer gewuchtet hatten, begannen wir ihn zu schmücken. Dabei lief, wie in jedem Jahr, ein und dieselbe CD. Ein Chor interpretierte die bekanntesten deutschen Weihnachtslieder, und Oma sang bei jedem leise mit. Ich liebte diese Tradition und lächelte versonnen, während ich die Strohsterne an den Zweigen befestigte. Wir dekorierten unseren Baum komplett in Gold, die Kugeln waren alt, und bei einigen blätterte die Lasur stellenweise ab, doch ich liebte jede einzelne. Der Anblick des Baumes, die schimmernden Kugeln im Kerzenlicht und der Duft nach Tannennadeln lösten in mir ein Gefühl von Behaglichkeit aus.

»Astrid, kannst du mal eben losfahren und Julian am Hafen abholen?«, rief Marit aus dem Flur.

Mit gerunzelter Stirn schaute ich zu ihr, als sie mit dem Telefon in der Hand im Türrahmen auftauchte und mich auffordernd ansah. Als wäre ich schwer von Begriff, fügte sie hinzu: »Er ist von Berlin nach Sylt geflogen und von da mit dem Zug aufs Festland gefahren. Und du weißt doch, dass es ewig dauert, dort ein Taxi zu bekommen.«

»Warum holst du ihn nicht selbst ab?«

»Ich habe gleich noch ein wichtiges Telefonat, und außerdem sind meine Haare nass. Sieh mich doch an, soll ich ihm etwa so gegenübertreten?«

Obwohl es sich vermutlich eher um eine rhetorische Frage handelte, schaute ich sie an und konnte nicht verstehen, was sie meinte. Verwirrt murmelte ich: »Ihr heiratet doch.« Ich nahm an, dass es kein Problem sein sollte, seinem Zukünftigen ungestylt gegenüberzutreten.

»Kein Grund, sich gehen zu lassen. Aber wem sage ich das.« Demonstrativ ließ sie ihren Blick an mir herabgleiten. Plötzlich fühlte ich mich unbehaglich in meiner Jeans und dem großen Wollpulli. Energisch schob ich dieses Gefühl beiseite und konzentrierte mich wieder auf Marit.

»Willst du in eurer Ehe jeden Tag eine Stunde vor ihm aufstehen, um dich dann wieder geschminkt ins Bett zu legen, damit er denkt, du hättest nie einen Kissenabdruck im Gesicht und stets minzfrischen Atem?«

»Sei nicht albern«, wies sich mich zurecht. »Du solltest dich beeilen.«

Kurz wog ich ab, es auf eine Diskussion ankommen zu lassen, doch dann legte ich seufzend die Kugel beiseite, die ich gerade hatte aufhängen wollen. Diskussionen mit meiner Schwester waren ein zumeist aussichtsloses Unterfangen. Ihrem rhetorischen Geschick war ich schon immer unterlegen gewesen. Je mehr ihrer Worte auf mich einprasselten, desto stummer wurde ich. Manchmal fragte ich mich, was das Erbgut sich bei uns gedacht hatte: Versuchen wir zwei möglichst unterschiedliche Versionen aus denselben Zutaten zu kreieren?

»Fahr vorsichtig, es ist glatt«, mahnte Oma mich.

»Mach ich.« Ich drückte ihr im Vorbeigehen einen Kuss auf die Wange. An der Garderobe schlüpfte ich in meine Jacke und griff mir Mütze und Handschuhe. Draußen bekam ich nach zwei Schritten einen Vorgeschmack darauf, *wie* glatt es war. Um Haaresbreite wäre ich auf dem Allerwertesten gelandet. Erst in letzter Sekunde erlangte ich mit fuchtelnden Armen das Gleichgewicht wieder. Vermutlich hatte meine Schwester einfach keine Lust, bei diesem Wetter zu fahren. Grummelnd startete ich mein Auto, dessen Motor eher träge losblubberte, als könne es nicht verstehen, warum ich ihn bei diesem Wetter auf die Straße jagte. Ich drehte das Gebläse voll auf und kratzte danach das restliche Eis von der Scheibe, ein Teil war bereits geschmolzen. Wie gestern vorhergesagt, taute es.

Nachdem die Sicht frei war, setzte ich mich zurück ins Auto, zog die nassgewordenen Handschuhe aus und hielt die Hände kurz vor das Gebläse, als sich die Lautstärke des Radios für eine Durchsage anhob. Es folgte eine Wetterwarnung.

»In den nächsten Stunden besteht die Gefahr des Eisschlags, besonders stark ist das nördliche Nordfriesland betroffen. Infolgedessen besteht erhöhte Glättegefahr!« Die Lautstärke senkte sich wieder ab, doch der Radiomoderator griff das Thema auf und erklärte die ungewöhnlichen Wetterereignisse. Ich drehte die Lautstärke hoch, um trotz des Gebläses etwas zu verstehen. »Hochdruckgebiet Hannelore lässt die Temperaturen in kurzer Zeit stark steigen. Bei diesem Übergang von Kalt- zu Warmluft kann es zu Niederschlag kommen, der beim Auftreffen auf den kalten Boden gefriert. Die gute Nachricht: Es ist nur ein kurzes Phänomen, denn die nächste Kaltfront Anton steht schon bereit und schiebt Hannelore auf die Nordsee hinaus. Und es ist Weihnachten, bleiben Sie zu Hause, und machen Sie es sich gemütlich, bis der Spuk vorüber ist.«

»Na klasse«, grummelte ich und wischte mit dem Ärmel meiner Jacke über die beschlagende Frontscheibe, bevor ich den ersten Gang einlegte.

Die Reetdachkate von Oma Dorte lag auf einer Warft, was bedeutete, die Auffahrt hatte starkes Gefälle. Zu spät bemerkte ich, dass ich wohl besser etwas Sand gestreut hätte. Mein Corsa geriet ins Rutschen, und es gelang mir nicht, ihn vor der Straße zu stoppen. Das Heck brach aus und der Wagen drehte sich. Gott sei Dank kamen hier – kurz vor dem Deich, wo das nächste Haus hundert Meter entfernt lag – nur äußerst selten Autos vorbei. Und bei so miesem Wetter zum Glück auch keine Radfahrer. Ich lenkte gegen, und kurz vor dem Graben auf der anderen Straßenseite kam mein Corsa endlich zum Stehen.

Nachdem ich mich von dem Schreck erholt hatte, fuhr ich vorsichtig an. Ich musste nur auf die Hauptstraße gelangen, dort war gestreut. Im Schneckentempo tuckerte ich los. Ich atmete erleichtert auf, als ich die Hauptstraße erreichte, doch dann bemerkte ich die ersten Regentropfen auf meiner Scheibe. Die Worte des Radiomoderators klangen mir in den Ohren, und ich umfasste das Lenkrad etwas fester. Ich schlich um den Kreisverkehr kurz vor dem Hafen, und gerade als ich dachte es geschafft zu haben, geriet mein kleines Auto erneut ins Rutschen. Erst im letzten Moment gelang es mir, es auf den Parkplatz zu lenken. Fluchend schaltete ich den Motor aus und blickte zum Gebäude, in dem Julian auf mich wartete. Hier hatten die Anreisenden die Möglichkeit, sich ein Ticket für die Weiterfahrt mit einer der Fähren zu kaufen, oder – wie in Julians Fall – Schutz vor dem rauen Küstenwetter zu suchen. Heute war der Parkplatz allerdings weitestgehend leer. Zwar parkten einige Autos in den langen Reihen, aber dem Schneematsch auf den Scheiben nach zu urteilen standen die meisten dort bereits länger. Als ich ausstieg, spürte ich an meinen wackeligen Beinen, wie angespannt ich die ganze Fahrt über gewesen war. Während ich die Tür zuschlug, kam mir ein

Gedanke: Ich wusste gar nicht wie Julian aussah! Bis zu Marits Nachricht über ihre Verlobung hatten wir nicht einmal gewusst, dass sie einen Freund hat. Doch ich nahm nicht an, dass sich viele Leute in der Wartehalle aufhielten, da dürfte es nicht schwer werden, ihn auszumachen. Den Blick auf die gläserneren Eingangstüren gerichtet, lief ich los. Leider vergaß ich dabei, dass die Glätte auch Fußgängern zum Verhängnis werden konnte. So schnell, dass mir keine Zeit blieb zu reagieren, glitschten meine Füße über den mit einer Eisschicht bezogenen Boden. Wie wild fuchtelte ich mit den Armen, konnte so einen Sturz nach hinten verhindern, bekam aber im nächsten Moment Übergewicht nach vorn und landete zwei Sekunden später der Länge nach auf dem Asphalt. Meine Hände, die ich im Auto von den Handschuhen befreit hatte, schrabbten schmerzhaft über den rauen Boden. »Verdammt!«

Marit konnte was erleben, wenn ich wieder zu Hause war. Fluchend rappelte ich mich auf und klopfte mir die Mischung aus Dreck und Schneeresten von Jacke und Hose. Dabei jammerte ich leise, denn meine Handflächen fingen bei dem Kontakt mit dem Stoff sofort an zu brennen. Vorsichtig ging ich die letzten Schritte zur Tür. Als ich sie im Anschluss aufstieß, stockte mir der Atem. Vor mir stand der schönste Mann, den ich je gesehen hatte. Groß, breitschultrig, das dunkle Haar wild und unbändig. Das Kinn markant und dann diese Augen. Sie funkelten eisblau und sahen mich so eindringlich an, dass mir in meinem dicken Pulli und der Winterjacke schlagartig heiß wurde. Ich verliebte mich nicht alle nasenlang, und schon gar nicht auf den ersten Blick. Aber nun fühlte ich mich, als hätte mich ein Blitz getroffen. Mein Herz pumpte energisch hinter meinen Rippen, mein Kopf dröhnte, und es wollte sich kein Satz mehr in meinem Hirn bilden. Das mussten Nachwirkungen des Sturzes sein, überlegte ich. Dabei war ich doch gar nicht auf den Kopf gefallen ... Die Gedanken stoben durcheinander. Ich versuchte wieder zur Besinnung zu kommen. Langsam erinnerte ich mich an den Grund, warum ich hier war: Julian, der Verlobte meiner Schwester. Ich lächelte dem Fremden kurz zu, riss dann meinen Blick von ihm los und suchte die Wartehalle nach Julian ab. Doch die Halle war leer. Keine Menschenseele außer mir und diesem heißen Typen weit und breit. Und dann sackte mein Herz hinab in meinen Magen und im Anschluss gleich weiter in meine Kniekehlen, als mir bewusst wurde, was das bedeutete: Der Mann vor mir, das musste Julian sein. Mein Herz setzte vor Schreck zwei Schläge aus. Erschrocken glitt mein Blick zurück zu den eisblauen Augen. Julian musterte mich noch eindringlicher als zuvor. »Geht es dir gut? Ich habe deinen Sturz durch die Fenster gesehen und wollte dir gerade zu Hilfe kommen.«

Peinlich berührt, weil er Zeuge meines Bauchklatschers geworden war, winkte ich ab.

»Ja, nicht so schlimm, danke. Du musst Julian sein, nehme ich an? Ich bin Astrid, Marits Schwester. Ich bin hier, um dich abzuholen.« Lächelnd streckte ich ihm die Hand entgegen.

Für einige Sekunden huschte Irritation über seine Züge, wahrscheinlich hatte er sich Marits Schwester anders vorgestellt. Doch dann hoben sich seine Mundwinkel, und er ergriff meine Hand, woraufhin ich vor Schmerz zusammenzuckte. Julian drehte meine Handfläche nach oben.

»Deine Haut ist aufgeschürft, du solltest den Dreck rauswaschen. In meinem Rucksack habe ich bestimmt noch irgendwo ein Pflaster.«

Mein Körper reagierte auf seine sanfte Berührung mit Kurzatmigkeit, weshalb ich ihm hastig meine Hand entzog. »Das mache ich zu Hause, wir sollten jetzt los.«

Ich wandte mich zur Tür und ging zwei Schritte, doch Julian machte keine Anstalten, mir zu folgen.

»Ist es weit?«, fragte er stattdessen.

»Ein paar Kilometer, wir wohnen etwas ab vom Schuss.«

Kurz schien er nachzudenken.

»Dann können wir jetzt unmöglich fahren. Am besten wir warten hier, bis ein Streufahrzeug vorbeigekommen ist.« Julians Miene zeugte von Entschlossenheit. Und er hatte recht, die Fahrt hierher war nervenaufreibend genug gewesen. Dennoch zögerte ich.

»Aber es ist Weihnachten, und Marit wartet auf dich.«

Julian lächelte, und seine weißen Zähne blitzten dabei auf. Der vordere Linke stand ein wenig schief, was ihn in meinen Augen noch attraktiver machte.

»Dafür wird sie wohl Verständnis haben. Hier ist es warm und sicher. Außerdem gibt es einen Snackautomaten und einen mit Getränken, der sogar heiße Schokolade hat.«

Langsam nickte ich. »Wir sollten Marit Bescheid sagen. Willst du sie anrufen?«, fragte ich in der Hoffnung, nicht die Überbringerin dieser Nachricht sein zu müssen.

Doch Julian schüttelte den Kopf. »Mach du das ruhig, ich kümmere mich in der Zwischenzeit um den Kakao.« Er zwinkerte mir zu und ging Richtung Getränkeautomat davon.

Seufzend zog ich das Handy aus der Tasche und entschied mich, ihr eine Nachricht zu schreiben. Bei ihrer Dauertelefoniererei war sicherlich eh kein Durchkommen.

Bin am Hafen angekommen, aber es ist momentan zu gefährlich, um wieder zurückzufahren: Wir warten, bis ein Streufahrzeug vorbeigekommen ist.

»Bitte schön.« Julian hielt mir einen dampfenden Becher vor die Nase. Inzwischen hatte ich mich auf eine der Bänke gesetzt.

»Danke.« Ich nahm ihm das Getränk ab und fluchte leise, als die abgeschürften Hautstellen beim Kontakt mit dem heißen Pappbecher erneut brannten.

Julian ließ sich neben mir auf der Holzbank nieder, stellte zunächst seinen Becher zur Seite, dann nahm er mir meinen wieder aus der Hand.

»Wir versorgen das jetzt erstmal. Der Kakao ist sowieso noch zu heiß, um ihn zu trinken.«

Wie gebannt sah ich zu, wie er nach meinen Händen griff und sie genau inspizierte. Heiße Schauer jagten durch meinen Körper, und als er mich wieder losließ und in seinem Rucksack kramte, versuchte ich, mein außer Kontrolle geratenes Herz zu beruhigen.

»Ich spüle eben den Dreck raus«, sagte ich und eilte zu den Waschräumen. Dort ließ ich kaltes Wasser über meine Hände laufen, unterdessen betrachtete ich mein Spiegelbild. Meine Wangen waren gerötet. Was bitte hatte ich dem Schicksal angetan, um ausgerechnet den Mann toll zu finden, der in fünf Monaten meine Schwester heiraten würde?

Nachdem ich mich etwas gesammelt hatte, kehrte ich zurück in die Wartehalle.

Kaum hatte ich mich gesetzt, griff er erneut nach meinen Händen und tupfte die Stellen mit einem Taschentuch ab.

»So, noch etwas Wund- und Heilsalbe und ein Pflaster ...« Er klebte mir eines mit Minions über die Schürfwunde und ich musste lachen, was die Spannung in der Luft für einen Moment vertrieb. Julian zuckte grinsend mit den Schultern. »Das hatte ich noch vom letzten Ausflug mit meinem Neffen dabei. Sobald er sich wehtut, müssen ein Pflaster und Bepanthen her.«

Ich hob meinen Blick und begegnete seinen blauen Augen. Den Verlobten meiner Schwester hatte ich mir ganz anders vorgestellt. Ich hatte stets an einen Anzugträger mit akkurater Kurzhaarfrisur gedacht, glatt rasiert, immer in Eile, genau wie Marit. Immer den nächsten Karriereschritt im Blick. Womöglich war Julian das im Alltag auch. Doch hier saß mir ein Mann gegenüber, dessen Haarschnitt schon ausgewachsen war, die letzte Rasur einige Tage her. Dazu trug er Jeans, die ebenso verwaschen waren wie meine, und einen kuschelig aussehenden Sweater unter einer praktischen Outdoorjacke. Meine Schwester hasste Jeans. Um dem anhaltenden Aufruhr meines Körpers Einhalt zu gebieten, entzog ich Julian meine Hände, die er immer noch in seinen hielt.

»Ich schaue mal, ob sie geantwortet hat«, murmelte ich und holte das Handy hervor. Zwar hatte Marit meine Nachricht gelesen, aber bisher keine Antwort verfasst. Ich schaltete mein Telefon auf laut, verstaute es wieder in der Tasche und griff nach dem Becher Kakao, um meine Hände zu beschäftigten. Draußen schlug der Regen an die großen Scheiben und hinterließ selbst dort einen Eisfilm.

»Verrücktes Wetter.« Ich blies in meinen Becher und schaute beharrlich nach draußen. Denn jeder Blick in dieses raue Gesicht mit den schönsten Augen, die ich je gesehen hatte, ließ Gefühle in mir aufkommen, die völlig fehl am Platz waren.

Eine Weile saßen wir stumm nebeneinander, bis Julian das Schweigen brach. »Ist alles in Ordnung, oder hast du dir bei dem Sturz doch mehr verletzt?«

So, Astrid, jetzt reiß dich mal zusammen, schallt ich mich in Gedanken. Mit einem Lächeln drehte ich mich zu ihm. »Alles gut, entschuldige. Es ist schön, dich kennen zu lernen. Ich bin nur etwas … überrascht.«

»Wieso?« Interessiert hob er eine Augenbraue.

»Nun ja, ich habe mir Marits Verlobten einfach anders vorgestellt«, versuchte ich, mich möglichst diplomatisch auszudrücken.

Doch Julian ließ es nicht auf sich beruhen. »Wie hast du ihn dir denn vorgestellt?«

Prompt wünschte ich mir, ich hätte meinen Mund gehalten.

Ich nahm einen Schluck Kakao, der herrlich süß schmeckte. »Nicht übel für einen Instantkakao aus dem Automaten. Fehlt nur eine Sahnehaube, dann wäre er perfekt«, ignorierte ich vorerst seine Frage.

»Finde ich auch.« Julian grinste.

»Das meine ich«, rutschte es mir heraus. »Marit kann Zucker und Kohlenhydrate nicht leiden, sie … sie mäkelt ständig an mir herum, wegen meiner Jeans und den unförmigen Pullis.«

Julians Blick glitt kurz über meinen Körper, was mir erneut eine Gänsehaut bescherte, eine der wohligen Sorte. Danach schaute er an sich selbst hinab, trug er doch annähernd dasselbe Outfit wie ich.

»Außerdem hätte ich wohl eher einen perfekt sitzenden Haarschnitt erwartet und einen Anzug samt teurem Wollmantel und Burberry-Schal.«

Unwillkürlich fuhr Julian sich mit der Hand durch sein zu langes Haar, was in mir den Wunsch weckte, meine Finger ebenfalls hindurchgleiten zu lassen. Ich schluckte, als seine eisblauen Augen sich in meine bohrten.

»Das wäre aber traurig, wenn unsere Beziehung nur auf solchen Oberflächlichkeiten beruhen würde.«

Kurz fragte ich mich, ob er meine Schwester überhaupt kannte. Womöglich hatten sie bei der vielen Arbeit gar keine Zeit gehabt, sich besser kennen zu lernen. Nein, das war albern, meine Schwester war viel zu rational, um jemanden zu heiraten, den sie kaum kannte.

»Also sind es eure Interessen und inneren Werte?«, fragte ich vorsichtig lächelnd, ohne die Spur Ironie in meinen Worten zu verbergen.

Julian zuckte mit den Schultern. »Sieht so aus.«

Da kam mir plötzlich die rettende Idee, wie ich meine Gefühle ganz schnell wieder in den Griff kriegen konnte. Womöglich fand ich ihn auf den ersten Blick attraktiv, aber wenn er Marits Mr. Right war, dann passten wir beide so wenig zueinander wie Regen und Frost. Was immerhin gefährliches Blitzeis ergab.

Ich stellte meinen Kakao beiseite. »Wir sollten die Zeit, die wir hier festhängen, nutzen. Ich würde den Verlobten meiner Schwester gern besser kennenlernen. Wahrscheinlich werden wir uns nach diesem Besuch erst zur Hochzeit wiedersehen.« Kurz schien es, als zuckte er bei den Worten *Hochzeit* und *Verlobter* zusammen, doch dann lächelte er mich an und sagte: »Bitte – was willst du wissen?«

Ich setzte mich etwas aufrechter hin, entschlossen, zu beweisen, dass dieser Julian unmöglich ein Typ Mann sein konnte, zu dem ich mich hingezogen fühlte. Es war unmöglich.

»Was für Musik hörst du gern?«

»Alternativen Rock, Folk, Singer-Songwriter ... solche Sachen.«

Ich runzelte die Stirn. Meine Schwester war nach meinem letzten Stand ein riesiger R 'n' B- und House-Music-Fan. ich hingegen vergötterte James Blunt, Ed Sheeran und heimlich auch die Kelly Family. Ich nickte und ließ mir mein Erstaunen nicht anmerken.

»Lieblingsfarbe? Liebstes Reiseziel?« Eine Frage folgte der nächsten. Mit jeder Antwort von ihm wuchs mein Entsetzen, denn das Ganze entwickelte sich in die völlig falsche Richtung. Keine seiner Antworten passte zu meiner Schwester, stattdessen begann eine leise Stimme in meinem Ohr zu flüstern, dass dieser Julian mein Seelenverwandter war. Einer, den meine Schwester heiratete! Ich schluckte. *Seelenverwandter* – albern. Ich glaubte nicht mal an sowas. Dennoch breitete sich ein mulmiges Gefühl in meinen Magen aus. Denn auch, wenn Marit und ich oft wie Eis und Feuer waren, liebte ich sie und kam mir unheimlich mies vor, ihren Verlobten derart anzuschmachten. Gegensätze – das musste es sein. Sie liebten sich aufgrund ihrer Gegensätze, daher würde er – trotz oder gerade wegen aller Gemeinsamkeiten nicht zu mir passen. Zumindest versuchte ich mir das einzureden, als mich der Nachrichtenton meines Handys zusammenzucken ließ. Als hätte sie meine Gedanken erahnt, hatte mir meine Schwester just in diesem Moment eine Nachricht geschickt.

Kannst du nicht einmal etwas richtig machen?

Dazu schickte sie ein wütendes Smiley. Ich schnaubte. Von wegen, sie würde Verständnis haben. Zu spät bemerkte ich, dass Julians Blick ebenfalls auf das Display gerichtet war. Er runzelte die Stirn.

»Geht sie öfter so mit dir um?«

»Ach, du kennst sie. Sie meint es nicht so.«

Julians Blick hielt meinen gefangen. »Nur, weil sie es nicht so meint, entschuldigt das so einen rauen Ton nicht.«

Warum ist er nur so perfekt?, schoss es mir durch den Kopf, und ich befürchtete, gleich würden Herzchen in meinen Augen aufleuchten. *Nein, Schluss jetzt, Astrid!* Marit mochte oftmals zickig und nicht die Feinfühligste sein, aber den Verlobten der Schwester anzuhimmeln war ein ganz anderes Kaliber. Entschlossen rückte ich ein Stück von Julian ab.

Die nächste Stunde schafften wir es, über unverfängliche Dinge zu sprechen. Ich erzählte ihm von meiner Oma und wie sie uns als Kinder nach dem Unfall unserer Eltern bei sich aufgenommen hatte. Dass ich seitdem tief verwurzelt war in Nordfriesland, während meine Schwester es hier nur so lange ausgehalten hatte, wie sie musste, und wie glücklich meine Oma darüber war, dass sie uns dieses Weihnachten besuchte. Ich plapperte, ohne viel nachzudenken, um ja keine Spannung mehr zwischen uns aufkommen zu lassen. Haarklein schilderte ich den üblichen Ablauf unseres Weihnachtsfestes, wie wir unseren Baum schmückten, welche Lieder wir dabei hörten und dass für mich der schönste Moment der war, wenn wir vor dem fertigen Baum saßen und eine *Tote Tante* tranken.

»Na, dann lag ich mit dem Kakao ja goldrichtig.«

»Du weißt, was eine *Tote Tante* ist?«, fragte ich erstaunt. Normalerweise kannten Leute von außerhalb das Getränk, bestehend aus Kakao mit Rum und Sahne, nicht, das traditionell in den blauweißen Friesentassen serviert wurde und einen so herrlich von innen wärmte, während die Süße den Gaumen kitzelte.

»Ich habe schon mal davon gehört.« Julian ließ offen, wann und wo, und wechselte stattdessen das Thema. »Und was machst du neben all diesen herrlichen Traditionen sonst?«

Im Grunde eine harmlose Frage, hätte ich nicht eben erst den Job verloren. Typisch meine Schwester, dass sie ihrem Zukünftigen nichts über mich erzählt hatte. Dann wäre mir diese Frage womöglich erspart geblieben.

Ich seufzte, lehnte mich zurück und streckte die Beine aus. »Mein Chef ist gerade in Rente gegangen und hat sein Immobilienbüro geschlossen. Und ... ehrlich gesagt, weiß ich nicht so recht, wie es weitergehen soll.«

»Hast du gar keine Idee, was du gern tun würdest?« Julian sah mich an, sein Gesichtsausdruck war interessiert und frei von jeglicher Verurteilung.

»Eine Sache gibt es. Aber das ist Humbug, eine Träumerei – mehr nicht«, gab ich zögernd zu.

»Jetzt bin ich neugierig.«

Es fiel mir erstaunlich leicht, mich mit ihm zu unterhalten, als würden wir uns lange kennen. Nur so konnte ich mir erklären, dass ich ihm erzählte, wovon ich träumte und was ich bisher niemandem anvertraut hatte. Sicherlich würde er es nachher brühwarm Marit erzählen. Doch von diesem Gedanken ließ ich mich nicht abhalten.

»Na schön«, begann ich stattdessen. »Die Warft, auf der wir leben, beherbergte früher mal eine kleine Gastwirtschaft. Das ist ewig her, damals, als mein Opa noch lebte. Das Essen und die Torten waren weit über die Grenzen Nordfrieslands hinaus bekannt.« Julians Blick war noch immer offen und interessiert, also fuhr ich fort. »In diesen alten Räumen würde ich gern ein Café eröffnen, zum Teil mit den alten Rezepten meiner Oma, aber auch mit veganen und glutenfreien Varianten. Alles hergestellt aus Bio-Produkten der Region, möglichst aus einem Umkreis von 100 Kilometern. Ich denke, das trifft einen Nerv. Die Leute wollen heute wissen, woher ihr Essen kommt. Sie achten auf gesunde Ernährung und Nachhaltigkeit, wollen aber auf den Genuss nicht verzichten. Es gibt Höfe, die ähnlich abseits liegen wie wir und trotzdem gut besucht sind. Ein Kräuterhof zum Beispiel oder eine Käserei.

Aber so ein Konzept wie meines hat hier bisher noch niemand. Ich könnte einen Großteil der anderen Höfe mit ihren Produkten einbeziehen. So würden wir gegenseitig voneinander profitieren. Außerdem liegt die Warft nur einen Steinwurf vom Nordseewanderweg entfernt und an einer viel befahrenen Fahrradroute.«

»Das klingt nicht nach einer Spinnerei, sondern bereits gut durchdacht. Wären viele Umbaumaßnahmen erforderlich?«

Ich zuckte mit den Achseln. »Die Küche hat meine Oma damals verkauft, und natürlich müsste alles frisch gestrichen werden, aber der alte Charme soll erhalten bleiben.« Ich hatte ein wenig Geld angespart, aber ich war mir nicht sicher, ob es ausreichte. Zusätzlich waren da Zweifel. Was, wenn niemand kommen würde? Wenn ich mich irrte? »Ach, vergiss es«, sagte ich und holte mich damit wieder auf den Boden der Tatsachen zurück. »Es ist – wie gesagt – nur eine Träumerei.«

»Aber wenn du es nicht ausprobierst, wirst du nie wissen, ob es funktioniert hätte. Es gibt da ein Zitat von Arthur Schnitzler, das ich mir immer sage, wenn ich zweifele: *Am Ende gilt doch nur, was wir getan und gelebt, und nicht was wir ersehnt haben.*«

Wow. Ich schenkte Julian ein Lächeln, rückte aber sicherheitshalber noch ein Stück von ihm ab. Ich traute mir selbst nicht mehr und befürchtete, ich liefe Gefahr, ihn gleich zu küssen. Ich räusperte mich. »Meine Schwester hat bei der Wahl ihres Zukünftigen wirklich guten Geschmack bewiesen. Ich freue mich für euch beide.«

Julians linke Augenbraue zuckte, und er unterbrach unseren Blickkontakt. Dankbar atmete ich auf. Jetzt, da ich ihm nicht mehr in die Augen sah, kühlte sich die knisternde Luft ein wenig ab.

Hinter uns hörte ich die sich öffnende Tür. Automatisch drehte ich mich um, in der Erwartung, einen Unbekannten zu erblicken, der ebenfalls Schutz vor dem Wetter suchte. Doch es war meine Schwester Marit, die wie das Tiefdruckgebiet

Hannelore höchstpersönlich hereingerauscht kam und einen Schwall eiskalter Luft mit sich brachte. Mit ihren langen blonden Haaren, der blassen Haut und den blauen Augen sah sie fast aus wie Elsa, die Eiskönigin. Julian und ich starrten sie beide einen Moment an. Die letzten zwei Stunden hatte ich mich gefühlt wie in einer Seifenblase, die nun binnen eines Wimpernschlages zerplatzte.

»Wie bist du hergekommen?«, stellte ich die erste Frage, die mir in den Sinn kam.

»Mit dem Allrad-Jeep von Bauer Nicolaisen, hat mich nur einen Anruf gekostet. Da hättest du auch selbst drauf kommen können.« Sie schaute von mir zu Julian. Wider Erwarten wurde ihre Miene dabei nicht weicher, stattdessen fixierte sie ihn mit einem Blick, bei dem es mich nicht gewundert hätte, wenn die Wartehalle sich gleich mit einer Eisschicht überzogen hätte. »Und wer ist das?«, fragte sie ungehalten, ihre Hände in die Hüften gestemmt.

»Äh – dein Verlobter?«, half ich ihr auf die Sprünge.

Entgeistert schaute Marit von Julian zu mir, dann zuckten einige Muskeln in ihrem Gesicht, bevor sie lauthals loslachte.

»Guter Witz. Julian sitzt drüben im Strandhotel, oder meinst du, er hatte Lust, hier ohne WLAN ewig auf dich zu warten? Du hast scheinbar extrem lange hierher gebraucht.«

Verwirrt versuchte ich, Marits Worte in meinem Kopf zu sortieren. Aber wenn das nicht Julian war, wer war es dann? Kurzzeitig hegte ich die Befürchtung, ich hatte mir bei dem Sturz doch den Kopf angeschlagen und mir den gutaussehenden Fremden nur eingebildet. Langsam drehte ich mich um, doch da saß er noch. Seine Augenfarbe war der meiner Schwester ganz ähnlich, und dennoch strahlten sie etwas völlig Gegensätzliches aus. Der vermeintliche Julian zuckte entschuldigend mit den Schultern.

Endlich fand ich meine Stimme wieder. »Du hast mich glauben lassen, du seist der Verlobte meiner Schwester? Warum?«, fragte ich verwundert.

»Ich weiß nicht … es … tut mir leid.«

»Typisch Astrid, lässt dir von dem Typen einen Bären aufbinden. Komm jetzt, Julian wartet, und Oma sorgt sich schon um dich! Nicht auszudenken, wenn ihrer Lieblingsenkelin etwas zustoßen würde.«

Ein Teil von mir wollte hierbleiben und sich weiter mit diesem gutaussehenden Fremden unterhalten, doch ein größerer Teil war schockiert und auch ein wenig verletzt darüber, dass er mich derart hinters Licht geführt hatte. Vermutlich hatte er sich einen Spaß daraus gemacht – oder er wollte mich aushorchen und uns später ausrauben. Ich ließ mich von meiner Schwester ins Freie ziehen, ohne einen Blick zurück zu werfen, obwohl alles in mir danach verlangte.

Auf dem Parkplatz schloss ich vorsorglich meinen Corsa ab, und versprach ihm, ihn schnellstmöglich zu holen. Bauer Nicolaisen wartete in seinem Truck und begrüßte mich freundlich, als ich auf den Beifahrersitz kletterte.

»Dann zum Strandhotel«, kommandierte meine Schwester von der Rückbank, als sei Bauer Nicolaisen ihr Chauffeur.

Wie gebannt schaute ich zurück zur Wartehalle und erhaschte einen letzten Blick auf den Mann, dessen Namen ich nicht einmal kannte. Ich schob meine Hände in meine Jackentaschen und ertastete den Umschlag von Richard Nissen. Den hatte ich ganz vergessen. Ich zog ihn heraus und schaute hinein. Mein Atem stockte. In dem Umschlag befand sich nicht wie erwartet ein Gutschein oder ein Hunderteuroschein, sondern ein Scheck in Höhe von dreitausend Euro. Mit zittrigen Händen steckte ich ihn zurück in meine Tasche.

Das Blitzeis verschwand über Nacht und wurde ersetzt durch dicke Schneeflocken. Als ich am ersten Weihnachtsmorgen aufwachte, hatten die Flocken sich am Rahmen meines Fensters zu einer Welle aufgeschichtet. Der gestrige Tag kam mir unwirklich vor. Wie Weihnachtsmagie, die einen für einige Stunden glücklich sein ließ, aber am nächsten Tag wie ein

Traum erschien. Ich würde diesen Fremden höchstwahrscheinlich nie wiedersehen, und ich wusste nicht, was ihn dazu bewogen hatte, mich in dem Glauben zu lassen, er sei Julian. Ein Teil von mir bereute, ihn nicht nach seinem Namen gefragt zu haben.

Doch eines würde mir von gestern bleiben: Eine zuvor nicht da gewesene Entschlossenheit, den Traum vom Bio-Café am Nordseeweg nicht weiterhin als Träumerei abzustempeln. Und die hatte nicht nur mit der großzügigen Abschiedsprämie von Herrn Nissen zu tun.

Als ich wenig später aus dem Bad in Richtung Küche lief, hörte ich Marits und Julians Stimmen dumpf aus Marits altem Kinderzimmer dringen. Der echte Julian war genauso, wie ich ihn mir vorgestellt hatte: Maßgeschneiderter Anzug, perfekt sitzende Frisur. Im Nachhinein kam es mir absurd vor, dass ich überhaupt hatte annehmen können, der Mann in der Wartehalle sei Julian. Kopfschüttelnd betrat ich die Küche, wo meine Oma bei einer Tasse Kaffee in der neuesten Ausgabe der Zeitschrift *Landgang* blätterte. Das Radio dudelte dazu leise im Hintergrund. Ich lächelte sie an, setzte mich auf den Stuhl gegenüber und beschloss, ihr gleich von meiner Idee zu erzählen, ehe ich einen Rückzieher machen konnte.

Noch bevor ich ein Wort gesagt hatte, fragte sie: »Was liegt dir auf dem Herzen?«

»Es ist so …«, begann ich, und dann sprudelte alles aus mir heraus. Dabei wagte ich kaum Luft zu holen, aus Angst, Oma könnte die Pause nutzen, um mir zu sagen, dass das eine Schnapsidee sei. Nachdem ich meine Schilderungen beendet hatte, schwieg sie eine Weile. Die Stille dröhnte zunehmend in meinen Ohren. Dann ergriff sie meine Hand. Ich schaute in ihre grauen, leicht trüben Augen, die im Licht der Adventskerzen auf dem Tisch feucht glänzten.

»Das klingt ganz wunderbar. Und du würdest wirklich meine Rezepte haben wollen? Ich habe immer bedauert, dass wir den Betrieb schließen mussten, aber mein Wilhelm – Gott habe ihn selig – der bekam diese gut bezahlte Stelle angeboten, und es kamen einfach zu wenig Leute hier raus. Damals verirrte sich doch kaum ein Tourist hierher. Kaum vorstellbar bei den vielen, die man heute hier antrifft.« Sie lachte.

»Du findest die Idee gut?«

»Aber so was von gut! Ich gehe dir gern in der Küche zur Hand, wenn du Hilfe benötigst.«

»Liebend gern, Oma! Solange du dich nicht übernimmst.«

»Darauf jetzt aber ein Schnäpschen. Ich habe da noch eine Flasche selbstgemachten Walnussschnaps.« Sie erhob sich. Im selben Moment kam Marit in die Küche.

»Morgen. Julian springt schnell unter die Dusche. Ist noch genügend Kaffee da?«

Ich nickte in Richtung der Maschine. Meine Schwester nahm zwei Tassen aus dem Schrank und drehte das Radio lauter. Oma verteilte vier Schnapsgläser.

»So früh trinkt ihr schon Hochprozentiges?«, fragte Marit mit hochgezogener Augenbraue. »Für mich nicht, danke.« Sie schob das Glas von sich.

»Es gibt aber etwas zu feiern!«, verkündete Oma.

»Sch«, machte meine Schwester und drehte das Radio noch lauter.

»Eine wichtige Suchmeldung«, schnappte ich den Rest des Satzes auf. Oma stellte eines der kleinen Gläser vor mich.

»Gerade eben erreichte uns eine ungewöhnliche Anfrage. Thore, du hast ein Anliegen. Du suchst jemanden.«

»Genau, und zwar eine junge Frau, die ich gestern in der Wartehalle am Hafen getroffen habe, als ich auf dem Weg nach Föhr war.«

Die vertraute Stimme des falschen Julian, der offenbar Thore hieß, ließ mich prompt hellhörig werden.

»Du möchtest ihr etwas sagen?«

»Sie hat mich gefragt, warum ich sie in dem Glauben ließ, ich sei ein anderer. Ich sagte ihr, ich weiß es nicht. Aber das war nicht die Wahrheit. Die Wahrheit ist, ich wollte um jeden

Preis noch mehr Zeit mit ihr verbringen. Ihr Anblick hat mich einfach umgehauen, aber es kam so überraschend wie das Blitzeis.« Thore und der Moderator lachten beide.

»Verstehe. Was weißt du sonst über sie? Vielleicht können unsere Zuhörer dir helfen, sie zu finden.«

»Sie heißt Astrid und wohnt mit ihrer Oma auf einer Warft ein paar Kilometer vom Dagebüller Hafen entfernt. Sie ist Mitte bis Ende zwanzig, hat rotbraunes Haar und wunderschöne grüne Augen.«

»Okay, ihr da draußen. Kennt ihr Astrid? Vielleicht hört sie sogar selbst zu. Melde dich beim Sender!«

»Oder komm zur Wartehalle am Hafen, ich bin die nächsten zwei Stunden dort.«

»Wie romantisch! Helft mit, dieses Weihnachtswunder wahr werden zu lassen. Es scheint Thore ziemlich erwischt zu haben.« Der Song *Crazy in Love* von Beyoncé erklang als Nächstes, und ich befürchtete, mir würde gleich Dampf aus den Ohren kommen, so heiß fühlte sich mein Kopf an.

Meine Schwester lachte. »Erst macht er dir vor, er sei Julian, und nun sucht er dich übers Radio. Oh Mann, Astrid, du ziehst die Freaks echt an.« Sie wendete sich unserer Oma zu. »Worauf wolltest du anstoßen?«

Oma schaute zunächst verdutzt zwischen mir und Marit hin und her, ehe sie ihre Frage beantwortete. »Astrid möchte ein Café in den Räumen der Gastwirtschaft eröffnen.« Dann wandte sie sich an mich. »Hat der junge Mann dich gesucht? Bist du die Astrid aus der Wartehalle?«

Noch bevor ich antworten konnte, grätschte Marit dazwischen »Ein Café? Hier – am Arsch der Welt? Sehr durchdacht«, höhnte sie. »Werd doch mal erwachsen, Astrid. Aber Oma kann dir ja nichts abschlagen.«

»Marit«, warnte Oma. Und dann passierte es. Etwas löste sich in mir, und ich sprang regelrecht von der Bank auf. Alles, was ich für gewöhnlich zurückhielt, brach sich Bahn und drängte an die Oberfläche.

»Kannst du mal aufhören, auf mir rumzuhacken? Merkst du überhaupt nicht, wie verletzend du bist? Bei jeder Gelegenheit stichelst du gegen mich. Es ist mein Leben, und ich bin glücklich!«

Eine Reihe von Emotionen spiegelten sich im Gesicht von Marit. »Ich hacke auf dir rum? Ich war doch immer das überflüssige Rad am Wagen. Zwischen dich und Oma hat doch nie ein Blatt gepasst!«

»So ein Quatsch! Du wolltest doch nie was mit uns zu tun haben! Dir hat es hier von Anfang an nicht gefallen.«

»Ich habe Mama und Papa nun mal schrecklich vermisst!«

Ungehalten schnaubte ich auf. »Meinst du, ich nicht?« Unsere Stimmen waren mit jedem Satz lauter geworden und überschlugen sich regelrecht.

»Hat auf mich nicht so gewirkt«, konterte Marit kühl. Da passierte es, meine Hand erhob sich und landete eine Sekunde später klatschend auf der Wange meiner Schwester.

»Du spinnst doch!«, schrie sie mich an, nachdem sich ihre Augen vor Schreck geweitet hatten.

»Kinder, Kinder, bitte hört auf«, murmelte Oma, die ganz bleich geworden war. Ein verdutzter Julian stand in Poloshirt und Ralph-Lauren-Pullover im Türrahmen.

»Was ist denn hier los?«

Doch da drängte sich meine Schwester bereits an ihm vorbei, und kurz darauf knallte die Haustür ins Schloss.

»Ich sehe mal nach ihr«, erklärte Julian betreten. Oma nickte ihm zu.

»Tut mir leid, Oma. Willst du dich kurz hinlegen? Du bist ganz blass.«

Sie nickte erneut und ließ sich von mir ins Wohnzimmer führen. Als sie auf ihrem Ohrensessel saß, legte ich ihre Füße auf den Hocker und eine Decke über ihre Beine.

»Mach dir keine Sorgen, sie kriegt sich schon wieder ein. Ich werde mich bei ihr entschuldigen.«

»Hol uns doch mal den Schnaps«, wies sie mich an.

Ich ging zurück in die Küche und holte die Flasche und zwei Gläser. Draußen heulte der Motor von Marits Auto auf.

Nachdem wir die Gläser geleert hatten, sah Oma mich nachdenklich an. »Ihr seid beide so unterschiedlich mit der Trauer umgegangen, und ich dachte, es sei richtig, deine Schwester nicht zu drängen. Sie würde schon auf mich zukommen, wenn sie so weit wäre. Aber vielleicht hätte ich hartnäckiger sein sollen.«

»Ach, Oma, du hast alles richtig gemacht. Es war für keinen von uns leicht.«

Ich entzündete das Feuer im Kamin. Eine Weile schauten wir aus dem Fenster auf die rieselnden Schneeflocken, die sich wie eine weiße Decke über die Felder legten, und hingen unseren Gedanken nach. Meine wanderten zu Thore in die Wartehalle. Aber ich konnte Oma jetzt nicht allein lassen, außerdem stand mein Auto noch am Hafen. Vielleicht würde ich später beim Sender anrufen. Marits Worte, ich würde Freaks anziehen, hallten in meinen Ohren wider, und ich bemühte mich, ihre Stimme aus meinem Kopf zu vertreiben. Sie versuchte nur, es mir mies zu machen. Sie hatte schließlich nicht mit Thore geredet, hatte die Chemie nicht gespürt.

Erst zwei Stunden später fuhr das Auto meiner Schwester wieder die Auffahrt hinauf. Seufzend machte ich mich bereit, ihr gegenüberzutreten, als ich hörte, wie die Haustür ins Schloss fiel. Kurz darauf erschien Marit im Wohnzimmer. Ihre Augen waren gerötet, genau wie ihre Wangen, und das Haar zerzaust vom kalten Ostwind, einzelne Schneeflocken hatten sich darin verfangen.

»Es tut mir leid. Ich habe lange mit Julian gesprochen, und er hat mir ein paar Dinge vor Augen geführt. Oma, du hast alles für uns getan, was du konntest. Aber ich dachte, wenn ich dich so lieb habe wie Mama und Papa, ist das ein Verrat an ihnen. Doch dafür kannst du nichts. Und du, Astrid, ich habe dich beneidet, weil es dir so leichtfiel, dich hier einzuleben.«

Erstaunt starrte ich meine Schwester an. »Es fiel mir nicht leicht, aber bei Oma habe ich Trost gefunden.«

»Trost, den Marit sich nicht zugestanden hat«, sagte Oma. »Komm mal her, mien Lüttje. So taff und doch so zerbrechlich.«

Sie zog Marit in eine Umarmung, und meine Schwester schniefte. Mir fiel auf, dass ich sie seit unserer Kindheit nicht mehr weinen gesehen hatte.

»Tut mir leid mit der Backpfeife«, murmelte ich, und strich ihr über den Rücken.

»Mir tut es auch leid.« Sie löste sich von Oma und schlang ihre Arme um mich. Völlig verdutzt ließ ich es geschehen.

»Ich habe dir jemanden mitgebracht. Er scheint in Ordnung zu sein«, flüsterte sie in mein Ohr.

Wir lösten uns voneinander, und ich schaute zur Wohnzimmertür, in der nun Julian stand. Und gleich daneben Thore. Erstaunt schnappte ich nach Luft. Julian klopfte Thore aufmunternd auf die Schulter, und er trat vor.

»Hey«, begrüßte er mich ein bisschen verlegen lächelnd und streckte mir die Hand entgegen. »Ich bin Thore. Ich war gestern auf dem Weg zu meinen Eltern, aber die Fähre fiel aus. Statt nach Hause zu fahren, beschloss ich zu warten und mir einen Kakao zu holen, bis das Streufahrzeug die Situation auf den Straßen entschärft hatte. Und dann kamst du …« Er lächelte schief, was mein Herz gleich zum Hüpfen brachte. Seine Augen leuchteten auch in unserem schwach beleuchteten Wohnzimmer strahlend blau, sie schienen ihren ganz eigenen Glanz zu haben. »Jedes andere Wort, das ich zu dir gesagt habe, ist wahr.«

Meine Mundwinkel hoben sich. Ich ging auf ihn zu, legte meine Hand in seine und genoss das Kribbeln, das meinen Körper durchzog.

»Ich bin so froh, dass du nicht Julian bist«, sagte ich mit einem angenehmen Ziehen im Magen, das sich nach einem Anfang anfühlte.

»Darauf einen Schnaps!«, rief Oma.

Weihnachtselfe trifft Grinch

von
Jana Lukas

1

Lilly Mooseder lenkte ihren knallblauen Jeep Renegade um die letzte Serpentine und atmete erleichtert auf, als die Lichter Wolkenbergs vor ihr auftauchten. »Ich bin gleich da«, erklärte sie ihrer Freundin Paula, die Lilly über die Freisprecheinrichtung auf der eher langweiligen Fahrt ins Allgäu begleitet hatte und gerade mit dem Handy am Ohr auf ihrer Couch zu Hause in München herumlümmelte.

»Endlich!« Paula kicherte, und Lilly hörte das Klirren von Glas. Vermutlich gönnte ihre Freundin sich ein Glas Prosecco. »Erzähl mir, wie es aussieht«, forderte sie Lilly auf.

»Es ist hauptsächlich dunkel … Aber hier glitzert und funkelt es schon ganz schön«, meinte sie und beugte sich ein wenig vor, um besser durch die Windschutzscheibe blicken zu können. Die letzten Kilometer das Tal hinauf waren die Scheinwerfer nur über weiße Hügel geglitten. Hier lag so unglaublich viel Schnee, dass sie sich ganz winzig und ein bisschen allein gefühlt hatte. Gut, dass Paula ihr Gesellschaft leistete. Aber jetzt lag das Städtchen vor ihr, das für die nächsten vier Wochen ihr Zuhause werden sollte – und in dem man echt auf Weihnachten zu stehen schien. »Ich fahre über eine wunderschöne, überdachte Holzbrücke«, beschrieb sie Paula das Bild, das sich vor ihr auftat. »Sie ist schon mit jeder Menge Lichterketten verziert.«

Lillys Wagen rumpelte über die Holzbohlen und passierte dann das Ortsschild von Wolkenberg. »Auf den ersten Blick sieht es aus, als wäre bereits die gesamte Stadt weihnachtlich dekoriert«, erzählte Lilly weiter und folgte ihrem Navi die Hauptstraße entlang. »Gerade habe ich sogar einen festlich geschmückten Pferdeschlitten gesehen.«

Paula seufzte. »Das ist super romantisch. Du solltest auf jeden Fall eine Fahrt mit so einem Schlitten machen.«

Lilly lachte. »Schon vergessen? Ich bin hier, um zu arbeiten. Nicht zum Vergnügen.« Sie blickte nach rechts, wo sich hinter den Häusern nur schwarze Dunkelheit ausdehnte. Das musste der Wolkensee sein, der sich in das schmale Tal schmiegte und ein bisschen an einen Fjord erinnerte.

»Ein bisschen Spaß hat noch niemandem geschadet«, erinnerte Paula sie. »Du arbeitest sowieso viel zu hart.«

Das Navi teilte Lilly im gleichen Moment mit, dass sie ihr Ziel erreicht hatte, und sie bog auf das hell erleuchtete Hotelgelände ab.

»Bist du angekommen?«, fragte Paula.

»Mhm.« Lilly tastete sich an den abgestellten Autos entlang, bis sie ganz am Ende der Reihe noch einen Parkplatz fand. Sie manövrierte ihren Wagen in die schmale Parkbucht und ließ ihren Blick über das stilvolle Hotel gleiten, das eine moderne Version des für diese Gegend typischen Alpenschicks war. An der leicht beschlagenen gläsernen Wand des Schwimmbades blieb sie hängen. Gerade stieg ein Mann aus dem Wasser – groß, breite Schultern, ein Kreuz wie ein V und schmale Hüften. Mehr konnte sie nicht erkennen, aber … »Wow«, murmelte sie. »Die Aussicht ist jedenfalls gut.«

»Was?« Lilly zuckte zusammen, als Paulas Stimme aus der Freisprecheinrichtung klang. »Welche Aussicht?«

Für einen Moment hatte Lilly doch tatsächlich ihre Freundin vergessen! Sie würde Paula jedenfalls nicht erzählen, dass sie gerade aus der Ferne einen Adonis angestarrt hatte, nur um sich dann von ihrer Freundin daran erinnern lassen zu müssen, wie traurig ihr Liebesleben war. »Ich muss jetzt Schluss machen und einchecken. Ich melde mich später, Paula.«

Lilly war schon in unzähligen Hotels abgestiegen. Sie hatte nichts gegen praktisch und nüchtern, konnte sich auch eine Zeitlang arrangieren mit leicht verfallenem Charme. Aber im *Wolkenberger Hof* würde sie sich wie im siebten Himmel fühlen. Die Stadtverwaltung hatte ihr eine sogenannte Kuschelsuite gebucht, ein großes Zimmer mit holzverkleideten Wänden. Der Duft nach Zedern füllte den Raum und empfing sie gemeinsam mit der heimeligen Wärme, die von einem Kachelofen in einer gemütlichen Sitznische ausging. Auf dem Tischchen waren ein hübsches Weihnachtsgesteck, eine Schale mit Obst und eine Flasche Sekt auf Eis arrangiert. Ein kleines Schild daneben begrüßte sie in Wolkenberg.

Lilly drehte sich einmal um die eigene Achse und nahm alles in sich auf. Sie würde ihren Aufenthalt hier wirklich genießen. Ihre Koffer würde sie später aufmachen, während sie ein Glas Sekt trank und *The Voice of Germany* ansah. Aber erst einmal würde sie das Hotelrestaurant ausprobieren, das ihr von der netten Rezeptionistin empfohlen worden war.

***

Nico Stadler stieg aus dem Wasser und fluchte unterdrückt, als er nach seinem Handtuch griff und der altbekannte, scharfe Schmerz durch seine Schulter schoss. Er war dankbar, dass er das Schwimmbad des *Wolkenberger Hofs* für sein Aufbautraining nutzen konnte, aber das änderte leider überhaupt nichts daran, dass es einfach nicht vorwärts ging – und seine Geduld langsam über dünnes Eis schlitterte.

Er hörte das Vibrieren seines Handys in seiner Sporttasche und zog es heraus. Paddy, sein bester Freund und Trainer. Nico blickte sich um. Vor dem Saunabereich standen zwei Paar Adiletten, ansonsten herrschte im Wellnessbereich des Hotels gähnende Leere. Die meisten Gäste waren vermutlich gerade beim Abendessen, und die Saunabesucher würde es nicht stören, wenn er im Schwimmbad telefonierte. »Hey

Paddy«, sagte er, nachdem er den Anruf angenommen hatte. Er setzte sich auf eine der Liegen und bewegte seine Schulter vorsichtig.

»Nico, altes Haus.« Paddy klang so, als ob er ebenfalls gerade in der Schwimmhalle war. In München. Dort, wo Nico normalerweise trainieren würde, wenn er nicht von diesem verdammten Gerüst gestürzt wäre. »Wie läuft es? Bist du geschwommen?«

»Ich komme gerade aus dem Wasser«, sagte Nico.

»Und?« So viel Erwartung schwang in diesem einen Wort mit.

Nico zögerte einen Moment. »Um ehrlich zu sein: Es läuft beschissen.« Er rieb sich mit dem Handtuch über die nassen Haare, während er weitersprach. »Ich habe gewriggt. Koordination und Balance im Wasser funktionieren gut. Aber die Schulter macht nach wie vor nicht mit. Ich habe mit dem Pullkick trainiert. Keine Chance, dass sich da was tut.«

»Hast du Muskelaufbau gemacht?«, wollte Paddy wissen, statt auf die Probleme beim Schwimmen einzugehen.

»Ja. Aber auch da klappt es nur mit den Rumpf- und Beinübungen.« Nico schluckte, bevor er seine größte Angst aussprach. »Vielleicht war es das für mich.«

»Auf keinen Fall.« Paddy schnaubte laut genug, dass Nico das Handy vom Ohr weghalten musste. »Du hast dir die Schultersehne gerissen. Das kommt wieder in Ordnung, du musst ein bisschen Geduld haben. Du wirst deine alte Form schon zurückbekommen. Spätestens zur Qualifikation für die Europameisterschaften bist du wieder auf der Höhe.«

Genau daran zweifelte Nico. Er hörte, wie Paddy von jemandem gerufen wurde und verabschiedete sich von seinem Freund, als der ihm sagte, er müsse auflegen. Mit der rechten Hand griff er nach seiner Sporttasche, schlüpfte in seine Flipflops und ging zu den Umkleiden hinüber.

Unter der Dusche ließ er sich sein Dilemma abermals durch den Kopf gehen. Sein Sturz und der damit verbundene

Sehnenriss vor zwei Monaten hatte Nico regelrecht aus der Bahn katapultiert. Er war in Bestform gewesen, bereit für die kommenden Wettkämpfe. Doch das war Vergangenheit. Er war fast dreißig. Ein Alter, in dem die meisten Leistungsschwimmer bereits über das Ende ihrer Sportlerkarriere nachdachten. Und genau an diesem Punkt war auch Nico. War die Verletzung ein Zeichen seines Körpers, das Wettkampfschwimmen aufzugeben? Oder sollte er die Zähne zusammenbeißen und sich zurückkämpfen? Was Paddy sich wünschte, war Nico klar. Er war sich nur nicht mehr so sicher, was er selbst wollte.

Als er den Wellnessbereich des Hotels schließlich verließ, klingelte Nicos Handy schon wieder. Er warf einen Blick auf das Display und unterdrückte den resignierten Seufzer, der ihm auf der Zunge lag. Wenn sein Vater ihn anrief, hatte er wieder irgendeinen Arbeitsauftrag für ihn. Mit einem »Hallo Paps«, nahm er den Anruf trotzdem an, weil Hubert Stadler sonst einfach weiter anrufen würde – bis er ranging.

»Nicolaus, mein Junge, wo bist du?«, dröhnte der Bariton seines Vaters durch das Handy.

»Im Hotel. Ich war schwimmen.«

»Geht es vorwärts?«, wollte Hubert wissen.

»Nein.« Aber für heute hatte Nico genug von dem Thema. »Du rufst sicher nicht nur an, um dich nach meinem Wohlbefinden zu erkundigen, oder?«

»Ich brauch deine Hilfe, Nico. Wir haben ein riesiges Problem mit der EDV-Umstellung im Rathaus. Nichts funktioniert, weder die Telefone noch die Computer. Nicht mal per Mail ist die Stadtverwaltung Wolkenberg im Moment zu erreichen«, sagte Hubert.

»Ich werde dieses Problem aber auch nicht lösen können.« Nico war Solar-Ingenieur und kein Computertechniker.

»Aber du könntest mir eine Sorge abnehmen und dich um Frau Mooseder kümmern – das ist die Tourismus-Expertin, die ich engagiert habe. Kannst du sie morgen am Hotel abholen und ihr ein bisschen die Stadt und die Gegend zeigen?«, bat sein Vater.

»Nein, Paps, das kann ich auf keinen Fall machen. Du hast mir schon den Weihnachtsbaumverkauf aufs Auge gedrückt.«, protestierte Nico. Sein Vater wusste sehr genau, was er von der Idee hielt, Geld für eine Touristik-Fachfrau auszugeben.

»Ja, dafür kannst du umsonst im Haus deiner Großeltern wohnen, im Hotel trainieren und dich um dein Weihnachtsprojekt kümmern«, zählte Hubert auf.

»Genau deshalb habe ich keine Zeit«, widersprach Nico, als er in der Hotellobby aus dem Aufzug stieg. »Ich bekomme nämlich morgen eine Lieferung für mein Projekt.« Er steuerte die Schiebetüren an, die in die kalte Winternacht führten. »Kann dir Mama nicht helfen?«

»Keine Chance. Die Praxis platzt aus allen Nähten vor lauter Skiunfällen. Aber ich habe keine Bedenken, du kriegst das schon hin.«

Nico hörte das Klicken in der Leitung, als sein Vater einfach auflegte. Er hatte aber überhaupt keine Zeit, sich Gedanken darüber zu machen, weil er im gleichen Moment jemanden anrempelte, der aus dem Seitengang in die Lobby kam. Eine Frau, wurde ihm bewusst. Seine Reflexe setzten ein und er griff nach ihren Oberarmen, damit sie nicht stürzte, doch diese Bewegung ließ schon wieder den Schmerz in seiner Schulter explodieren. Scheiße! Er blinzelte die roten Blitze vor seinen Augen weg und zwang sich zu einem höflichen Lächeln. »Entschuldigen Sie.«

»Keine Ursache.« Das Lächeln, zu dem sich ihre Lippen verzogen, war deutlich echter als seins, und es passte zum Rest ihrer hübschen Erscheinung. Lange blonde Haare, die ihr in Wellen über den schlichten schwarzen Rollkragenpulli fielen, und graublaue Augen.

Nico atmete ihren Duft ein, der ihn an einen sonnigen Tag im Schnee erinnerte und an rote Beeren. Er wurde sich bewusst, dass er die Frau noch immer festhielt. Langsam zog er seine Hände zurück. Ein bisschen fühlte er sich, als steige ihm dieser Duft zu Kopf. »Einen schönen Abend«, murmelte er und wandte sich dem Ausgang zu. Die kalte, klare Winterluft würde seinen Kopf schon wieder klären.

2

Lilly erwachte, noch bevor der Tag richtig angebrochen war. Sie horchte in sich hinein, überlegte, ob sie versuchen sollte, noch ein wenig weiterzudösen. Sie hatte fantastisch geschlafen, und so ausgeruht, wie sie sich fühlte, konnte sie genauso gut aufstehen. Sie verschwand kurz im Bad, zog ihren Morgenmantel über und bereitete sich an der kleinen Kapselmaschine in der Sitzecke des Zimmers einen Kaffee.

Mit der Tasse in der Hand öffnete sie die Balkontür und trat nach draußen. Die eisige Kälte schlug ihr entgegen wie eine Faust. Lilly schauderte und atmete dann die klare Luft ein. Obwohl es bereits hell wurde, war der Mond noch zu sehen, und hier und da glänzten ein paar Sterne. Ihr Blick glitt über das Schneewunderland des Wolkensees. Eine weiße Pracht, die nur von einer Loipe und hier und da von ein paar Fußspuren unterbrochen wurde. Dahinter erhoben sich die mächtigen Berge, die das Tal einrahmten. Was hier vor ihr lag, war der Traum eines jeden Tourismusmanagers.

Zwei Stunden später runzelte Lilly die Stirn, als sie zum fünften Mal versuchte, das Rathaus zu erreichen, um ein Treffen mit dem Bürgermeister zu vereinbaren. Doch jedes Mal teilte ihr die Telefongesellschaft mit, dass dieser Anschluss nicht existierte. Da sie auch beim sechsten Versuch niemanden erreichte, beschloss sie, erst einmal zu frühstücken.

Das Angebot des Frühstücksbuffetts war so groß, dass Lilly sich für einen Moment nicht zwischen den Leckereien entscheiden konnte. Also schloss sie einen Kompromiss mit sich selbst: Heute würde sie schlemmen und von allem etwas probieren. Ab morgen würde sie ein wenig disziplinierter an die Sache herangehen. Kaum saß sie an ihrem Platz, den Teller, auf dem sie einen kleinen Berg angehäuft hatte, vor sich, fiel ein Schatten über das weiße Tischtuch. Sie blickte auf und erkannte den Mann, der vor ihr stand, sofort von der Homepage des Ortes: welliges, graues Haar, ein gepflegter Vollbart und ein abenteuerlustiges Blitzen in den Augenwinkeln. »Bürgermeister Stadler«, sagte sie und erhob sich, um ihm die Hand zu reichen.

»Frau Mooseder.« Er drückte ihre Finger kräftig und wies mit dem Kinn auf ihren übervollen Teller. »Wie ich sehe, genießen Sie Ihren Aufenthalt in Wolkenberg bereits in vollen Zügen.«

Lilly musste sich zwingen, nicht rot anzulaufen. War ja klar, dass sie ausgerechnet von ihrem Auftraggeber erwischt wurde, wenn sie einmal über die Stränge schlug. »Ähm … nehmen Sie doch Platz, Herr Stadler«, versuchte sie, ihn abzulenken. »Ich habe heute Morgen schon ein paar Mal versucht, das Rathaus zu erreichen. Stimmt etwas nicht mit der Telefonleitung?«

Der Bürgermeister winkte ab und ließ sich auf den Platz ihr gegenüber fallen. Die Bedienung stellte unaufgefordert eine Tasse Kaffee vor ihm ab, wofür er ihr dankend zunickte. Er wartete, bis auch Lilly wieder Platz genommen hatte und wies mit der Hand auf ihren Teller. »Bitte essen Sie. Es wäre schade, wenn das alles wegen mir kalt wird.« Er trank einen Schluck Kaffee. »Und was das Telefon angeht, deshalb bin ich hier. Wir sind gerade dabei, unsere EDV umzustellen, was zur Folge hat, dass unser gesamtes System zusammengebrochen ist. Kein Telefon, keine E-Mails. Nichts funktioniert mehr. Vermutlich werden noch mindestens ein oder zwei Tage vergehen, bis wieder alles läuft.« Die Kellnerin tauchte abermals auf und stellte ein Croissant vor Stadler ab. »Danke, meine

Liebe. Das sollten Sie unbedingt probieren«, sagte er zu Lilly, als sie wieder allein waren. »Es ist mit Schokolade gefüllt. Ich kann diesen Dingern jedenfalls nicht widerstehen.«

Lilly fand, dass es höchste Zeit war, auf ihren Auftrag zu sprechen zu kommen. »Sollen wir einen Termin im Rathaus vereinbaren?«, fragte sie Stadler. »Am besten geben Sie mir Ihre Handynummer, damit ich Sie jederzeit erreichen kann.«

»Das ist das Problem.« Der Bürgermeister lächelte entschuldigend. »Ich muss diese Sache mit der EDV beaufsichtigen, und alle meine Mitarbeiter sind eingespannt. Aber ich habe jemanden für Sie abgestellt, der Ihnen den Ort zeigen wird. Er fährt Sie überall hin, beantwortet Ihnen jede Frage. Es gibt wenige Leute, die sich hier so gut auskennen. Und dann würde ich Sie morgen gerne zum Abendessen einladen, zu mir nach Hause. Meine Frau ist auch schon ganz neugierig auf Ihre Ideen.« Er schenkte ihr wieder dieses Lächeln, dem man nur schwer widerstehen konnte.

»Danke«, sagte Lilly. »Ich komme sehr gerne. Zwei Tage dürften reichen, um mir einen ersten Überblick zu verschaffen. Vielleicht kann ich Ihnen morgen Abend bereits ein erstes Konzept präsentieren.«

»Das klingt nach einem fantastischen Plan.« Der Bürgermeister trank den Rest seines Kaffees und stand mit dem angebissenen Croissant in der Hand auf. »Nicolaus wird um zehn bereitstehen, um ihnen Wolkenberg zu zeigen.«

»Nicolaus?« Lilly starrte dem Bürgermeister nach.

Als sie wenig später zur Rezeption ging, erwartete sie fast, einen Mann mit langem Mantel, weißem Bart und einem großen Gabensack in der Hotellobby zu sehen. Stattdessen wartete hier – niemand.

»Entschuldigen Sie«, sagte Lilly zur Rezeptionistin. »Ich bin hier mit einem Nicolaus verabredet.«

»Ah, ja.« Die Frau lächelte. »Er ist gar nicht erst reingekommen.«

Lilly folgte dem Blick der Frau durch die Glasschiebetüren. Direkt vor dem Eingang stand ein alter Mercedes G-Klasse, der definitiv schon bessere Zeiten gesehen hatte. Gegen den Kotflügel gelehnt stand ein Typ, der nicht besonders an den Bischof erinnerte, dem er seinen Namen verdankte. Mit dem dunkelgrünen Parka, den vor der Brust verschränkten Armen und dem schlecht gelaunten Ausdruck im Gesicht hatte er eher etwas vom Grinch. Offenbar waren nicht alle so begeistert von ihrer Anwesenheit in Wolkenberg wie der Bürgermeister.

»Frau Mooseder«, rief die Rezeptionistin ihr hinterher, als sie die Schultern straffte und auf den Mann zuging. Sie drehte sich um, als die Empfangsdame um ihren Tresen herumkam und ihr eine Tüte entgegenhielt. »Der Bürgermeister hat mich gebeten, Ihnen das zu geben.«

***

Nico erkannte die Frau, die auf ihn zukam, trotz ihres Mantels und der Bommelmütze, die sie sich tief in die Stirn gezogen hatte, sofort wieder.

»Hallo, Sie müssen Nicolaus sein. Wir sind doch gestern schon mal zusammengestoßen«, stellte sie fest und lächelte. »Sie begleiten mich durch diesen Tag?«

Offenbar schreckte sie sein schlechtgelaunter Gesichtsausdruck nicht ab. »Ich wurde dazu abgestellt, dich herumzukutschieren«, korrigierte er sie und ging auch gleich zum Du über. Die Frau, die vor ihm stand, war schließlich kaum älter als er selbst. Außerdem waren sie hier in den Bergen, da duzten sich sowieso alle. »Ich bin Nico. Kein Mensch nennt mich Nicolaus.«

Immer noch dieses Lächeln. »Der Bürgermeister schon.«

»Ja. Niemand außer dem Bürgermeister.« Der ja schließlich für diesen Namen verantwortlich war.

»Ich bin jedenfalls Lilly und freue mich darauf, Wolkenberg kennenzulernen.«

Nico atmete einen Hauch ihres Duftes ein, der ihm schon am Abend aufgefallen war. Schnee und rote Beeren. Vermischt mit etwas anderem … »Sind das Schokocroissants?«, fragte er und griff nach der Tüte. Seine Nase hatte ihn nicht getäuscht. Er öffnete die Tüte, atmete das Aroma des Gebäcks tief ein und nahm eines der beiden Croissants heraus, bevor er ihr die Tüte zurückreichte. Das entschädigte ihn immerhin dafür, dass er die Expertin seines Vaters durch die Gegend kutschieren musste, um dessen Schnapsidee vom Tourismus-Hot-Spot umzusetzen. »Das sind die besten im ganzen Tal«, sagte er und biss ab.

»Das hat Herr Stadler auch gesagt.«

»Tatsächlich?« Nico hielt einen Moment inne. Lilly schien nicht zu wissen, wer er war. Hatte sein Vater vergessen zu erwähnen, dass er seinen Sohn losschicken würde, um den Fremdenführer für sie zu spielen? Offensichtlich. Wenn der Bürgermeister es nicht für nötig hielt, Lilly das mitzuteilen, würde Nico es auch noch eine Weile für sich behalten. Auf diese Weise würde er vielleicht ein wenig mehr darüber herausfinden, was die sogenannte Tourismusexpertin mit dem Dorf vorhatte. »Können wir los?«, fragte er, umrundete seinen Wagen und stieg ein. Er klemmte sich das Croissant zwischen die Zähne und startete den Motor.

Lilly schien seine grummelige Art nichts auszumachen. Zumindest ließ sie sich nichts anmerken. »Weißt du, was wir vorhaben?«, wollte sie von ihm wissen, als sie sich anschnallte.

»Kein bisschen«, schwindelte er, neugierig, wie sie seinen Heimatort sah. Auch wenn Nico schon seit zehn Jahren in München lebte, war er nicht besonders begeistert davon, dass sein Vater touristisch aufrüsten und dem kleinen, verschlafenen Städtchen seinen Charme nehmen wollte, um Geld zu machen. Sie hatten unzählige Diskussionen zu dem Thema geführt, waren aber auf keinen gemeinsamen Nenner gekommen. Und würden das auch nie. So viel war sicher.

»Die Idee des Bürgermeisters entstand, nachdem der Weihnachtsbriefkasten plötzlich so viel Aufmerksamkeit bekommen hat«, erklärte Lilly.

»Der Briefkasten gehört zu den wenigen seiner Art, die nicht einfach abgebaut und entsorgt wurden. Was an sich schon fast an ein Wunder grenzt«, sagte Nico und bog in Richtung Marktplatz ab, weil sie den Postkasten vermutlich als Erstes sehen wollte. Er war alt, wies verschnörkelte Elemente auf, und vor allem war er leuchtend rot angemalt. Wunderschön und nostalgisch. Er erinnerte an eine andere Zeit, und es war wirklich erstaunlich, dass er seinen Platz mitten im Städtchen über all die Jahrzehnte behauptet hatte.

»Was meinst du damit, dass es an ein Wunder grenzt?« Lilly sah ihn von der Seite fragend an.

Nico zuckte unbehaglich mit den Schultern, was ihn mit einem dumpfen Pochen an seine Verletzung erinnerte. So viel von seiner persönlichen Meinung hatte er gar nicht preisgeben wollen. »Wenn man bedenkt, wie viel sonst weggeworfen wird, ohne überhaupt darüber nachzudenken, ob es repariert werden kann oder ob es vielleicht einen anderen Verwendungszweck dafür gibt«, erklärte er nach kurzem Zögern.

Lilly lachte. »Ja, so gesehen hat dieser Briefkasten Glück gehabt, als jemand auf die Idee kam, ihn für die Post an den Weihnachtsmann zu benutzen. Da ist er ja.« Gespannt beugte sich Lilly vor und betrachtete die rote Säule mit der Schneehaube, die vor einer der Tannen auf dem Marktplatz stand.

Sobald Nico gehalten hatte, sprang sie aus dem Wagen, umrundete den Briefkasten langsam und schoss mit ihrem Handy Fotos aus allen möglichen Perspektiven. Nico stieg ebenfalls aus und lehnte sich gegen die Seite seines Wagens.

Als Lilly damit fertig war, den Briefkasten zu bewundern, drehte sie sich langsam um die eigene Achse und nahm den Marktplatz in sich auf. Stirnrunzelnd folgte sie den Schildern über den Geschäften mit den Augen. »Sport Stadler«, las sie leise. »Trachtenmode Stadler. Lebensmittel von Stadler. Tabak und Zeitungen – Stadler. Stadlers Souvenierladen. Stadlers Almstüberl. Warum steht hier überall der gleiche Name?« Sie drehte sich zu Nico um. »Gehört dem Bürgermeister die ganze Stadt oder sowas?«

»Nein. Höchstens die halbe«, gab er zurück. Sein Blick blieb an ›Stadlers Haushaltswaren und Elektrogeräte‹ hängen, dem Laden, den er in seiner Kindheit von allen am meisten geliebt hatte. Und ohne den er wahrscheinlich nie Solartechnik studiert hätte. »Genug gesehen?«

Lilly nickte, offenbar nachhaltig beeindruckt von der Präsenz seines Vaters. Sie kletterte auf den Beifahrersitz zurück, zog ihr Tablet aus der Handtasche und tippte darauf herum. »Kannst du mir als nächstes den See zeigen?«

»Sicher.« Nico umrundete den Marktplatz und fuhr zur Brücke, die Wolkenberg mit der anderen Seite des Tals verband.

Als er hielt, sprang Lilly wieder sofort aus dem Wagen, um die Umgebung zu erkunden. »Das sieht aus wie ein Fjord«, sagte sie über die Schulter.

»Er ist genau genommen nur ein schmaler, flacher Teil des eigentlichen Sees westlich von uns.« Nico, der ebenfalls ausgestiegen war, setzte seine Beanie auf zog sie tief in die Stirn. Außerhalb der geschützten Häuser der Stadt riss der Wind mit voller Macht an allem, was er zu fassen bekam.

»Was bedeutet flach?«, wollte Lilly wissen. Ihre Nase und die Wangen waren von der Kälte gerötet, und der Wind spielte mit den Spitzen ihrer Haare, die ihr über den Rücken fielen.

»An der tiefsten Stelle ist er nur eineinhalb Meter tief. Deshalb friert er im Winter auch immer zu.«

Lilly biss sich auf die Unterlippe. Die nachdenkliche Falte erschien wieder zwischen ihren Brauen. »Wenn man den Schnee wegräumen würde, könnte man Schlittschuh laufen, oder?«

Nico nickte. »Könnte man.« Nicht, dass jemals jemand auf die Idee gekommen wäre. Schließlich konnte man im Tal Skifahren. Das interessierte die Leute viel mehr.

»Und kann man um den See herumlaufen?«, wollte Lilly als Nächstes wissen.

»Wenn man der Loipe folgt, kann man von hier aus starten und kommt auf der anderen Seite der Brücke wieder raus. Das sind ungefähr zwei Kilometer.«

»Perfekt«, murmelte Lilly. Sie biss in eine der Fingerspitzen ihres Handschuhes und zog ihn aus, während sie mit der anderen das Tablet hielt. »Das ist ganz fantastisch«, nuschelte sie und machte weitere Notizen.

Als sie ihr Tablet sinken ließ und den Handschuh wieder anzog, strahlte sie über das ganze Gesicht. »Irgendwo hier soll es noch einen Weihnachtsbaumverkauf geben. Zeigst du mir den noch?«

»Der Weihnachtsbaumverkauf?« Das war ja klar gewesen. Nico stöhnte innerlich. Natürlich hatte es sich sein Vater nicht nehmen lassen, den Stand zu erwähnen. Er wies mit dem Daumen über seine Schulter. »Direkt hinter dir.«

***

Lilly schaffte es nicht, ihr Entsetzen zu verbergen. Und so, wie Nico den rechten Mundwinkel zu einem sarkastischen Lächeln nach oben zog, hatte er mit genau dieser Reaktion gerechnet. »*Das*«, sie betonte das Wort, »ist der Weihnachtsbaumverkauf? Aber … das war dem Bürgermeister neben dem Briefkasten für den Weihnachtsmann besonders wichtig.« Sie überquerte die Straße, ohne auf Nico zu warten.

Den schweren Schritten nach, die hinter ihr im Schnee knirschten, folgte er ihr. »Klar ist dem Bürgermeister das wichtig. Der Weihnachtsbaumverkauf war schließlich die Lieblingszeit seiner Eltern im Jahr«, sagte er leise. »Sie haben in dem Haus gewohnt.«

»Das Haus« war vermutlich mal eine charmante kleine Berghütte gewesen. Lilly konnte sich das durchaus vorstellen, auch wenn das ganze Grundstück wie das heruntergekommene Zuhause der Flodders wirkte. »Wo sind die Eltern des Bürgermeisters jetzt?« Nicos Worte hatten sich so endgültig angehört, dass sie befürchtete, sie wären …

»In einer hübschen Seniorenresidenz in Oberstdorf, wo Johann den ganzen Tag Skat spielt und Greta Socken strickt«, klärte Nico sie auf.

»Dann ist es umso wichtiger, dass dieser Verkaufsstand in ihrem Sinne fortgeführt wird, nicht wahr?« Sie drehte sich zu Nico um. »Ganz abgesehen davon, dass man das als Erstes sieht, wenn man über die Brücke kommt. Theoretisch. Denn ich bin gestern einfach daran vorbeigefahren, weil ich es in der Dunkelheit überhaupt nicht erkennen konnte. Und auch jetzt wäre es mir nicht wirklich aufgefallen. Keine Lichterkette. Kein Hinweisschild. Das muss sich ändern. Denn laut Herrn Stadler gibt es hier die besten Weihnachtsbäume im gesamten Tal.«

»Die Leute, die wissen, wo sie ihren Baum herbekommen, finden auch ohne blinkende Schilder hierher«, widersprach Nico.

»So wie die da drüben?« Lilly zeigte auf eine Familie, die irritiert vor der Hütte stand und zu den Bäumen hinübersah, die selbst geschlagen werden mussten. Immer wieder huschte der Blick des Vaters zu dem Haufen Elektroschrott, der an der Hauswand aufgestapelt war.

Nico seufzte. »Ich kümmere mich darum«, brummte er und ging zu der Familie hinüber. Er sprach kurz mit dem Vater. Beide gestikulierten in Richtung der Tannenplantage. Dann holte Nico einen Holzschlitten und eine Handsäge und übergab beides an die Familie, vermutlich, damit sie sich ihren Baum selbst aussuchen und absägen konnten.

Lilly kniff die Augen zusammen, als Nico zu ihr zurückkam. Nicht nur, weil die strahlende Sonne in Verbindung mit dem Schnee sie blendete, sondern auch, weil ihr Fremdenführer sie wütend machte. »Gehe ich richtig in der Annahme, dass du für den Baumverkauf verantwortlich bist?«

Er zuckte mit den Schultern und verzog dann für einen Moment das Gesicht, als wäre es geradezu schmerzhaft, seine Zeit mit ihr verbringen zu müssen. »Kann sein«, murmelte er und drehte sich noch einmal zu der Familie um, die auf der Suche nach ihrer Tanne durch den kniehohen Schnee stampfte.

»Ich werde das noch mit dem Bürgermeister besprechen«, ließ Lilly ihn wissen. »Aber eins ist klar: Hier muss sich etwas ändern. Der Schrott muss weg. Das Verkaufsfenster muss geöffnet werden. Du brauchst weihnachtliche Dekoration. Das hier ist ein Weihnachtsbaumverkauf, der muss glitzern und funkeln!«

***

Der muss glitzern und funkeln, wiederholte er Lillys Worte im Stillen und bemühte sich, nicht die Augen zu verdrehen. Nico sah sich noch einmal nach der Familie um, die ihren Baum glücklicherweise ganz allein aussuchen wollte. Seine Schulter wäre nicht besonders angetan davon, eine zweieinhalb Meter hohe Fichte zu schlagen.

Nico musste Lilly recht geben. Der Weihnachtsbaumverkauf war im Dezember immer ein wundervoller Ort gewesen – und er hatte es geliebt, hier zu sein und seinen Großeltern zu helfen. Mit seinem Großvater Bäume, die die Kunden selbst abgesägt hatten, oder die sie bereits zum Verkauf geschlagen hatten, durch den Netztrichter zu ziehen. Oder seiner Großmutter zur Hand zu gehen, wenn sie heißen Punsch und Glühwein aus dem Fenster des Hauses heraus verkaufte. Der Hof war immer weihnachtlich dekoriert gewesen.

Tja, jetzt sah es hier nicht mehr so aus. Und genau das wurmte seinen Vater. Genau genommen störte es Nico ebenfalls, und war vermutlich sogar einer der Gründe für seine schlechte Laune. Er hatte sich für die Zeit, die seine Verletzung brauchte, um zu heilen, in der Hütte einquartiert. Er genoss den rustikalen Charme dieses Hauses, und die frühere

Werkstatt seines Großvaters im hinteren Anbau bot jede Menge Platz, um an seinen Weihnachtsprojekten herumzubasteln. Das änderte aber nichts daran, dass sein Vater ihn gebeten hatte, den Weihnachtsbaumverkauf in diesem Jahr zu übernehmen. Vielleicht, weil er dachte, die Erinnerungen an die Zeit mit seinen Großeltern würden ihn aufmuntern. Vielleicht, weil er dachte, die Arbeit würde Nico ablenken.

Aber genau da hatte sich Hubert getäuscht. Die Aufgabe frustrierte Nico nur noch mehr. Die Lichterketten, die den Hof erleuchten würden, lagen längst bereit, aber er schaffte es mit seiner verletzten Schulter nicht, sie anzubringen. Und was den ›Schrott‹ betraf, den Lilly erwähnt hatte, der lag nur deshalb vor dem Haus, weil sie ihm seine Zeit gestohlen hatte. Sonst wäre er hier gewesen und hätte sich darum kümmern können, dass die Elektrogeräte, die er reparieren wollte, direkt in die Werkstatt gebracht worden wären.

Nico war in dem Moment klar gewesen, wie Lilly reagieren würde, in dem sie ihn nach dem Weihnachtsbaumverkauf gefragt hatte. Je länger er mit ihr unterwegs war, je mehr er ihre Gedanken hörte, die sie oft laut aussprach, desto besser verstand er, wie sie tickte. Sie war der Typ ›klassisches Weihnachtsspektakel‹. Hauptsache Kommerz. Die typische Frau aus der Großstadt, die versuchen würde, Wolkenberg ihren Stempel aufzudrücken und das Maximum aus dem Ort herauszuholen. Seinem Vater würde das mit Sicherheit gefallen. Er hätte ihr gern gesagt, dass ihre Einstellung völlig falsch war und es bei Weihnachten nicht darum ging, möglichst viel Geld zu machen, sondern für andere da zu sein.

Nebeneinander standen Lily und er mitten auf dem Hof und starrten auf die Hütte, die vorübergehend sein Zuhause war. Rechts vom Haus lag der abgesperrte Bereich, in dem die bereits geschlagenen Bäume zum Kauf angeboten wurden. Links befand sich die Schonung, auf der sich Fichten und Tannen in allen Größen und Formen finden ließen. Hinter dem Haus erhoben sich riesige Nadelbäume, die so groß waren, dass sie sich maximal als Weihnachtsbaum vor dem Bundeskanzleramt eigenen würden. Ein bisschen wirkten sie wie stumme Wächter, die unter der schweren Schneelast auf ihren Ästen ein Auge auf das Haus hatten.

»Daraus lässt sich auf jeden Fall etwas machen«, zerstörte Lilly die friedliche Stille, die für eine Minute zwischen ihnen geherrscht hatte.

3

Am nächsten Abend stellte Lilly ihren Jeep vor dem Haus des Bürgermeisters ab. Überrascht stellte sie fest, dass das Haus, in dem er lebte, ein moderner Kubus war, der hauptsächlich aus Holz und Glas bestand. Sie hätte sich bei Herrn Stadler etwas Traditionelleres vorgestellt. Aber sie musste zugeben, dass sich das Haus fantastisch in seine Umgebung einfügte.

Der Bürgermeister erwartete sie bereits an der Tür und nahm ihr die Jacke ab, nachdem er sie begrüßt hatte. »Darf ich Ihnen ein Glas Wein anbieten?«, fragte er, als sie ihm in ein großes Wohn- und Esszimmer folgte. Auf seine Geste hin ließ sie sich in einen der tiefen Clubsessel vor einem großen, prasselnden Kaminfeuer sinken und nahm das angebotene Glas Wein entgegen.

»Auf Ihren Aufenthalt in Wolkenberg«, brachte er einen Toast aus. »Ich hoffe, Sie genießen Ihre Zeit in unserem kleinen Paradies.«

Lilly nippte an ihrem Wein. Aus der Küche, die sich offenbar am anderen Ende des großen Wohnraumes befand, hörte sie Geschirrgeklapper und konnte bereits die feinen Aromen des Abendessens riechen. Sie hatte angenommen, dass sich Stadlers Frau, die seiner Aussage nach so neugierig auf sie gewesen war, zu ihnen gesellen würde, aber sie kam nicht aus der

Küche. Wahrscheinlich waren noch ein paar Handgriffe nötig, bis sie den Herd unbeaufsichtigt lassen konnte, und Lilly würde sie später kennenlernen.

»Wie war die Sightseeing-Tour mit Nicolaus?«, holte der Bürgermeister sie aus ihren Gedanken.

»Ja ... Ähm ... Um ehrlich zu sein ...«, Lilly trank einen Schluck Rotwein, um etwas Zeit zu gewinnen. Aber schließlich blieb ihr nichts anderes übrig, als mit der Wahrheit herauszurücken. »Dieser Mann ist schwierig. Ihm fehlen die Visionen.« Sie schenkte Stadler ein Lächeln. »Ich glaube, Sie haben mich mit dem Grinch höchstpersönlich losgeschickt. Aber egal, wie seine Einstellung zu unseren Plänen für die Stadt ist, für den Weihnachtsbaumverkauf ist er verantwortlich. Und das kann auf keinen Fall so bleiben.«

Der Bürgermeister seufzte. »Wem sagen Sie das. Dieses Jahr weigert sich der Junge einfach, weihnachtlich zu sein.«

Als »Jungen« hätte Lilly ihn zwar nicht beschrieben, dazu war er viel zu groß und breitschultrig, aber bevor sie Stadler sagen konnte, dass Nico durchaus eine festgefahrene Meinung hatte, mit der man sich ernsthaft auseinandersetzen musste, hörte sie die Haustür.

»Ich bin da«, rief eine Frauenstimme. Im nächsten Moment betrat eine elegante Frau um die sechzig den Raum.

»Hallo Schatz.« Der Bürgermeister erhob sich und küsste sie auf die Wange. »Darf ich vorstellen: meine Frau Theresa. Sie ist hier die Dorfärztin. Resi, das ist Lilly Mooseder, unsere Tourismus-Expertin.«

Lilly erhob sich ebenfalls. »Nett, Sie kennenzulernen«, sagte sie und fragte sich, wer in der Küche herumwerkelte, wenn nicht, wie von ihr angenommen, Frau Stadler.

***

Nicos Vater würde Wasser anbrennen lassen – selbst wenn sein Leben davon abhinge. Nicht, dass das den Bürgermeister von Wolkenberg daran hindern würde, Gäste einzuladen. Natürlich nicht. Da Nicos Mutter in ihrer Praxis aufgehalten worden war, stand Nico in der Küche. Sein Vater wollte ihn bei dem Gespräch mit Lilly sowieso dabeihaben, vermutlich, damit ihm endlich jemand Huberts Version des weihnachtlichen Geistes nahebrachte. Tja, Pech. Das würde nicht passieren. Dafür würde die Tourismus-Expertin ihr blaues Wunder erleben. Denn ihr schien bis zuletzt nicht klar gewesen zu sein, wer er war, sonst würde sie sich nicht so ungeniert beim Bürgermeister über den Grinch der Stadt aufregen. Während er Spätzle in eine Auflaufform schichtete, hörte er jedes Wort, das Lilly zu seinem Vater sagte.

Als er die Kässpätzle, die er zubereitete, schließlich in den Backofen schob und den Timer stellte, war sie gerade dabei, sich über seine nicht vorhandene Einstellung zu Weihnachten zu beschweren. Er schenkte sich Wein nach und goss dann ein Glas für seine Mutter ein, die inzwischen auch nach Hause gekommen war. Dann trat er aus der Küche. »Für diese Erkenntnis braucht der Bürgermeister dich gar nicht, Lilly«, sagte er und stellte mit einiger Genugtuung fest, dass sie mit erschrocken aufgerissenen Augen zu im herumfuhr. »Hallo, Mama.« Er küsste Theresa auf die Wange und reichte ihr ihren Drink. Dann lehnte er sich neben dem Kamin gegen die Wand und ließ seinen Wein im Glas kreisen, ohne Lilly aus den Augen zu lassen. »Er sagt mir immer wieder, dass ich ein Grinch bin und mich nicht für das Wohl der Stadt einbringe. Dabei finde ich, dass es wichtiger ist, an Weihnachten Gutes zu tun, statt ein paar Lichterketten aufzuhängen, um Touristen anzulocken. Das ist doch das Wunder, um das an Weihnachten geht.«

»Sie … Du …« Lilly war blass geworden und blickte zwischen ihm und seinem Vater hin und her. »Was machst du hier? Bist du …?«

»Nicolaus ist unser Sohn«, sagte Stadler. »Hat er Ihnen das nicht erzählt?« Er seufzte und verdrehte die Augen. »Es ist wirklich kein Wunder, dass unsere Expertin nicht von dir begeistert ist, mein Sohn.«

»Du hast offenbar ebenfalls vergessen zu erwähnen, dass du mein Vater bist«, konterte Nico. »Es war außerdem nicht mein Ziel, eure Expertin zu begeistern.«

»Ähm …« Lilly räusperte sich. Die Blässe in ihrem Gesicht war von hektischen roten Flecken abgelöst worden. »Wenn Sie etwas Familiäres zu besprechen haben, kann ich mich gerne kurz entschuldigen«, brachte sie heraus, sichtlich unangenehm berührt von dem Wortgefecht zwischen Nico und seinem Vater.

»Keine Sorge, meine Liebe«, sagte Theresa und nahm lachend in dem Sessel neben Lilly Platz. »Das klingt vermutlich ein bisschen ruppig, und bei diesem Thema werden die beiden sich nie einig werden. Aber ich kann Ihnen versichern, dass mein Mann und mein Sohn ansonsten eine sehr enge, liebevolle Beziehung pflegen.«

»Tatsächlich?« Nico sah dabei zu, wie diese kleine Falte zwischen Lillys Augenbrauen entstand, die er schon ein paar Mal zu sehen bekommen hatte, bevor sie zum Angriff übergegangen war. »Dann sollten wir zum allgemeinen Verständnis eines klären«, sagte sie, ohne ihren Blick von ihm abzuwenden. »Ich hänge keine Lichterketten auf, um Touristen anzulocken, sondern ich erarbeite ein Konzept, das nicht nur auf die Adventszeit ausgerichtet ist. Du hast vollkommen recht: Man muss Gutes tun. Aber man darf zum Beispiel auch dafür sorgen, dass Kinderaugen leuchten, wenn sie ihren Brief an den Weihnachtsmann in diesen wunderschönen Postkasten einwerfen. Auch das ist ein Wunder der Weihnacht.« Offenbar zufrieden mit ihrer kleinen Ansprache, trank sie einen Schluck Wein.

Doch Nico konnte sich eine Erwiderung nicht verkneifen. »Wir brauchen den ganzen Rummel gar nicht. Im Sommer haben wir genug Wanderer im Tal.«

»Dann ist es ja gut, dass der Sommer am 1. Januar beginnt«, gab sie schnippisch zurück. »Ich will nicht das Maximum aus diesem Ort herausholen. Ich möchte das Besondere aus Wolkenberg herauskitzeln. Das, was es einmalig macht in diesen Bergen.«

In der Küche ertönte der Timer, und Theresa Stadler erhob sich gut gelaunt. »Das Essen ist fertig. Wunderbar, lasst uns bei Tisch weiterstreiten.«

***

Nicos Anwesenheit irritierte Lilly. Er war ein fantastischer Koch, zumindest wenn es um Kässpätzle ging. Und das hatte sie ihm nicht zugetraut. Viel mehr ärgerte sie allerdings, dass er kein Wörtchen darüber verloren hatte, wer er war, sodass sie sich am Ende bei Herrn Stadler über seinen eigenen Sohn beschwert hatte. Damit hatte er sie in eine wirklich unmögliche Situation gebracht. Warum sträubte er sich nur so, zum Wohl des Städtchens beizutragen?

Ihm bei Tisch gegenüberzusitzen war wirklich unangenehm. Zudem blieb ihr Blick jedes Mal an seinen breiten Schultern hängen, wenn sie von ihrem Teller aufsah. Unter dem dicken Winterparka, den er bei ihrer Besichtigungstour getragen hatte, war ihr sein muskulöser Oberkörper gar nicht aufgefallen.

»Haben Sie sich schon Gedanken gemacht, wie wir Wolkenberg voranbringen können?«, holte der Bürgermeister Lilly aus ihren Gedanken.

»Allerdings.« Sie legte ihr Besteck zur Seite und griff nach ihrem Weinglas. »Ich habe bereits ein paar Ideen ausgearbeitet.« Aus den Augenwinkeln nahm sie wahr, wie Nico sein Besteck ebenfalls zur Seite legte und sie aufmerksam musterte. Trotzdem war es im Moment wichtiger, sich um seinen Vater zu kümmern. Er war schließlich ihr Auftraggeber. »Sie sind nicht an das nächste Skigebiet angeschlossen, obwohl es nur drei Kilometer entfernt liegt. Was im ersten Moment wie ein Nachteil klingt, grenzt Wolkenberg allerdings auch positiv von den restlichen Orten im Tal ab. Sie betreiben hier sanften Tourismus. Ein paar mehr Tagesbesucher könnten Sie allerdings schon vertragen.«

»Kommt jetzt der Vorschlag, einen riesigen Wellnesstempel zu bauen? Oder brauchen wir ein schickes Spaßbad mit sechzehn Rutschen?«, fuhr Nico dazwischen.

Lilly warf ihm einen finsteren Blick zu, bevor sie sich wieder an den Bürgermeister wandte. »Der Briefkasten für den Weihnachtsmann ist ein guter Anfang, der auf jeden Fall Gäste in den Ort holt. Hauptsächlich Familien, die sich einen Tag Auszeit vom Skifahren gönnen. Genau das ist die Zielgruppe, der Sie etwas bieten müssen, damit sie den ganzen Tag in Wolkenberg verbringen – und wiederkommen.«

Stadler schmunzelte und nippte an seinem Wein. »Und genau dafür haben Sie wahrscheinlich eine fantastische Idee.«

»Ich würde das Interesse der Leute auf den See lenken. Nach dem Motto: Weihnachten auf dem Eis«, ließ sie ihre Bombe platzen. Nico und seine Eltern schauten sie überrascht an. »Das Ziel ist, Tagesgäste anzulocken. Aber wie Nico sagte, der Ortskern selbst ist nicht dafür ausgelegt, so viele Leute aufzunehmen. Also lassen Sie uns auf dem zugefrorenen See eine ganz eigene Welt erschaffen. Wann werden die Buden für den Weihnachtsmarkt geliefert?«

»Nächste Woche«, sagte Stadler.

»Gut. Ich möchte, dass sie nicht wie üblich auf dem Marktplatz, sondern um den See herum aufgestellt werden. Und zwar so, dass man sowohl von Land als auch vom Eis aus an sie herankommt. Nico hat mir erzählt, dass man in einem zwei Kilometer langen Spaziergang um den See herumlaufen oder der Langlaufloipe folgen kann. Warum sollte man diese Strecke nicht auch mit Schlittschuhen zurücklegen können? Wir könnten Lagerfeuer entfachen, an denen Kinder Stockbrot und Marshmallows rösten können. In die Mitte des Sees kommt ein großer Weihnachtsbaum. Und die Besucher des Weihnachtsmarktes können von Bude zu Bude laufen oder auf

Schlittschuhen fahren.« Lilly beugte sich vor und sah den Bürgermeister eindringlich an. »Das Gute daran ist, dass das Spektakel nach den Feiertagen nicht vorbei sein muss. Sie können das Konzept über den Winter weiterführen und jedes Jahr ein Land vorstellen, in dem Eis und Schnee eine besondere Bedeutung haben. Norwegen als erstes Land würde für diesen Winter zum Beispiel gut passen – dieses Tal wird ja nicht umsonst oft der bayrische Fjord genannt. Statt des Weihnachtsbaumes kommt ein Wahrzeichen des Landes in die Mitte der Eisfläche. Wir könnten uns ein paar sportliche Herausforderungen einfallen lassen. Und im nächsten Jahr können Sie eher mit der Planung beginnen und das Ganze größer aufziehen.« Lilly lehnte sich in ihrem Stuhl zurück und machte eine kurze Pause, um ihren Worten mehr Gewicht zu verleihen. »Wichtig ist nur, dass der Weihnachtsbaumverkauf ansprechend gestaltet wird. Denn der ist das Erste, was man sieht, wenn man die Brücke überquert und *Weihnachten auf dem Eis* erleben möchte. Der Schandfleck muss weg.«

Stadler lachte dröhnend. »Kein Problem«, sagte er. »Unser Grinch wird sich Mühe geben, das hinzubekommen.«

»Na sicher, Vater«, brummte Nico.

***

Nico und seine Mutter räumten den Tisch ab, während Lilly und sein Vater in eine Diskussion über die Details ihres Projektes versunken waren.

»Lilly ist eine ganz schöne Herausforderung«, sagte Theresa.

Nico schloss den Geschirrspüler. »Papa wird schon mit ihr klarkommen«, antwortete er und richtete sich auf.

Seine Mutter lächelte ihn über den Rand ihres Weinglases an. »Ich meinte eher für dich.«

Nico zuckte mit den Schultern und wurde augenblicklich an seine Verletzung erinnert. »Ich komme mit allem klar«, widersprach er. »Aber jetzt muss ich los.« Er küsste seine Mutter auf die Wange und verabschiedete sich von Lilly und seinem Vater. Als er in seinem Wagen saß, überlegte er kurz, zur Hütte zurückzukehren. Inzwischen hatten ihm ein paar Leute geholfen, die defekten Elektrogeräte in die Werkstatt seines Großvaters zu bringen, sodass es auf dem Hof des Weihnachtsbaumverkaufes zumindest wieder ordentlich aussah. Lilly hatte mit der Dekoration natürlich recht, doch das ärgerte ihn vermutlich am meisten daran, dass er sich von einer Tourismus-Expertin sagen lassen musste, was er sowieso vorgehabt hatte. Früher oder später.

Statt in sein vorübergehendes Zuhause fuhr er zum *Wolkenberger Hof*. Er würde erst einmal noch ein wenig trainieren und versuchen, die Heilung seiner Schulter voranzutreiben.

Nachdem Nico einige Runden gedreht hatte, merkte er, dass er nicht mehr allein war, obwohl das Schwimmbad nach zehn Uhr abends eigentlich geschlossen war. Er sah auf, schluckte Wasser, als er den winzigen hellblauen Bikini mit den weißen Pünktchen sah, und begann zu husten. Absolut professionell für einen Leistungsschwimmer.

»Was willst du denn hier?«, krächzte er, bevor er noch einmal hustete.

Lilly setzte sich auf den Beckenrand und ließ die Beine im Wasser baumeln. Nico bemühte sich wirklich, an ihren Kurven vorbeizusehen, als er zu ihr hinüberschwamm. Was ihm nicht ganz gelang. Er war vielleicht ein Grinch, aber auch immer noch ein Mann. »Ich will schwimmen«, erklärte sie ihm das Offensichtliche. »Ich frage mich eher, was du hier machst? Wohnst du auch im Hotel?«

Nico war vor ihr angekommen und trat Wasser, während er zu ihr aufschaute. »Ich wohne in dem heruntergekommenen Schuppen, wie du ihn nennst, am Weihnachtsbaumverkauf. Aber das Hotel gehört meinem Vater. Wenn das Schwimmbad abends schließt, kann ich es nutzen. Und jetzt ist es zu.

Schwimmen nach zweiundzwanzig Uhr ist verboten, weil es keine Badeaufsicht mehr gibt.«

Lilly spritzte mit dem Fuß eine kleine Wasserfontäne in seine Richtung. »Dann ist ja gut, dass du offenbar ganz gut schwimmen kannst. Wenn ich zu ertrinken drohe, kannst du mich rausziehen.« Sie ließ sich ins Wasser gleiten und schwamm mit entschlossenen Zügen los. »Wofür nutzt du denn das Schwimmbad?«, fragte sie über die Schulter.

Nico unterdrückte ein Grinsen über ihr entschlossenes Tempo. Er schloss zu ihr auf und passte sein Tempo ihrem an. Wenn er wollte, wäre er längst am anderen Ende des Beckens.

***

Nach dem Essen bei den Stadlers hatte Lilly beschlossen, schwimmen zu gehen, um wenigstens einen Teil der Kässpätzle loszuwerden, bevor sie sich auf direktem Weg an ihre Hüften klammern würden. Eigentlich war es bereits zu spät dafür, aber der Portier hatte ihr verraten, dass noch jemand im Schwimmbecken war und sie ruhig noch ein paar Runden drehen konnte.

Im ersten Moment war ihr nicht klar gewesen, wer da durch das Wasser pflügte, als sie das Schwimmbad betrat. Doch dann hatte sie nicht nur Nico erkannt, sie hatte auch begriffen, dass er – und sein V-förmiger Rücken – es gewesen waren, die sie an ihrem ersten Abend vom Parkplatz aus angestarrt hatte. Am überraschendsten war allerdings, dass sie nebeneinanderher schwimmen konnten, ohne sich anzugiften. Es war sogar sehr angenehm, sich mit ihm zu unterhalten. Wenn es nicht gerade um Weihnachten ging, schienen sie überhaupt kein Problem miteinander zu haben. »Du bist Leistungsschwimmer?«, fragte sie erstaunt, als er ihr davon erzählte, was er hier trieb. »Ich dachte, wenn man hier aufwächst, wird man entweder Abfahrtsläufer oder Skispringer.«

Nico lachte. Er tauchte und schwamm ein paar Schwimmzüge unter Wasser. »Deshalb lebe ich auch nicht hier, sondern in München«, erklärte er, nachdem er die Oberfläche wieder durchbrochen hatte. »Dort ist das Angebot für Schwimmer besser als für Skispringer.«

Sie plauderten weiter, während sie ihre Bahnen zogen. Stellten fest, dass sie nicht nur beide in München wohnten, sondern sogar im gleichen Viertel – der Maxvorstadt –, nur drei Straßen voneinander entfernt. Lilly fragte sich unwillkürlich, ob sie sich beim Einkaufen oder in der Tram schon einmal über den Weg gelaufen waren. Immerhin befand sich Nicos Lieblingsbäcker in ihrer Straße.

»Wie ist das mit deiner Verletzung passiert? Beim Training?«, fragte sie, als sie aufgehört hatten zu schwimmen und nebeneinander am Beckenrand Wasser traten. Wenn Nico nicht so ein böses Gesicht zog, sah er ziemlich attraktiv aus. Dazu dieser große, muskulöse Schwimmerbody ... Lilly kam nicht umhin, die prickelnde Energie zu bemerken, die plötzlich zwischen ihnen pulsierte.

»Nein.« Nico schüttelte den Kopf. »Leistungsschwimmer können nur in den seltensten Fällen vom Schwimmen leben. Ich bin Solar-Ingenieur und arbeite in einem Forschungslabor an der Entwicklung neuer Solarzellen. Bei einem Testlauf bin ich von einem Gerüst gestürzt.«

»O Gott!« Lilly verzog mitfühlend das Gesicht. »Dann hast du wahrscheinlich noch Glück gehabt, dass du dich nicht noch schlimmer verletzt hast.«

»Hmm.« Nico schwieg einen Moment. Dann seufzte er und schenkte ihr ein kleines Lächeln, das ehrlich wirkte. »Die Verletzung ist auch der Grund, wieso ich noch nicht besonders viel am Weihnachtsbaumverkauf gemacht habe. Ich bekomme den Arm noch gar nicht hoch genug, um auch nur darüber nachzudenken, Lichterketten aufzuhängen.«

Nicos ehrliche Worte sorgten dafür, dass sich Lillys Herzschlag ein wenig beschleunigte. *Das* war der Grund, aus dem er sein vorübergehendes Zuhause noch nicht dekoriert hatte?

»Kein Problem«, sagte sie und grinste ihn herausfordernd an. »Ich helfe dir.«

Er lachte. »Ich glaube kaum, dass das der richtige Job für eine Tourismus-Expertin ist.«

Lilly stieß sich vom Beckenrand ab und spritzte eine Hand voll Wasser in seine Richtung, bevor sie zur Leiter schwamm. »Unterschätz mich nicht«, riet sie ihm und kletterte aus dem Becken. In ihrem Kopf begann sich bereits eine Idee zu formen.

4

Nico erwachte am nächsten Morgen von einem Klopfen gegen die Haustür. Einen Moment lang hoffte er, dass der Störenfried, der ihn aus dem Schlaf gerissen hatte, verschwinden würde, doch dann wurde das höfliche Klopfen von einem entschlossenen Hämmern gegen das verwitterte Holz abgelöst, und zwang ihn aus dem Bett. »Brennt es, oder was ist ... Lilly?«

Sie stand auf dem Hof und strahlte ihn an. Dick in Moon Boots und eine Daunenjacke gekleidet, mit einer Wollmütze auf dem Kopf. »Guten Morgen«, sagte sie fröhlich, und Nicos Blick wanderte ganz automatisch zu dem großen Schild, das sie dabeihatte. »Weihnachtsbaum-Showroom« stand darauf zu lesen.

»Was wird das?«, fragte er. Ohne einen Kaffee kamen die Rädchen in seinem Gehirn nur schleppend in Gang.

»Ich habe dir doch versprochen, zu helfen. Hier bin ich.« Sie breitete in einer übermütigen Geste die Arme aus. »Lass uns loslegen.«

»Nicht, bevor ich Kaffee hatte«, brummte Nico. »Wofür ist dieses Schild da?«, wollte er wissen.

»Das hängen wir da drüben auf.« Lilly wies in Richtung der Bäume, die die Kunden selbst schlagen konnten.

Nico seufzte und rieb sich über das Gesicht. »Das ist kein *Showroom* für Weihnachtsbäume. Das nennt sich ›Wald‹.«

»Ab jetzt nicht mehr.« Sie grinste. »Bekomme ich auch einen Kaffee?«

Nico war überrascht, wie sehr er es genoss, Zeit mit Lilly zu verbringen. Es war bereits am Abend angenehm gewesen, mit ihr zu schwimmen und sich zu unterhalten. Ähnlich war es auch mit dem Dekorieren des Weihnachtsbaumverkaufes. Lilly war diejenige, die auf die Leiter kletterte, die er hielt, um die Lichter anzubringen. Sie stellten Schilder auf, inklusive des albernen Hinweises auf den Showroom, fassten sie ebenfalls mit Lichterketten ein und bereiteten den Ring aus Steinen vor, in dem in der Dunkelheit ein Lagerfeuer brennen würde. Die Lautsprecher, die mit den üblichen Klassikern Weihnachtsstimmung verbreiten würden, funktionierten. Links und rechts der Haustür waren zwei halbhohe Tannenbäumchen ebenfalls mit Lichterketten geschmückt und das Verkaufsfenster, aus dem Punsch und Glühwein verkauft werden würde, und die dahinter liegende kleine Küche waren ebenfalls geputzt und einsatzbereit.

Sie hatten gelacht, sich aus dem Hinterhalt mit Schneebällen attackiert und sich eine Thermoskanne heißen Tee geteilt. Als die Nacht über das Tal hereinbrach und am dunklen Himmel ein unendliches Sternenmeer aufleuchtete, entzündete Nico das erste Lagerfeuer des diesjährigen Weihnachtsbaumverkaufes, während Lilly Musik anschaltete, die nichts mit Weihnachten zu tun hatte, und dann mit zwei Bechern Glühwein aus der Hütte kam. Sie setzten sich auf einen der alten Holzschlitten, mit denen sonst die Bäume aus dem Wald gezogen wurden, und stießen an. Ohne viel zu reden, genossen sie die Wärme der Flammen. Irgendwie war in kürzester Zeit aus der Abneigung, mit der sie sich begegnet waren, eine Art Freundschaft geworden.

Und so blieb es auch in den nächsten Tagen. Nico hatte inzwischen jede Menge zu tun, denn der Weihnachtsbaumverkauf schien die Leute magisch anzuziehen. Die EDV im Rathaus funktionierte wieder, weshalb Lilly einen Mitarbeiter seines Vaters an die Seite gestellt bekam. Von seinem Platz vor der Hütte konnte Nico dabei zusehen, wie sie den Aufbau von *Weihnachten auf dem Eis* koordinierte. Ihre Effizienz und Zielstrebigkeit beeindruckten ihn. Längst war ihm klar, dass es Lilly nicht darum ging, den größtmöglichen Profit zu machen, sondern Tourismus so zu gestalten, dass er in die Stadt passte, für die sie ein Konzept entwarf. Oft trafen sie sich am Abend im Schwimmbad, und während er sein Wiederaufbautraining absolvierte, redeten sie über Gott und die Welt. Mitunter fragte sie ihn sogar nach seiner Meinung, wenn ihr eine neue Idee zu ihrem Weihnachtsprojekt durch den Kopf ging. Er verfiel ihrem fröhlichen Lachen, das ihn bis in seine Träume verfolgte. Wenn sich ihre Hände beim Schwimmen wie zufällig berührten, fühlte es sich an, als finge seine Haut trotz des kühlen Wassers Feuer.

5

Die Zeit in Wolkenberg verging wie im Flug. Lillys Projekt nahm Gestalt an, und der See verwandelte sich zunehmend in ein funkelndes Zauberland.

Lilly hatte auf alles ein Auge, aber wenn ihr kalt war oder sie sich einen Rat einholen wollte, ging sie einfach über die Straße und stattete Nico einen Besuch ab. Sie hatte längst herausgefunden, dass sie bei einem Glas Punsch wunderbar mit ihm reden konnte. Seine Meinung hatte begonnen, ihr viel zu bedeuten. *Er* begann, ihr viel zu bedeuten. Wenn sie sich ansahen und Lilly in seinem dunklen Blick versank, spürte sie, wie sich ihr Herzschlag beschleunigte.

Inzwischen hatte sie sogar einen Blick in die Werkstatt hinter dem Weihnachtsbaumverkauf werfen und Nicos kleines Geheimnis aufdecken können, das ihn noch sympathischer machte. Der Schrotthaufen, den sie beim ersten Betreten des Hofes gesehen hatte, war eine Ansammlung kaputter Haushaltsgeräte gewesen. Und Nico wirkte seine ganz eigene Version eines Weihnachtswunders. Er hatte ihr erzählt, wieviel Zeit er als Kind im Elektrogeschäft seines Großvaters verbracht hatte. Dort hatte er gelernt, dass man nicht sofort jedes Gerät wegwerfen musste, nur weil es kaputtging. Vieles ließ sich mit ein bisschen Können reparieren. Und genau das tat Nico jetzt mit Geräten, die nach der Reparatur von einer Hilfsorganisation an Bedürftige verteilt wurden. Eine wirklich fantastische Idee.

Inzwischen waren es nur noch ein paar Tage bis zu den Feiertagen und *Weihnachten auf dem Eis* lief nicht nur reibungslos, sondern wurde von den Wintergästen im Tal auch hervorragend angenommen. Was leider das Ende ihres Auftrages bedeutete. Lilly würde nach München zurückkehren müssen, auch wenn es sie plötzlich gar nicht mehr in die Hektik der Großstadt zurückzog. Ihr Herz zog sich zusammen bei dem Gedanken, Wolkenberg zu verlassen. Und Nico. Lilly genoss jeden Moment, den sie mit ihm verbrachte.

Sie hatte sich bereits vom Bürgermeister und seinem Team verabschiedet, und heute Abend würde sie Nico bei einem Glühwein am Lagerfeuer erzählen, dass ihre Zeit abgelaufen war. Sie hatte ihren Chef zwar gefragt, ob sie noch ein oder zwei Urlaubstage an diesen Auftrag hängen konnte, aber bis jetzt hatte er ihr noch nicht geantwortet. Und so wie sie ihren Job kannte, würde es vor den Feiertagen sicher noch den einen oder anderen Notfall geben, um den sie sich kümmern musste.

Sie wollte gerade die Straße zum Weihnachtsbaumverkauf überqueren, als sie Nico mit einem breiten Lächeln im Gesicht auf sie zukommen sah, ein Paar Schlittschuhe über seine Schulter gehängt. »Ich dachte, wir sollten uns heute mal was gönnen«, erklärte er und zwinkerte Lilly zu. »Und vor allem sollten wir uns endlich einmal die Zeit nehmen, zu bewundern, was du auf dem See erschaffen hast.«

»Wir drehen eine Runde auf dem Eis?« Lilly lachte. »Ich habe mir das Ganze bis jetzt noch gar nicht als Gast angesehen.«

»Nur mit dem professionellen Auge der Tourismusexpertin, ich weiß.« Nico legte ihr den Arm um die Schultern. »Dann wird es höchste Zeit, dass wir das nachholen. Leih dir ein paar Schlittschuhe, ich warte am Eingang auf dich.«

»Weihnachten auf dem Eis« war genauso magisch, wie Lilly es sich bei der Planung vorgestellt hatte. Dick in ihre Daunenjacke, Mütze und Handschuhe eingemummelt, ihre Hand in Nicos, glitt sie über den zugefrorenen See. Die Sonne war bereits hinter die hohen Berge gesunken, aber noch war Zeit, bis die Nacht ihren schwarzen Mantel über das Tal breiten würde. Sie trieben über das Eis in dieser ganz besonderen, fast schon magischen Stimmung der blauen Stunde. Es war die Zeit zwischen hell und dunkel. Tag und Nacht. Die Stunde des Träumens, irgendwo zwischen Wirklichkeit und Fantasie. Das gelbe Feuer der Fackeln und Lagerfeuer auf dem Weg um den See kämpfte gegen das kräftige Tintenblau des Himmels. Lilly atmete die kalte Luft tief ein und fühlte sich – glücklich. Sie war zwar immer zufrieden, wenn sie ein Projekt erfolgreich abgeschlossen hatte, aber dieses besondere Gefühl lag nicht an ihrer Arbeit, sondern an Nico, der sie immer weiter in ihren Bann zog.

***

Das verblassende Licht ließ das Tal ruhiger werden. Es fühlte sich so an, als würde sich der Pulsschlag der Menschen, die den See und die Wege darum herum bevölkerten, mit dem Anbrechen der blauen Stunde verlangsamen. Als atmete die Welt tief durch. Nico hatte dieses Naturschauspiel, diesen ganz besonderen Augenblick des Tages, schon immer genossen. Aber in diesem Moment, bevor der Mond über den Bergspitzen auftauchte und der Abendstern zu leuchten begann, mit Lilly über das Eis zu gleiten, toppte all das. Das Geräusch, das ihre Kufen auf dem Eis hinterließen. Lillys Lachen, als er das Tempo beschleunigte und sie mit sich zog. Der Geruch der Holzfeuer, die am Ufer brannten, und ihnen genau wie die Fackeln, die überall aufgestellt waren, den Weg wiesen. Sie tranken heißen Punsch an einer Bude und teilten sich eine Waffel mit heißen Kirschen und Sahne an einer anderen.

Als Nico ihr an einer Bude ein blinkendes Elchgeweih kaufte und über ihre Mütze stülpte, legte Lilly den Kopf in den Nacken und lachte aus vollem Herzen. Was sie oft getan hatte, seit sie ihre Zeit miteinander verbrachten. Nico hatte seit seinem Unfall viel herumgegrübelt und sich Gedanken über die Zukunft gemacht, aber Lillys Fröhlichkeit lenkte ihn immer öfter von den trüben Gedanken ab und kribbelte jedes Mal auf seiner Haut, als hätte jemand eine Ladung Brausepulver in das Schwimmbad geschüttet. Und jetzt, in diesem Moment, auf dem See, in der Dunkelheit, umgeben von all den glitzernden, funkelnden Lichtern, setzte sein Herz einen Schlag aus, nur um dann mit doppelter Geschwindigkeit weiterzuschlagen. »Lilly?«, seine Frage war mehr ein Flüstern.

Sie sah ihm in die Augen, und plötzlich waren sie sich so nah. Ihr Atem mischte sich, und Nico sog ihren Duft nach Schnee und roten Beeren ein. Das Lächeln lag noch immer in ihrem Gesicht, als Nico ihre Lippen sanft mit seinen berührte. Wie eine Einladung, von der er sich nicht ganz sicher war, ob sie sie annehmen würde. Vielleicht sah sie in ihm nicht mehr als den Freund, zu dem er in den letzten Wochen geworden war. Vielleicht …

Ihre Arme schlossen sich um seine Taille, dann küsste Lilly ihn zurück, und die Emotionen begannen, um sie herumzuwirbeln, als planten sie einen dreifachen Axel auf dem Eis.

Erst als Nico spürte, wie Lilly in seinen Armen vor Kälte

zitterte, löste er sich von ihr. »Lass uns zusehen, dass wir ein Plätzchen finden, an dem wir uns aufwärmen können«, schlug er vor.

6

Lilly erwachte mit einem Ruck, nicht sicher, was sie geweckt hatte. Oder wo sie sich befand. Dann kehrten die Erinnerungen an die vergangene Nacht – und an Nico – zurück. Sie hatten sich geküsst. Auf dem Eis. Auf dem Weg zum Weihnachtsbaumverkauf. Auf dem Hof. In der Hütte.

Lächelnd betrachtete sie Nicos Gesichtszüge im schwachen Zwielicht des Morgens. Er sah entspannt aus, und fast so, als spiele im Schlaf ein leichtes Lächeln um seine Lippen. Dann hörte sie es wieder, das Geräusch, das sie geweckt hatte. Irgendwo in den Klamotten, die wild um Nicos Bett herum verstreut lagen, vibrierte ihr Handy. Sie hauchte Nico einen Kuss auf die Schläfe und stahl sich vorsichtig aus seiner Umarmung. Er seufzte leise, schlief aber weiter.

Lilly zog ihren Pulli über und tastete dann den Boden nach ihrem Handy ab. Als sie es in der Tasche ihrer Jeans fand, begann es gerade erneut zu vibrieren. Sie zog es heraus und erblickte den Namen ihres Chefs auf dem Display. Auf Zehenspitzen schlich sie aus dem Raum und nahm das Gespräch in der kleinen Wohnstube der Hütte an. »Guten Morgen, Herr Berghammer.«

»Frau Mooseder, haben Sie schon gepackt?«, fragte er, ohne sich die Mühe zu machen, Lilly zu grüßen. Immer ein sicheres Zeichen dafür, dass es in der Firma hektisch zuging.

Lilly blickte zur angelehnten Schlafzimmertür hinüber. Ihr Herz sank. »Sie genehmigen die zwei Urlaubstage, um die ich gebeten hatte, also nicht?«

»Würde ich gern, Frau Mooseder. Würde ich wirklich gern. Aber ich brauche Sie in Augsburg. Und zwar noch heute. Fahren Sie am besten gar nicht erst über München, sondern direkt. Ich maile Ihnen alle Unterlagen, die Sie brauchen.«

»Ja, aber … Ich …« Lilly fühlte sich im Moment kein bisschen bereit, Wolkenberg schon zu verlassen. »Kann niemand anderer das übernehmen?«

»Damit Sie Urlaub machen können? Nein, natürlich nicht. Wir reden hier von einer mittleren Katastrophe. Das kann ich nicht einfach irgendjemanden in der Firma machen lassen. Ich brauche Sie!«

Lilly schloss für einen Moment die Augen und unterdrückte den Seufzer, der ihr auf der Zunge lag. Sie wäre gerne noch geblieben. Aber was machte das schon? In ein paar Tagen würde Nico samt seiner reparierten Haushaltsgeräte nach München zurückkehren. Und wenn sie jetzt keine Zeit mehr hatten, die sie miteinander verbringen konnten, dann würden sie das eben tun, wenn sie beide wieder zu Hause waren.

Lilly versprach ihrem Chef, direkt nach Augsburg weiterzufahren und beendete das Gespräch. Dann suchte sie ihre Sachen zusammen und zog sich leise an. Zurück in der Wohnstube drehte sie unschlüssig ihr Handy zwischen ihren Fingern. Sie wollte Nico nicht wecken. Eine WhatsApp-Nachricht wäre eine Möglichkeit, aber das wäre nach dieser wundervollen Nacht, die sie gemeinsam verbracht hatten, irgendwie platt. Als sie den Notizblock auf dem Küchentresen entdeckte, entschied sie, dass eine persönliche Nachricht viel besser wäre. Sie riss ein Blatt ab und griff nach dem Kugelschreiber daneben. *Lieber Nico*, schrieb sie. *Vielen Dank für die wundervolle Zeit. Nicht nur heute Nacht, sondern all die Momente, die wir miteinander verbracht haben, seit ich nach Wolkenberg gekommen bin (minus den ersten Tag und das Abendessen bei deinen Eltern* 😉*). Es tut mir leid, dass ich schon losmuss. Mein Chef schickt mich zum nächsten Projekt. Ruf mich an. Und wenn du zurück in München bist, lass uns* *einen Kaffee trinken gehen. Oder ein Glas Wein. Oder schwimmen.*

Lilly betrachtete ihre Nachricht einen Moment lang. Sie klang nicht so sehr nach Herzklopfen wie sie sich fühlte, wenn sie an Nico dachte. Also malte sie ein kleines Herz darunter, neben das sie ihren Namen schrieb.

Lilly ließ den Zettel auf dem Tisch liegen, zog ihren Mantel über und öffnete leise die Haustür. Der kalte Wind, der ihr entgegenblies, riss sie fast von den Füßen. Sie erschauderte und trat auf den Hof des Weihnachtsbaumverkaufes. Während sie sich gegen die Böe stemmte und die Tür hinter sich ins Schloss zog, wischte der Windstoß ihre Nachricht vom Tisch. Sie schwebte auf die sonnengelb glänzenden Holzdielen und rutschte weiter, bis nur noch eine Ecke des Blattes unter der Eckbank hervorlugte.

***

Nico balancierte mit der Linken einen Pappträger mit zwei Coffee to go und hielt in der Rechten eine Tüte mit zwei Schokocroissants, als er den *Wolkenberger Hof* betrat. Er war ein wenig enttäuscht gewesen, als er allein aufgewacht war. Aber inzwischen kannte er Lilly gut genug, um zu wissen, wie gewissenhaft und professionell sie war. Wahrscheinlich hatte sie sich längst wieder an die Arbeit gemacht, während er noch von ihr und ihrer gemeinsamen Nacht geträumt hatte.

»Hey Nico«, grüßte ihn die Rezeptionistin. »Heute mal morgens schwimmen, statt spät in der Nacht?«

»Hi Tina.« Er grinste. »Nein, ich bin auf dem Weg zu Lilly Mooseder.«

»Frau Mooseder?« Die Rezeptionistin runzelte die Stirn. »Bist du sicher, dass ihr hier verabredet seid? Sie hat vor einer Stunde ausgecheckt.«

»Was?« Nico begriff nicht ganz, was Tina meinte. »Ausgecheckt?«

»Sie ist abgereist. Vielleicht hast du dich im Ort oder der Uhrzeit geirrt, und sie wartet irgendwo anders auf dich?«, versuchte Tina es mit einer hilfreichen Erklärung.

»Ja, wahrscheinlich«, murmelte Nico und drehte um. Nein, auf keinen Fall. Schließlich hatte Lilly nicht gewusst, dass er vorbeikommen und sie mit einem Frühstück überraschen wollte. Er blieb neben dem Hoteleingang stehen. Der eisige Wind fuhr ihm unter die offene Jacke. »Abgereist«, murmelte er. Lilly war einfach ... abgehauen? Nach dieser Nacht? Nach den Wochen, die sie gemeinsam verbracht hatten?

Er warf den Kaffee und die Croissants in den nächsten Mülleimer. Der Appetit auf Frühstück war ihm vergangen. Stattdessen zog er sein Handy aus der Tasche, das nur das Datum und die Uhrzeit anzeigte. Keine Nachricht von Lilly. Kein sorry. Keine Begründung, warum sie gegangen war. Nichts. Langsam ließ er das Handy sinken und lief zum See hinunter.

7

Wenn der Schnee fällt, hört die Natur zu. Nico starrte aus dem Fenster in den trüben Vormittag des 24. Dezember. Lilly hatte das mal gesagt, als sie auf dem Hof des Weihnachtsbaumverkaufes gestanden hatten, das Lagerfeuer hatte geprasselt und die Lichterketten waren im leichten Wind hin und her geschwungen. In diesem Moment hatte es zu schneien begonnen. Riesige, dicke Flocken. Und um sie herum war es ganz still geworden. Bis Lilly aufgesprungen war, ihn an der Hand hochgezogen hatte, nur um sich dann rücklinks in die weiße Pracht fallen zu lassen, und mit Händen und Füßen einen Schneeengel zu formen. Nico hatte es ihr lachend nachgemacht. Und dann hatten sie einfach nur dagelegen und auf die Stille um sie herum gelauscht.

Tja, in Wolkenberg mochte der Schnee weiß sein, die Natur still, und Lilly eine Frau, von der er nicht gedacht hätte, dass sie einfach abhaute, nachdem sie die Nacht mit einem Mann verbracht hatte. Aber das hier war München. Der Schnee, der hier fiel, landete auf grauem Matsch. Die Straßen waren verstopft, und immer wieder klang eine aggressive Hupe bis zu ihm in den vierten Stock. Feiertage in der Großstadt. Die Magie und Besinnlichkeit, die Lilly mit ihrer *Weihnacht auf dem See* gezaubert hatte, konnte man hier lange suchen. Aber schließlich war auch Lilly verschwunden und hatte seine Freude auf Weihnachten gleich mitgenommen. Sein Vater hatte Nico gesagt, dass ihr Auftrag in Wolkenberg beendet gewesen war und sie sich bereits am Tag, bevor sie abgehauen war, von ihm verabschiedet hatte. Gemeldet hatte sie sich nicht mehr. Am Anfang hatte Nico alle zehn Minuten auf sein leeres Handydisplay gestarrt. Irgendwann hatte er angefangen, das Signal eingehender Nachrichten zu ignorieren. Denn jedes Mal, wenn er nachsah, keimte für den Bruchteil einer Sekunde Hoffnung in ihm auf, dass Lilly sich gemeldet hatte.

Jetzt stand er in seiner Wohnung am Fenster und starrte in den trüben Tag hinaus. Seine Mutter hatte versucht, ihn zu überreden, Weihnachten mit der Familie zu verbringen. Aber er war nicht in der Stimmung, zu feiern. Nicht das Fest, dass Lilly so viel bedeutete. Er hatte sich damit herausgeredet, dass er endlich wieder richtig trainieren müsse. Und das hatte er auch getan, als er gestern zurückgekommen war. Ein beschissenes Training, das ihm aufgezeigt hatte, dass er noch lange nicht in der Verfassung war, an irgendeinem Wettkampf teilzunehmen. Ein Training, nach dem noch immer heißer Schmerz in seiner Schulter brannte.

Bevor Nico es sich anders überlegen konnte, zog er seine Stiefel an, griff nach seiner Jacke und seinen Schlüsseln. Er musste hier raus. Vielleicht würde ihm ein kleiner Spaziergang helfen, die verdammte Frage aus seinem Kopf zu verbannen, die sich darin eingenistet hatte, seit er allein im Hotel gestanden hatte.

***

Lilly hatte sich die Zähne geputzt, nachdem sie aufgestanden war, aber sie hatte sich nicht die Mühe gemacht, ihren Pyjama mit den wild durcheinandertanzenden Rentieren, die sich in bunten Lichterketten verhedderten, auszuziehen. Stattdessen hatte sie ihr Outfit um ein paar dicke, rot-grün gestreifte Wollsocken erweitert und ihre Haare zu einem unordentlichen Knoten auf dem Kopf zusammengefasst. Mit einem großen Becher Tee, dem selbstgemachten Eierlikör, den eine Kollegin zu Weihnachten immer in die Firma mitbrachte, und einem riesigen Vorrat an Lebkuchen hatte sie sich auf ihre Couch zurückgezogen und *Tatsächlich Liebe* eingeschaltet. Bei diesem Film musste sie immer heulen – an ihrer Lieblingsstelle, als Mark als Sternsinger vor Juliets Tür steht und ihr diese stumme Liebeserklärung macht. Sie konnte ihre Tränen auch nicht zurückhalten, wenn Karen die Joni-Mitchell-CD statt der Halskette auspackt und Daniels Frau beerdigt wird. Oder Jamie seiner wunderschönen Portugiesin eine Liebeserklärung macht. Okay, sie musste bei diesem Film einfach heulen. Von dem Moment an, als sich die Menschen am Flughafen Heathrow in die Arme fielen, bis zur letzten Sekunde.

Aber das war ein verdammt guter Vorwand. Sie schaffte es sowieso nicht, die Tränen zurückzuhalten. Als sie aus Wolkenberg abgereist war, hatte sie sich keine Gedanken darüber gemacht, dass sich Nico nicht gleich gemeldet hatte. Als sich langsam der Gedanke anschlich, dass er vielleicht nichts mehr von sich hören lassen würde, hatte sie sich einfach mit Arbeit eingedeckt, um nicht an ihn denken zu müssen. Doch jetzt war Weihnachten. Sie war zu Hause. Nichts lenkte mehr von ihrem Herzschmerz ab. Paula hatte sie bekniet, die Feiertage mit ihr und ihrer Familie zu verbringen, aber Lilly wäre keine gute Gesellschaft. Also hatte sie beschlossen, Weihnachten mit Eierlikör, Lebkuchen und ihrem Lieblingsweihnachtsfilm zu verbringen, den sie sich mindestens fünfmal ansehen würde.

***

Der Schnee fiel inzwischen dichter. Trotz allem stapfte Nico über nassen, schwarzen Asphalt. Er hatte den Kopf gegen den eisigen Wind gesenkt, der durch die Straßen fegte. Er hatte nicht darauf geachtet, wohin er lief, aber als er aufblickte, wurde ihm bewusst, dass er in Lillys Straße stand. Plötzlich wurde ihm klar, dass er wissen musste, warum sie einfach gegangen war. Ohne ein Wort. Nicht in einer WhatsApp. Oder in einem Anruf. Er wollte ihr gegenüberstehen und ihr in die Augen sehen, wenn sie ihm sagte, warum sie nichts mehr mit ihm zu tun haben wollte. Vielleicht konnte er die Sache dann abhaken.

Nico lief los und las das Klingelschild der ersten Haustür. So schwer konnte es doch nicht sein, sie zu finden. War es doch, wurde ihm eine Viertelstunde später klar. Die Straße war verdammt lang. Und Lilly nicht die Einzige mit dem Nachnamen Mooseder, hatte er festgestellt, als er sich einer neugierigen vierköpfigen Familie gegenübergesehen hatte, die auf sein Klingeln die Haustür geöffnet hatte.

Als er das nächste Mal ein Klingelschild mit dem Namen Mooseder entdeckte, verließ gerade eine ältere Dame das Haus. Nico hielt ihr die Tür auf und schlüpfte dann hindurch, bevor sie zufallen konnte. »Entschuldigen Sie«, rief er der Frau nach, die schon auf dem Gehweg stand und sich zu ihm umdrehte. »Lilly Mooseder wohnt doch hier?«, fragte er und hoffte, nicht für einen Perversen gehalten zu werden.

»Natürlich. Im zweiten Stock rechts, junger Mann.« Die Dame nickte ihm zu, und Nico ließ die Tür zufallen. Sein

Herz schlug schneller als bei einem Schwimmwettkampf, als er zwei Stufen auf einmal nehmend die Treppe hinaufrannte.

***

Lilly seufzte, als es an der Tür klingelte, und als sie sich nicht gleich von ihrem Sofa erhob, das Ganze durch ein Klopfen ergänzt wurde. Sie hätte damit rechnen müssen. Paula hatte zwar gesagt, dass sie verstehen konnte, dass Lilly die Feiertage allein verbringen wollte, aber am Ende würde die Freundin ihren Kopf doch durchsetzen und sie aus ihrem Liebeskummer holen. Paula wusste, dass Lilly zu Hause war, also musste sie öffnen und sie dann davon überzeugen, einfach wieder zu gehen.

Genervt riss sie die Tür auf. »Nico!« Lilly blinzelte, nicht sicher, ob sie angefangen hatte zu halluzinieren. Bei einem Zuckerschock nach zu viel Eierlikör und Süßigkeiten konnte das doch passieren, oder? Ihr dahinjagender Herzschlag fühlte sich allerdings ziemlich realistisch an. Genau wie das zarte Flattern in ihrem Magen. Sie öffnete den Mund, schloss ihn dann wieder und starrte ihr Gegenüber an. Schneeflocken hingen in seinen dunklen Haaren und schmolzen zu glitzernden Wassertropfen. Und unter seinen Augen lagen Schatten, die denen unter ihren eigenen in nichts nachstanden.

»Was ist passiert?«, fragte er. »Warum weinst du?«

»Ich … Was?« Zu spät wurde ihr bewusst, dass sie schon eine ganze Menge Tränen vergossen hatte, seit sie Netflix eingeschaltet hatte. »Ich schaue einen Film.«

»Aha.« Nico schien nicht ganz zu verstehen, was sie meinte, und runzelte die Stirn. Dann schwiegen sie einen weiteren Moment lang, sahen sich einfach nur an.

»Warum hast du dich nicht gemeldet?«, platzte es schließlich aus ihr heraus.

»Warum bist du einfach abgehauen?«, wollte Nico im gleichen Moment wissen.

»Was?«

»Was?«

Wieder hatten sie gleichzeitig gesprochen. Lilly schüttelte den Kopf und hob die Hand. »Okay. Ich zuerst. Warum hast du dich nicht bei mir gemeldet? Ich hatte gedacht, du und ich …« Sie wollte nicht aussprechen, dass sie das Gefühl gehabt hatte, dass sie eine gemeinsame Zukunft hätten haben können. Denn sie wusste weder, was Nico hier wollte, noch war sie bereit, sich ihm gegenüber noch verletzlicher zu zeigen.

»Ich habe mich nicht gemeldet? Ich stand vor deinem verdammten Hotel. Mit Frühstück, während du ohne ein Wort abgehauen bist.«

»Ohne ein Wort? Ich habe dir doch eine Nachricht hinterlassen. In der Hütte.«

»Da war keine Nachricht«, widersprach er.

»Doch, natürlich. Ich habe dir geschrieben, dass ich …«

Die Nachbartür wurde aufgerissen und ein älteres Ehepaar blickte sauertöpfisch ins Treppenhaus. »Fräulein Mooseder, können Sie Ihre Beziehungsprobleme nicht in der Wohnung klären? Im Hausflur sollte Ruhe herrschen.«

»Natürlich, entschuldigen Sie.« Die Hausmanns hatten immer etwas an ihr auszusetzen. Aber sie waren auch neugierig wie alte Waschweiber, und das Gespräch mit Nico war zu privat, um zum Klatsch unter den Nachbarn zu mutieren. »Komm rein«, sagte sie und trat einen Schritt zur Seite, um Nico in die Wohnung zu lassen.

Kaum hatte sie die Tür geschlossen, fand sie sich mit dem Rücken dagegen wieder. Nico rahmte mit den Händen ihr Gesicht ein und blickte sie eindringlich an. »Du hast mir geschrieben?«, fragte er leise. »Du bist nicht einfach abgehauen?«

»Nein. Ich habe dir eine Nachricht dagelassen und dann darauf gewartet, von dir zu hören. Als du dich nicht gemeldet hast …«

Weiter kam sie nicht, denn Nico presste seine Lippen auf ihre. »Lilly, ich habe dich so vermisst«, flüsterte er, bevor er sie erneut küsste.

»Du hast mir auch ganz schrecklich gefehlt.« Wieder küssten sie sich, und Lilly verlor das Gefühl für Raum und Zeit.

Schließlich legte Nico seine Stirn an ihre. »Das haben wir nicht besonders schlau angestellt«, sagte er leise und lächelte.

Lilly strich durch seine Locken. »Wir könnten versuchen, es besser zu machen.«

»Das sollten wir auf jeden Fall.« Nico richtete sich auf und sah sich in ihrer Wohnung um.

Lilly folgte ihm mit den Blicken und blieb wie er an ihrer Couch, dem Eierlikör und den Lebkuchen hängen. Und plötzlich wurde ihr bewusst, wie sie aussah. Nicht nur verheult. Der Pyjama. Ihre Haare. »O Gott«, entfuhr es ihr. Mit hektischen Bewegungen versuchte sie, das Vogelnest auf ihrem Kopf zu glätten.

Nico drehte sich wieder um und grinste sie an. »Du siehst wundervoll aus«, behauptete er und strich mit dem Zeigefinger am Halsausschnitt ihres Schlafanzugs entlang. »Ich mag die Rentiere. Aber besonders weihnachtlich sieht es bei dir nicht aus, dafür, dass es dein Spezialgebiet ist, bei anderen für das magische Glitzern und Funkeln zu sorgen.«

»Ich war ja die ganze Zeit nicht da«, verteidigte sich Lilly. »Jetzt hätte es sich auch nicht mehr gelohnt.«

Nico zog sie für einen weiteren Kuss an sich. »Ich wüsste einen Ort, der richtig toll dekoriert ist. Einen, an dem es ein fantastisches Festessen geben wird. Interesse?«

In Lillys Bauch begann ein Schmetterlingschor *Please Come Home for Christmas* zu singen. »Und ob ich Interesse habe.«

»Dann pack ein paar Sachen ein und lass uns fahren. Wenn wir uns beeilen, schaffen wir es noch, bevor es dunkel wird. Und, Lilly?«, Nico zog sie an der Hand zu sich zurück, als sie ins Schlafzimmer gehen wollte, um ihren Koffer neu zu packen. »Hast du Schlittschuhe?«

»Irgendwo im Keller.«

»Dann lass sie uns holen und mitnehmen. Ich will mit dir nochmal über den See laufen.«

»Gute Idee.« Sie küsste Nico noch einmal und verschwand ins Schlafzimmer.

»Pack unbedingt diesen Pyjama ein«, rief er ihr hinterher, was sie glücklich und befreit auflachen ließ.

***

»Wir haben es nicht vor der Dunkelheit geschafft«, stellte Lilly fest, als sie die letzte Kurve nahmen und auf die Brücke zuhielten.

»Nein.« Nico nahm den Fuß vom Gas und ließ den Wagen am Straßenrand ausrollen. »Aber so ist es doch viel besser.«

Er hatte seine Hände mit Lillys verschränkt und betrachtete die Szenerie vor sich. Die Lichterketten, die die Brücke illuminierten. Rechts die *Weihnacht auf dem See* und links davon der Weihnachtsbaumverkauf, der jetzt zwar geschlossen, aber noch immer beleuchtet war. Und dahinter Wolkenberg, eine kleine Stadt in den Bergen, deren leuchtende Dekorationen von der dicken Schneedecke zurückgeworfen wurden.

»Die ganze Stadt funkelt und glitzert. Genau so, wie du es dir vorgestellt hast«, sagte Nico und küsste Lilly.

»Die Magie der Weihnacht«, wisperte sie und erwiderte den Kuss.

Stille Nacht, süße Nacht

von
Beate Maly

28. November, Laura

Seit Wochen wartete Laura sehnsüchtig auf den ersten Dezember. Bald war es so weit. Sie liebte die Vorweihnachtszeit. In ihrer kleinen Confiserie in der Wiener Innenstadt, die sie vor ein paar Jahren von ihrer Mutter geerbt hatte, herrschte nun Hochbetrieb. Laura stand hinter dem Herd und bereitete gemeinsam mit ihrer Mitarbeiterin, Heide, die allerbesten Süßigkeiten der Stadt zu. Jeder ihrer Kunden bekam individuell auf ihn abgestimmte Köstlichkeiten. Laura kannte die Menschen, die bei ihr einkauften. Bei jedem Besuch plauderte sie mit ihnen, ließ sich vom letzten Urlaub, vom geplanten Umzug, vom neuen Job erzählen. Sie wusste über die kleinen und großen Probleme der Menschen Bescheid und hatte stets ein offenes Ohr für sie. Dieses Wissen half ihr dabei, perfekte, individuell abgestimmte Süßigkeiten für ihre Kunden zu kreieren. Die kleine Nina, die jede Woche mit ihrer Großmutter nach der Flötenstunde in der Musikschule in den Laden kam, schwärmte für erdbeergefüllte Schokoladenpralinen, ihre Großmutter griff stets nach Bitterschokolade mit kandiertem Ingwer. Der gehetzte Bankangestellte, der kurz vor Ladenschluss zu ihr hastete, beruhigte seine strapazierten Nerven mit Trüffelkugeln, die Laura in einer Mischung aus Kakao und Vanille wälzte. Die Besitzerin der Boutique um die Ecke erstand jeden Montag ein Säckchen Champagnerkonfekt und die Supermarktkassiererin konnte Lauras kandierten Veilchen nicht widerstehen. Das ganze Jahr über hörte Laura zu, beobachtete und machte sich in Gedanken Notizen. Zu Weihnachten überraschte sie ihre Kunden mit individuellen Süßigkeiten, in denen die Erinnerungen eines ganzen Jahres steckten. Nina würde heuer Pralinen mit Erdbeerfüllung bekommen, die mit einem Hauch von Rosmarin verfeinert waren. Das Mädchen hatte Laura im Sommer ein Sträußchen aus dem Urlaub mitgebracht. Für manche Kunden packte Laura die Pralinen in Papiersäckchen, die sie per Hand bemalte. Abend für Abend saß sie an ihrem Schreibtisch und ließ sich ausgefallene Muster zu ihren süßen Kreationen einfallen, genau wie ihre Mutter es über viele Jahre gemacht hatte und davor ihre Großmutter. »Der Weihnachtszeit liegt ein Zauber inne«, hatten beide stets gesagt.

Lauras Mitarbeiterin, Heide, sah das anders. In regelmäßigem Abstand fragte sie. »Denkst du nicht, dass du mit deiner Ware zu viel Aufwand betreibst?« Sie drängte ihre Chefin zu effizienteren Arbeitsmethoden. Doch davon wollte Laura nichts wissen. Auch wenn sie nicht das große Geld verdiente, so wollte sie auf keinen Fall mit den alten Traditionen brechen. Weihnachten war die Zeit der Liebe, die Zeit des Schenkens, die Zeit, in der Magie nicht nur ein Wort war, sondern zur Wirklichkeit werden könnte. Es war die Zeit, in der Menschen einander glücklich machten. Lauras Mutter und Großmutter hatten ihr diese Freude vorgelebt, und sie wollte unbedingt daran festhalten.

Aus dem Lautsprecher des Radios kündigten helle Glöckchen ein weiteres Weihnachtslied an. Laura summte beschwingt mit, während sie drei Schokoladenkugeln in gehackten Pistaziensplittern wälzte.

»Wie kannst du bei all der Arbeit so gut gelaunt bleiben?«, fragte Heide. Sie hatte einen hochroten Kopf und hetzte zwischen Backstube und Verkaufstresen hin und her.

»*It's the most wonderful time of the year*«, sang Laura. »Heute ist Montag. Gleich kommt Erna Biber vorbei und holt sich ihre Champagnertrüffel.« Gestern Abend hatte Laura die

Kugeln in feinem Goldstaub gerollt, weil Erna vor einem Monat geheiratet hatte. Das Säckchen, das sie für sie gemalt hatte, war mit Trauringen und Mistelzweigen verziert. Die Boutique-Besitzerin würde es lieben und neben ihrer Registrierkassa für ihre Kunden sichtbar aufstellen.

Heide trug ein rundes Silbertablett mit frischer in Schokolade getunkte Pfefferminzblättchen zur Theke.

»Du arbeitest zu viel«, brummte Heide. Es war bereits ihr dritter Versuch an diesem Tag, Lauras gute Laune zu trüben. »Wann warst du das letzte Mal aus? Wann hast du dich mit Freunden getroffen? Wann einen netten ...«

»Pssst!« Laura hielt Heide abwehrend die Hand entgegen. Sie wusste ganz genau, was jetzt kommen würde. Heide konnte nicht verstehen, dass Laura sich nicht mit wildfremden Männern zu Dates traf, so wie sie selbst es tat. Laura war davon überzeugt, dass der Richtige eines Tages in den Laden spazieren würde. Sie würde nicht krampfhaft nach ihm suchen. Die Liebschaften ihrer Mitarbeiterin endeten stets im Drama und waren ihr ein abschreckendes Beispiel.

»Das Schicksal wird mir den richtigen Menschen schicken«, war Laura überzeugt.

»Du klingst wie ein naives Kind.«

»Möglich«, gab Laura zurück. Sie drapierte die Blättchen um, sodass die kleineren auf den größeren lagen. »Und bis das Wunder passiert, kreiere ich die besten Süßigkeiten der Stadt und mache die Menschen für ein paar Augenblicke lang glücklich. Das Gefühl färbt ab. Genau wie der Goldstaub auf den Champagnertrüffeln.«

»Ich nehme dir einfach nicht ab, dass du zufrieden bist«, bohrte Heide misstrauisch nach.

»Denk, was du willst«, sagte Laura. Sie war die Unterhaltung leid. Mit ihrem Handrücken wischte sie eine ihrer rotbraunen Locken aus ihrer sommersprossigen Stirn.

»Du bist ein hoffnungsloser Fall«, murmelte Heide. Dann wandte sie sich in Richtung Küche.

Bevor sie wieder hinter dem Herd verschwand, sagte sie: »Wenn wir heuer wieder so wenig Umsatz machen, wirst du mir kein Gehalt bezahlen können.«

Aha, daher wehte also der Wind. Laura richtete sich auf. »Wir werden genug verdienen. Mach dir keine Sorgen.«

Ihre Worte konnten Heide nicht beruhigen. Laura wusste, dass die Ängste ihrer Mitarbeiterin nicht ganz unbegründet waren. Unangenehmen Dingen wich Laura gerne aus. Viel lieber beschäftigte sie sich mit den richtigen Zutaten, dem perfekten Geschmack und vertraute aufs Schicksal. Dass im letzten Jahr kaum neue Kunden dazugekommen waren, schob sie dabei zur Seite. Ihre Stammkunden hielten ihr die Treue, aber davon allein konnte sie nicht leben. Es wäre wichtig, neues Publikum in ihren Laden zu locken. Doch dazu lag er zu abgelegen. Nur hin und wieder verirrten sich Touristen in die schmale, verwinkelte Kleeblattgasse in der Nähe der Tuchlauben in der Wiener Innenstadt. Im Sommer hatte ihr ein guter Freund geraten, in Werbung zu investieren und den Laden moderner zu gestalten. Die Einrichtung stammte noch von ihrer Großmutter. Regale und Theke waren Relikte aus den fünfziger Jahren. Um die Schönheit, die den Möbelstücken innewohnte, zur Geltung zu bringen, hätte man sie restaurieren und aus dem Dornröschenschlaf erwecken müssen. Dazu fehlten Laura die Zeit und das Geld.

Auch jetzt wich sie dem unangenehmen Gedanken aus und wechselte das Gesprächsthema. Lieber konzentrierte sie sich auf ihre Kunden.

»War Herr Meisel in den letzten Wochen hier?«

»Der alte Mann, der ständig von Blumen redet?«

»Ja.« Laura überlegte, wann sie den pensionierten Gärtner das letzte Mal gesehen hatte. Es musste kurz nach dem Sommer gewesen sein. Damals hatte er auf Laura einen verwirrten Eindruck gemacht. Mitten im Satz hatte er das Gespräch abgebrochen und nicht mehr gewusst, worüber er sich eben mit ihr unterhalten hatte. Erst als er eines von Lauras Karamellbonbons in den Mund genommen hatte, war er wieder aus dem Nebel des Vergessens aufgetaucht.

In dem wackeligen Regal neben der Registrierkassa wartete ein ganz besonderes Säckchen auf Herrn Meisel. Laura hatte den Bonbons drei verschiedene Geschmacksrichtungen beigemengt. Es gab Fliederkaramell, Veilchenkaramell und Rosenkaramell. Das Papiersäckchen war mit den Blüten der Blumen bemalt. Hoffentlich kam Herr Meisel bald vorbei. Laura konnte es kaum erwarten, ihm die Bonbons zu überreichen.

29. November, Max

»Es ist erschreckend, wie passiv der neue Patient ist.« Sorgenvoll runzelte Regina, die Leiterin der Pflegestation, die Stirn. »Er ist erst seit ein paar Tagen hier, und ich habe den Eindruck, dass er sich an nichts mehr in seinem Leben erinnern kann. So als läge seine Vergangenheit unter einer dicken Schneeschicht begraben, genau wie die Stadt.« Heute Morgen hatte es zum ersten Mal geschneit. Das war keine Seltenheit in Wien. Jeden Winter gab es Schnee, dennoch gewann man immer wieder aufs Neue den Eindruck, als käme die weiße Pracht völlig unerwartet und als wäre die Stadt unvorbereitet. Sobald die ersten Flocken fielen, fuhren die Straßenbahnen unregelmäßig und auf den Straßen herrschte Chaos. Die U-Bahnen waren plötzlich überfüllt, und trotz der Hektik und des Drängens waren die Geräusche gedämpft und die Luft kristallklar. Ein märchenhafter Zauber legte sich wie ein dicker, weicher Mantel schützend um die Stadt, die Luft war kristallklar.

»Ich habe mit seinem Bruder telefoniert«, sagte Max. »Er ist sein einzig lebender Verwandter. Der alte Mann wohnt in der Schweiz und ist nicht mehr in der Lage zu verreisen. Er meinte, dass sein Bruder seit Jahren an einer schleichenden Demenz litt, sie aber nie wahrhaben wollte.« Der junge Pfleger streifte die Gummihandschuhe von den Händen und warf sie in den Mülleimer.

»Es ist doch immer das Gleiche«, seufzte Regina. »Wenn Menschen einsam und allein wohnen, weit weg von ihren Familien, dann erwischt es sie gerade zu Weihnachten.« Sie sah Max eindringlich an. Er wusste, dass sie ihn meinte. Max war vor drei Jahren von München nach Wien gezogen. Grund war eine unglückliche Liebesbeziehung gewesen. Was ihm widerfahren war, war so abgedroschen, dass er es an manchen Tagen selbst kaum glauben konnte. Der Klassiker: seine Verlobte hatte ihn mit seinem besten Freund betrogen. Verletzt und zutiefst gekränkt hatte Max alle Zelte abgebrochen und war nach Wien geflohen. Auch zu seinen Eltern und seiner Schwester hatte er seither wenig Kontakt. Alles in München erinnerte ihn an den Betrug. Gerade um Weihnachten kamen die Verletzungen wieder hoch, denn es war ein Adventsonntag gewesen, an dem er Mia und Bernd in seinem eigenen Bett erwischt hatte, in den Bettlaken, die er am Tag davor frisch überzogen hatte. Aufgeflogen war die Affäre, weil Max Dienst getauscht und früher nach Hause gekommen war. Das Bild der beiden hatte sich tief in seine Seele eingebrannt. Manchmal fürchtete er, er würde es nie wieder aus dem Kopf bekommen.

»Ich arbeite über die Feiertage«, verteidigte sich Max. »Ein Besuch zu Hause ist also gar nicht möglich.«

»Du arbeitest an allen Feiertagen«, entgegnete Regina. »Zu Silvester und zu Ostern.«

»Ich bin der perfekte Mitarbeiter«, meinte Max bitter. »Freu dich, dass du jemanden hast, der die unbeliebten Dienste übernimmt.«

Regina tippte mit ihrem Kugelschreiber auf das Klemmbrett, das vor ihr auf dem kleinen Rollwagen lag. »Ich würde mich freuen, wenn ich dich nicht so gern hätte. Ich mach mir Sorgen um dich, Max.«

»Dazu besteht kein Grund.«

»Das sehe ich anders.« Regina Glaser war eine kleine, rundliche, resolute Frau, die kurz vor der Pension stand. Sie hatte es sich zur Aufgabe gemacht, nicht nur auf ihre Patienten, sondern auch auf ihre Mitarbeiter ein Auge zu werfen. Sie mischte sich in Dinge ein, die sie nichts angingen, gab gute Ratschläge, die viele nicht hören wollten und war davon überzeugt, alles besser zu wissen. Sie hatte ein großes Herz, das für ihre Mitmenschen schlug.

»Du bist ein gutaussehender junger Mann«, sagte sie ernst. »Du solltest ausgehen, dich mit Frauen treffen und das Leben genießen.«

Max verdrehte die Augen, schnappte nach der Liste, die auf dem Klemmbrett lag und zog sie herunter. »Ist das mein Dienstplan?« Er überflog die Tabelle und stellte zufrieden fest, dass sich sein Name an allen Weihnachtsfeiertagen fand. »Na bitte«, meinte er. »Das passt ganz wunderbar.«

Reginas Seufzen war Zeichen dafür, dass sie ganz und gar nicht seiner Meinung war. Nur zu gerne hätte sie andere Namen eingetragen.

»Schade, dass sein Bruder nicht kommen kann«, wechselte Regina das Thema. »Manchmal kann ein geliebter Mensch Erinnerungen wecken und unsere Patienten für einen Augenblick ins Leben zurückholen.«

Max faltete den Dienstplan und steckte ihn in seine Hosentasche. Die einen wollten die Erinnerungen zurück, die anderen wollten sie für immer loswerden. Und zu Weihnachten war alles doppelt kompliziert. Er wünschte, dieser verdammte Dezember wäre schon vorbei. Im Jänner würde er sich wieder besser fühlen.

»Ich sehe nach den nächsten Patienten«, sagte er und eilte weiter.

30. November, Laura

Der Nachmittag war überraschend turbulent gewesen. Immer wieder waren neue Kunden in den kleinen Laden gekommen. Die meisten davon hatte Laura gekannt, aber es waren auch unbekannte Gesichter dabei gewesen, was zu Weihnachten nicht ungewöhnlich war. Kaum war einer zufrieden mit einem Säckchen süßer Schätze gegangen, hatte erneut die helle Glocke über der Eingangstür geklingelt und die nächsten Schokoladehungrigen waren hereingeströmt. Laura hatte ihre Stammkunden mit den persönlichen Kreationen überrascht und neue Kunden genau beobachtet, ihnen wie immer aufmerksam zugehört und schon nach wenigen Sätzen genau gewusst, was ihnen schmecken könnte. So hatte sie den beiden jungen Studentinnen zu Stangen aus weißer Schokolade mit getrockneten Rosenblättern, beziehungsweise zu Kaffeegefüllten Pralinen geraten. Jetzt ließen sich nur noch vereinzelt ein paar Kunden im Laden blicken. Draußen war es längst finster geworden. Es war knapp vor sechs.

»Merkwürdig!«, sagte Laura. »Herr Meisel war immer noch nicht hier.«

»Vielleicht hat er es vergessen.« Heide hatte ihr gar nicht richtig zugehört. Sie zählte die Geldscheine, die heute in der Registrierkassa gelandet waren. Es war eine erfreuliche Summe, die aber längst nicht so hoch war, wie sie hätte sein sollen. Die Leute ließen sich beraten, doch sie kauften nur kleine Mengen ein. Um richtig am Weihnachtsgeschäft mitnaschen zu können, würde Laura große Aufträge benötigen. Unternehmer, die ihre Belegschaft mit ihren Süßigkeiten beschenkten. Doch davon wollte Laura nichts wissen. Heide hatte es aufgegeben, mit ihrer Chefin darüber zu diskutieren.

»Das kann nicht sein«, sagte Laura. Ihre Gedanken waren bei Herrn Meisel. »In all den Jahren hat er noch nie auf seine Süßigkeiten verzichtet. Er liebt unsere Karamellbonbons.«

Heide steckte den Packen Geldscheine in ein Kuvert, das sie später zur Bank bringen wollte, notierte die Zahl in einer Liste und richtete sich auf. »Du machst dir Sorgen um einen alten Mann, der zu dir einkaufen kommt, den du aber kaum kennst?«

»Ja.«

Die Mitarbeiterin verdrehte die Augen. »Es kann tausend Gründe dafür geben«, sagte sie. »Vielleicht hat er andere Karamellbonbons entdeckte, die ihm besser schmecken. Oder ein Freund hat ihm eine ganze Wagenladung geschenkt, und er braucht in seinem ganzen Leben nie wieder neue Bonbons kaufen, weil er einen Vorrat auf Jahre hat. Oder …«

Ungeduldig winkte Laura ab. »Nein, das glaube ich nicht. Es muss etwas passiert sein. Und ich will herausfinden, was.«

»Warum?«, fragte Heide. »Du kannst dich doch nicht um jedes Problem in dieser Stadt kümmern. Lass jemand anderen die Welt retten. Wir stecken mitten im Weihnachtsstress. Die Champagnertrüffeln sind aus und die Himbeerwürfel ebenfalls. Selbst wenn wir uns beeilen, stehen wir bis Mitternacht in der Küche. Und du fantasierst davon, einen alten Mann zu suchen, von dem du nicht mal weißt, wo er wohnt.«

»Falsch!« Laura hob ihren Zeigefinger, holte das Auftragsbuch aus der Lade unter dem Verkaufstresen und blätterte darin. In dem Büchlein mit dem hübschen Vogelmustereinband trug Laura alle Bestellungen ein. Hin und wieder ließen Kunden ihre Ware nach Hause liefern. Konzentriert ging sie alle Namen durch. Sie war sich sicher, dass Herr Meisel letzten Sommer eine Ladung Karamellbonbons bestellt hatte. Damals hatte er sich den Knöchel geprellt und war für ein paar Wochen an die Wohnung gefesselt gewesen. Laura hatte einen Fahrradboten mit der Lieferung beauftragt.

»Jawohl!«, rief sie begeistert. »Hier steht es. Herr Meisel wohnt in der Sonnenfelsgasse.«

»Und?«

»Wenn ich mich beeile, bin ich in zehn Minuten dort und kann nachsehen, was mit dem alten Herrn los ist.«

»Laura, das ist peinlich«, beharrte Heide. »Was, wenn er keine Bonbons mehr von dir kaufen will und deshalb nicht gekommen ist?«

»Dann wird er mir das sagen!«

Heide stöhnte. »Du lässt dich ohnehin nicht davon abbringen.« Sie reichte Laura das Kuvert mit den Geldscheinen. »Hier!«, sagte sie. »Auf dem Weg kannst du gleich die Einnahmen in den Geldautomaten werfen. Ich fange in der Zwischenzeit mit den Himbeerwürfeln an.«

Den Zusatz murmelte sie so leise, dass Laura ihn getrost überhören konnte. »Damit wenigstens eine von uns beiden etwas Sinnvolles tut.«

»Ich bin in einer halben Stunde wieder da.« Laura setzte ihre gestreifte Wollmütze auf. Ein Geschenk ihrer verstorbenen Mutter, von der sie sich nicht trennen konnte. Wenn sie die Mütze aufhatte, war es, als wäre ihre Mutter noch bei ihr. Für gewöhnlich ätzte Heide über die bunte Haube, die Laura aussehen ließ wie ein Kind. Heute ließ sie es bleiben. In Gedanken war sie schon bei den Himbeerwürfeln.

Tatsächlich war Laura eine ganze Stunde weg. Was sie im Wohnhaus erfuhr, das so alt und windschief aussah, als würde es aus dem Mittelalter stammen, war alles andere als erfreulich.

»Den Herrn Meisel hat die Rettung abgeholt«, sagte die Nachbarin, Frau Krummbach. Laura hatte sie bei der Arbeit unterbrochen, was ihr die Frau aber nicht krummnahm. Sie war Theaterkritikerin und schrieb an einem Artikel über eine Operette. Aus ihrer Wohnung drang eine beschwingte Walzermelodie. Es war Jahre her, dass Laura Musik dieser Art gehört hatte. Sie erinnerte sie an ihre Großmutter. »Ich lade gern mir Gäste ein …« War das aus der Fledermaus? Laura hatte mit Operetten nie viel anfangen können.

»Ich habe mir Sorgen um den alten Mann gemacht.« Bereitwillig gab Frau Krummbach Auskunft. »Ich habe ihn länger nicht gesehen, und er hat die Tür nicht geöffnet, als ich ihn um Zucker bitten wollte. Deshalb habe ich die Hausmeisterin gebeten, aufzusperren. Sie hat einen Ersatzschlüssel. Gemeinsam haben wir den armen Herrn Meisel gefunden.« Sie schüttelte mitleidig den Kopf. »Es war allerhöchste Zeit. Er lag völlig dehydriert am Boden. Offenbar hatte er seit Tagen das Essen und Trinken vergessen. Er war sehr verwirrt.«

Laura schlug sich die Hand vor den Mund. »Das ist ja schrecklich«, flüsterte sie.

»Kein schöner Anblick«, stimmte die Journalistin zu. »Man hat ihn mit der Rettung weggebracht.«

»Wissen Sie in welchem Spital er liegt?«

»Jetzt ist er in einem Pflegeheim.« Frau Krummbach ging in ihre Wohnung und kehrte mit einem Zettel zurück. »Hier ist die Adresse. Baumgartner Höhe.«

»Danke!«

»Sparen Sie sich den Besuch«, riet die Nachbarin. »Ich war bei ihm, und glauben Sie mir: Er erkennt niemanden und starrt bloß Löcher in die Luft. Es ist sehr deprimierend.«

»Ich will ihm bloß seine persönlichen Bonbons vorbeibringen«, sagte Laura. »Die mochte er immer besonders gern.«

»Persönliche Bonbons?«, wiederholte die Nachbarin.

»Für jeden Menschen gibt es eine ganz individuelle Nascherei. Ein Geschmack, der den Alltag vergessen und einen träumen lässt. Ein Aroma, das glücklich macht«, erklärte Laura. »Für Herrn Meisel ist es Butterkaramell.«

Frau Krummbach rümpfte die Nase. »Das Zeug ist schrecklich süß und verklebt die Zähne.«

Für einen winzigen Moment schloss Laura die Augen. Sie nahm ein schweres orientalisches Parfum wahr, das sich mit Küchengerüchen von Ingwer und Sesam mischte. Frau Krummbach trug ein schwarzes Hauskleid und einen ausgefallenen, bunten Turban auf dem Kopf. Um ihren Hals hing eine exotisch anmutende Kette. »Ich würde Ihnen dunkle Schokoladenplättchen mit kandierten Ingwerstückchen und einem Hauch Chili empfehlen.«

Die schmalen Augenbrauen von Frau Krummbach schossen überrascht nach oben. »Das klingt köstlich«, sagte sie. »Wo bekomme ich die Plättchen?«

»Mein Laden liegt etwas versteckt in der Kleeblattgasse«, antwortete Laura. Dann verabschiedete sie sich und machte sich auf den Weg. Heide würde sie mit Sicherheit mit Schimpftiraden überschütten.

1. Dezember, Max

»Was ist das?« Max nahm ein hübsches Papiersäckchen vom Servierwagen. Das feine Papier zierten gemalte Aquarellblumen: Rosen, Veilchen, Lavendel.

»Ich glaube es sind Bonbons. Jemand hat sie für Herrn Meisel am ersten Adventsonntag abgegeben«, sagte Regina. »Er scheint, als hätte er doch Freunde oder Bekannte.«

»Weiß man, wer das Geschenk dagelassen hat?«

»Der Portier kann sich leider nicht mehr erinnern«, entgegnete Regina. »Aber mit etwas Glück kommt die Person wieder. Es ist ein wunderschönes Päckchen. Wer so etwas verschenkt, dem muss etwas an dem alten Herrn liegen.«

»Ich bring ihm das Geschenk.« Max betrat den Aufenthaltsraum. Eine seiner Kolleginnen hatte den Patienten zuvor im Rollstuhl hineingeschoben. Eingesunken und apathisch saß Herr Meisel neben dem Fenster. Der alte Mann war bis auf die Knochen abgemagert. Sein Trainingsanzug flatterte lose um seine dürren Gliedmaßen. Teilnahmslos hielt Herr Meisel seinen Blick in den Garten gerichtet. Ein Vogelhäuschen befand sich direkt vor dem Fenster. Ständig flogen Spatzen zur Futterquelle, pickten Sonnenblumenkerne aus dem erkalteten Fett einer Kugel. Herr Meisel schien nichts von dem geschäftigen Treiben wahrzunehmen. Sein altes, faltiges Gesicht war völlig emotionslos.

»Guten Tag!« Max schob einen Sessel heran und setzte sich. Herr Meisel reagierte nicht. »Sehen Sie mal, was für Sie abgegeben wurde.« Er hielt dem Patienten das Geschenk unter die Nase. Kurz senkte Herr Meisel den Kopf. Die Bewegung diente nur dazu, dem Säckchen auszuweichen. So wie man zurückweicht, wenn eine lästige Fliege einen umschwirrt.

»Sie wollen reinschauen?« Max bemühte sich um einen fröhlichen Tonfall. Munter plauderte er weiter. »Also gut, ich werde das Geschenk für Sie öffnen.« Vorsichtig wickelte er die Masche ab und rollte das Papier auf. Er ging dabei sehr langsam vor, in der Hoffnung, Herrn Meisels Neugier zu wecken, jedoch ohne Erfolg. Das hübsche Papier raschelte. Max wollte die schönen Zeichnungen nicht zerstören.

Kaum hatte er das Säckchen geöffnet, strömte ihm das mollige Aroma von karamellisiertem Zucker entgegen. Einzeln verpackte Bonbons befanden sich darin. Jedes war in buntes Seidenpapier gewickelt. Es gab rote, lila und satt violette. Max holte ein rot verpacktes Bonbon heraus.

»Jemand hält Sie wohl für eine Naschkatze«, sagte Max. Herrn Meisels blassblaue, wässrige Augen waren auf ihn gerichtet, blickten aber durch Max hindurch.

»Was halten Sie von einem rosaroten Bonbon?« Max wickelte die Süßigkeit aus. Ein honigfarbenes, ovales Bonbon kam zum Vorschein. Es glänzte im Schein der Stehlampe, die neben Herrn Meisel stand. »Das sieht köstlich aus«, sagte Max. Er hielt die Nascherei seinem Patienten so nah unter die Nase, dass dieser daran riechen musste. Zuerst passierte gar nichts und schon wollte Max es wieder wegnehmen, als für den Bruchteil eines Moments die Mundwinkel des alten Manns zuckten. War da ein Funken Leben in seinen Augen? Doch so unerwartet und schnell das winzige Zeichen da gewesen war, so rasch verschwand es auch wieder. Max ging einen Schritt weiter. Er drückte das Bonbon sanft auf Herrn Meisels trockene, rissige Lippen. Der alte Mann ließ es ungerührt über sich ergehen. Enttäuschung machte sich in Max breit, als Herr Meisel plötzlich und völlig unerwartet den Mund öffnete. Max konnte ihm das Bonbon auf die Zunge legen. Auf der Stelle zog Herr Meisel die Zunge ein. Das Bonbon verschwand in seinem Mund. Angespannt wartete Max was nun passieren würde. Er musste darauf achten, dass sein Patient sich nicht an dem Karamellstück verschluckte. Herr Meisel schob das Bonbon langsam von einer Wange in die andere, dabei weiteten sich seine Augen. Ganz offenbar fand er Gefallen an dem Geschmack. Er schmatzte laut.

»Wie schön«, freute sich Max. »Das Bonbon schmeckt Ihnen.« Seit Herr Meisel sich auf der Station befand, war dies seine erste, emotionale Reaktion.

Genüsslich spitzte der alte Mann seine Lippen. Dann drehte er sich zu Max. Diesmal schien er seinen Krankenpfleger wahrzunehmen. »Rosen«, sagte er so leise, dass Max sich nicht sicher war, ob er das Wort tatsächlich gehört hatte.

»Rosen?«, wiederholte er aufgeregt. »Schmeckt das Bonbon nach Rosen?«

Max hob das Säckchen auf. Eine der Aquarellblumen war eine Rose. Herr Meisel nickte langsam. »Es ist die Königin unter den Blumen.«

Vor Freude vergaß Max zu atmen. Er schnappte laut nach Luft. »Erzählen Sie mir von den Rosen. Haben Sie selbst welche gehabt? Haben Sie sie an eine liebe Person verschenkt? Waren Sie ein Gärtner oder ein Blumenhändler?«

Herr Meisel richtete den Blick in den Garten zum Vogelhäuschen. Er kniff die Augen zusammen. Elegant flogen die Spatzen das kleine Holzhäuschen an, nahmen am Vorsprung Platz, um ein paar Körner zu picken und segelten dann zufrieden wieder auf den benachbarten Strauch.

»Die dunkelroten Pfingstrosen hatte ich am allerliebsten«, erklärte der alte Mann. »Sie verströmen einen betörenden Duft, der Insekten anzieht.« Ein spitzbübisches Lächeln breitete sich auf seinem alten Gesicht aus. Es erfüllte die faltigen Wangen mit Leben und ließ ihn um Jahre jünger aussehen. »Aber auch die Frauen mögen den Duft.«

»Das kann ich mir gut vorstellen«, lachte Max. Er konnte kaum glauben, dass der apathische Patient, der seit Tagen schwieg, kaum aß und trank, jetzt mit ihm sprach. Genüsslich schob der Mann das Bonbon in seine rechte Wangenbacke, wo er es festhielt wie ein Eichhörnchen oder ein Hamster.

»Wissen Sie, wer Ihnen die Bonbons gebracht hat?«

Herr Meisel antwortete nicht. Seine Aufmerksamkeit galt den Tieren. Dabei war sein Blick wach und konzentriert. Vielleicht erinnerte er sich gerade an seine Vergangenheit.

»Ich sehe später noch einmal nach Ihnen.« Max stand auf und legte das Säckchen mit den Bonbons in Herrn Meisels Schoß. Dann ließ er ihn mit den Süßigkeiten und den Erinnerungen allein.

8. Dezember, Laura

Aufgeregt stürmte Heide in den kleinen Laden. Die helle Glocke klingelte laut. »Hier, sieh nur. Da ist ein Artikel über uns in der Zeitung. Über dich, über die Confiserie.« Mit glühenden Wangen knallte sie die Freizeitbeilage der Presse neben Laura auf die Theke. Dabei brachte sie den Stapel dunkler Schokoladenbällchen, die Laura zuvor in gerösteten Haselnüssen gewälzt hatte, gefährlich ins Wanken.

»Vorsichtig!«, warnte Laura und hielt schützend die Hände um die Pyramide.

»Sobald die Leute den Artikel gelesen haben, werden sie den Laden stürmen. Haben wir genug von den Champagnertrüffeln da? Und wie sieht es mit den Pistazienkugeln aus?«

»Wir haben ausreichend von allem«, meinte Laura zuversichtlich. Sie fasste nach der Zeitung und überflog den Artikel. Es war eine Lobeshymne auf ihre kleine Confiserie. »Der Laden ist ein Geheimtipp. Verschlafen liegt er in einer winzigen Gasse, und wenn man nicht bewusst nach ihm sucht, wird man wohl einfach daran vorbeilaufen. Doch es lohnt sich die niedrige Tür zu öffnen und in eine zauberhafte Welt einzutauchen. Nirgendwo in der Stadt werden Sie besser beraten. Die Ladenbesitzerin schafft es auf magische Weise jedem Kunden die richtige Süßigkeit mitzugeben.«

»Eine Roswitha Krummbach hat den Artikel geschrieben«, sagte Heide. »Kennst du die Frau?«

»Das ist die Nachbarin von Herrn Meisel.« Laura fragte sich, wann Frau Krummbach in den Laden gekommen war.

»Hat jemand in den letzten zwei Tagen dunkle Schokoplättchen mit Chili und Ingwer gekauft?«

Heide hob ratlos die Schultern. »Möglich. Ich kann mich nicht an jeden Kunden erinnern.«

»Sie muss hier gewesen sein, als ich die Karamellbonbons ins Pflegeheim gebracht habe.«

»Das kann durchaus sein«, sagte Heide. Sie schlüpfte aus ihrem Mantel und hing ihn über den Kleiderständer in der hinteren Ecke. »Auf alle Fälle sollten wir uns auf einen Ansturm vorbereiten. Ich sehe nach, wie viel Champagnertrüffel noch da sind.«

Laura wollte Heide widersprechen, als sich die Ladentür öffnete und zwei neue Kundinnen hereinkamen. Sie waren noch nie zuvor hier gewesen. »Ist das die kleine Confiserie, von der in der Freizeitbeilage berichtet wurde?«

»Ich denke schon«, sagte Laura vorsichtig.

»Ihr Laden ist hinreißend«, schwärmte die Frau. »So unverfälscht und echt. Ist die Theke wirklich so alt wie sie aussieht?«

»Sie stammt von meiner Großmutter.«

»Tatsächlich?« Die andere Frau kam näher. »So etwas Originelles habe ich seit Jahren nicht mehr gesehen.« Während die eine sich von Laura beraten ließ, machte die andere Fotos mit ihrem Handy. Es waren vorwiegend Selfies, auf denen sie selbst zu sehen war. Aber das Fotografieren schien sie glücklich zu machen, denn sie lachte ausgelassen und nahm auch noch ein kurzes Video auf, bei dem sie von Etagenteller zu Etagenteller ging. Kurz darauf verließen die beiden den Laden wieder. Jede trug ein kleines Säckchen Süßigkeiten mit sich. Kaum hatten sie den Laden verlassen, kam auch schon die nächste Kundschaft. Heide sollte recht behalten. Den ganzen Tag über drängten ständig neue Menschen in den Laden. Manche suchten nach passenden Weihnachtsgeschenken, andere ließen sich für sich selbst beraten. Ständig läutete die Türglocke oder klingelte die Registrierkassa. Als es Abend wurde, bemerkte Laura, dass sie den ganzen Tag keine Pause gemacht hatte. Erst als der letzte Kunde den Laden verlassen hatte, ließ sie sich erschöpft auf den Sessel plumpsen, der hinter dem Tresen stand. Heide tat es ihr gleich.

»Was für ein verrückter Tag«, sagte Heide. Sie wischte sich mit dem Handrücken über die Stirn.

»Jetzt kannst du nicht mehr darüber jammern, dass wir zu wenig verdienen«, entgegnete Laura.

»Wie hast du es bloß geschafft, dass diese Frau Krummbach so einen Artikel über dich schreibt?«

Laura zuckte mit den Schultern. »Eigentlich hat Herr Meisel für den Artikel gesorgt. Wäre ich nicht zu ihm gegangen ...«

»Das war doch purer Zufall«, unterbrach Heide.

Laura hob abwehrend die Hand. »Zufälle gibt es nicht«, war sie überzeugt. »Und aus diesem Grund werde ich mich bei ihm bedanken und ein neues Säckchen Karamellbonbons ins Pflegeheim bringen.«

»Wieder mit Blumengeschmack?«

»Diesmal nehme ich Gänseblümchen, Flieder, und wieder die Rose.«

»Brr!« Heide schüttelte angeekelt den Kopf.

»Ich glaube, dass Herr Meisel den Geschmack mögen wird.« Trotz des langen Arbeitstags war die Müdigkeit aus Lauras Knochen mit einem Schlag verschwunden. Hoffentlich hatte sie noch ein Fläschchen vom Gänseblümchensirup übrig. Es sollte irgendwo in der Küche sein.

4. Adventsonntag, Max

Eigentlich hatte Max seit einer halben Stunde Dienstschluss. Aber er blieb noch im Heim. Grund dafür war seine Neugier.

Er wollte wissen, wer seinem Patienten die hübschen Geschenksäckchen mit den außergewöhnlichen Süßigkeiten brachte. Auch am zweiten und dritten Adventsonntag waren welche abgegeben worden. Am zweiten Adventsonntag waren es Karamellbonbons mit Rosen–, Veilchen- und Lavendelgeschmack gewesen. Am dritten Sonntag dufteten die Bonbons nach Flieder, Gänseblümchen und Rosen. Jedes Mal, wenn Herr Meisel eines der Bonbons in den Mund steckte, kehrte ein kleines Stück seiner Erinnerung zurück. Er redete immer noch nicht viel. Aber das, was er sagte, hatte Hand und Fuß. Heute hatte er Max verraten, dass er Gärtner gewesen war. Er hatte seinen Beruf fünfzig Jahre lang ausgeübt und über alles geliebt. Max vermutete, dass mit der Pensionierung und dem Verkauf des kleinen Betriebs ein Stück Identität für den alten Mann verlorengegangen war. Es war nicht das erste Mal, dass er beobachtete, wie Patienten in ein tiefes Loch stürzten, wenn sie ihre Aufgabe im Leben verloren. Auf die Frage, wer ihm die herrlichen Süßigkeiten schickte, hatte Herr Meisel keine Antwort. Wollte Max herausfinden, wer hinter dem einfachen und dennoch genial durchdachten Geschenk steckte, musste er auf die Person warten. Heute war der vierte Adventsonntag. Die Chancen standen gut. Hoffentlich handelte es sich um keinen Lieferservice. Max goss sich erneut Kaffee nach und nahm in der Lobby im Besucherbereich Platz. Hier lagen immer die neuesten Zeitungen. Wahllos griff er nach einer Hochglanzillustrierten und blätterte darin.

»Du bleibst nach Dienstschluss hier sitzen?« Reginas Stimme ließ ihn zusammenzucken. »Geh nach Hause, triff dich mit netten Menschen. Date eine hübsche Frau.«

Finster verzog Max den Mund. »Ich lese diesen Artikel zu Ende und trinke meinen Kaffee, dann gehe ich.«

Doch diese Antwort ließ Regina nicht gelten. Sie beugte sich über die Zeitschrift. »Einen Artikel über die Borkenkäferplage? Ist das dein Ernst?«

»Das ist ein sehr wichtiges Thema. Der Käfer zerstört riesige Waldgebiete. Du solltest den Artikel auch lesen. Der Käfer bedroht uns alle.«

»Ich mache mir wirklich große Sorgen um dich«, sagte Regina. »Wenn du so weitermachst, verbringst du dein gesamtes Leben im Pflegeheim. Zuerst als Krankenpfleger und solltest du jemals in Pension gehen, dann auch als Patient.«

»Na und?«, antwortete Max patzig. »Das Heim ist wunderschön. Es gibt nichts daran auszusetzen. Das Personal ist zuvorkommend, und der Kaffee ist in den letzten Jahren besser geworden als in so manch einem Kaffeehaus.« Er hob seine Tasse und lugte dabei an Reginas korpulentem Körper vorbei. Beinahe hätte er den restlichen Kaffee verschüttet. Auf dem Rezeptionstresen stand ein neues Säckchen. Es war mit einem zarten Aquarellmuster bemalt. Max konnte das Motiv auf die Entfernung nicht erkennen, doch es handelte sich eindeutig um ein weiteres Geschenk für Herrn Meisel. Rasch sah Max zur Drehtür. Eine Frau mit einer ungewöhnlich bunten Wollhaube verließ das Gebäude. Unter der kindlich anmutenden Kopfbedeckung lugten rotblonde Locken hervor. Max hatte sie hier noch nie gesehen.

»Ich muss jetzt gehen!« Hastig sprang er auf und drückte Regina die Tasse in die Hand. »Würdest du die für mich wegräumen? Vielen Dank.«

»Ich, aber … wieso?« Verdattert starrte die Oberschwester ihn an. »Eben noch wolltest du was über die Borkenkäfer …« Weiter kam sie nicht. Max ließ sie einfach stehen und hastete zur Tür. Er trat ins Freie und blickte sich suchend um. Doch von der Frau fehlte jede Spur. Sie musste rasch zum Eingangstor gelaufen sein. Von dort konnte sie überall hingegangen sein. Zum Taxistand, zu einem eigenen Auto, zur Straßenbahn oder in eine der vielen Gassen, in denen sich ein Schrebergarten neben dem anderen reihte. Überrascht stellte Max fest, dass er enttäuscht war. Er hätte die Überbringerin der Süßigkeiten gerne kennengelernt. Es war das erste Mal seit

Jahren, dass er sich Gedanken über eine Frau machte und sie kennenlernen wollte. Ein eisiger Wind wehte ihm direkt ins Gesicht. Max ging zurück ins Gebäude. Sein Mantel hing noch im Personalraum.

20. Dezember, Laura

»Wie wirst du in diesem Jahr Weihnachten verbringen?«, fragte Heide. Sie sortierte Nougatkugeln in kleine Schachteln aus buntem Karton.

»So wie immer«, meinte Laura. »Am Vormittag trage ich die letzten Bestellungen aus. Am Nachmittag gehe ich auf den Friedhof, und am Abend schmücke ich meinen winzigen Christbaum, danach gönne ich mir ein Gläschen Sekt und höre Weihnachtslieder.«

»Das klingt furchtbar deprimierend.«

»Ist es aber nicht«, widersprach Laura. »Ich liebe Sekt und Weihnachtsmusik. Außerdem habe ich überlegt, ob ich Herrn Meisel noch ein paar Karamellbonbons vorbeibringe.«

»Warum gibst du ihm die Süßigkeiten nicht selbst?«

Tatsächlich hatte Laura darüber nachgedacht. Bei ihrem ersten Besuch hatte man sie fortgeschickt, weil sie keine Verwandte war. Doch jetzt, wo Herr Meisel wieder sprach, war ein Besuch vielleicht möglich. »Mal sehen.«

Heide stapelte die gefüllten Kartons zu einer ordentlichen Pyramide. Unterdessen holte Laura einen Teller aus der Küche. Sie hatte ihn heute Morgen vorbereitet. Voller Vorfreude stellte sie ihn vor Heide ab.

»Hier, die sind für dich.«

Augenblicklich ließ Heide von den kleinen Kartons ab. »Ich hatte so gehofft, dass du mich nicht vergisst!« Jedes Jahr im Advent überraschte Laura auch ihre Mitarbeiterin mit einer persönlichen Leckerei.

»Mach die Augen zu, und steck eine Praline in den Mund«, forderte sie.

Nur zu gerne folgte Heide der Anweisung. Sie griff nach einer der perfekten Kugeln, die in weiße Schokolade getunkt und in gerösteten Kokosraspeln gewälzt waren. Heide träumte seit Jahren von einer Reise in die Karibik. Heuer hatte sie so viel Geld zusammengespart, dass sie sich nach Silvester den Traum erfüllen konnte.

Mit geschlossenen Augen steckte sie die Praline in den Mund und ließ die Schokolade langsam schmelzen. »Hm, köstlich!«, schwärmte sie. »Da ist eine Mischung aus Rum, Vanille und …« Sie zögerte. »Die dritte Note erkenne ich nicht.«

»Ein Hauch Chili.«

»Chili?«, fragte Heide überrascht.

»Erinnere dich an den Sommer.«

Heide lachte. Sie hatte im Sommer Ohrringe in der Form von roten Chilischoten gekauft, die sie wochenlang getragen hatte. In der U-Bahn und beim Heurigen war sie auf ihren ausgefallenen Ohrschmuck angesprochen worden. Dabei hatte sie ihren jetzigen Freund Philipp kennengelernt.

»Die scharfe Note harmoniert mit den Kokosflocken«, schwärmte Heide.

»Genau das wollte ich hören!«

»Wie würde deine perfekte Nascherei aussehen?«, fragte Heide.

Laura zuckte ratlos mit den Schultern. »Darüber habe ich noch nie nachgedacht.«

»Das solltest du aber«, meinte Heide. »Täglich zerbrichst du dir den Kopf über andere Menschen. Welcher Geschmack würde dich glücklich machen?«

»Ich mag alles«, wich Laura aus.

»Unsinn! Niemand mag alles.«

Genau in dem Moment klingelte das alte Telefon, das seit über fünfzig Jahren in der winzigen Küche stand. Es hatte noch eine Wählscheibe. Als die kleine Nina den Apparat zum ersten Mal gesehen hatte, war sie völlig ratlos gewesen, worum es sich handelte. Heide übernahm den Anruf. Das Gespräch über Lauras Lieblingsgeschmack war vorerst beendet.

21. Dezember, Max

Da Max über die Feiertage arbeiten würde, hatte er jetzt ein paar Tage frei. Eigentlich hasste er es, in der Vorweihnachtszeit durch die festlich beleuchtete Innenstadt zu spazieren. Die hektischen Menschen, die mit unzähligen Einkaufssäcken durch die Straßen liefen, die verliebten Pärchen, die Hand in Hand an erhellten Schaufenstern vorbeischlenderten, der Geruch nach Punsch und Zuckerwatte, der über der Stadt hing wie eine Glocke, all das erinnerte ihn an jenen schrecklichen Adventsonntag. Doch heute half alles nichts. Er musste Weihnachtsgeschenke für seine Familie besorgen. Auch wenn er nicht nach München fuhr, so wollte er zumindest ein Päckchen nach Bayern schicken. Für seine Schwester hatte er bereits Tee gekauft, für seinen Schwager eine Flasche guten Rotwein. Seine beiden Neffen bekamen neue Kopfhörer und sein Vater ein Buch. Jetzt fehlte nur noch seine Mutter. Womit sollte er ihr eine Freude bereiten? Lustlos spazierte er die Tuchlauben entlang und ließ sich von den Menschenmassen mitschieben. Immer mehr Einkaufshungrige drängten sich durch die Straße. Über den Auslagen glitzerte die Weihnachtsbeleuchtung mit Tausenden kleinen Lichtern. Max' Kehle wurde eng. Er verspürte das dringende Verlangen einfach umzudrehen und zur U-Bahn zu laufen. Da entdeckte er eine winzige Seitengasse, in der deutlich weniger Trubel herrschte. Erleichtert machte er einen Schritt zur Seite und setzte seinen Weg fort. Völlig in Gedanken versunken lief er an einem winzigen Laden vorbei. Er war unscheinbar. Zwei Stufen führten in ein Souterrain. Über der niedrigen Eingangstür hing grünes Tannenreisig. Ohne großes Interesse streifte sein Blick das holzgerahmte Schaufenster, das ihn an kitschige nostalgische Ansichtskarten erinnerte. Schon wollte er weitergehen, als er plötzlich innehielt. In der Auslage standen Teller voller Süßigkeiten. Daneben befanden sich kleine gefüllte Papiersäckchen. Jedes war mit einem anderen dezenten Muster in Aquarellfarben bemalt. Es waren exakt die Verpackungen, die für Herrn Meisel abgegeben wurden. Beherzt nahm Max die beiden Stufen und betrat den Laden. Eine helle Glocke ertönte, der betörende Duft von Schokolade, Zimt, Honig, Vanille und anderen köstlichen Aromen stieg ihm in die Nase. Für gewöhnlich würde er jetzt auf der Stelle umdrehen wollen. Zu sehr verband er die Gerüche mit Weihnachten. Doch aus irgendeinem Grund verließ er den Laden nicht. Er wollte bleiben. Fasziniert beobachtete er die Frau, die hinter dem Tresen stand und geduldig eine Kundin beriet. Sie hatte rotblonde Locken. Max hatte den Farbton schon einmal gesehen. Er war einzigartig. Er würde ihn überall auf der Welt wiedererkennen. Ihr Gesicht strahlte Begeisterung und Freude aus, die ansteckend waren. Max fühlte sich in seine Kindheit zurückversetzt. Er fühlte die Vorfreude auf Weihnachten. Aus dem Hinterzimmer klangen vertraute Weihnachtslieder. Max ertappte sich, dass er mitsummen wollte. Seine Aufmerksamkeit war auf die Frau hinter dem Tresen gerichtet. Es war, als zöge sie ihre Kundin ebenso in einen magischen Bann wie ihn. Bereits nach einem kurzen Gespräch reichte die Verkäuferin ihrer Kundin eine glasierte Schokoladenstange, die offenbar genau dem Gewünschten entsprach. Voller Entzücken nahm die Frau mehrere davon und ließ sich auch noch zu winzigen Pralinen für ihre Schwiegermutter überreden. Mit den beiden anderen Kunden, die vor Max in der Schlange standen, verfuhr die Verkäuferin genauso. Ihr Lächeln war bezaubernd, ihr Wesen einnehmend. Noch nie hatte Max sich auf Anhieb so zu einem Menschen hingezogen gefühlt. Lag es an der Musik, an dem Duft, an dem Lächeln der Frau? Als er endlich an der Reihe war, war sein Blick mit unverhohlenem Interesse auf die sommersprossigen Wangen gerichtet, auf denen Grübchen entstanden, sobald die Mundwinkel sich hoben.

»Was kann ich für Sie tun?« Ihre Stimme war samtig und weich. Genau wie Max es sich vorgestellt hatte.

»Ich …«, er krächzte, als säße ein Frosch in seinem Hals. Was war nur los mit ihm? Verlegen hustete er. Geduldig wartete die Frau. Ihre Augen waren von einem intensiven Dunkelblau. Sie waren voller Wärme und strahlten pure Liebe aus. »Ich brauche ein Geschenk für meine Mutter.« Max stotterte. Das tat er sonst nie.

»Was mag Ihre Mutter denn gerne?« Die blauen Augen musterten ihn mit derselben sanften Neugier, die er ihr entgegenbrachte.

»Ich denke, dass sie alles gerne isst, was mit Schokolade umhüllt ist.«

»Das ist mir zu ungenau!« Sie spitzte ihre Lippen, die von einem intensiven Kirschrot waren. Max ertappte sich dabei zu überlegen, wie es sich wohl anfühlen würde, sie zu berühren. Was um Himmels willen war nur los mit ihm? Er musste sich zusammenreißen. Das hier war völlig absurd. Er kannte die Frau nicht.

»Mag Ihre Mutter den Sommer? Oder ist sie eher ein Wintertyp? Welche Gerüche findet sie angenehm? Was isst sie gerne? Welche Vorlieben hat sie?«

Max schüttelte zuerst den Kopf, doch dann holte er nach und nach eine Information nach der anderen aus seinen Erinnerungen. »Sie liebt den Sommer. In unserem Garten steht ein Kirschbaum. Meine Mutter erntet jedes Jahr die Früchte und kocht dann die köstlichsten Marmeladen und Kompotte ein. Ich denke, dass Kirschen ihr Lieblingsobst sind.«

»Na, bitte«, sagte die Verkäuferin. »Da haben wir doch schon mal einen Anhaltspunkt.«

Max lehnte sich über den Tresen, wie ein Betrunkener. Im Grunde fühlte er sich auch berauscht. »Darf ich Sie nach Ihrem Namen fragen?« Er erschrak über seine eigene Kühnheit. Wann hatte er eine Frau das letzte Mal nach ihrem Namen gefragt?

»Laura.«

»Freut mich, Laura. Ich bin Max.« Er reichte ihr die Hand. Ihre Finger waren kräftig und weich zugleich. Ein aufregendes Kribbeln lief durch seinen Körper. Nur widerwillig ließ Max die Hand wieder los. Lag auch in ihren Augen Bedauern?

»Kirschen und Schokolade«, fasste Laura zusammen. »Mal sehen, was wir dahaben.« Sie schürzte die Lippen, was ihr ein kindliches Aussehen verlieh. Max erinnerte sich an die bunte Wollmütze. Sie passte einfach perfekt zu ihr. Alles an ihr schien makellos. Würde der Weihnachtsmann weiblich sein, hätte er Lauras Aussehen. Aus den Augenwinkeln sah er ihre Kollegin, die ihn mit unverhohlener Neugier musterte. War sein Interesse an Laura so offensichtlich? Er errötete und räusperte sich verlegen.

Schließlich holte Laura eine Schüssel mit hübschen, glänzenden Pralinen aus einer der Glasvitrinen. »Sie sind mit einer Kirsch-Cognac-Masse gefüllt«, erklärte sie. »Ich füge der Mischung einen Hauch kandierter Orangenschalen bei.« Laura beugte sich vertraulich zu ihm. »Ich liebe Orangen. Sie erinnern mich an Weihnachten.« Ihr Parfum, das aus einer Mischung aus Vanille, Zimt, Schokolade und Orangen bestand, bestätigte ihre Worte.

»Das heißt Sie mögen den Advent?«

»Ich liebe ihn!« Dabei glänzten ihre Augen, und ihre Wangen leuchteten rosig. Max hätte noch stundenlang hier stehen und sich mit Laura unterhalten können. Aber die Kunden hinter ihm wurden unruhig und baten um Eile. Ungeduldig drängten sie nach vorne.

Also nahm Max eine große Portion der Kirschkugeln, bezahlte und verabschiedete sich von Laura. »Sind Sie täglich hier?«, fragte er.

»Der Laden gehört mir.«

»Dann werde ich wiederkommen.« Er war sich bewusst, wie plump seine Worte in ihren Ohren klingen mussten, und am liebsten hätte er sich mit der Hand auf den Mund geschlagen. Aber sie lächelte ihn mit so viel Wärme an, dass er das Gefühl hatte, vielleicht genau das Richtige gesagt zu haben.

21. Dezember, Laura

»Warum hast du ihn nicht nach seiner Telefonnummer gefragt? Der Kerl war gutaussehend und eindeutig an dir interessiert.« Heide rang die Hände. »Er hatte keinen Ehering. Also ist er nicht verheiratet.«

»Er hat gesagt, er kommt wieder«, sagte Laura. Seit Max den Laden verlassen hatte, schwebte sie förmlich auf Wolken. Es war genau das eingetroffen, von dem sie jahrelang geträumt hatte. Der sympathischste Mann mit dem wärmsten Lächeln und den sanftesten Augen, der ihr jemals begegnet war, hatte ihren Laden betreten und ihr gehörig den Kopf verdreht…

»Und was, wenn er nicht mehr kommt? Was, wenn er bloß heute in der Stadt war? Er hatte den Dialekt eines Bayern. Vielleicht macht er bloß Urlaub in Wien.«

»Warum sollte er dann sagen, dass er wiederkommt?«

»Keine Ahnung. Die Menschen sagen so viel und tun dann ganz was anderes.«

»Er kommt wieder«, war Laura überzeugt. »Ich weiß es.«

»Woher willst du das wissen?«

»Es ist die Magie der Weihnacht.«

Genervt rollte Heide die Augen. »So einen Unsinn habe ich noch nie gehört.«

Doch Laura hörte ihr gar nicht zu. Sie wusste, dass sie recht behalten würde.

22. Dezember, Max

»Ich weiß, dass ich dich eigentlich nicht darum bitten darf. Aber seit gestern haben wir drei neue Krankenstände. Wenn du die zusätzlichen Dienste nicht übernimmst, kann ich die Station schließen. Die alten Leute können sich unmöglich selbst versorgen.« Regina war außer sich. Seit einer halben Stunde versuchte sie, Max zu weiteren Überstunden zu überreden. Aber ausgerechnet heute wollte er rasch nach Hause und anschließend in die Kleeblattgasse fahren. Laura faszinierte ihn. Noch nie war er einer Frau begegnet, die so empathisch zuhörte, die so großes Interesse an ihren Mitmenschen hatte und sich dermaßen darüber freute, andere glücklich zu machen.

»Bitte Max!« Regina drängte ihn.

Max zögerte. Erst als Regina ihre Trumpfkarte ausspielte und Max darauf hinwies, dass der Hilfspfleger Ivan ganz allein auf der Station sein würde, lenkte Max seufzend ein: »Meinetwegen!«

»Du bist der Beste!« Regina ließ sich zu einem Kuss auf seine Wange hinreißen.

Dann würde Max eben etwas später in die Stadt fahren. Mit ein bisschen Glück würden Laura und ihre Mitarbeiterin auch nach Geschäftsschluss noch in dem Laden arbeiten und Köstlichkeiten für ihre Kundschaft zaubern.

23. Dezember, Laura

»Es war ein großer Fehler, dass du nicht nach seiner Telefonnummer gefragt hast«, jammerte Heide. »Da gibt es endlich einen Mann, der dein Interesse geweckt hat, und du lässt ihn einfach gehen.«

Laura war tatsächlich enttäuscht, dass Max am nächsten oder übernächsten Tag nicht wiedergekommen war. Aber sie hoffte immer noch, dass er erneut ihren Laden besuchen würde. Vielleicht erst im neuen Jahr. Das wäre schade, denn Laura hatte sich gewünscht, ihn an einem der Feiertage zu treffen. Was gab es Romantischeres als ein erstes Date während der Weihnachtsfeiertage, mit Kerzenschein und Tannenduft? Mit Glühwein, Punsch und leuchtendem Christbaum? Laura seufzte. Nun, sie wollte nicht undankbar sein. Wichtig war, dass er wiederkommen würde, und dessen war sie sich noch immer sicher.

24. Dezember, Max

Nie im Leben hätte Max gedacht, dass er so ungern einen Dienst versah. Er mochte seinen Job nach wie vor, und die alten Leute lagen ihm am Herzen, aber er wünschte sich sehnlichst Laura wiederzusehen. Jedes Mal, wenn er spät abends in die Kleeblattgasse gegangen war, waren die Lichter in der kleinen Confiserie bereits erloschen. Also war Max unverrichteter Dinge wieder nach Hause gefahren. Sobald er einen freien Tag hatte, würde er gleich am Vormittag in die Innenstadt aufbrechen. Und er hatte eine Überraschung für Laura. Er konnte es kaum erwarten, in ihre dunkelblauen Augen zu blicken und ihre Reaktion abzuwarten, wenn sie sie sah.

Max hatte in den letzten Jahren jedes Weihnachtsfest hier im Pflegeheim verbracht. Zu Mittag gab es gebackenen Fisch, danach wurden die Patienten gewaschen und für die Weihnachtsfeier fertig gemacht. Im Anschluss schob man, die dazu noch in der Lage waren, in Rollstühlen oder mit Rollator in den Gemeinschaftsraum. Die ans Bett Gefesselten blieben auf ihren Zimmern. In der Mitte des Raums stand ein Christbaum, der bis zur Decke reichte. Regina und zwei Mitarbeiterinnen hatten ihn über und über mit bunten Kugeln, Lametta und Kerzen geschmückt. Es wurde gemeinsam gesungen, wobei eigentlich nur Max und Ivan sangen, während die alten Leute zuhörten. Einige summten vor sich hin.

Ein paar Patienten erhielten an diesem Tag Besuch. Meist blieben die Verwandten nur kurz und hasteten dann weiter zum nächsten Termin. Wirklich Zeit nahmen sich nur die Wenigsten.

Herr Meisel würde ganz allein bleiben. Max nahm sich vor, sein besonderes Augenmerk auf ihn zu richten. Er wollte vermeiden, dass die wenigen Erinnerungen, die in den letzten Tagen und Wochen zurückgekehrt waren, nun wieder verschwanden. Mit Weihnachten schien der alte Mann nicht viel anfangen zu können. Weder der Christbaum noch die Weihnachtslieder lösten eine Reaktion in ihm aus.

Wegen des Personalmangels, der an jedem Heiligen Abend herrschte, mussten die diensthabenden Mitarbeiter mehrere Aufgaben übernehmen. Max servierte Kinderpunsch und teilte Vanillekipferl aus. Gerade als er eine alte Dame, die Schwierigkeiten beim Essen hatte, füttern wollte, betrat eine Frau mit einer ungewöhnlich bunten Wollmütze den Raum. Sie sah sich um, nahm die Mütze ab und schüttelte ihre rotblonden Locken. Max legte das Vanillekipferl zur Seite. Die alte Frau sah ihm verdattert nach.

»Laura!« Er winkte ihr aufgeregt zu. Augenblicklich färbten sich ihre Wangen dunkelrot. Ein Lächeln breitete sich auf ihrem Gesicht aus. Max spürte, wie Tausende Schmetterlinge in seinem Magen wild durcheinanderflatterten. Laura hielt eines ihrer Papiersäckchen in den Händen. Es war mit Sicherheit für Herrn Meisel bestimmt. Aber er sah sie dennoch intensiv an.

24. Dezember, Laura

Laura hatte nicht auf Heides Ratschlag gehört und war nach dem Friedhofsbesuch direkt ins Pflegeheim gefahren. Diesmal wollte sie ihr Geschenk nicht bloß abgeben, sondern es Herrn Meisel selbst überreichen. Jetzt stand sie mitten im Gemeinschaftsraum vor einem der größten und schönsten Christbäume, die sie in den letzten Jahren gesehen hatte, und konnte ihr Glück kaum fassen. Max war hier, und er schien sich über das Wiedersehen ebenso zu freuen wie sie. Mit eiligen Schritten kam er auf sie zu.

»Dass Sie heute Herrn Meisel besuchen, ist eine wunderschöne Weihnachtsüberraschung«, sagte er.

Über Lauras Rücken lief ein wohliger Schauer. Max führte sie zu Herrn Meisel. Auch wenn er ihren Namen nicht kannte, schien er sich an sie zu erinnern.

»Haben Sie Karamellbonbons dabei?«

»Selbstverständlich!« Laura legte ihm ihr Geschenk in den Schoß. »Die sind für Sie.«

Es war Max, der das Säckchen für seinen Patienten öffnete. Der intensive Duft von Tannennadeln strömte ihm entgegen. Er holte ein grünverpacktes Bonbon heraus und steckte es Herrn Meisel in den Mund. Augenblicklich schloss der alte Mann die Augen und schob verzückt die Süßigkeit von einer Wange in die andere. »Hm!«, schwärmte er. »Das schmeckt nach Weihnachten. Frisch geschnittenes Reisig, Tannenbaum, Gestecke.«

Als er die Augen wieder öffnete, lächelte er Laura dankbar an.

Max beugte sich zu ihr und flüsterte in ihr Ohr: »Sie haben dem Patienten eben die Erinnerung an Weihnachten zurückgegeben.«

»Das ist schön«, sagte Laura leise. Beide zogen sich vorsichtig zurück, denn Herr Meisel wirkte, als wollte er allein mit seinen Gedanken sein.

»Ich habe ein Weihnachtsgeschenk für Sie«, sagte Max.

»Für mich?«, fragte Laura erstaunt. »Aber Sie kennen mich doch gar nicht.«

»Sie kennen die Menschen auch nicht, die Sie beraten, und trotzdem finden Sie für jeden exakt die Süßigkeit, die sie oder ihn glücklich macht.«

Laura widersprach nicht.

»Warten Sie einen Moment. Ich habe das Geschenk im Personalraum.« Max hastete davon und kehrte kurz darauf mit einer kleinen Schachtel aus Papier zurück.

»Hier, bitte.«

»Was ist das?«

»Machen Sie die Schachtel auf.«

Laura konnte sich nicht daran erinnern, jemals ein Weihnachtsgeschenk von einem Fremden bekommen zu haben. Vorsichtig öffnete sie den Deckel. Das Innere der Schachtel war mit goldenem Glanzpapier ausgelegt. Darin befanden sich in Zimt gewälztes Konfekt.

»Haben Sie die selbst gemacht?«, fragte Laura erstaunt.

Max verzog den Mund. »Ich habe sie gekauft. Aber jemand hat sie exakt nach meinen Anweisungen hergestellt«, entschuldigte er sich.

Laura nahm eine Süßigkeit heraus und steckte sie sich in den Mund. Sie schloss die Augen. Der Geschmack von getrockneten Datteln, geriebener Organgenschale, Nüssen, Vanille und Zimt breitete sich in ihrem Mund aus. Die Kugel schmeckte nach Kindheit, nach unbeschwertem Weihnachtsfest mit ihrer Mutter und nach ausgelassener, echter Freude. Gerührt öffnete sie die Augen wieder.

»Habe ich Ihre Vorlieben getroffen?«, erkundigte sich Max.

Laura musste nichts sagen, um seine Frage zu beantworten. Ihr verzückter Gesichtsausdruck verriet mehr als alle Worte es vermocht hätten.

»Wer hat die Kugeln gemacht?«

»Ihre Mitarbeiterin hat zwei Geschmacksnoten hinzugefügt«, gab Max zu. »Aber der Großteil stammte von mir.«

In dem Moment kam Regina quer durch den Raum geflitzt. Sie hielt einen kleinen Mistelstrauch in der Hand. Gerade groß genug, um ihn über ihre Köpfe zu halten.

»Frohe Weihnachten!«, rief sie, stellte sich auf die Zehenspitzen und streckte den Arm aus. Max musste sich bücken. Er sah fragend in Lauras Augen. Ihre Antwort war eindeutig. Der Kuss war flüchtig und scheu. Aber er versprach mehr und verhieß die wunderschönsten, magischsten Weihnachtsfeiertage. Genauso, wie Laura sie immer erträumt hatte.

Lichterglanz über Montrose Hall

von
Rena Rosenthal

Coventry, England, 1885

Amelia holte tief Luft, als sie das Herrenhaus sah, das am Ende der Allee unter den mächtigen Kastanienbäumen auftauchte. An den hellgrauen Wänden aus Kalkstein rankte üppig der Efeu hinauf, sodass die grünen Fenster darin zu versinken schienen. Das imposante Haus war drei Stockwerke hoch, eine Doppeltreppe mit ebenso grünem Geländer führte von links und rechts auf eine große, edel geschnitzte Eingangstür aus Holz zu. Amelia würde gewiss mit den anderen Hausangestellten direkt unter dem Dach wohnen, doch solange sie ein echtes Bett hatte und nicht in einem eingezogenen Hängeboden in der Küche hausen musste, störte sie das nicht. Wer weiß, vielleicht hatte sie von dort oben sogar einen Blick über den Garten, sodass sie jeden Tag begutachten konnte, wie ihr eigenes Werk gedieh. Sie konnte noch immer nicht glauben, dass sie nach monatelanger Suche endlich eine Anstellung als Gärtnerin bekommen hatte.

Vor zwei Jahren hatte sie als eine der ersten Frauen das *Horticultural College* in Swanley absolviert und sich darauf gefreut, fortan ihre geliebten Blumen hegen und pflegen zu können – doch leider hatte sich herausgestellt, dass die Leute überaus skeptisch gegenüber weiblichen Gärtnern waren. »Es ziemt sich nicht, dass Damen sich die Hände schmutzig machen. Die Aufgabe einer Frau ist einzig und allein dem Haushalt vorzustehen«, hatten die Leute gesagt. Oder es wurde ihnen unterstellt, dass sie den Männern die Anstellungen wegschnappten.

Umso größer war ihre Freude gewesen, als ihre Bewerbung auf das Inserat von Mister Starley eine positive Rückmeldung erhalten hatte. Zwar musste sie London verlassen, dafür konnte sie fortan für die Wohlgestaltung eines riesigen Gartens samt Orangerie eines angesehenen Fabrikbesitzers in Coventry Fürsorge tragen.

An der Erfüllung ihres Traumes hinderte sie jetzt nur noch eines: das schmiedeeiserne Tor.

»Warum in aller Welt bist du geschlossen?«, fragte sie leise die dunklen Metallstreben, die sie verhöhnend anzusehen schienen. Normalerweise wurden die Tore tagsüber geöffnet und erst abends wieder geschlossen. Und wenn nicht, gab es in der Regel einen Portier. Mit kribbelnden Händen kramte Amelia den Brief mit dem gebrochenen Siegel aus der Tasche. Sie hatte ihn wohl hundert Male gelesen und konnte jedes Wort aus dem Gedächtnis aufsagen – dennoch wollte sie sichergehen. Ein Missverständnis wäre schier zu unangenehm, und wenn es mit dieser Anstellung nicht glückte, würde sie auf der Straße stehen, da sie ihre Aushilfsstelle in der Zwirnerei aufgekündigt hatte.

Aber doch, dort stand in der markant geschwungenen Handschrift eindeutig der heutige Tag. Der 1. November 1885.

»Hallo?«, rief sie zaghaft durch die Eisenstreben, räusperte sich und versuchte es sogleich noch einmal lauter – so, wie ein Mann es machen würde. »Hallo? Hier ist Amelia Jones, ich bin die neue Gärtnerin?«

Sie lauschte ihren eigenen Worten, die zwar selbstbewusst klangen, doch leider bezeugten dies nur die vielen kleinen Kieselsteine der Auffahrt. Was sollte sie tun? Zurück ins Dorf laufen? Aber in gut einer Stunde würde es dunkel werden, es war unwahrscheinlich, dass das Tor danach noch geöffnet wurde. Und auf keinen Fall wollte sie einen Tag zu spät ankommen.

Was, wenn jemand das Tor aus Versehen geschlossen hatte und nun alle im Haus auf sie warteten? Sie konnte sich schon vorstellen, wie sie sich dann die Mäuler zerreißen würden. »Ich wusste gleich, dass es ein Fehler war, eine Frau einzustellen. Frauen sind einfach viel zu schwatzhaft, wahrscheinlich ist sie schlichtweg stehen geblieben, um sich zu unterhalten, und dort steht sie noch jetzt.« Danach würde die Person betont auf die mächtige Standuhr blicken und seufzen.

Das musste sie verhindern. Was würde ein Mann tun? *Hinüberklettern*, flüsterte eine kleine Stimme in ihrem Kopf, die sie rasch zu vertreiben versuchte. Nie im Leben! Allein bei dem Gedanken wurde ihr schwindelig. Ganz oben ragten zudem goldene Pfeilspitzen in die Luft. Lieber machte sie sich noch einmal, so laut sie konnte, bemerkbar. Ihre Rufe schallten abermals über den Hof.

Nichts.

Sie rüttelte am Tor, doch es blieb fest verschlossen. Zaghaft blickte sie an den Eisenstangen hoch und dann zu ihrem Rock, der wie üblich in der kalten Jahreszeit aus mehreren Lagen bestand.

Es nützte nichts.

Lieber brachte sie es gleich hinter sich.

Wenn sie nachts über das Tor kletterte, würde man sie gar noch für eine Diebin halten. Sie quetschte ihren schmalen Koffer durch eine Lücke zwischen zwei Streben und griff dann so weit sie konnte nach oben. Das Metall lag eiskalt in ihrer Hand. Dank der verschnörkelten Verzierungen des Tores fanden ihre Schnürstiefel aber immerhin genug Trittflächen. Schneller, als sie vermutet hatte, war sie ganz oben und schwang ihr Bein vorsichtig über die vergoldeten Spitzen. Bloß nicht nach unten gucken, mahnte sie sich. Wenn sie das tat, würde sie bewegungslos erstarren und es nie auf die andere Seite schaffen. Sie konzentrierte sich einzig und allein auf ihren Finger und die Füße, versuchte der viel zu großen Entfernung zum Boden keinerlei Beachtung zu schenken. *Komm schon, Amelia, eine derartig gute Anstellung als Gärtnerin findest du nie wieder! Du willst doch nicht unverrichteter Dinge nach Hause zurückkehren, damit alle sagen können, dass sie schon immer gewusst hatten, dass es nichts wird?*

Mit angehaltenem Atem schwang Amelia das zweite Bein hinüber. Gleich hatte sie es geschafft, und es würde nur noch der Abstieg folgen – und der wäre ein Kinderspiel.

Dann ging alles ganz schnell.

Der eine Fuß war hinüber, aber durch eine minimale Verlagerung ihres Gewichts verlor der rechte seinen Halt. Sie sah sich schon auf dem Kies aufschlagen und presste die Augen fest zusammen – doch der Aufprall blieb aus. Stattdessen ging ein Ruck um ihren Bauch. Blinzelnd öffnete sie die Augen wieder. Das Herrenhaus erstrahlte weiterhin in seiner Imposanz mit vereinzelt beleuchteten Fenstern vor dem Dämmerhimmel. Ihr Koffer stand ebenso wartend bereit. Und sie? Vorsichtig bewegte sie ihre Füße. Nichts schmerzte. Und doch stimmte etwas nicht: Ihre Beine baumelten in der Luft.

***

In John Starleys Kopf drehte sich wie eigentlich immer alles um Räder. Seit sein Onkel aus seiner Nähmaschinenfabrik eine für Fahrräder gemacht hatte, arbeiteten sie beide permanent daran, diese zu verbessern, denn die Hochräder hatten bei aller Beliebtheit und Begeisterung über die neuen Möglichkeiten ein kleines Problem: Eine Spazierfahrt auf ihnen konnte tödlich enden.

Da der Schwerpunkt der Fahrer direkt über dem riesigen Frontrad saß, bedurfte es nur eines kleinen Steines oder eines winzigen Schlaglochs, um die Fahrer mit dem Kopf voran zu Boden zu schicken. Er musste eine Möglichkeit finden, das zu verhindern. Aber wie?

An diesem Spätnachmittag hatte er einen Geistesblitz: Vielleicht könnte er eine Art Haltegriff anbringen? Er sah es schon direkt vor sich und spürte die innere Aufregung. Seine Idee könnte entscheidend sein, deswegen wollte er sogleich in das Nebengebäude eilen, wo sie eine bestens ausgestattete Werkstatt zum Tüfteln eingerichtet hatten. Zum Glück war sein Onkel, James Starley, nicht weniger fahrradverrückt. Er hatte neben dem Hochrad auch ein Dreirad entwickelt, bei dem man zwischen den hohen Rädern saß. Aber all das war noch immer nicht optimal. Er musste ...

»Äh, Entschuldigung«, riss ihn eine unbekannte Frauenstimme aus den Gedanken. Er blieb jäh stehen und blickte in die Richtung, in der er sie vermutete. War denn das die Möglichkeit? Er blinzelte, doch auch danach schien eine junge Frau allem Anschein nach wie ein bewegungsloser Hampelmann – oder in diesem Fall wohl Hampelfrau – am Tor zu hängen! Sie musste sich mit ihrer eigenen Kleidung daran aufgespießt haben.

Mit großen Schritten ging er auf sie zu, der Kies knirschte unter seinen Schuhen. »Was soll das werden?«, fragte er ungehalten, noch bevor er sie erreicht hatte. Vereinzelte Wellen ihres hochgesteckten Haares hatten sich unter dem Hut herausgelöst. Sie hatte cremefarbene Haut und sah ihn aus wachen, dunklen Augen an, die rundlich wie sein liebstes Forschungsobjekt waren. Sie war wahrlich eine Augenweide. Doch wer über das Tor kletterte, kam gewiss, um zu spionieren! Sein Onkel hatte sich durch seine ausgeklügelten Erfindungen nicht nur in Coventry einen Namen gemacht, da gab es viele Neider. Und offenbar schreckten die Mitbewerber nicht einmal mehr davor zurück, Schnüffler zu schicken!

»Ich fasse es nicht, was führen Sie im Schilde?«

»Würde es Ihnen etwas ausmachen, mich zunächst aus dieser ... misslichen Lage zu befreien, bevor wir alles Weitere klären? Ich hänge bereits seit geraumer Zeit so herum«, fragte sie schnippisch, und er schnalzte mit der Zunge. Die hatte wahrlich Nerven!

»Oh, bitte entschuldigen Sie vielmals, wenn ich die Spitzel unserer Konkurrenz nicht mit der gebührenden Höflichkeit begrüße. Darf es noch etwas Tee zu unseren Blaupausen sein?«

Sie verdrehte die Augen und nickte nach hinten, wo die Spitzen des Tores den Stoff ihres Rockes durchbohrt hatten. Na schön, er konnte die Spionin ohnehin nicht auf diese Weise hängen lassen. Er trat an sie heran, machte sich ein Bild von der Lage und erkannte, dass es keinen anderen Weg gab, um sie zu befreien, als sie hochzuheben. Da so viel Nähe zu einer Dame unschicklich war, sollte er sich vermutlich zunächst ihr Einverständnis zusichern, überlegte er. »Darf ich ... Also, würde es ...«

»Um Himmels willen, nun machen Sie endlich!«, flehte sie so vehement, dass er nicht länger darüber nachdachte. Er holte eine kleine Leiter heran, die sie sonst nutzten, um die Hochräder zu besteigen, griff sie kurzerhand bei der Hüfte und hob sie hoch, damit der Rock von den Spießen befreit werden konnte. Sie roch dezent nach Blumen, aber das fiel ihm gewiss nur auf, da er sonst von Schmierölgeruch umgeben war und mit Metall arbeitete.

Sanft setzte er sie im Kies ab, und während sie ihre Kleidung richtete, wurde er etwas verlegen. Außer beim Tanz war er lange keiner Dame so nah gewesen. Einmal hatte es eine gegeben, doch das war Jahre her und hatte ein ungutes Ende genommen. Seitdem stürzte er sich in die Arbeit – auch wenn seine Tante ihn nur zu gerne verheiraten würde. Aber er hatte keine Zeit, er spürte, dass er kurz vor dem Durchbruch stand, um die Hochräder sicherer zu machen. Und nun kam die Konkurrenz, um ihre Geheimnisse zu stehlen?

»Können Sie mir nun endlich verraten, was Sie hier zu suchen haben? In wessen Auftrag sind Sie hier?«

»Auftrag? Ich komme aus eigenem Anliegen.«

»Ach ja? Dann sind Sie also eine Vagabundin, oder warum schleichen Sie sich auf unser Grundstück!?«

Jetzt begann sie doch tatsächlich zu lachen. War das wirklich so lustig? Nun ja, zugegebenermaßen wäre sie die bestgekleidete Vagabundin, die er je gesehen hatte.

»Würde eine Vagabundin denn einen Koffer voll Sachen mitbringen?«, fragte sie und nickte zum Tor. Jetzt entdeckte er im Zwielicht das kleine Gepäckstück, das vor dem Tor stand. Er wurde verlegen. Das wäre wahrhaftig eher ungewöhnlich.

Sie lächelte leicht und hielt ihm ihre Hand entgegen. »Wenn ich mich vorstellen darf? Ich bin Amelia Jones. Die neue Gärtnerin.«

***

Letztendlich hatte sich alles geklärt. James Starley, der Fabrikbesitzer, der ihr die Stelle zugesagt hatte, war offenbar gleichzeitig Erfinder und machte dem Bild eines verwirrten Professors alle Ehre. Er hatte vollkommen vergessen, dass sie vereinbart hatten, dass sie am 01. November beginnen würde, und somit nicht veranlasst, sie abzuholen, wie er es eigentlich vorgehabt hatte. »Richtig, meine Frau hat ja darauf bestanden, dass der neue Gärtner noch dieses Jahr beginnt. Was für ein Jammer, dass ich das Datum aus den Augen verloren habe. Sonst hätte ich Sie höchstpersönlich abgeholt, und Sie wären sogleich in den Genuss einer Fahrt mit dem Touren-Dreirad gekommen. Ich habe es eigens für meinen Sohn und mich entwickelt. Das müssen wir im Sommer unbedingt nachholen!«, hatte er gesagt.

Inzwischen ahnte Amelia, warum er gerade ihr die Stelle zugesagt hatte: Als Erfinder entsprach es seinem Gemüt, aufgeschlossen für Neues zu sein. Leider war seine Gattin weniger weltoffen. Sie hatte bisher kaum ein Wort mit Amelia gewechselt und schaffte es, allein durch ihre Blicke ihren Unwillen auszudrücken.

Aber die anderen Angestellten, mit denen sie unten in der Küche die Mahlzeiten einnahm, machten einen netten Eindruck. Mit dem Dienstmädchen Penny, einer jungen Frau mit Ringellöckchen, teilte sie ihre Kammer – sie hatte sie über die wichtigsten Dinge in Kenntnis gesetzt. Die Männer verbrachten offenbar allesamt viel Zeit in der Fabrik, und die gnädige Frau ging einem regen gesellschaftlichen Leben nach, wie es ihrem Stand gebührte. Sie hatte anscheinend darauf bestanden, dass die Stelle des Gärtners nun endlich nachbesetzt wurde, nachdem der Garten zwei Jahre brachgelegen war, damit er wieder seine repräsentative Funktion erfüllte.

»Schon in einem Monat wird der große Weihnachtsball auf Montrose Hall stattfinden«, hatte Penny ihr vor wenigen Tagen abends auf ihrer Kammer erklärt. »Das ist *das* Ereignis hier in Coventry! Aber das Beste ist: Auch die Arbeiter dürfen mitfeiern, denn es ist gleichzeitig ein Dankeschön der Herrschaft. Hannah, Jacob, Ainslie und ich haben schon längst mit den Vorbereitungen begonnen, da wir jeden Winkel auf Hochglanz bringen müssen. Ab Dezember werden wir alles mit Tannengrün und Stechpalmenzweigen schmücken, dann duftet es überall nach Weihnachten und wirkt ganz heimelig.«

Das klang wirklich schön, dennoch beneidete Amelia sie nicht um die harte Arbeit, die ein solcher Abend für die Hausangestellten mit sich brachte. Sie zog es ohnehin vor, an der frischen Luft zu sein, auch wenn hier ebenfalls ein riesiger Haufen Arbeit auf sie wartete. Der Garten hatte etwas leicht Verwildertes, was ihr sehr gefiel. Sie würde um Erlaubnis bitten, den Wuchs lediglich in die richtige Richtung zu lenken. Der weiße Pavillon war so zugewuchert mit Rosen, dass man ihn kaum betreten konnte, und auch einige Wege waren nicht mehr zu erkennen. Den Rückschnitt würde sie jedoch erst im Frühjahr vornehmen, denn die Triebe dienten dem Frostschutz, und der war zunächst ihre größte Sorge. Wie schon am Vortag holte sie heute Schubkarre um Schubkarre voll Stroh, um die frostempfindlichen Pflanzen damit zu bedecken.

Jetzt bot sich ihr ein reizvolles Bild: John Kemp Starley fuhr auf dem gepflasterten Teil des Hofes Runde um Runde auf einem Hochrad und sah dabei ungemein stattlich aus. Er zog sich oft hierher zurück, um in Ruhe an seinen Erfindungen zu arbeiten. Offenbar eiferte er seinem Onkel nach. Penny hatte ihr erzählt, dass er die Herzen zahlreicher jungen Damen der Gesellschaft höherschlagen ließ, er jedoch nur die Fahrräder im Kopf hatte – sehr zum Unwillen seiner Tante. Bisher hatte sie nur ein paar vereinzelte Sätze mit ihm gewechselt und war dabei jedes Mal hochrot angelaufen, da es ihr so peinlich war, dass er sie in dieser unangenehmen Lage entdeckt hatte. Aber er hatte seinem Onkel gegenüber offenbar kein Sterbenswörtchen davon erwähnt.

»Aha, die Vagabundin!«, rief er ihr grinsend zu. Sie mochte es, dass er sich damit gerne selbst auf die Schippe nahm und von Zeit zu Zeit so nannte. »Wollen Sie es auch einmal versuchen?«, fragte er mit einem leichten Lächeln um die Mundwinkel von seinem Hochrad herunter.

Erst jetzt wurde Amelia bewusst, dass sie stehen geblieben war. »Nein, danke«, sagte sie lachend. »Ich bin doch nicht lebensmüde!« Die Hochräder wurden vornehmlich von tollkühnen jungen Burschen gefahren, die die Risiken eines Sturzes nicht scheuten.

»Das sah am Tag Ihrer Ankunft allerdings anders aus.«

Amelia holte bereits Luft und wollte die Hände auf die Hüften stemmen, sah dann aber, dass er ihr zuzwinkerte, bevor sie ihn nur noch von hinten sehen konnte, da er seinen Kreiskurs fortsetzte.

»Das Hochrad heißt *Ariel*«, erklärte er, als er wieder auf sie zukam. »Das bedeutet der *Geist der Lüfte*.«

»Eben. *Luft.* Mir ist das eindeutig zu viel Luft zwischen mir und dem Boden. Auf dieses Ding kriegen mich keine zehn Pferde.«

Längliche Falten zeichneten sich auf seiner hohen Stirn ab, und Amelia konnte sich schon denken, was er überlegte: Wie um aller Welt war sie denn über das Tor geklettert, wenn sie offensichtlich Höhenangst hatte? Aber sie würde einen Teufel tun und ihm jetzt obendrein offenbaren, wie verzweifelt sie diese Stelle benötigte.

»Wieso ist es eigentlich so fürchterlich hoch? Also das Rad, meine ich. Soll es jungen Draufgängern wie Ihnen vorbehalten bleiben? Dabei könnten gerade wir Frauen ein solches Fortbewegungsmittel gut gebrauchen.«

Er wirkte amüsiert, als er abermals im Kreis fahrend zu ihr zurückkehrte. »Sie denken also, ich sei ein Draufgänger?«

Himmel, hatte sie das wahrhaftig gesagt? Da war das Temperament wohl mit ihr durchgegangen. Gott sei Dank hatte er sie bereits passiert, und sie sah lediglich seinen breiten Rücken.

»Aber nein, ich muss Sie enttäuschen. Die Größe ist nötig, um eine gewisse Geschwindigkeit zu erreichen, und außerdem dient sie der Abfederung. Nicht umsonst wurde der Vorgänger aus Frankreich ›Bone Shaker‹ genannt. Das war die reinste Schüttelpartie.«

»Ach so, verstehe«, sagte Amelia nachdenklich und nahm ihre Schubkarre wieder auf. Sie hatte sich noch nie Gedanken gemacht, warum die Hochräder eigentlich so riesig waren.

»Was haben Sie denn vermutet? Dass das Rad diese enorme Größe hat, weil es nur dann so adrett aussieht, wenn man samt Zylinder damit durch die Straßen fährt?«

Der Schalk saß in seinen Augen, und sie wollte etwas erwidern, doch plötzlich geriet er aus dem Tritt. Das Rad kam ins Schlingern, und er wankte gefährlich. Amelia riss den Mund auf, wollte schreien, aber kein Laut verließ ihre Kehle. Ihre Sinne waren so geschärft, dass sich alle Bewegungen zu verlangsamen schienen. Sie sah ihn zwei Meter vor ihr nach vorne fliegen, und im Bruchteil einer Sekunde ratterten die Schreckensmeldungen aus den Zeitungen durch ihren Kopf.

Schwere Kopfverletzung nach Hochradunfall
Sturz vom Hochrad endet tödlich
Sind Hochradfahrer lebensmüde?

Wie eine der Maschinen aus der Zwirnerei handelte sie, ohne darüber nachzudenken. Sie stürzte nach vorne – genau im richtigen Moment, damit er in die mit Stroh befüllte Karre anstatt auf das Kopfsteinpflaster fiel.

Erst als er sich hochrappelte und mit einem verlegenen Ausdruck die Strohhalme aus seinem Schopf zupfte, erhob sie wieder das Wort und nickte zu ihm. »Sie haben recht, das sah wirklich *sehr* adrett aus.«

***

»Wozu haben wir denn einen Gärtner, Verzeihung, eine Gärtnerin?«, hörte Amelia eine Woche später die gnädige Frau, als sie auf dem Weg zu Mr. Starley war, um einige Neuanschaffungen für die Orangerie zu besprechen, denn sie würde die Öfen gerne wieder in Betrieb nehmen, um Blumen vortreiben zu können. Sie konnte die Antwort ihres Brotherrn nicht hören, doch schien er Einwände zu haben. Um was mochte es wohl gehen?

Sie klopfte zaghaft an, und das Gespräch verstummte.

»Ah, Mrs. Jones, gut, dass Sie kommen. Wir benötigen für unseren Weihnachtsball einen stattlichen Tannenbaum im Vestibül und einen zweiten, etwas kleineren, für den Salon. Zwei Meter und drei Meter, sie sollen schließlich etwas hermachen. Würden Sie das bitte übernehmen? Und lassen Sie sich nicht zu viel Zeit, wir müssen sie auch noch schmücken. Morgen Abend sollten sie aufgestellt werden.«

»*Ich* soll die Bäume fällen?«, versicherte Amelia sich.

»Es sei denn, Sie ziehen es vor, sie samt Wurzel aus der Erde zu ziehen?«

Amelia musste sie so entgeistert angesehen haben, dass Mrs. Starley affektiert lachte. Der Blick, den sie ihrem Gatten entgegenschickte, schien zu sagen: *Siehst du, wir hätten einen Mann einstellen sollen.* Dann wurde sie abrupt wieder ernst. »Gehört das nicht zu Ihrem Tätigkeitsprofil?«

Nun ja, normalerweise pflege ich die Pflanzen eher, lag Amelia auf der Zunge, allerdings besann sie sich eines Besseren und lächelte. »Aber gewiss doch.« So schwer konnte es immerhin nicht sein, einen Baum zu fällen.

Aber sie sollte sich täuschen.

***

Der Geruch nach Schnee und Tannengrün in der klaren Luft war zwar herrlich, doch trotz der Vielzahl am Bäumen in der Waldung der Starleys war es allein schon eine Herausforderung, ein geeignetes Exemplar zu entdecken. Sie stapfte bereits seit gut einer Stunde mit knirschendem Schnee unter ihren Stiefeln durch das Gehölz und war vollkommen durchgefroren. Sie sehnte sich nach einer heißen Schokolade mit Zimt und Sahne, denn mit den weiß bestäubten Bäumen war es wie verhext. Immer, wenn der Baum eine erkennbare Spitze aufwies und die Äste wohl verteilt stufenweise nach unten gingen, war die Tanne entweder zu groß oder zu klein. Und wenn sie die richtige Größe hatte, zeigten sich lichte Stellen oder Löcher im Geäst.

Unvermittelt knackte es hinter ihr, und sie fuhr erschrocken herum. Hoffentlich kein wildes Tier?

»Sieh an, sieh an, die Vagabundin ist wieder unterwegs.« John trug eine Mütze mit Schaffell, deren breite Klappen über seine Ohren hingen, aber durch sein verschmitztes Schmunzeln um die Mundwinkel sah er dennoch gut aus. »Falls du wieder in geheimer Mission unterwegs bist, solltest du dringend daran arbeiten, deine Spuren zu verwischen.« Er deutete auf die Fußabdrücke im Schnee, die ihn unweigerlich zu ihr geführt hatten.

»Und selbst? Heute mal ohne Hochrad?«, konterte sie und ignorierte ihren Herzschlag, der einen Takt zugelegt hatte. Nachdem sie ihn vor einem schwerwiegenden Unfall bewahrt hatte, hatte er ihr angeboten, ihn beim Vornamen zu nennen –

zumindest solange der Anstand es nicht anders verlangte. »Schade, ich hätte dir nur zu gerne wieder das Leben gerettet. Vielleicht solltest du generell auf ein Fortbewegungsmittel in der Höhe einer Schubkarre umsteigen«, schlug sie scheinbar unschuldig vor. Penny würde die Hände über dem Kopf zusammenschlagen, wenn sie mitbekommen hätte, wie sie mit dem Neffen der Herrschaft redete, aber sie genoss die kleinen Wortgefechte, in die sie immer wieder zu verfallen schienen.

»Deswegen bin ich in der Tat hier, deine Worte gehen mir nicht mehr aus dem Kopf. Womöglich schrecken viele vor der Höhe des Rades zurück. Ich suche nach Inspiration, wie ich die Höhe des Frontrades verringern kann, um das Gefährt sicherer zu machen. Dann könnten auch ehrenwerte Damen in den Genuss des Fahrrads kommen.«

Er lächelte sie so offen an, dass sie kaum wusste, wo sie hinsehen sollte. Was dachte er sich nur? Er gehörte dem Großbürgertum an, und sie war lediglich eine einfache Arbeiterin. Ob er sie für ein leichtes Mädchen hielt? Auf der anderen Seite hatte Penny erzählt, dass er für gewöhnlich nicht den Röcken hinterherjagte. Sie bemühte sich jedoch nach Kräften, sich von ihrer Unsicherheit nichts anmerken zu lassen.

»Ach, und ehrenwerte Herren würden zufälligerweise auch nicht mehr ganz so tief fallen?«

»Ganz richtig. Du siehst, jeder wird davon profitieren. Aber es ist verzwickt – wie soll ohne hohes Rad die nötige Geschwindigkeit erzeugt werden? Man müsste …« Er hielt inne. »Ich will dich nicht langweilen. Was führt dich ins Grüne?«

Amelia hielt ihre mitgebrachte Axt hoch. »Ich werde einen Weihnachtsbaum schlagen. Zwei sogar. Zwei Meter und drei Meter.«

Er musterte sie abermals, und seine Augenbrauen zogen nach oben. »Warum? … Ach, ich verstehe schon, meine Tante. Aber keine Sorge, wir kriegen das hin.«

»Gewiss. *Ich* kriege es hin. Ich wünsche noch einen angenehmen Tag mit zahlreichen Geistesblitzen.« Sie wusste seine

Hilfsbereitschaft zu schätzen, dennoch wollte sie ihre Aufgabe allein bewältigen. Sie musste es Mrs. Starley beweisen – deshalb wandte sie sich ab und stapfte mit entschlossenen Schritten durch den Schnee davon.

»Amelia!« Er eilte ihr hinterher, berührte ihre Schulter. »Ich bezweifle keine Sekunde, dass es dir gelingen würde. Aber hast du darüber nachgedacht, wie du mit deinen 1,62 Meter eine Drei-Meter-Tanne aus dem Wald schaffen willst?«

Amelia blieb stehen, spürte, wie die Hitze ihren Nacken hochkroch. Sie war so auf das Problem des Fällens konzentriert gewesen, dass sie bisher nicht weiter darüber nachgedacht hatte. Er lächelte, wirkte dabei aber nicht überlegen oder triumphierend, sondern verständnisvoll. »Komm«, sagte er sanft und erzählte ihr, dass er als Junge immer seinem Vater beim Schlagen des Weihnachtsbaumes geholfen hatte, und dass sie für ein solches Unterfangen zusätzlich zu ihrer Axt auch noch eine Säge benötigen würden.

Zurück zum Hof fuhren sie durch die verschneite Winterlandschaft mit dem Touren-Dreirad seines Onkels, von dem er ihr berichtet hatte. Amelia nahm aufgeregt auf einem der schmalen Sitze zwischen den großen Rädern Platz und half John beim Treten.

Nachdem sie das Werkzeug eingepackt hatten, wählten sie gemeinschaftlich eine Tanne am Wegesrand, und Amelia notierte sich gedanklich, im Frühjahr neue Setzlinge zu ziehen, um sie im Folgejahr in den Wald zu pflanzen.

Gemeinsam setzten sie sie Doppelsäge an. Zunächst verhakten sich die Sägezähne im Holz, doch nach kurzer Zeit hatten sie ihren Rhythmus gefunden, und das Blatt wanderte gemächlich durch den Stamm. Ihre Finger waren durchgefroren, doch ihr restlicher Körper geriet ordentlich ins Schwitzen. Dennoch machte es Spaß, zusammenzuarbeiten, und sie sah heftig atmend zu John hinüber, der sich ebenfalls mit hochrotem Kopf abmühte. Auch er lächelte.

»Man müsste das irgendwie automatisieren«, überlegte er laut. »Wenn man jetzt eine Kette aus Sägezähnen hätte, die sich um sich selbst dreht, dann …«

Die Säge bewegte sich keinen Zentimeter mehr, und sie sah ihn verwundert an. John hatte sich aufgerichtet, sein Blick ging in die Ferne. Amelia konnte fast sehen, wie es hinter seiner Stirn arbeitete. Und dann lächelte er. Er sah zu ihr und wirkte dabei so begeistert und aufgeregt, dass sie sich unwillkürlich für ihn mitfreute.

***

Eine Woche später hatte der Schnee sich wieder verzogen. Amelia summte in der Orangerie leise »Stille Nacht, heilige Nacht«, während sie die Weihnachtssterne aufstellte, die sie in einer Gärtnerei erstanden hatte. Bis zum großen Weihnachtsball sollten sie in voller Blüte stehen, dazu würde sie den Ofen zwei Tage vor dem Fest ordentlich befeuern. Auch sonst erstrahlte die Orangerie fast wieder in ihrer alten Pracht, nachdem Amelia das Glas geputzt, tote Pflanzen aussortiert und wild wuchernde zurückgeschnitten hatte. Ganz Montrose Hall duftete nach Zimt und Orange, da im steinernen Backofen Lebkuchen, Christmas Fudge und Honeycomb in rauen Mengen gebacken wurden. Penny schrubbte derweil mit den andern schon seit Tagen jeden Winkel des Anwesens und taumelte so wie sie erst sehr spät ins Bett.

Ob John heute noch kommen würde? Immer öfter besuchte er sie im Garten oder in der Orangerie, nachdem sie ihn gebeten hatte, nach dem kaputten Ofen zu sehen. Interessiert lauschte er ihren Erklärungen, wie sie es durch das Vortreiben der Pflanzen schaffen würde, dass sie bereits im Februar blühende Kirschzweige hätten.

Wenn nur der Ofen wieder liefe!

Er hatte sich vorgenommen, ihn für sie zu reparieren, was viele lange Nachmittage in Anspruch nahm. Schon bald redeten sie nicht mehr allein über die Wunder der Technik, sondern auch über ihre Wünsche und Träume. Ansonsten ging er momentan gar nicht in die Fabrik, sondern arbeitete an einem vollkommen neuen Fahrrad. Offenbar hatte seine Bemerkung der rundlaufenden Kette der Säge ihn auf eine Idee gebracht, die ihm bei einem Niederrad behilflich seine könnte. Er wollte mit zwei Zahnrädern arbeiten, über die eine Kette lief. Wenn sie ihn richtig verstanden hatte, würde eine solche Konstruktion die Kraft des Tretens an die Räder übertragen. Aus irgendeinem physikalischen Grund schien dies besser zu sein, als die Pedale direkt am Rad zu haben.

Sie musste sich eingestehen, dass sie mittlerweile immer wieder nach ihm Ausschau hielt. Trotz der Kälte arbeitete er oft unter freiem Himmel, da er zumeist sogleich nach der Probefahrt an dem Gefährt herumschraubte. Wenn sie an ihm vorüberging, um die zahlreichen Wagenladungen Tannen, Misteln und Stechpalmenzweige ins Haus zu schaffen, wie Mrs. Starley es ihr aufgetragen hatte, verhakten sich stets ihre Blicke. Jedoch ziemte es sich nicht, jedes Mal eine Unterhaltung anzufangen. Sie hatten beide zu tun. Zudem war der gepflasterte Teil des Hofes vom Haus aus gut einsehbar – das war in der Orangerie leider anders. Sie liebte es, wenn er sie dort aufsuchte, und glücklicherweise geschah das in letzter Zeit immer häufiger. Hier übertrumpften sie sich zunächst weiterhin gegenseitig mit spitzen Bemerkungen, zwischen den Zeilen schwang allerdings etwas anderes mit.

Oder bildete sie sich das nur ein?

»Amelia!«, hörte sie nun seine Stimme durch die Glasscheiben, und wie von selbst wanderten ihre Mundwinkel nach oben. Im nächsten Moment wurde die Tür aufgerissen. Seine Wange zierte ein dunkler Streifen, dennoch sah er hinreißend aus. Er wollte etwas sagen, aber sie kam ihm zuvor.

»Sieh an, hast du dich extra für mich schick gemacht? Oder wie darf ich das Schmieröl in deinem Gesicht deuten?«, neckte sie ihn.

Er deutete ein Schulterzucken an. »Wo gehobelt wird, fallen Späne – solltest nicht gerade du das wissen?«, fragte er mit Blick auf ihre erdigen Hände. »Aber du hast vollkommen recht, einer Frau wie dir gebührt mehr. Nächstes Mal werde ich meinen Smoking anziehen. Heute bleibt dazu aber keine Zeit, denn ich habe es vollbracht!« Der Stolz in seiner Stimme war überdeutlich. Sie getraute sich kaum zu fragen, doch es führte kein Weg daran vorbei.

»Was genau ist vollbracht?«

»Das Fahrrad! Ich habe einen ersten Prototypen. Es läuft noch ein wenig ruckelig, aber es hat – ganz wie du es dir gewünscht hast – zwei gleich hohe Räder. Willst du es ausprobieren?«

Amelia legte ihre Gartenschere beiseite. »Ich? Aber ich bin noch nie Fahrrad gefahren.«

»Komm mit, es geht ganz leicht.« Er stürmte wie ein junger Bursche davon, und sie folgte ihm zögerlich. Zu gerne wollte sie ihn bei seiner Erfindung unterstützen, aber selbst wenn das Fahrradfahren nun kein halsbrecherisches Vergnügen mehr war, fürchtete sie sich schrecklich davor.

»Hier ist es.« An einem Lenker schob er ein schwarzes Gefährt, das ihm bis zur Hüfte reichte, auf den gepflasterten Vorplatz. Der Sattel aus braunem Leder wirkte bequem, und durch die geringe Höhe sah es deutlich weniger furchteinflößend aus. Trotzdem wurden ihre Hände schwitzig. »Es ... sieht gut aus!«

»Willst du es gleich ausprobieren?« Voller Begeisterung sah er sie an.

»Äh ... Zeig du doch lieber zunächst, wie es geht.«

»In Ordnung.« Er holte nur etwas Schwung und saß im nächsten Moment auf dem Rad. »Soll ich noch rasch eine Schubkarre holen?«, scherzte sie.

»Das wird nicht nötig sein.«

»So sicher bist du bereits auf deinem neuartigen Fahrrad?«

»Wenn man es einmal gelernt hat, ist es wirklich kinderleicht. Es ging mir aber darum, dass der Schwerpunkt jetzt woanders sitzt. Wenn ich falle, dann zur Seite.«

»Wie beruhigend«, murmelte Amelia. »Apropos, wie kommt es, dass du nicht zur Seite kippst?«

»Mein eigener Gleichgewichtssinn sorgt dafür, ich tariere ganz von selbst mein Gewicht immer wieder aus. Hinzu kommt die Bewegung der Räder. Du hast als Kind gewiss auch mit Kreiseln gespielt?«, fragte er, während er problemlos seine Runden drehte.

Amelia nickte.

»Ganz genau so funktioniert es mit diesen Rädern auch. Sind sie erst einmal in Bewegung, bringen sie sich stets wieder in eine stabile Ausgangslage. Sogar bei Störungen.« Direkt vor ihr kam er zum Stehen und stieg ab. »So, nun bist du an der Reihe.«

Sie zauderte weiterhin, aber er ließ nicht locker.

»Du hast selbst zum Vorwurf gemacht, dass die Hochräder nicht für Damen geeignet sind. Das ist bei diesem Gefährt anders. Also, bitte ...« Einladend hielt er es ihr entgegen, und sie ging angespannt darauf zu. Sie konnte es ihm nicht verwehren. Er erklärte ihr, wo die Bremse war, wie sie aufsteigen sollte, und allerlei technische Details, doch da er so nah war, dass sie seine Wärme spürte und seinen dezenten Duft nach Bergamotte und Sandelholz wahrnahm, konnte sie sich kaum konzentrieren.

»Nun dann«, schloss er, »dann hinauf mit dir! Wichtig ist, dass du schnell Geschwindigkeit aufnimmst.«

Sie atmete tief ein, bis keine Luft mehr in ihre Lunge passte, und widerstand dem Drang, ihre Hände abzuwischen. Er sollte nicht bemerken, wie nervös sie war.

Angespannt sah sie zu ihm, und er lächelte ihr aufmunternd zu. Sie wollte ihn nicht enttäuschen. Und das tiefer liegende Fahrrad hatte er nicht zuletzt ihretwegen gebaut. Sie stellte ihren Fuß auf die Pedale, machte etwas Schwung, wie er es gezeigt hatte, und schwang sich auf den Sattel. Ganz wie ein störrisches Pferd wollte das Fahrrad zuerst nach links und dann scharf nach rechts. Im nächsten Moment stand sie mit beiden Beinen wieder auf dem Boden.

Das war mitnichten ein Kinderspiel.

Aber sie wollte nicht aufgeben.

»Du brauchst mehr Schwung, Amelia, fahr schneller!«

Während sie im Schneckentempo über das Kopfsteinpflaster kroch, raste ihr Herz schneller als eine Postkutsche und mochte sich auch kaum mehr beruhigen. Wie sollte sie zügiger fahren, wenn sie schon jetzt kaum Herr über das Fahrrad wurde?

Zum wiederholten Mal fand sie stolpernd ihre Füße auf dem Boden wieder, sie versuchte es verbissen weiter. Schließlich musste er sie sogar auffangen – wenn ihm dies nicht geglückt wäre, wäre sie auf das Kopfsteinpflaster geknallt. Sie hätte sich etwas brechen können!

Danach gab sie auf.

Sie sah sich im Geiste wieder und wieder in den schrecklichsten Szenarien auf die Steine aufprallen, ganz gleich wie oft er ihr versicherte, dass es besser werden würde, sobald sie sich gewöhnt hatte.

»Es tut mir leid, ich kann es einfach nicht.«

»Mach dir keine Sorgen.« Er strich ihr eine Strähne hinter das Ohr und musterte sie aus seinen gutherzigen Augen, sodass ihr trotz der Winterkälte warm wurde. »Vielleicht kann ich noch eine Vorrichtung integrieren, die stärker dazu anregt, sein Gleichgewicht auszutarieren. Es würde wahrscheinlich schon genügen, wenn der Lenker im Stillstand leicht nach links zieht.«

Er blinzelte in den Himmel, an dem dicke Wolken hingen, die vermutlich bald neue Schneeflocken auf ihre Reise schicken würden. »Hast du dennoch Lust auf eine kleine Spritztour? Danach können wir uns in die Küche schleichen, Ainslie gibt uns bestimmt etwas von dem Weihnachtspunsch, den sie immer für Gäste vorrätig hat. Hast du den schon probiert?

Er ist mit Nelken und Anissternen gewürzt, wirklich köstlich. Also?« Er klopfte auf den Gepäckträger, und sie hätte am liebsten sogleich »Aber gewiss doch gerufen!«, sah jedoch zögernd zum Haupthaus.

»Mach dir wegen meiner Tante keine Sorgen. Ich werde ihr sagen, dass ich deine Dienste für eine wichtige Analyse brauchte. Gewissermaßen ist es ja auch ein Langzeit- und Belastungstest für den Gepäckträger.«

»Belastungstest?« Amelia stemmte ihre Hände auf. »Was willst du bitte damit andeuten?«

»Der Test beginnt natürlich mit einem Fliegengewicht.« Er lachte und warf ihr eine Kusshand zu. Amelias Wangen begannen zu glühen, er schwang sich derweil bereits wieder auf das Fahrrad und bedeutete ihr, hinter ihm Platz zu nehmen. Ein letztes Mal sah sie zu den dreistöckigen Fensterreihen von Montrose Hall. War da eine Bewegung hinter dem zweiten Fenster im ersten Stock? Es waren die privaten Räumlichkeiten der Herrschaft, und somit hatte Amelia sie noch nie betreten. Sie kniff ihre Augen zusammen, um besser sehen zu können, doch alles blieb ruhig. Aller Wahrscheinlichkeit nach hatte sie es sich lediglich eingebildet. Wie auf einem Damensattel nahm sie auf dem Gepäckträger Platz.

»Halt dich gut fest!«, bat John sie, und sie legte nur zu gerne die Hände um seine Taille. Zunächst schlingerte er ein wenig, doch wie er versprochen hatte, fand er rasch das Gleichgewicht. Schon bald sausten sie gemeinsam über die Straße durch die sanften Hügel von Warwickshire und schafften es bis zur Shut Lane Mill. Es bereitete so viel Freude, dass Amelia vor Übermut juchzte und John noch stärker in die Pedale trat. Versonnen lehnte sie ihre Wange an seine wollene Jacke. Sie kratzte ein wenig, doch das störte sie nicht, denn sie wusste, dass sie ihm vermutlich nie wieder so nah sein würde. Es ziemte sich nicht. Ihr Herz wurde schwer bei der Erinnerung, dass er zum gehobenen Bürgertum gehörte, aber sie verdrängte den Gedanken. So frei wie hier bei ihm auf dem merkwürdigen Fahrrad hatte sie sich nie zuvor gefühlt. Deswegen wollte sie zumindest heute ihre Zeit so gut wie möglich genießen.

***

»Bist du bereit, dass Hannah jetzt deine Haare hochsteckt?«, fragte Penny am Abend des Weihnachtsballs. Amelia strich skeptisch ihr einfaches Kleid glatt. Zu gerne hätte sie eines aus Seidentaft mit Raffungen, Schleifen und Chenillefransenborte, dazu breite Volants, wie die Damen der oberen Gesellschaftsschicht sie haben werden. Aber als Arbeiterin musste sie dankbar sein, überhaupt teilnehmen zu dürfen.

»Gerne, danke«, sagte Amelia, nahm auf dem Holzstuhl Platz und löste ihre langen Haare, die ihr bis zur Taille reichten. Zur Feier des Tages würde die Kammerzofe der gnädigen Frau auch die Haare der Angestellten frisieren. »Freust du dich auch so sehr?«, fragte Hannah mit einem Quietschen in der Stimme, während sie die Bürste durch ihre Wellen zog. Im ganzen Haus duftete es nach Zimt und Zuckerwerk. Die Angestellten sangen während der Arbeit Weihnachtslieder, und schon den gesamten Tag lag eine Spannung in der Luft, die sie nur aus Kindertagen kannte.

»Gewiss, ich kann es kaum abwarten«, sagte Amelia, wobei das allerdings nur die halbe Wahrheit war. Dies war eine der seltenen Gelegenheiten, zu der alle gesellschaftlichen Schichten Seite an Seite feiern würden – was Amelia glücklich und panisch zugleich stimmte. Immerhin würde John mit Gewissheit auch hier sein, und seine Anwesenheit machte sie nervös. Und gleichzeitig aufgeregt.

Nach ihrer wunderschönen Radtour waren sie sich vor drei Tagen noch ein Stück nähergekommen.

Als er gesehen hatte, dass mehrere Strohmatten für die Schattierung im Sommer bereitlagen, hatte er angekündigt, dafür ein mechanisches System zu bauen, damit sie es leichter hatte. »Das ist das Geringste, was ich tun kann, nachdem du mich zur Fahrradkette inspiriert hast«, hatte er gesagt, und obwohl sie ja eigentlich nichts weiter gemacht hatte, hatte er sie nicht aus den Augen gelassen. Und dann war er noch einen Schritt auf sie zugekommen. Sie hatte einen Fussel auf seiner Jacke gesehen, und als sie den Blick gehoben hatte, waren seine Augen voller Zärtlichkeit. An jenem Tag zwischen den Rosen, Efeu und Blauregen hätten sie sich beinahe geküsst.

Doch sie hatte sich rasch abgewandt.

Es durfte nicht sein. Sicherlich hatte er keine ernsthaften Absichten, wenn es um eine Arbeiterin ging! So war die gehobene Gesellschaft nicht gestrickt. Es gab zu viele Geschichten, wo die Mägde und Dienstmädchen für das kurzweilige Vergnügen zwischendurch gut genug waren, aber wenige, wenn nicht sogar keine, wo ein solches Verhältnis gut geendet war. Daher musste sie aufpassen – ganz gleich, wie sehr sie seine Gesellschaft genoss.

»Was lächelst du denn so vor dich hin, Amelia?«, fragte Penny kichernd, die auf ihrem Bett saß und beobachtete, wie Hannah Amelias Haare mit der Lockenzange bearbeitete. »Ist heute Abend etwa ein junger Farmer zugegen, dessen Anwesenheit dir die Röte auf die Wangen treibt?«

»Das Einzige, was mir hier Röte ins Gesicht treibt, ist die fürchterlich heiße Lockenzange«, winkte Amelia lachend ab. »Wenn sie nicht ein solcher Drachen wäre, hätte ich fast Mitleid mit der gnädigen Frau, die diese Behandlung täglich über sich ergehen lassen muss.«

Doch am liebsten hätte sie laut geseufzt. Wenn es ein Farmer wäre, wäre alles bedeutend einfacher – aber ihr verfluchtes Herz musste ja ausgerechnet beim Neffen der Herrschaft höherschlagen, der obendrein ein hochintelligenter Erfinder war. Genauso gut hätte sie sich in den König verlieben können! Sie musste sich eingestehen, dass es schlichtweg sinnlos war.

Wenig später ging sie gemeinsam mit Hannah und Penny die Haupttreppe hinunter, und bereits oben vernahm sie die Klänge des Orchesters, das gerade das Coventry Carol angestimmt hatte. Da sie sonst den Dienstboteneingang und die dazugehörige Treppe nutzte, sah sie jetzt zum ersten Mal, wovon Penny ihr berichtet hatte und wofür sie die Wagenladungen Tannen, Misteln und Stechpalmenzweige hatte herbeischaffen müssen. Beim Anblick der Pracht, in der das Haus geschmückt worden war, klappte ihr der Mund auf: Das Treppengeländer und auch die Wände waren mit Girlanden aus Tannen und Stechpalmen mit roten Schleifen behangen. Selbst der gigantische Kronleuchter in der Mitte des Vestibüls war mit Zedern- und Pinienzweigen, kleinen Bündeln aus Weizen und Gerste sowie einer Girlande aus goldenen Blättern geschmückt worden.

Direkt daneben mündete die Spitze des großen Weihnachtsbaumes, der jetzt mit Lichtern, handgeblasenen Christbaumkugeln, Strohsternen, Äpfeln, Nüssen und allerlei Zuckergebäck in seiner ganzen Pracht erstrahlte.

Und doch war es John, der ihr Herz einen Schlag aussetzen ließ.

Sie entdeckte ihn auf den ersten Blick zwischen all den Menschen, und auch er sah sogleich zu ihr auf. In seinem Smoking mit dem reinweißen Hemd sah er sogar noch anziehender aus als sonst, und sie spürte, wie sich jeder Muskel ihres Körpers zusammenzog. Das, was sich zwischen ihnen entwickeln wollte, durfte nicht sein. Besser, sie strich ihn umgehend aus ihren Gedanken und hielt sich fortan auf Abstand.

***

John musste sich zwingen, den Blick abzuwenden, als er Amelia oben auf der Treppe entdeckte. Ihr Kleid war weitaus einfacher als die reichlich bestickten der wohlhabenderen Gäste, dennoch war sie mit ihren großen Augen und dem klaren Blick die schönste Person auf dem gesamten Ball. Er würde sie zum Tanzen auffordern, sobald die Tanzfläche eröffnet war, und dann so viel Zeit mit ihr verbringen, wie es die Etikette erlaubte. Vielleicht sogar ein wenig mehr, denn seinerseits durfte ruhig jeder wissen, dass sie ihm gefiel. Sehr.

Doch zunächst stand das Essen auf der Tagesordnung. Seine Tante hatte wie üblich ein üppiges Buffet auffahren lassen. Neben dem Truthahn gab es Pigs in Blankets, Cranberrys, Chestnuts, glasierte Möhren, Pastinaken, Rosenkohl und Röstkartoffeln – also alles, was das Herz begehrte, präsentabel angerichtet auf einer langen Tafel mit Blumenbouquets und Zitrusfrüchten zur Dekoration.

Er wollte sich gerade in den Salon begeben, als er sah, wie Amelia am anderen Ende der langen Buffettafel nach einer Orange griff. Zunächst schnupperte sie daran und lächelte mit geschlossenen Augen genüsslich. Erst dann grub sie ihren Daumen in die Schale, kämpfte kurz damit, bevor sie sie von der Frucht abschälen konnte. Das erste Segment wanderte in ihren Mund, und der Gaumenkitzel zeigte sich in ihrem gesamten Gesicht, während John sich seinen Weg zu ihr bahnte, denn sie hatte ihm soeben eine perfekte Gelegenheit geboten, sie zu necken – wobei er es ihr nicht verdenken konnte, die Dekoration zu verspeisen. Orangen waren wahrlich köstlich, und aller Wahrscheinlichkeit nach hatte sie sie nie zuvor probieren können.

»Also wirklich!«, schallte jedoch die Stimme seiner Tante durch den gesamten Raum, übertönte gar noch das Orchester. »Essen Sie da etwa gerade die Dekoration?«

Amelia ließ umgehend den Arm sinken, die Augen geweitet wie die eines Rehs in Todesangst. Sie wollte etwas sagen, doch bevor es so weit kam, nahm John ihr die Orange aus der Hand. »Ganz richtig, Tantchen, darüber hat Miss Jones mich auch soeben aufgeklärt und mir die Orange abgenommen.« Da mittlerweile alle Augen auf ihnen lagen, hielt er wie zum Beweis die Frucht hoch. »Ich muss aber sagen, dass es eine

Schande ist, dass die Orangen nur der Dekoration dienen. Liegen da verführerisch zwischen den Blumenbouquets, und man darf sie dennoch nicht essen? Wo sind wir denn hier? Das ist die reinste Folter!«

»Nun dann …« Mit Genugtuung nahm er zur Kenntnis, dass seiner Tante die Worte fehlten. Das hatte sie verdient, denn sie hätte Amelia ihren Fauxpas ebenso gut unter vier Augen mitteilen können. »Dann sind die Orangen jetzt auch für den Verzehr zugelassen«, verkündete seine Tante gönnerhaft. »Und der Tanzsaal ist ab sofort geöffnet«, setzte sie hinzu, vermutlich, um von sich abzulenken, denn das Orchester war für den Umschwung auf Tanzmusik offenbar noch nicht eingestellt gewesen, wenn er die erschrockenen Gesichter richtig deutete.

»Wir beginnen mit Damenwahl«, ergänzte sie zudem. John ahnte aus welchen Gründen.

»Danke«, raunte Amelia ihm zu, und John genoss, dass ihr Atem dabei über seine Wange strich. Er reichte ihr die Orange zurück. »Die habe ich für dich erobert«, sagte er schelmisch, hoffte aber, dass sie erkannte, dass seine Worte nicht gänzlich scherzhaft gemeint waren. Er wäre bereit, die Wut seiner Tante und das Gerede der Gesellschaft auf sich zu nehmen, wenn sie dafür einen gemeinsamen Weg mit ihm beschreiten würde.

Neben dem Kamin flüsterten die Bartlett-Schwestern miteinander, und die größere gab der kleineren jetzt gar einen winzigen Schubs. Auf der Treppe hielt Susannah, die nie einen Hehl daraus gemacht hatte, wie zugetan sie ihm war, Ausschau und entdeckte ihn just in diesem Moment. Oh nein! Das würde bedeuten, sich den restlichen Abend über Banalitäten unterhalten zu müssen.

Er wandte sich zu Amelia. »Schnell, tanz mit mir, bevor sich die Hyänen auf mich stürzen.«

»Ich …«, sie presste die Lippen aufeinander, »… bin nicht gut in so etwas.«

»Eingangstor.«

Das brachte sie zum Schmunzeln. Er liebte die vielen kleinen Fältchen, die sich neben ihren Augen abzeichneten.

»Wie oft willst du das noch gegen mich verwenden?«

»Dein edler Retter verlangt, selbst gerettet zu werden.« Er sah die Damen aus zwei Richtungen auf sich zukommen. »Was muss noch geschehen, damit du mich zum Tanzen aufforderst?«

Sie legte ihren Kopf schief, hielt ihm aber lachend ihre Hand entgegen. Strahlend führte er sie zur Tanzfläche und war in diesem Moment sogar noch glücklicher, als wenn er eine entscheidende Idee für eine seiner Erfindungen hatte.

***

Für die nächsten drei Tänze genoss Amelia Johns Nähe, wann immer die Tanzfiguren sie wieder zusammenführten. Es entsprach zwar ganz und gar nicht ihrem Vorhaben, sich von ihm fernzuhalten, aber nachdem er ihr die Schmach erspart hatte, vor der gesamten Ballgesellschaft bloßgestellt zu werden, hatte sie unmöglich seine Bitte abschlagen können.

Doch als er ihr nach drei Tänzen erklärte, dass die Etikette leider verlangte, dass er nun mit einer anderen Dame tanzte, fühlte sie eine ungewohnte Leere in sich und beschloss, draußen ein wenig frische Luft zu schnappen. Trotz der hohen Decken war es im Haus durch die zahlreichen Menschen und die vielen Kerzen sehr stickig. Mit ihrem wollenen Tuch um die Schultern trat sie in die Nacht hinaus, die durch ihre klirrende Kälte sofort ihren Kopf frei machte. Der Garten lag als weiße Schneelandschaft wie frisch gepudert vor ihr und verschluckte jegliche Geräusche, sodass auch ihre Ohren sich erholten. Hinter ihr erstrahlte Montrose Hall im Lichterglanz, und vor ihr brachten die Fackeln an den festgeklopften Wegen den Schnee zum Glitzern.

Niemals hätte sie damit gerechnet, dass es ihr in der neuen Anstellung so gut ergehen würde. Sie hatte ein ordentliches

Zimmer mit Bett, liebte den verwunschenen Garten und freute sich darauf, ihm im kommenden Jahr zurück zu seiner einstigen Pracht zu verhelfen.

Und dann war da natürlich John.

Allein der Gedanken an ihn ließ ihr Inneres so warm leuchten, dass es sie nicht gewundert hätte, wenn der Schnee um sie herum weggeschmolzen wäre.

Vielleicht, flüsterte ihr Herz ganz leise, *vermochte es ja doch zu funktionieren?* Ihr war nämlich durchaus bewusst, dass selbst drei Tänze hintereinander bereits reiflich viel waren. Denn er als Neffe der Gastgeberin hatte insbesondere dafür Sorge zu tragen, mit so zahlreichen Damen wie nur möglich zu tanzen. Und doch hatte er sich für sie entschieden. Damit hatte er ein klares Zeichen gesetzt. Er hatte keinerlei Interesse an den anderen Damen gezeigt – Damen, die seinem Stand eher angemessen gewesen wären. Aber wer setzte sich schon gern dem Gerede der Leute aus? Sie verwarf den Gedanken wieder und befahl ihrem Herzen, ruhig zu sein.

»Hier bist du also«, hörte sie Johns tiefe Stimme hinter sich, und im nächsten Moment spürte sie seine warme Winterjacke auf ihren Schultern. »Nicht, dass du dich erkältest. Wollen wir ein paar Schritte gehen?«

Sie stimmte zu und legte ihre Hand auf seinen dargebotenen Arm. Im Licht der Nacht wirkte der Schnee hellblau und machte stetig leise knirschende Geräusche unter ihren Schuhen. In stillem Einverständnis folgten sie den geschwungenen Pfaden, und Amelia dachte ausnahmsweise nicht einmal daran, ihn zu necken. Sie fragte nicht, wohin sie gingen, denn wenn sie auch nicht von ihm verlangen konnte, eine Frau unter seinem Stande zu wählen, wollte sie zumindest den Zauber der Ballnacht mit ihm genießen. Nur für diesen einen Abend wollte sie sich so fühlen, als gehöre sie zu ihm.

Kleine Flocken begannen nun auf sie herabzurieseln, wurden stetig mehr und verfingen sich in seinen Haaren. Sie wollte eine davon fortstreichen, aber er umfing ihre Finger mit seinen und nickte dann zum Rosenpavillon, der noch immer viel zu stark überwuchert war. Er hielt die Zweige galant für sie beiseite, und sie schlüpfte unter seinen Armen hindurch in das Innere, wo es deutlich wärmer war.

Er folgte ihr, und sie konnte an der Art, wie er ihren Namen aussprach, nur vermuten, dass er ebenso lächelte, wie sie es tat. Dann griff er nach ihren Händen, und ihre Finger verschlangen sich miteinander.

»Da gibt es etwas, was ich dir sagen wollte.« Plötzlich klang er so schüchtern wie ein Schuljunge, und sie ermunterte ihn, weiterzusprechen, obgleich ihr Herz so laut schlug, dass sie nicht sicher war, ob sie ihn verstehen würde.

»Ich habe die vergangenen Wochen sehr genossen. Ich schätze deine Gesellschaft ungemein. Du bist nicht wie die anderen Frauen, die ich bisher kennengelernt habe, die nur allzu versessen darauf sind, eine gute Partie zu machen. Du weißt, was es bedeutet, sich leidenschaftlich für eine Sache zu interessieren, du bist abenteuerlustig – nun ja, wenn wir das Fahrradfahren mal außen vor lassen.«

»He!« Sie boxte ihn leicht gegen die Brust, und er lachte, wurde dann aber wieder ernst und sah sie lange an.

»Amelia. Du bist alles, was ich mir je erhofft habe.« Er atmete tief ein. »Wenn du es dir vorstellen könntest, würde ich nur zu gerne gemeinsam mit dir durchs Leben gehen.«

»Wirklich?«, fragte sie atemlos und konnte kaum glauben, was sie da gerade gehört hatte.

»Ganz bestimmt. Warum, glaubst du, habe ich dich in den vergangenen Wochen immer wieder aufgesucht? Ich wollte dich näher kennenlernen, und mein Gefühl hat mich nicht getrogen. Bei unserer allerersten Begegnung womöglich schon, aber je mehr Zeit ich mit dir verbringen konnte, desto sicherer bin ich mir geworden: Du bist etwas Besonderes. Du bist die, mit der ich mein Leben verbringen will.«

»Aber ich …«

Durch ein Kopfschütteln unterbrach er sie, wischte all ihre gedanklichen Einwände fort. Und sie las in seinen Augen, dass es für ihn nicht wichtig war, dass sie nicht vom Stande war. Dass er keine wollte, die viel Geld, aber wenig Köpfchen mit in die Ehe brachte.

»Es gibt so viel Wichtigeres im Leben«, sagte er mit solcher Bestimmtheit in der Stimme, dass keine Zweifel blieben.

Er fühlte genauso wie sie! Und nicht nur das, er war bereit, aus diesen Gründen auf eine standesgemäße Heirat zu verzichten.

Im nächsten Moment zog er sie an sich, und sie spürte die Wärme seiner Lippen direkt über ihren. Weich wie Pampasgras strichen sie für einen Herzschlag über ihre Haut, doch dann hielt er inne und sah zögerlich in ihre Augen. Sie lächelte, und im nächsten Moment schloss sie die Lider, um seinen Kuss zu genießen, während draußen die Schneeflocken auf den Rosenpavillon rieselten.

***

»Wo warst du denn bei der Mitternachtseinlage?«, fragte Penny am späten Nachmittag, als sie nach dem Aufräumen beide ihre Koffer packten. Die Weihnachtstage waren die einzige freie Zeit, die ihnen als Hauspersonal zustanden, und so würde Amelia sich heute in die ruckelige vierte Klasse des Zuges nach London setzen, während Penny mehrere Meilen in die entgegengesetzte Richtung zu Fuß nach Hause lief.

»Ich wollte schauen, ob du den Magier auch so faszinierend fandest, konnte dich aber nirgendwo entdecken.«

Die Erinnerung an ihre ganz private Mitternachtseinlage malte ein Lächeln auf Amelias Gesicht, und sie bemühte sich, es rasch wieder wegzuwischen – was nicht leicht war, wenn immer wieder die Freude durch den Körper flatterte. Aber so lange es noch nicht offiziell war, würde sie sich hüten, jemandem davon zu erzählen, obwohl sie Penny sehr mochte. Sie redete sich mit einer Ausrede heraus und lenkte das Gespräch auf das köstliche Essen. Während Penny laut überlegte, was sie am wohlschmeckendsten fand, landeten Amelias Gedanken immer wieder bei John. Sie hatte sich bei ihm so geborgen gefühlt und hätte ihn am liebsten die ganze Nacht lang weiter geküsst, aber als Gentleman war er auf ihren guten Ruf bedacht und hatte sie nach einer halben Stunde zurück ins Haus geleitet.

Im neuen Jahr, gleich nach ihrer Rückkehr aus London, wollten sie gemeinsam überlegen, wie sie alles angehen würden. Der Abschied war schwer gewesen, weil sie unter den zahlreichen Augen der Ballgesellschaft nur durch ihre Blicke hatten sagen können, wie sehr sie einander vermissen würden. John war bereits am frühen Morgen zu seinen Eltern nach Walthamstow abgereist, während sie mit den anderen Dienstboten die Überbleibsel des rauschenden Festes beseitigt hatte. Aber er hatte ihr noch ein winzig kleines Geschenk zugesteckt, bevor er in die Kutsche gestiegen war.

Das quadratische Päckchen, kaum größer als eine Kartoffel, schob sie in ihre Rocktasche. Sie wollte es so nah bei sich haben wie möglich, und es erschien ihr viel zu kostbar für die einfachen Habseligkeiten, die ihr Koffer beherbergte. Leichtfüßig lief sie die Dienstbotentreppe hinunter und wählte dann die Tür zu den Haupträumen, um sich für den Heimaturlaub abzumelden. Zu ihrer Enttäuschung war Mr. Starley nicht zugegen, er arbeitete wahrlich, wann immer er konnte, und so musste sie bei seiner Frau Meldung machen.

Mrs. Starley nahm ihre Lesebrille ab, legte die Korrespondenz zur Seite und begutachtete Amelia wie üblich mit Argusaugen.

»Sie wollen zum Bahnhof?«, fragte sie, nachdem Amelia ihren Bericht abgelegt hatte, und Amelia nickte. Die gnädige Frau erhob sich und zupfte ihr elegantes Tageskleid zurecht. »Ich werde Sie in der Kutsche mitnehmen, ich muss ohnehin noch einen Höflichkeitsbesuch bei einer Freundin erledigen.«

Hatte sie gerade richtig gehört? Mrs. Starley wollte ihr einen Gefallen tun? »Danke«, sagte sie mit so wenig Überraschung in der Stimme wie möglich.

Während die gnädige Frau sich ihren Pelzmantel, die Handtasche und allerlei andere Dinge bringen ließ, die sie offenbar für einen derartigen Besuch benötigte, hatte Amelia kurz den Verdacht, dass sie sich reichlich Zeit lassen würde, damit Amelia den Zug verpasste, doch wenig später saßen sie bereits in der Kutschkabine, und die Pferde trabten die Auffahrt hinunter. Als sie das Eingangstor mit den hochgefährlichen Spitzen passierten, musste Amelia grinsen, doch als sie Mrs. Starleys Seitenblick bemerkte, bemühte sie sich, ihre Mundwinkel in eine neutrale Position zu bringen.

Schließlich kam die Kutsche wieder zum Stehen, und durch das kleine Fenster in der Kabine sah Amelia das steinerne Bahnhofsgebäude mit der vorgelagerten halbrunden Überdachung. Hier war sie vor zwei Monaten angekommen.

»Ich danke Ihnen vielmals für Ihre Großzügigkeit, gnädige Frau, und wünsche Ihnen und Ihrer Familie angenehme Weihnachtstage.«

»Das wünsche ich Ihnen ebenso.« Sie räusperte sich und korrigierte ihre Sitzposition. »Wenn ich für das neue Jahr noch einen Wunsch hegen dürfte?«

Amelia wurde unruhig. Wohin würde all das hier führen? »Aber gewiss doch.«

Mrs. Starleys Augen wurden kalt. »Halten Sie sich von John fern. Er weiß nicht, was gut für ihn ist, aber glauben Sie mir, Sie sind es mit Sicherheit nicht. Er würde sich zum Narren machen, wenn er sich auf jemanden wie Sie einlässt.«

Amelia klammerte sich an ihrem Koffer fest. Genau so etwas hatte sie befürchtet. Zum Glück hatte John mehr als deutlich gemacht, wie er zu der Sachlage stand. »John ist erwachsen. Er kann seine Entscheidungen selbst treffen.«

»Ganz richtig. Allerdings hat er das bereits getan. Mir geht es hier nur um Sie, ich will nicht, dass Sie sich als Mätresse ins Unglück stürzen.«

Er hatte seine Entscheidung bereits getroffen? Amelia kräuselte die Stirn. »Wie meinen Sie das?«

»Ganz einfach.« Mrs. Starley griff in ihre Handtasche und zog einen cremeweißen Briefumschlag hervor. Büttenpapier. Amelias Herz hämmerte im Jagdgalopp, als sie die Buchstaben der Hochzeitseinladung in vergoldeter Kalligraphie las: *John Kemp Starley & Cecilia Gouldsmith.*

***

John spürte, dass er nicht aufhören konnte zu lächeln, als er nach Montrose Hall zurückkehrte. Die Festtage bei seinen Eltern waren schön gewesen, dennoch hatte er es kaum abwarten können, zurückzukehren. Er schätzte sich überglücklich, eine Frau wie Amelia gefunden zu haben. Nun brannte er darauf, Nägel mit Köpfen zu machen.

Er folgte dem geschwungenen Pfad hinter das Haus und ging weiter zur Orangerie, um die Amelia sich zu dieser kalten Jahreszeit vornehmlich kümmerte. Doch zwischen all dem Grün war keine leise summende Gestalt. Vielleicht war sie im Schuppen und säuberte die Gartengeräte?

»Amelia?«, rief er in das Halbdunkel, nachdem er die Tür aufgerissen hatte. Zwei Augen blickten ihm entgegen, dann fauchte eine schwarze Katze ihn an, sprang von der Werkbank und verschwand durch ein Loch in der Wand.

»Seltsam«, murmelte er vor sich hin. In der Waldung gab es bei diesem garstigen Wetter auch nichts zu tun, und im Wintergarten hatte er bereits auf seinem Weg nach draußen nachgesehen. Sie war doch nicht etwa krank?

Er kehrte zum Haus zurück und stieg die Bedienstetentreppe hinauf. Er wusste, dass es nicht gern gesehen wurde, wenn die Herrschaft in diesem Bereich eindrang, aber es musste sie einfach sehen. Viel zu lange waren sie getrennt gewesen.

Zaghaft klopfte er an die Tür des Zimmers, von dem er wusste, dass Amelia es mit Penny bewohnte, und hörte ein schüchternes »Herein?«

Sein Herzschlag beschleunigte sich, gleich würde er sie wiedersehen. Doch da war nur Penny, deren Ringellöckchen unter der Haube hervorschauten. Mit weit aufgerissenen Augen sah sie John an, sie wirkte, als habe er sie bei irgendetwas ertappt. Sein Blick glitt weiter zu Amelias Bett, das vollkommen verwaist dastand. Selbst der Nachtschrank war gänzlich leer, kein einziges Kleid hing am Haken oder über dem Stuhl.

»Ist Amelia noch nicht zurück?«, fragte er verwundert. Sie hatte doch gesagt, dass sie bereits zwei Tage nach Weihnachten zurückkehren würde, das wäre vor vier Tagen gewesen.

Penny schüttelte so heftig den Kopf, dass ihre Löckchen hin und her flogen. »Bisher noch nicht«, sagte sie leise, und er bedankte sich.

Nachdenklich ging er die Treppe wieder hinunter. Ob etwas vorgefallen war? Ein Unglücksfall in der Familie? Sie hatte nur noch ihre Schwester, vielleicht musste sie sich um sie kümmern. Oder war ihr selbst etwas zugestoßen? Bei dem Gedanken wurde ihm übel.

Als er wieder im repräsentativen Teil des Herrenhauses war, kam er seiner Tante entgegen, die ihrem Aufzug nach zu urteilen soeben von einem Kaffeekränzchen zurückkehrte.

»Hast du etwas von Amelia Jones gehört?«, erkundigte er sich nach der Begrüßung so beiläufig wie möglich. »Sollte sie nicht längst zurück sein?«

Seine Tante hob die schmalen Augenbrauen. »Aus welchen Gründen tangiert dich ihr Aufenthaltsort?«

Er deutete ein Schulterzucken an. »Ich habe am Fahrrad noch Änderungen vorgenommen und denke, es ist so weit. Ich benötige eine Testfahrerin, und sie hat mir schon einmal geholfen.«

»Pah, ich habe aus dem Fenster genau gesehen, dass sie keinen Meter auf dem Fahrrad gefahren ist. Und so oder so suchst du dir besser ein anderes Versuchskaninchen.«

»Warum?«

Er war auf alles eingestellt: Hinweise, dass die Herrschaft nicht einmal mit dem Personal reden sollte, wenn es über Anweisungen hinausging, oder irgendeines der zahlreichen anderen gesellschaftlichen Gebote, auf die seine Tante so viel Wert legte, die er aber mitnichten alle kannte. Ihm waren diese Regelungen einerlei. Wer konnte schon etwas dafür, in welche Familie er hineingeboren wurde? Aber das, was seine Tante letztendlich sagte, raubte ihm dann doch die Luft zum Atmen.

»Sie hat ihre Stellung aufgekündigt.«

»W-wie bitte?«

»Deine kleine Gärtnerin hat gekündigt. Sie zieht es offenbar vor, etwas anderes zu machen. Ich habe mir gleich gedacht, dass so etwas nichts für Frauen ist.«

»Nein. Das kann nicht sein!« Wieso sollte Amelia aus heiterem Himmel kündigen? Das konnte er sich beim besten Willen nicht vorstellen. Wortlos ging seine Tante in das Arbeitszimmer und kehrte mit einem Telegramm in der Hand zurück. Sein Brustkorb schien sich zu verengen, jetzt, da er es schwarz auf weiß sah. Es stimmte. Amelia würde nicht zurückkehren.

***

»Amy, willst du denn gar nichts essen?« Der Blick ihrer Schwester Jane war voller Sorge. »Es ist immerhin der Altjahresabend.«

»Danke, ich habe wirklich keinen Hunger.« Amelia stützte ihren Kopf auf die Hände, er war so unendlich schwer. Momentan erschien ihr alles außerordentlich schwer – sogar morgens von der durchgesessenen Couch aufzustehen, auf der sie nun in der kleinen Wohnung ihrer Schwester nächtigte. Das kleine quadratische Päckchen hatte sie auf die Kommode gestellt, unfähig es auszupacken – von dort schien es sie zu verhöhnen. Ihr Zimmer bei der alten Dame, wo sie zuvor gewohnt hatte, hatte sie gekündigt, nachdem sie in Coventry die heiß ersehnte Anstellung bekommen hatte.

Doch diese Stelle hatte sie nun wieder aufgekündigt. Schweren Herzens, denn das bedeutete, dass sie in die Zwirnerei zurückkehren musste. Dort sorgte sie von spätabends bis morgens unter ohrenbetäubendem Lärm der Maschinen dafür, dass das lockere Vorgarn zum richtigen Garn versponnen wurde. Die angenehmere Tagesschicht war natürlich bereits anderweitig vergeben, die Nachtschicht war nur schwer auszuhalten, daher herrschte hier reger Wechsel. Anfangs hatte sie geglaubt, dass es gut sei, denn nun schlief sie fast den ganzen Tag und in der lärmerfüllten Fabrikhalle war es unmöglich, sich zu unterhalten.

So konnte keiner Fragen stellen.

Sie wollte nicht reden. Früher oder später würde man unweigerlich fragen, was sie zuvor gemacht hatte, und sie wollte nicht zugeben, dass sie den ganzen Tag in der frischen Luft hatte verbringen können. Dass sie von lieblichen Blumen und Tannenduft umgeben gewesen war. Dass sie sich ihre Aufgaben selbst hatte einteilen dürfen und am Ende des Tages genau sehen konnte, was sie geschafft hatte. Hier rollte zwar auch eine dick gefüllte Zwirnrolle nach der anderen aus dem Raum, doch da das Garn niemals zu Ende ging, wirkte es, als würde sie sich im Kreis drehen.

Schon bald hatte sie allerdings feststellen müssen, dass ihre eigenen Gedanken keine besseren Begleiter waren. Strich ein Faden über ihre Haut, dachte sie an seine sanften Berührungen. Wurde blaues Garn gesponnen, erinnerte sie dies an seine Augen. Am schlimmsten war jedoch, dass jede sich so eifrig drehende Garnrolle sie an Johns Fahrrad denken ließ. Ob er die Änderungen bereits vorgenommen hatte? Sie konnte sich vorstellen, wie freudig seine Augen aufblitzen würden, wenn er ihr das berichten würde. Aber vermutlich kam seine Verlobte nun in diesen Genuss.

Was sie nicht verstand, war das Warum.

Und die Frage quälte sie die gesamte Nachtschicht hindurch, drehte sich in ihrem Kopf wie die Garnrollen. Jede einzelne Rolle schien im Rhythmus zu klappern und dabei pausenlos eben jene Frage zu stellen: *Warum? Warum? Warum?* Die ganze Nacht hindurch.

***

»Nächste Woche beginnt die große Industrieausstellung im Hyde Park«, berichtete Heath seiner Frau und Amelia, ohne den Blick von seiner Zeitung zu wenden. »Wollen wir dort hingehen? Es soll ein Telegraf gezeigt werden und – stellt euch vor – ein Stuhl aus einem künstlichen Material!? Ich frage mich, wie das gehen soll, wenn es kein Holz ist.«

Jane stimmte begeistert zu und nahm Heath die Zeitung aus der Hand, um die Bilder begutachten zu können. Die Ausstellung wurde schon seit mehreren Jahren geplant und war immer mal wieder in heftige Kritik geraten, da eigens für sie ein riesiger Kristallpalast im Hyde Park errichtet worden war, fast so groß wie der Park selbst. Es war gewiss höchst interessant, sich all die Dinge anzusehen, dennoch konnte Amelia sich nicht überwinden. Wenn sie nicht arbeitete, lag sie am liebsten auf dem kleinen Sofa und zählte die Risse an der Decke. Alles andere erschien ihr zu anstrengend. Sie hatte jegliche Energie verloren. Es war bereits schwer, sich Kleider überzustreifen und die Haare zu kämmen.

»Geht ihr nur, ich bin viel zu müde. Ihr könnt mir dann ja berichten, was ihr alles gesehen habt.«

»Bist du sicher?«

Amelia gähnte. »Vollkommen.«

Plötzlich schnappte Jane nach Luft – im nächsten Moment

erschien auf ihrem Gesicht ein schalkhaftes Lächeln, und sie blinzelte Amelia über den Rand der Zeitung herausfordernd an. »Selbst wenn ich dir jetzt sage, dass auf der Ausstellung auch eines dieser neuartigen Tiefräder präsentiert wird, von denen du so geschwärmt hast?«

»Was?« Amelia riss ihr die Zeitung aus der Hand. Sie entdeckte die entsprechende Abbildung sofort: die zwei hüfthohen Räder auf gleicher Höhe, verbunden durch ein Gestänge aus Eisen, oben thronte ein halbmondförmiger Lenker. Das Bild war so vertraut, dass sie die Zähne aufeinanderpressen musste. Sie zwang sich, weiterzuatmen. Rasch überflog sie den Artikel. Offensichtlich hatte John die richtige Kombination aus Zahnrädern und Kette gefunden, und seine Erfindung, die die Welt verändern könnte, würde er nun auf der großen Ausstellung präsentieren. Zu gerne würde sie ihn dabei sehen. Allerdings würde seine Zukünftige gewiss ebenso zugegen sein. Würde sie sich damit nicht nur quälen? Aber vielleicht würde ihr Herz endlich begreifen, dass es aus war, wenn sie die beiden zusammen sah? Ihr Blick fiel auf die Bildunterschrift. Sie konnte kaum glauben, was sie da sah: *John Kemp Starley präsentiert »The Rover«*. Amelia wollte schlucken, doch ihr Mund war wie ausgetrocknet. *Rover* – Vagabundin. Er hatte es nach ihr benannt.

War das nur, weil sie sich rigoros geweigert hatte, ein Hochrad zu besteigen, und sie ihn dadurch zu einem Zweirad mit kleinen Rädern inspiriert hatte? Und was würde seine angehende Ehegattin davon halten? Leider würde sie all das wohl nie erfahren.

***

Als zwei Wochen später die große Industrieausstellung eröffnete, strich Amelia wie eine Katze durch die leere Wohnung. Ihre Schwester und Heath waren bereits vor über einer Stunde aufgebrochen.

Wie immer blieb ihr Blick an Johns Päckchen hängen. Jetzt hielt sie es nicht länger aus, griff danach und riss das Seidenpapier förmlich von der Schachtel. Dann hob sie den kartonierten Deckel an – und schnappte nach Luft.

Ein Collier, besetzt mit kleinen Saphir-Blumen. Es war eleganter und teurer als alles, was sie je in ihrem Leben besessen hatte. Sie konnte es unmöglich behalten. Jetzt nicht mehr. Kurzentschlossen griff sie nach dem wollenen Tuch und machte sich auf dem Weg. Regelrechte Menschenmassen strömten Richtung Hyde Park, und für einen Moment genoss sie es, sich treiben zu lassen. Danach wurde sie von den monumentalen Ausmaßen des Kristallpalastes bezaubert. Die abgerundete Decke war so hoch, dass sie fast bis in die Wolken reichen musste. Darunter fanden selbst massige Bäume und ein opulenter Springbrunnen Platz. Griechisch anmutende Statuen aus weißem Stein standen am Fuß einer jeden Eisenstrebe, und es gab die feinsten Dinge aus aller Herren Länder: orientalische Teppich, Seide und Perlen. So faszinierend die Offerten auch waren, hatte Amelia jedoch keine Ruhe, sie sich anzusehen. Immer wieder sah sie zur riesigen Uhr, denn um drei Uhr am Nachmittag würde Johns Präsentation beginnen. Sie würde in einem der etwas kleineren Nebenpavillons stattfinden.

Ihre Hände kribbelten, als sie bereits vierzig Minuten früher den Pavillon betrat, denn sie wollte sich einen guten Platz sichern, von dem sie alles überblicken konnte, er sie jedoch aller Wahrscheinlichkeit nicht zu Gesicht bekommen würde.

Und dann war es so weit.

Ihr Atem stockte, sobald sie ihn in seinem feinsten Zwirn die rundliche Arena in der Mitte des Pavillons betreten sah. Für andere mochte er äußerlich vollkommen ruhig wirken, doch Amelia sah sofort an der Knappheit seiner Gesten, dass er nervös war. Trotzdem meisterte er seine Rede grandios und stellte das Fahrrad mit all seinen technischen Raffinessen vor.

Möglicherweise verlor er sich dabei ein klein wenig im Detail, aber Amelia hätte ihm ewig zuhören können.

»Aber wie soll man mit solch kleinen Rädern überhaupt Geschwindigkeit aufnehmen?«, fragte ein Mann im grauen Anzug und zwirbelte mit der rechten Hand das Ende seines Schnurrbarts. »Jeder weiß doch, je größer das Rad, desto höher die Geschwindigkeit.«

John blieb ruhig und erklärte sachlich, dass es durch die Verwendung der Fahrradkette möglich war, mit zwei gleichgroßen Rädern zu arbeiten, da die Kette die Kraft der Pedale besser an die Räder weitergab, als wenn diese direkt am Rad angebracht waren.

Obwohl es schmerzte, ihn auch nur anzusehen, begann sie aus der letzten Reihe begeistert zu klatschen und steckte das restliche Publikum damit an. Er blickte suchend in ihre Richtung, und sie verbarg ihr Gesicht rasch hinter dem wagenradgroßen Hut der Dame vor ihr. Für einen Augenblick sonnte John sich in der Begeisterung, dann erklärte er die weiteren Mechanismen seines Tiefrads und fuhr mehrere Male im Kreis.

Jetzt meldete sich eine feine Dame mit aufwendiger Hochsteckfrisur zu Wort. »Aber ansehnlicher ist ein Hochrad ja schon. Dieses … dieses Niederrad wirkt ja ein wenig wie ein Straßenhund.«

»Das ist sicherlich Ansichtssache. Wichtig ist aber doch einzig und allein, dass dieses moderne Fahrrad gänzlich neue Perspektiven eröffnet. Das Auf- und Absteigen ist zudem kinderleicht, und wenn man doch einmal stürzen sollte, fällt man eher zur Seite als in hohem Bogen über den Lenker.«

Ein dicklicher Herr verschränkte seine Arme und lehnte sich dabei nach hinten. »Also mich stört das Auf- und Absteigen nicht. Ich habe gerade für meine Villa eigens eine Aufsteigestelle mit kleiner Treppe direkt neben dem Hintereingang eingerichtet.«

John hörte aufmerksam zu, doch Amelia sah, dass seine Schultern nach unten gesackt waren. So hatte er sich seinen großen Tag gewiss nicht vorgestellt. Es erschien ihr auch nicht fair. Nun hatte er diese grandiose Idee eines gänzlich neuen Fahrrads, die er hier präsentieren wollte, die nicht nur einfacher zu fahren und obendrein sicherer war, und den Zuschauern fiel nichts anderes ein, als lauter Argumente aufzuzählen, warum die altbekannten Hochräder dennoch besser waren?

Am liebsten hätte Amelia laut in die Menge gerufen: »Hört ihr denn nicht? Bei diesem Fahrrad ist das Risiko, sich den Hals zu brechen, bedeutend geringer. Allein das sollte Begeisterung bei euch auslösen.«

Doch Worte schienen nicht zu genügen.

Sie konnte es kaum ertragen, wie John um Worte rang, als mehr und mehr Zuschauer für das Festhalten am Hochrad plädierten. Das alles erschien ihr immer abstruser und erinnerte sie an ihre Gärtnerinnenschule, wo sie es ebenfalls allein deswegen so schwer gehabt hatte, weil die Menschen weibliche Gärtner nicht gewohnt waren. Was sprach denn dagegen, mal etwas Neues zu wagen?

Unruhig sah sie sich um. Wollte denn wahrlich niemand Partei für John ergreifen? Wo war denn seine Verlobte? War die Arbeit ihres Zukünftigen von keinerlei Interesse für sie? Abermals suchte sie die ersten Reihen ab, aber da war keine junge Dame, die so nervös für John bangte und ihr Taschentuch knetete, wie sie es tat.

»Und wie soll man diese Fahrradkette überhaupt pflegen? Dann benötigt ein jeder allerlei zusätzliche Dinge zu Hause … Nee, nee, nee, das wäre mir wahrhaftig zu kompliziert. Es ist eine nette Idee, aber ich bleibe bei meinem Hochrad.«

Beifälliges Gemurmel verbreitete sich in der Arena, und John antwortete zwar professionell mit einem Hinweis auf eine unkomplizierte Basisausrüstung und verwies auf den sehr geringen Wartungsaufwand, war allerdings ein weiteres Stück in sich zusammengesackt.

»Jetzt reicht es aber!«, rief eine Stimme durch die Arena, und erst als alle Augen auf ihr lagen, gewahrte Amelia, dass sie aufgesprungen war und sie zu ihr gehörte. Ihr war so warm wie im Gewächshaus an einem Hochsommertag, und am liebsten wäre sie davongelaufen. Doch dann würde John in einem noch schlechteren Licht dastehen. Selbst wenn er sie bitter enttäuscht hatte, wünschte sie ihm das nicht. Er hatte für seine Erfindung Tag und Nacht geschuftet und verdiente es, dass ihr die Anerkennung zuteilwurde, die ihr gebührte.

Sie bahnte sich einen Weg durch die Sitzreihen und sah Johns Mund aufklappen, als sie schließlich bei ihm auf der Bühne stand. Schnurstracks ging sie auf ihn zu und nahm ihm den Fahrradlenker aus der Hand. »Dieses Fahrrad«, sagte sie mit gleichmäßiger Betonung und sah dabei bedächtig in die Runde, »ist so unkompliziert und sicher, dass ein jeder es ohne viel Übung fahren kann. *Das* ist ein immenser Vorteil. Nehmen Sie mich zum Beispiel.«

Langsam schob sie das Rad in die Runde, versuchte, sich an den metallenen Griff in ihrer Hand zu gewöhnen und ihr davonrasendes Herz, das ahnte, was sie vorhatte, zu beruhigen.

»Ich bin noch nie in meinem ganzen Leben Hochrad gefahren, denn es bereitet mir panische Angst. Dennoch werde ich heute hier und jetzt zum ersten Mal auf diesem Fahrrad fahren, denn es ist sicher, und ich weiß, dass mir nichts passieren kann.«

Entschlossen schwang sie ihr Bein über die eiserne Stange und atmete tief ein. Im Pavillon herrschte eine gebannte Stille, kein einziger Laut war zu hören. Amelia schloss einen Moment lang die Augen und rief sich Johns Worte ins Gedächtnis. *Du musst eine gewisse Geschwindigkeit erzeugen, dann kann dir gar nichts geschehen.*

Sie wusste nicht, welche physikalischen Gesetze dahintersteckten,, und obwohl er sie in dieser anderen Sache belogen hatte, vertraute sie ihm. Mit derlei Dingen kannte er sich aus. Sie trat mit dem linken Fuß auf die Pedale, machte mit dem rechten mehrmals Schwung und dann flog sie. Sie fiel nicht, sondern sauste so schnell durch die Arena, dass es sich anfühlte, als würde sie sich in die Lüfte heben. Die Freude musste ihr ins Gesicht geschrieben stehen, denn die Gesichter im Publikum warfen sie ihr zurück.

Immer wieder vom Neuen sauste sie im Kreis – was auch damit zusammenhängen mochte, dass sie keine Ahnung hatte, wie sie das Ding wieder anhalten sollte. Sie hörte auf zu treten und spähte vorsichtig zu John. Er machte eine heranziehende Bewegung mit der rechten Hand – offenbar ahnte er ihre Bredouille. Sie entdeckte den kleineren Eisengriff hinter dem Lenker und erinnerte sich, dass John diesen stets zu sich herangezogen hatte, wenn er anhielt. Sie tat es ihm gleich, und das Fahrrad kam so abrupt zum Stehen, dass sie einige Schritte nach vorne stolperte.

Mit einem strahlenden Lächeln sah sie ins Publikum. »Sehen Sie? Ich bin nicht gefallen. Dank dieses Fahrrads!« Sie machte eine präsentierende Bewegung, als sei das Rad ihr Partner in einer Zirkusaufführung gewesen. »Ich würde sogar so weit gehen zu sagen, dass man dieses Fahrrad auch ›Sicherheitsrad‹ nennen kann. Es ist einfach so viel weniger gefährlich als diese unsäglichen Hochräder!«

Tosender Applaus verbreitete sich im Pavillon. Amelias neuer Name für das Hochrad wurde sehr dankbar von der Presse aufgegriffen, wie sich später herausstellen sollte. Die Fragen, die nun an John gestellt wurden, gingen eher in die Richtung, wo man ein solches Rover-Fahrrad beziehen könne und wie viel es kosten würde. John freute sich, dass er immer wieder die Fabrik seines Onkels ins Spiel bringen konnte.

Erst als sich der Pavillon geleert hatte, ging John mit einem leichten Kopfschütteln auf sie zu. »Eins muss ich dir zugestehen: Du weißt, wie man bleibenden Eindruck hinterlässt.«

»Danke.« Sein Lächeln machte sie glücklich, doch im nächsten Moment erinnerte sie sich an seine Hochzeit, und ihr Lächeln erstarb. »Dann …«, sie schluckte, »wünsche ich dir alles erdenklich Gute für das Fahrrad. Ich bin fest überzeugt, dass es die Welt erobern wird. Das neue Jahrhundert wird das des Fahrrads!«

Er bedankte sich höflich, blickte sie jedoch merkwürdig an. Es wirkte fast, als erwarte er noch mehr. Als wäre da etwas, was sie sagen sollte. Aber was sollte das schon sein?

Er würde seinen Weg gehen – oder fahren, sie den ihrigen.

Es war alles gesagt.

Sie nickte ihm abschließend zu und wandte sich zum Gehen.

»Das ist alles?!«, hörte sie seine tiefe Stimme in ihrem Rücken. Zaghaft spähte sie über ihre Schulter. Mit verschränkten Armen stand er da, es wirkte nahezu, als sei er wütend. Er? Derjenige, der ihr süße Versprechungen gemacht hatte, obwohl er im Begriff war, eine Lady zu heiraten?

Sie zuckte mit den Schultern, denn ihre Kehle brannte, und sie konnte ihrer Stimme nicht trauen. Mit drei Schritten war er bei ihr. »Ich habe dich gesucht, Amelia! Immer wieder bin ich nach London gefahren, in der Hoffnung, dir zu begegnen. Ich habe die Adresse angeschrieben, über die du auf das Inserat meines Onkels geantwortet hattest, ich habe jeden Tag gehofft, dass du wieder auftauchen würdest. Was, in Gottes Namen, ist denn nur geschehen? Ich dachte, wie wären uns einig? Hatten wir am Weihnachtsball nicht einen wundervollen Abend zusammen?«

»Doch«, flüsterte sie. Es fiel ihr schwer, all das, was er gesagt hatte, einzuordnen. Konnte er es sich wahrhaftig nicht denken?

»Warum bist du nach Weihnachten nicht zurückgekehrt?« Verzweiflung schwang in seiner Stimme mit, und sie ahnte, dass sie ihm wichtig war, offenbar schwebte ihm allerdings eine andere Position für sie vor.

»Um deine Mätresse zu werden?«, fragte sie bitter und kämpfte vehement die heißen Tränen zurück. »Denkst du wirklich, ich könnte es ertragen, wie du Seite an Seite mit einer anderen lebst und dir lediglich ein paar schöne Stunden für uns stiehlst? Tut mir leid, aber das schaffe ich nicht.«

»M-meine …« Auf seiner Stirn erschienen tiefe Falten. »Meine Mätresse? Wie kommst du denn nur darauf? Ich wollte dich heiraten, Amelia. Aber du bist einfach nicht zurückgekehrt!«

»Natürlich nicht. Deine Tante hat mir die Hochzeitseinladung gezeigt, ich weiß also Bescheid, du musst mir nicht länger etwas vorspielen.«

Verdattert sah er sie an. »Welche Hochzeitseinladung?«

»Na die mit Cecilia Gouldsmith.«

Jetzt entglitten John endgültig die Gesichtszüge, dann lachte er rau auf. »Die Hochzeit mit Cece?«, fragte er nach Luft schnappend. »Ich fasse es nicht! Dass die Alte das aufgehoben hat.«

»Wie meinst du das?«

»Cece und ich wollten tatsächlich heiraten – vor zehn Jahren! Wir waren beide noch sehr jung, aber dennoch wild entschlossen. Doch dann, die Einladungskarten waren gerade verschickt, hatte sie auf einem Ball jemanden kennengelernt. Sie hat sich auf dem ersten Blick in ihn verliebt, und wir haben die Verlobung wieder gelöst. Es war eine wahrlich unangenehme Zeit, aber mittlerweile denke ich kaum mehr daran. Weil das alles so lange her ist, kann ich kaum glauben, dass meine Tante die Einladungskarte noch hatte und dir weisgemacht hat, sie sei aktuell.«

Amelia senkte den Blick. Sie war so vor den Kopf gestoßen gewesen, dass sie nie auf die Idee gekommen war, die Echtheit zu prüfen. Wie hatte sie dermaßen naiv sein können?

»Es tut mir leid«, wisperte sie, und er trat näher auf sie zu.

»Du kannst nichts dafür, wie hättest du wissen sollen, mit welch unlauteren Mitteln meine Tante kämpft?« Er griff nach ihren Händen, und sie genoss die Wärme, die aus seinen Fingern zu ihr herüberwanderte. »Das Wichtige ist doch, dass wir das Missverständnis jetzt geklärt haben. Ich danke dir von Herzen, dass du dennoch gekommen bist. War das nicht wahnsinnig schwer für dich?«

Sie nickte beklommen, spürte ihren Herzschlag bis in die Ohren. »Ich habe dich vermisst«, gestand sie ihm.

»Und ich dich. Nachdem ich dich nirgendwo habe finden können, habe ich mich kopfüber in die Arbeit gestürzt, um überhaupt durch die Tage zu kommen.«

»Besser kopfüber in die Arbeit als kopfüber in die Schubkarre«, sagte sie vorsichtig scherzend.

»Besser kopfüber in die Schubkarre als auf das Kopfsteinpflaster«, erwiderte er lächelnd, doch sein Blick sagte noch so viel mehr: dass er sich freute, dass die Vagabundin wieder da war und dass er die Bruchlandung in die Schubkarre nicht bereute, war er doch ein weiterer Schritt ihres gemeinsamen Weges gewesen.

Er lugte rasch nach draußen, wo weiterhin reges Treiben herrschte, Maschinen surrten und Menschen durcheinanderredeten. Doch hier im Pavillon gab es nur sie beide. Dennoch war es gewagt, dass sich nun ihre Köpfe einander nährten und sie sich küssten. Aber Amelia hatte schon viel zu viele Wochen darauf verzichtet – und eins hatte sie erst heute abermals gelernt: Wer nicht wagt, der nicht gewinnt.

Hinweis der Autorin

John Kemp Starley ist tatsächlich in das Unternehmen seines Onkels eingestiegen, der von der Nähmaschinenproduktion auf die von Fahrrädern umgestiegen war. Er gilt als Erfinder des Zweirads, wie wir er es heute kennen, da er durch die Verwendung der Fahrradkette eine Möglichkeit gefunden hatte, die Kraft des Tretens an die Räder weiterzugeben. Auch im echten Leben wurde das Fahrrad mit den zwei gleichhohen Rädern zunächst »Safety Bike« genannt, da sie viel sicherer waren als die Hochräder. 1900 kam es dann wirklich zu einem regelrechten Fahrradboom. Lange nach der Zeit wurden in der Fabrik auch Motorräder hergestellt, und die Automarke Rover ist daraus hervorgegangen.

Der echte John Kemp Starley war jedoch nie verheiratet, und auch das Anwesen sowie der Weihnachtsball waren rein fiktional.

Eisträume

von
Petra Schier

1. Kapitel

24. Dezember, Heiligabend

Mit pochendem Herzen schloss Gabriella Engel die Tür zu der ehemaligen Eisdiele auf. Sie konnte noch immer nicht ganz fassen, was sie hier tat. War sie verrückt geworden? Wie hatte sie den Kaufvertrag für das Gebäude nur so rasch, so leichtsinnig unterzeichnen können? Das war blanker Irrsinn. Warum hatte sie die Bankerin ihres Vertrauens nicht davon abgehalten, das Erbe ihres Vaters in diesen Schuppen zu investieren?

Die Antwort war ganz einfach: Weil sie schon immer davon geträumt hatte, eine eigene Eisdiele zu eröffnen. Weil sie es leid gewesen war, ihr Leben damit zu vergeuden, eine Firma zu managen, mit der sie nichts verband, mal abgesehen davon, dass sie die Erbin derselben war. Eine von fünf Erbinnen, um genau zu sein. Die mittlere. Die mit dem Sinn für Zahlen und Fakten. Aber auch diejenige, die sich stets künstlerisch hatte verwirklichen wollen. Und auch diejenige, die am allerwenigsten in das Bild passte, das man sich von einer Managerin einer der größten europäischen Kosmetikfirmen machte.

Sie ging nicht so weit, zu behaupten, dass sie Make-up hasste, doch sie benötigte es schlicht nicht. Weder um irgendwelche vorhandenen oder eingebildeten Makel zu überdecken, noch um sich besser zu fühlen und ganz sicher nicht, um irgendeinen Mann zu beeindrucken. Mehr als ein wenig Puder und dezenten Lipgloss trug sie so gut wie nie auf – und verärgerte damit nicht selten Elvira, ihre älteste Schwester, die für das Marketing der Firma verantwortlich war. Werbefotos waren stets ein Kampf oder viel mehr ein Krampf, weil Gabriella nicht einsah, weshalb sie sich dafür wie ein Clown anmalen lassen sollte. Sie war beileibe keine perfekte Schönheit, hässlich aber ganz sicher auch nicht. Leider weigerte Elvira sich beharrlich, anzuerkennen, dass zumindest die Hautpflegeserie, die Camille, die zweitälteste Schwester, federführend mit entwickelt hatte, ihren Dienst zu tun schien: Selbst mit neununddreißig Jahren besaß Gabriella eine makellose Haut. Von Falten keine Spur. Ihr Haar, lang, lockig und tiefschwarz, wies ebenfalls noch keine Altersanzeichen in Form von grauen Strähnen auf. Wozu sich also Farbe ins Gesicht pinseln?

Und wozu Tag für Tag, Jahr für Jahr, eine Arbeit verrichten, die sie weder ausfüllte, noch glücklich machte? Die sie lediglich tat, weil es von ihr erwartet wurde?

Vor knapp acht Wochen hatte sie noch dicht vor einem Burn-out gestanden. Ihr Arzt hatte ihr nahegelegt, sich umgehend eine Auszeit zu nehmen. Und seit sechs Wochen war sie nun schon hier, in Lichterhaven – so weit vom Firmensitz ihrer Familie entfernt wie nur möglich, ohne das Land verlassen zu müssen.

Nachdenklich strich sie mit der Hand über den alten Verkaufstresen mit dem Glasschutz. Nicht nur alt, sondern leider auch altmodisch. Der musste durch etwas Neues, Flippiges, Fröhliches ersetzt werden. Das galt für die komplette Einrichtung. Was Gabriella vorschwebte, was sie sich erträumte, war ein helles, freundliches Eiscafé mit ganz besonderem Charme – und ganz außergewöhnlichen Eisspezialitäten, die sie selbst kreieren würde. Nichts Gewöhnliches, sondern etwas ganz Besonderes. Still ließ sie sich auf einen der fast schon antiken Holzstühle sinken, die sie als Erstes, zusammen mit den hässlichen sechseckigen Tischen, zum Sperrmüll geben würde. Sie konnte es schaffen, das wusste sie. Auch wenn ihre Familie ihr im Augenblick alles andere als wohlgesonnen war, weil sie von einem Tag auf den anderen gekündigt und ihre Firmenanteile den vier Schwestern zur Verfügung gestellt hatte. Zum ersten Mal in ihrem Leben würde sie etwas für sich selbst tun, etwas Eigenes auf die Beine stellen. Und zwar allein.

Ihre Kehle schnürte sich zu, und ihre Augen begannen zu brennen. Mit aller Kraft versuchte sie, die aufsteigenden Tränen zurückzudrängen. Es war kindisch, sich so einsam und verlassen zu fühlen, nur weil der Mann, mit dem sie die sechs schönsten Wochen ihres Lebens verbracht hatte, fort war – weit fort, auf der anderen Seite eines riesigen Ozeans. Für immer.

Sie hätte sich nicht in ihn verlieben dürfen. Schließlich hatte sie gewusst, dass er nur für eine kurze Weile in Deutschland sein würde. Weder hatte er ihr dies verschwiegen noch einen Hehl daraus gemacht, dass er nicht auf der Suche nach etwas Festem war.

Er war ein erfolgreicher Anwalt drüben in Boston, geschieden und nach dem Rosenkrieg, der hinter ihm lag, nicht gewillt, sich je wieder ernsthaft auf eine Frau einzulassen. Schon gar nicht auf eine Urlaubsbekanntschaft, die auf einem anderen Kontinent lebte.

Absolut verständlich.

Ein, zwei Tränen schafften es nun doch, sich aus Gabriellas Augenwinkeln zu stehlen. Heiß rannen sie ihr über die Wangen, und sie wischte sie mit dem Handrücken fort. Es wurde Zeit, dass sie aufhörte, sich lächerlich zu machen. Sie brauchte keinen Mann, um ein erfülltes Leben zu führen. Und sie brauchte auch keinen Mann, um ihren Traum zu leben.

Abgesehen davon blieb ihr ja immer noch die Erinnerung an eine wunderschöne Zeit. Die konnte ihr niemand nehmen, ebenso wenig wie die Einsicht, dass sie ohne diese besonderen, wunderbaren Wochen mit John McMillan wohl nicht den Mut gefunden hätte, ihr Leben grundlegend zu ändern.

Dafür war sie ihm dankbar.

Entschlossen stand Gabriella auf, schnappte sich die große Umhängetasche, die sie mitgebracht hatte, und ging in die Küche. Die Tasche enthielt einen neuen blauen Arbeitsoverall und Sneakers mit Stahlkappen. Bis die Handwerker im Januar kamen, um mit der Renovierung zu beginnen, würde sie selbst schon mal Hand anlegen und Möbel schleppen, die Theke abbauen und die alte Vertäfelung im Gastraum von den Wänden reißen.

Ein Klopfen an der Eingangstür ließ sie innehalten. Gleich darauf erklang die Stimme von Sybilla, der alten Dame, die das Kunsthandwerksgeschäft schräg gegenüber führte. »Gabriella? Sind Sie hier irgendwo?«

Rasch kehrte Gabriella in den Gastraum zurück. Im Gehen drehte sie ihre langen Locken zu einem lockeren Knoten zusammen und wand ein Haarband darum. »Hier bin ich, Sybilla.« Sie lächelte der alten Dame herzlich zu. »Und da ist ja auch Bessie!« Sie ging in die Hocke und begrüßte die hübsche Cavalier-King-Charles-Spaniel-Dame, die Sybilla auf Schritt und Tritt folgte. »Was verschafft mir denn die Ehre Ihres Besuchs?« Neugierig blickte sie zu Sybilla hoch. Die alte Dame war schlank, ihre sorgfältig frisierten weißen Locken schmiegten sich um ein ausdrucksvolles Gesicht mit von der Kälte leicht geröteten Wangen und unzähligen Lachfältchen um Augen und Mund.

Sybilla lachte. »Die Ehre ist ganz meinerseits. Deana hat mir gerade erzählt, dass Sie zukünftig unsere Nachbarin sein werden. Da musste ich selbstverständlich sofort herüberkommen und Sie willkommen heißen. Ich freue mich sehr, dass Sie sich entschlossen haben, in Lichterhaven zu bleiben. Und weil heute Heiligabend ist, habe ich auch eine Kleinigkeit für Sie mitgebracht.« Sie deutete auf einen Korb, den sie auf den Tresen gestellt hatte. »Ein paar Plätzchen – Wattwurmkekse natürlich nach meinem Geheimrezept und Vanillekipferl und Zimtsterne. Die habe ich erst vorgestern gebacken. Und ein kleines Willkommens- und Weihnachtsgeschenk.«

»Danke sehr! Das wäre aber nicht nötig gewesen.« Neugierig warf Gabriella einen Blick in den Korb, der drei hübsche weihnachtliche Gebäckdosen und ein etwa zwei Handspangen langes wie breites flaches Päckchen enthielt. »Was ist es denn?«

Sybilla nahm das Päckchen aus dem Korb und reichte es ihr. »Nur eine Kleinigkeit, wirklich.« Vorsichtig packte Gabriella das Geschenk aus und rang beim Anblick des Inhalts unwillkürlich nach Atem. »Oh! Sybilla, das ist ja …«

»Ich weiß doch, wie gut Ihnen dieser silberne Bilderrahmen gefallen hat«, unterbrach Sybilla sie eifrig. »Mit den Muscheln und Seesternen könnte er kitschig wirken …«

»… aber er tut es nicht«, vervollständigte Gabriella den Satz. Ihr Blick war jedoch nicht auf den Rahmen gerichtet, sondern auf das Foto, das Sybilla dafür ausgesucht hatte. Es zeigte sie und Johnny zusammen mit Bessie auf dem Deich, im Hintergrund die Nordsee und ein von grauen Wolken verhangener Himmel, der an einer Stelle von Sonnenstrahlen durchbrochen wurde.

»Ich bin Ihnen unglaublich dankbar, dass Sie so freundlich waren, mit Bessie spazieren zu gehen, als ich so erkältet war. John hat mir per E-Mail ein paar Fotos geschickt, die dabei entstanden sind, und ich dachte, dieses hier ist das schönste und eine hübsche Erinnerung für Sie, deshalb habe ich einen richtigen Abzug davon machen lassen. Wer hat es eigentlich gemacht? Ein Selfie, wie man ja neuerdings dazu sagt, ist es ja nicht, oder?«

»Nein.« Gabriella schluckte. »Elke Dennersen hat es gemacht. Sie kam zufällig vorbei und war einverstanden, die Fotos von uns zu machen.«

»Aha.« Sybilla lächelte zwar immer noch, musterte sie nun aber aufmerksam. »Stimmt etwas nicht? Sie sind ein bisschen blass geworden, min Deern.«

»Nein, schon gut, alles in Ordnung.« Gabriella blinzelte tapfer gegen die erneut aufsteigenden Tränen an. »Vielen lieben Dank, das ist ein wunderschönes Geschenk, Sybilla.«

»Aber aufhängen werden Sie es nicht.« Sybilla legte ihr sanft eine Hand auf den Arm. »Sie vermissen Johnny sehr, nicht war?«

Gabriella schluckte gegen den Kloß in ihrer Kehle an. »Das ist albern, ich weiß. Es war ja nichts Ernstes.«

»Wirklich nicht?«

»Nein!« Energisch schüttelte sie den Kopf. »Ich wusste genau, dass er in die Staaten zurückkehren würde, und das ist ja auch vollkommen richtig so. Er führt dort sein Leben und ich meines hier.«

»Ach, Kindchen, nach solchen Details fragt die Liebe nicht, wenn sie beschlossen hat, ein Herz zu ergreifen.« Sachte tätschelte Sybilla Gabriellas Arm, auf den Lippen ein mitfühlendes Lächeln.

»Kann sein, aber ich bin kein unbedarfter Teenager mehr.« Gabriella atmete tief durch. »Ich bin alt genug, um zu wissen, wie töricht ich mich gerade verhalte.«

Sybilla schmunzelte. »Töricht! Was für ein wundervolles altes Wort. Schon allein für die Tatsache, dass Sie es noch benutzen, sollten Sie einen Weihnachtswunsch frei haben. Lassen Sie den Kopf nicht hängen.«

»Das werde ich nicht«, versprach Gabriella. »Und wissen Sie was? Ich werde das Bild aufhängen. Gleich dort hinter dem Tresen, sobald hier alles renoviert ist.« Sie legte den Bilderrahmen auf dem Tresen ab und ging noch einmal in die Hocke, um Bessie zu streicheln, die brav neben ihrem Frauchen saß und dem Gespräch aufmerksam zu lauschen schien. »Und du, meine Süße, kriegst hier immer eine Extraschale mit frischem Wasser und ein Leckerchen, versprochen.«

Bessie wedelte sichtlich erfreut mit der Rute, als habe sie jedes Wort verstanden.

»Also, dann werden wir mal wieder …« Sybilla deutete zur Tür. »Ich habe die Schatztruhe noch bis sechzehn Uhr geöffnet. Sie würden nicht glauben, wie viele Leute an Heiligabend auf den letzten Drücker noch nach einem Geschenk suchen.« Sie nickte Gabriella mütterlich zu. »Machen Sie es gut und frohe Weihnachten, meine Liebe. Haben Sie eigentlich Weihnachtsschmuck hier?«

»Nein.« Gabriella zuckte mit den Achseln. »Aber ich habe mir ein paar CDs mit Weihnachtsmusik gekauft, die kann ich beim Arbeiten hören. Das muss erst einmal ausreichen.«

»Na gut. Wenn es Ihnen heute Abend oder an den Feiertagen zu einsam werden sollte, kommen Sie mich einfach besuchen. Sie wissen ja, wo ich wohne.«

Dankbar lächelte Gabriella der liebenswürdigen alten Dame zu. »Das ist lieb von Ihnen. Vielleicht komme ich darauf zurück.«

»Tun Sie das unbedingt. Komm, Bessie, wir haben noch zu tun!«

»Frohe Weihnachten, Sybilla«, rief Gabriella den beiden hinterher. »Und noch mal danke!«

Als sie wieder allein war, blickte sie sich etwas unschlüssig im Gastraum um. Wo sollte sie anfangen? »Musik«, murmelte sie und eilte zurück in die Küche, wo eine kleine tragbare Stereoanlage stand, die die Vorbesitzer hier zurückgelassen hatten. Dann fischte sie die Weihnachts-CDs aus der Umhängetasche, legte wahllos eine davon ein und drückte die Play-Taste, drehte die Lautstärke auf und ging zurück in den Gastraum, um den alten Tresen zu inspizieren und herauszufinden, wie er sich auseinanderbauen ließ. Während Michael Bublé mit seiner unverwechselbaren Stimme *It's Beginning to Look a Lot Like Christmas* verkündete, krabbelte sie sogar unter die Theke, bis sie endlich Schrauben und Scharniere entdeckte, mit denen das monströse Teil zusammengehalten wurde. Zufrieden richtete sie sich wieder auf und wollte schon loseilen, um einen Werkzeugkasten zu organisieren, als anstelle von

Michael Bublé nun Mariah Carey den Raum mit ihrer Stimme erfüllte: *All I Want for Christmas Is You!*

Alle Tatkraft schwand aus Gabriellas Körper, als ihr Blick auf das Foto in dem Silberrahmen auf dem Tresen fiel. Sie wusste noch genau, wann sie ihn zum ersten Mal gesehen hatte. Den Rahmen – und John …

2. Kapitel

Sechs Wochen zuvor

»Igitt, igitt, igitt!«, schimpfte Gabriella bei sich, während sie unter der Markise des kleinen Kunsthandwerksgeschäfts *Sybillas Schatztruhe* Zuflucht vor dem eiskalten Regenschauer suchte. Gerade noch rechtzeitig, bevor aus dem Schauer ein ausgewachsenes Prasseln wurde. »Na, das ist ja vielleicht ein Empfang.« Halb erheitert, halb verärgert schüttelte sie ihren gefütterten roten Regenmantel aus, den sie sich extra für ihren Aufenthalt in Lichterhaven gekauft hatte. Anscheinend wollte das Wetter sie gleich am ersten Tag nach ihrer Ankunft darauf aufmerksam machen, worauf sie sich in den kommenden drei Monaten gefasst machen musste.

Schaudernd sah sie sich um. Auch unter den Markisen der anderen Geschäfte in der Lichterhavener Hauptstraße standen Männer und Frauen, die sich vor dem kalten Nass in Sicherheit gebracht hatten. Die Markisen selbst knatterten leicht im Wind, der auch die Herbstastern, das Heidekraut und die späten Dahlien in den dekorativen Blumenkübeln sträubte. Hier und da flatterten noch Strohgebinde oder vergessene Halloween-Deko an Laternen und Hauseingängen.

Obwohl es erst früher Nachmittag war, hatten sämtliche Geschäfte, Cafés, Restaurants und Kneipen bereits innen wie außen die Beleuchtung eingeschaltet, was der Hauptstraße bei dem finsteren Novemberwetter etwas Heimeliges gab. Der Regen schien sich Zeit lassen zu wollen, deshalb nutzte Gabriella die Gelegenheit, einen Blick in das Schaufenster von *Sybillas Schatztruhe* zu werfen. Auf hell- und dunkelblauem Samt, der im Schein mehrerer LED-Lichterketten sanft schimmerte, waren dort mehrere Aquarelle mit maritimen Motiven ausgestellt, handgefertigter Silberschmuck, Schalen, Vasen und geflochtene Weidenkörbchen mit Gestecken aus Strohblumen. Auch einige Fotografien von Lichterhaven sowie Skulpturen aus Stein und Glas entdeckte sie. Über den silbernen Bilderrahmen, der mit Muschel- und Seesternmotiven verziert war, musste sie schmunzeln. Die Inhaberin des Geschäfts hatte ihn ohne Bild und Rückwand aufgestellt und dahinter so geschickt eine gläserne Regenbogenskulptur arrangiert, dass es fast wirkte, als betrachte man ein 3D-Bild in dem Rahmen. Der Regenbogen war hübsch und erinnerte Gabriella an Geschichten aus ihrer Kindheit, wonach man am Ende eines Regenbogens einen Schatz oder wahlweise das große Glück finden konnte. Der etwas mit Deko überladene silberne Bilderrahmen hingegen …

»Kitschy, dieser Frame, ah, Rahmen, isn't it? Aber irgendwie auch wieder nicht.«

Die dunkle Männerstimme riss sie aus ihren Gedanken. Sie hatte gar nicht bemerkt, dass neben ihr ein hochgewachsener Mann mit braunem Kurzhaarschnitt und attraktivem, modisch kurz geschorenem Vollbart aufgetaucht war. »Äh … ja, irgendwie beides«, stimmte sie mit etwas Verspätung lachend zu. »Kitschig und irgendwie auch wieder nicht. Eigentlich ganz nett, oder?«

»Etwas viel Starfish, wie sagt man …? See…«

»Seesterne.« Sie nickte. »Gerade so viele, das einem davon nicht übel wird.«

Der Mann lachte – ein warmes, leicht rauchiges Lachen, das ihr durch und durch ging. Vielleicht lag es aber auch am Gesamtpaket, denn der Mann war wirklich eine Augenweide.

Etwa Anfang vierzig, groß, breitschultrig, und das jungenhafte Grinsen, mit dem er sie nun bedachte, war eindeutig waffenscheinpflichtig.

»Wenn er Ihnen gefällt, sollten Sie kaufen ihn.« Er hielt inne, runzelte die Stirn. »Ihn kaufen. Sorry, ich bin slightly aus der Übung mit meinem Deutsch.«

Gabriella lächelte ebenfalls, besonders über seinen entzückenden Akzent. »Sie sind Amerikaner, nehme ich an.«

»Right. Richtig. Ich lebe in Boston.« Er streckte ihr seine Rechte entgegen. »John McMillan, sehr erfreut.«

Spontan ergriff sie seine Hand. »Gabriella Engel. Es freut mich ebenfalls, Ihre Bekanntschaft zu machen, Mr. McMillan.«

»John, bitte. Mr. McMillan ist mein Vater.« Wieder lachte er. »Ich mache Urlaub hier. Sie auch?«

»Etwas mehr als nur einen Urlaub«, antwortete sie und spürte dabei dem angenehmen Kribbeln nach, das der Handschlag in ihr ausgelöst hatte. »Ich nehme mir eine Auszeit und bleibe drei Monate in Lichterhaven. Mein Arzt hat mir geraten, nicht vor Ablauf dieser Frist nach Hause zurückzukehren.«

»Arzt?« Besorgnis zeichnete sich auf Johns Miene ab. »You're sick? Sie sind krank?«

»Eher erschöpft. Burn-out«, fügte sie rasch hinzu. »Ich habe mir zu lange zu wenig Zeit für mich gekommen.«

»Ich verstehe.« Er beugte sich leicht vor und raunte beinahe verschwörerisch: »Dann sind Sie in Lichterhaven genau richtig. Hier kann man wunderbar entspannen. Falls Sie eine Fremdenführer suchen, stehe ich gerne zur Verfugung … Ver*fü*gung.«

»Sie?« Neugierig musterte sie ihn. »Ich dachte, Sie sind auch Tourist.«

»Right, das bin ich.« Wieder schenkte er ihr dieses gefährliche Lächeln. »Ich habe nicht gesagt, dass ich zum ersten Mal hier bin.«

»Ach so. Also machen Sie öfter mal in Europa Urlaub?« Das sprach dafür, dass er auch noch wohlhabend war.

»Ja, das heißt ... Eigentlich fast immer nur hier in Lichterhaven. Meine Großmutter stammt von hier. Sie ist als junges Mädchen mit ihren Eltern und Geschwistern ausgewandert, kam aber oft zu Besuch zurück. Als ich ein Junge war, durfte ich sie ein paarmal begleiten. Aber nur, wenn ich mein Deutsch gut ... wie sagt man ... pflege. Übe. Sie ist vor einigen Jahren von uns gegangen, seitdem war ich nicht mehr hier. Stress im Job und so, Sie wissen ja, wie das ist.«

»Aber jetzt sind Sie wieder hier.«

Er nickte. »Jetzt bin ich wieder hier. Was für ein Glück, dass ich mir diese Jahreszeit ausgesucht habe.«

Gabriella lachte. »Wenn ich mir das Wetter so ansehe, verstehe ich nicht ganz, wo da das Glück liegen soll.«

»Das Wetter ist unwichtig.« Er zwinkerte ihr zu. »Glück für mich ist eher, dass ich Ihnen hier begegnen durfte.«

Normalerweise ging Gabriella auf derart frontale Anmachversuche nicht ein. Doch andererseits war sie hier, um ihr Leben zu ändern – und einiges anders zu machen. Also versuchte sie es gleich mal. »Sie bieten sich also als Fremdenführer an?«

In seinen Augen leuchtete es auf. »Ich kenne mich in Lichterhaven ausgezeichnet aus.«

»Dann wissen Sie bestimmt, wo es hier in der Nähe ein gutes Café oder Bistro gibt. Ich hatte noch nichts zum Mittagessen und sterbe vor Hunger.«

»Bitte nicht sterben!« Er grinste. »Ich empfehle das *Möwennest*. Nur ein paar Schritte von hier. Warme und kalte Speisen, gute Qualität, sehr ... cozy ...«

»Gemütlich«, half Gabriella nach. »Also gut, dann auf ins Möwennest!«

3. Kapitel

»Danke, dass Sie mich bis nach Hause begleitet haben.« Vor dem kleinen Ferienhaus in einem ruhigen Seitenweg war Gabriella stehen geblieben. »Das wäre aber wirklich nicht nötig gewesen. Immerhin ist es schon spät, und jetzt müssen Sie den ganzen Weg bis zum Hotel *Seestern* allein zurücklaufen. Bei dem Wetter!« Sie wich seinem direkten Blick aus, weil dieser schon seit einer Weile ihren Puls veranlasste, außer Kontrolle zu geraten.

»Ich habe Sie gerne begleitet.« Seiner Stimme war das Lächeln anzuhören. »Sehen wir uns wieder?«

Unbedingt! Sie bemühte sich, nicht zu heftig zu nicken. »Das wird sich in so einem kleinen Ort wie Lichterhaven wohl nicht vermeiden lassen«, versuchte sie sich an einem Scherz.

»Würden Sie es denn vermeiden wollen?« Sein ernster Tonfall veranlasste sie, ihm doch wieder in die Augen zu sehen. Für einen Moment stockte ihr der Atem.

»Also … nein, natürlich nicht. Ich meinte nur …«

»Ein Date?« Er trat dichter an sie heran. »Ganz … wie sagt man richtig? Ohne Verpflichtung? No strings attached?«

»Unverfänglich.« Sie schluckte, doch gegen ihr wildes Herzklopfen half das nicht. »Ja, also … gern.«

»Bald?« Er trat noch näher an sie heran, sodass sich ihre Jacken berührten.

»Mhm.« Mehr brachte sie nicht heraus. Die Luft zwischen ihnen vibrierte geradezu.

»Ganz bald?« Unverwandt war sein Blick auf ihre Augen gerichtet, mit jedem Wort wurde seine Stimme dunkler und rauer. »Ich möchte … dich … wirklich wiedersehen.«

Sein warmer Atem streifte ihr Gesicht und schien sämtliche Hormone, die sie besaß, auf einen Schlag aufzuwecken. Ihr wurde unnatürlich warm. »Wir könnten … vielleicht …«

»Ja?«

»Morgen …«

»Morgen klingt gut.«

»Zum Leuchtturm wandern.« Ihre Stimme krächzte ein wenig. »Ich habe noch nie einen Leuchtturm aus der Nähe gesehen.«

»Wirklich noch nie?« Er hob die Hand und berührte sie an der Wange.

Sofort begann ihre Haut zu prickeln. »Ich wohne in München. Da gibt es nicht allzu viele Leuchttürme. Und dies ist mein erster Urlaub an der Nordsee.«

»Ich möchte dich gerne küssen«, raunte er.

Sie schluckte. Schluckte noch einmal. Atmete zittrig ein und wieder aus … und wieder ein. »Warum tust du es dann nicht?«

Sie kam ihm entgegen, noch während sie sprach, sodass sich ihre Lippen schon im nächsten Moment berührten. Ein heftiger Stich durchzuckte sie, der bis tief in ihr Inneres reichte. Seine Lippen waren warm, sanft, zugleich aber auch fest, ihre Blicke immer noch miteinander verwoben. Doch als er sie in seine Arme zog, schloss sie die Augen und gab sich ganz den herrlichen, wilden Empfindungen hin, die sie durchrieselten.

Seine Lippen wanderten forschend, kosend über die ihren, neckten, forderten aber nichts, bis sie selbst mehr gab – mehr wollte. Sie spürte, wie er ihren Mundwinkel erforschte, ihre Wange gleich daneben, ihr Kinn, bis sie hörbar nach Atem rang. Sogleich war sein Mund wieder auf ihrem. Seine Zunge strich sachte, wie fragend, über ihre Unterlippe. Das ging viel, viel zu schnell! Doch sie konnte, nein, wollte jetzt nicht aufhören.

Ein klein wenig gab sie nach, öffnete die Lippen, ließ ihn ein – und taumelte. Ein weiterer brennender Stich fuhr durch sie hindurch, als ihre Zungen aufeinandertrafen. Sie hörte ihn einen unterdrückten, beinahe grollenden Laut ausstoßen. Er grub die Hände in ihr Haar, tauchte tiefer in sie ein, verlangend, gierig beinahe.

Im nächsten Augenblick löste er sich von ihr, nur so weit, dass er sprechen konnte. Er war außer Atem, genau wie sie. »Incredible. Ich … damit hatte ich nicht gerechnet. Gehofft vielleicht, aber …« Zärtlich strich er über ihre Wange. »Ein Date, ja? Morgen?«

Ein wenig benommen nickte sie. »Morgen Mittag? Um zwölf Uhr? Am Hafen?«

Er nickte. Küsste sie noch einmal, doch nur kurz. »Morgen Mittag am Hafen.« Damit trat er zwei Schritte zurück und entfernte sich ohne ein weiteres Wort. Wenig später war er um die Wegbiegung verschwunden.

Perplex starrte Gabriella auf den Punkt, wo er eben noch gestanden hatte, und ziemlich sicher, dass sie heute Nacht kaum Schlaf finden würde, betrat sie das Ferienhäuschen, schaltete überall das Licht ein, hängte ihren Mantel an die Garderobe und rollte sich erst einmal auf der Couch zusammen.

4. Kapitel

Wie gut, dass sie sich auch noch einen neuen Wintermantel zugelegt hatte, bevor sie nach Lichterhaven aufgebrochen war! Gabriella blieb kurz vor dem Schaufenster von *Sybillas Schatztruhe* stehen und musterte ihr Spiegelbild. Das Weinrot des Mantels stand ihr gut, die flauschige Strickmütze in Wollweiß und der passende Schal kontrastierten sehr schön mit ihrem dunklen Haar. Eitel war sie zwar nicht, aber nervös. Inzwischen glaubte sie fast, sie hätte den gestrigen Tag nur geträumt. Wie wahrscheinlich war es schon, einen Mann wie John in einem Ort wie diesem zu treffen? Sie hatten sich auf

Anhieb so gut verstanden, als ob sie einander schon seit ewigen Zeiten kennen würden. Dabei hatten sie bis auf ihr Geständnis mit dem Burn-out so gut wie keine Details über ihr jeweiliges Leben ausgetauscht. Sie wusste nur, dass er Anwalt war, sonst nichts. Trotzdem hatte sie das Gefühl, in ihm einen Freund und sogar Seelenverwandten gefunden zu haben. War das verrückt?

Er mochte dieselben Dinge wie sie: Kunst, Musik, Bücher. Deshalb hatten sie aus dem kurzen verspäteten Mittagessen schließlich einen ganzen Nachmittag und Abend gemacht, waren durch den Ort spaziert und später im Irish Pub eingekehrt. Und nun trafen sie sich schon wieder. Ob sie nach den langen Gesprächen gestern überhaupt noch ein Thema finden würden, über das es sich zu reden lohnte? Vielleicht tauchte er aber auch gar nicht auf. Was dann?

Gabriella fühlte sich aufgeregt wie eine Teenagerin. Als ihr Blick auf den silbernen Bilderrahmen fiel, verstärkte sich das nervöse Herzklopfen noch. Der Kuss hatte sie noch lange wachgehalten. Auf die Art war sie noch nie geküsst worden. So ... Ihr fehlten auch heute noch die Worte dafür, und obwohl es frostig kalt war und ein scharfer Wind durch die Hauptstraße pfiff, wurde ihr innerlich ganz heiß. Das musste doch wohl ein Traum gewesen sein, oder? Etwas anderes war gar nicht möglich.

»Dummes Huhn!«, schimpfte sie mit sich selbst, wandte sich von dem Schaufenster ab und strebte mit energischen Schritten auf den Hafen zu. Falls John tatsächlich nicht auftauchen sollte, würde sie ganz einfach allein zum Leuchtturm wandern. Sie war noch nie auf einen Mann angewiesen gewesen. Auch nicht, wenn er so unglaublich gut küssen konnte.

Am Fischereihafen herrschte trotz des frostigen Wetters reger Betrieb. Die Flut hatte die Fisch- und Krabbenkutter hereingespült. Überall wurde der Fang abgeladen. Bei einem Krabbenkutter namens *Paulsen 1* blieb sie stehen und sah der Besatzung neugierig zu, wie sie Kiste um Kiste mit Krabben ablud und zu zwei Lieferwagen mit dem Aufdruck *Paulsen & Paulsen – Lecker Fisch und mehr* trug. Ein paar Männer und Frauen standen Schlange, um sich Tüten mit Krabben zum Selbstpulen zu kaufen.

»Moin Moin!«, grüßte ein junger blonder Mann mit Kapitänsmütze sie. »Möchten Sie auch mal von unseren Krabben probieren?«

»Nein, danke.« Gabriella lachte. »Ich glaube, das ist nichts für mich. Ich esse die Krabben lieber, wenn sie schon fertig auf dem Teller liegen. Außerdem habe ich gleich noch etwas vor.«

»Sind Sie auf Urlaub hier?«

»Ja, für eine ganze Weile.«

Der junge Kapitän grinste. »Dann kommen Sie ganz bestimmt auch noch auf den Geschmack. Also, falls Sie sich umentscheiden, fragen Sie beim nächsten Abladen einfach nach mir. Jörn Paulsen. Ich zeige Ihnen gerne, wie das mit dem Pulen geht.«

»Danke.«

»Ich wünsche Ihnen einen schönen Aufenthalt in Lichterhaven.« Er tippte sich an die Mütze und wandte sich wieder seiner Crew zu.

Gabriella sah sich aufmerksam um. John war nirgendwo zu sehen. Allerdings hatten sie auch keinen konkreten Treffpunkt ausgemacht. Der Hafen war groß und umfasste auch noch den Kai für Ausflugsschiffe und den historischen Museumshafen. Vielleicht war John dorthin gegangen.

Sie steuerte gerade eines der Museumsschiffe an, als sie Schritte hinter sich vernahm.

»Gabriella!« Johns Stimme klang warm und dunkel und bescherte ihr sofort wieder heftiges Herzklopfen. »Here you are. Ich wusste nicht … Wir hätten eine genaue Treffpunkt nennen sollen.« Er lächelte, als sie sich zu ihm umdrehte. »Ich hatte schon Angst, dass du nicht kommst.«

Unwillkürlich musste auch Gabriella lächeln. »Warum sollte ich mir das Date entgehen lassen?«

John zuckte mit den Achseln. »Ich dachte heute Morgen, ich hätte vielleicht alles nur geträumt.«

Ihr wurde ganz warm ums Herz. »In dem Fall hätte ich genau den gleichen Traum gehabt.«

In Johns Augen leuchtete es auf. »Es ist sehr kalt. Willst du noch immer zum Leuchtturm?«

»Ja, unbedingt.« Sie grinste. »Vielleicht solltest du dir ebenfalls eine Mütze anziehen, sonst frieren dir die Ohren ab.«

»Right.« Auch er grinste und zog eine dunkelbraune Mütze aus der Tasche seines gleichfarbenen Mantels und setzte sie auf. »Gut so?«

»Perfekt.«

»Dann los!« Er streckte seine Hand aus, und sie ergriff sie ganz selbstverständlich.

5. Kapitel

»Du meine Güte, ist das kalt!« Lachend drehte Gabriella sich am Fuß des Leuchtturms im Kreis. »Mein Gesicht ist schon ganz eingefroren.«

»Wirklich?« John fing sie ein und zog sie in seine Arme. »Lass mal sehen.« Ehe sie auch nur Luft holen konnte, lagen seine Lippen auf ihren. Kühl und warm, beides zugleich.

Ihr Herz machte einen wilden Satz, doch da trat er schon wieder einen Schritt zurück und lächele schalkhaft.

»Tatsächlich. Kalt wie Eis.« Er hob die rechte Hand, die inzwischen in einem gefütterten Lederhandschuh steckte, und berührte sanft ihre Wange. »Wie leckere Eiscreme.«

»Eiscreme?« Überrascht merkte sie auf, dann lachte sie. »Das ist mal ein nettes Kompliment. Ich liebe nämlich Eiscreme.«

»Tatsächlich? Das trifft sich gut. Ich auch.«

»Schade, dass man im Winter nirgendwo welche bekommt.« Sie seufzte. »Alle Eislokale haben jetzt geschlossen.«

»Dumm, oder?« Er nahm ihre Hand und umrundete den Leuchtturm, den sie eben bei einer kurzen Führung von innen kennengelernt hatten. »Dabei schmeckt Eiscreme auch im Winter gut. In Boston gibt es einige Cafés, die auch im Winter öffnen.«

»Dann muss ich wohl auswandern«, scherzte Gabriella. »Oder mich weiterhin mit dem Zeug aus dem Supermarkt begnügen.«

»Da gibt es doch ein paar gute Sorten.«

Sie schüttelte den Kopf, nickte, schüttelte wieder den Kopf. »Nein. Also ja, schon ein paar wenige, aber es geht nichts über gute, selbst gemachte Eiscreme nach alten Familienrezepten, am besten aus Italien. Oder über ganz eigene neue Kreationen. Handgemachtes Eis ist viel, viel besser als das beste Eis aus dem Supermarkt.«

»Das hört sich an, als würdest du dich auskennen.« Neugierig musterte John sie.

»Ja, ein bisschen. Meine Großmutter mütterlicherseits, nach der ich benannt bin, stammt aus Italien und besaß mit meinem Großvater zusammen ein Eiscafé in Rimini. Ich habe sie als Kind oft besucht und durfte ihr in den Sommerferien in der Eisküche helfen.«

»Ah, eine richtige Expertin also!«

»Ja. Na ja, nein, nicht wirklich. Meine Mutter hat sich mit ihren Eltern überworfen, als ich vierzehn Jahre alt war. Danach ist der Kontakt leider für eine Weile abgebrochen.«

»Leben deine Grandma und dein Grandpa noch?«

»Ja. Sie haben das Eiscafé an die nächste Generation weitergegeben. Ich telefoniere manchmal mit ihnen, war aber schon eine Ewigkeit nicht mehr in Rimini.«

»Warum nicht?«

Sie zögerte. Diese Frage hatte sie sich auch schon häufig gestellt. »Der viele Stress in der Firma. Ich habe immer in unserem Familienunternehmen gearbeitet und mir nur selten Urlaub gegönnt. Deshalb ja der Burn-out.«

»Und deine Firma hat nichts mit Eiscreme zu tun?«

Sie lachte trocken. »Nein. Mit Kosmetik. Make-up, Gesichtspflege und so!«, fügte sie hinzu, als John fragend die Stirn runzelte.

Er begriff. »Eine große Firma?«

»Groß genug. Die *Engel Beauty GmbH*.«

John stieß einen Pfiff aus. »Eine der größten Firmen in diesem Sektor in Europa. Wow. Und da hast du einen Burn-out erlebt?«

»Ja.« Sie ließ seine Hand los und ging zum Uferweg hinüber, den Blick auf die graue, vom Wind aufgewühlte Nordsee gerichtet, die am Horizont in einen ebenfalls grauen Himmel überging. »Ich habe die Firma immer an erste Stelle gesetzt, so wie es von mir erwartet wurde. Aber jetzt kann ich nicht mehr. Nur … Ich werde im Januar vierzig. Was soll ich jetzt noch Neues anfangen?«

»Alles, was du willst.« John war neben sie getreten. »Es ist nie zu spät, das Leben zu ändern.«

»Glaubst du?« Sie lächelte leicht. »Als Kind wollte ich immer eine Eisdiele eröffnen, so wie meine Großeltern. Vielleicht war ich deshalb so lange nicht dort und habe den Kontakt auf ein Minimum reduziert. Sie hätten mich zu sehr an diese verrückten Kindheitsträume erinnert.«

John legte ihr den Arm um die Schultern. »Hast du dir schon einmal überlegt, den Traum wahrzumachen?«

»Was?« Verblüfft sah sie ihn von der Seite an.

»So schwer kann es nicht sein, in Deutschland eine Eisdiele zu eröffnen. Oder geh nach Rimini. Oder wohin du willst.«

»Ist das dein Ernst?«

»I'm not kidding.«

»Ich habe doch gar nicht die richtige Ausbildung. Speiseeisherstellerin ist hier bei uns ein Ausbildungsberuf. Zumindest seit einigen Jahren.«

»Auch das kannst du nachholen, wenn du willst.«

Nachdenklich lehnte sie den Kopf an seine Schulter. »Das klingt so einfach, aber …«

»Hey!« Er zog sie in seine Arme. »Du musst dich nicht heute entscheiden. Genieße dein vacation. Auszeit. Kommt Zeit, kommt Rat. Das hat meine Grandma immer gesagt.«

Gabriella lächelte gerührt. »Meine auch.«

6. Kapitel

»Das Gesicht der Kellnerin werde ich nie vergessen.« Gabriella gluckste vergnügt, als sie am frühen Abend das *Möwennest* verließen, in dem sie sich nach dem langen Ausflug zum Leuchtturm aufgewärmt und gestärkt hatten.

»Wollen Sie wirklich bei *dem* Wetter ein' Eisschokolade?«, machte John besagte Kellnerin nach und lachte. »Sie glaubt jetzt, wir sind zwei crazy tourists.«

»Aber die Eisschokolade war lecker.« Da sie eine heftige Windbö anfuhr, schlug sie den Kragen ihres Mantels hoch und setzte rasch ihre Mütze auf. »Danke für den wunderschönen Tag. Ich hatte viel Spaß.«

»Me too.« Er ergriff ihre Hand, dann schlenderten sie gemeinsam die Hauptstraße hinauf in Richtung Marktplatz. Da es bereits dunkel geworden war, die Geschäfte aber noch geöffnet hatten, fiel wie am Vortag warmes Licht durch die Schaufenster auf die Straße und vermischte sich mit dem der Straßenlaternen. Viele Läden hatten bereits Lichterketten und vorweihnachtliche Dekorationen angebracht.

»Schön ist es hier, nicht wahr?« Bewundernd sah Gabriella sich um. »Alles ist so liebevoll dekoriert und aufeinander abgestimmt. Ich könnte glatt jetzt schon Weihnachtsmusik hören und Plätzchen backen.«

»Dann tu es.« John drückte ihre Hand. »Du bist doch hier, um zu entspannen. Also tu, was immer du tun willst.«

»Egal, was?«

»Ganz egal.«

Abrupt blieb sie stehen, zog ihn an sich und küsste ihn. Dann grinste sie frech. »Auch das?«

»Sure.« Er grinste zurück und küsste sie, diesmal etwas leidenschaftlicher. »Mmh, du schmeckst noch immer nach Schokolade.«

Sie kicherte gegen seine Lippen. »Kann gar nicht sein. Die Eisschokolade ist schon mindestens zwei Stunden her.«

»Dann schmeckst du von Natur aus lecker.« Zärtlich umfasste er ihr Gesicht und suchte ihren Blick. »Ist es zu aufdringlich, wenn ich dich morgen schon wieder sehen will?«

Ihr Herz pochte freudig in ihrer Brust. »Nur, wenn mir das etwas ausmachen würde. Tut es aber nicht.«

»Terriffic!« Wieder küsste er sie. »Was sollen wir denn morgen anstellen?«

»Keine Ahnung.« Sie überlegte. »Wir könnten …«

»John? Johnny, wie nett!« Die Stimme einer alten Dame riss sie aus den Gedanken. Sie kam, einen hübschen Cavalier King Charles Spaniel an der Leine, auf sie zu. »Ich wollte dich schon anrufen und fragen, ob du nicht Lust hast, am Sonntag zu Kaffee und Kuchen zu uns zu kommen. Bessie und ich würden uns sehr freuen.« Sie schnalzte leise. »Bessie, sitz! Sei doch nicht so aufgeregt.« Die Hündin, die hechelnd und mit der Rute wedelnd zwischen John und Gabriella hin und her gehüpft war, ließ sich brav auf ihrem Hinterteil nieder. Ihre Rute wischte aber weiterhin wild über den Boden.

»Hi, Sybilla.« John ließ Gabriellas Hand los und umarmte die alte Dame. »Gabriella, dies ist Sybilla, die Inhaberin von *Sybillas Schatztruhe*. Sie ist mit meiner Grandma zur Schule gegangen. Sybilla, darf ich vorstellen: Gabriella. Sie ist … Wir haben uns gestern vor deinem Shop kennengelernt.« Er griff wieder nach Gabriellas linker Hand.

»Und gleich gemocht, wie ich sehe.« Sybilla reichte Gabriella lächelnd die Hand und schüttelte sie kurz und energisch. »Freut mich sehr. Sie sind natürlich auch herzlich eingeladen. Wenn Sie sich schon so schnell mit Johnny angefreundet haben, sind Sie mir gleich sympathisch, denn Sie beweisen damit einen ausgezeichneten Geschmack.«

»Ja, also, das ist sehr nett von Ihnen.« Gabriella war überrascht über die spontane Gastfreundlichkeit der Frau, die bestimmt schon um die achtzig Jahre alt war. »Aber ich kann doch nicht einfach so …«

»Yes, you can.« John lachte. »Du musst sogar. Wenn die liebe Sybilla sich etwas in den Kopf setzt, gehorchst du besser.«

»Exakt.« Zufrieden lächelte die alte Dame. »Hören Sie auf John, er kennt mich schon lange und weiß, wovon er redet.« Sie tätschelte seinen Arm. »Am Sonntag also? Drei Uhr nachmittags? Three p.m., wie ihr drüben zu sagen pflegt. Wir freuen uns auf euch beide, nicht wahr, Bessie? Aber nun müssen wir weiter. Deana ist ganz allein im Laden, und allmählich geht das Weihnachtsgeschäft los. Da helfe ich mal lieber mit. Bis bald!« Sie schnalzte noch einmal, und Bessie sprang auf.

Gabriella sah den beiden bewundernd nach. »Sie arbeitet immer noch stundenweise im Laden mit?«

»Nicht stundenweise«, korrigierte John sie mit sichtlichem Stolz. »Full time.«

»Was?« Verblüfft sah sie ihn an. »In ihrem Alter? Ist ja der Wahnsinn.«

»Sie liebt, was sie tut.« John zog sie in seine Arme. »Ich würde gerne den Abend mit dir verbringen, aber ich muss ein paar Telefonate mit meiner Familie in den Staaten führen.«

Gabriella nickte verständnisvoll. »Wir sehen uns ja dann morgen. Allerdings müssen wir immer noch überlegen, was wir anstellen wollen.«

»Vielleicht eine Fahrt nach Helgoland«, schlug John vor. »It's a classic tourist attraction. Die Fähre geht in der Winterzeit nicht so oft, aber morgen ist Freitag, und da fährt sie.«

»Okay, warum nicht. Helgoland klingt gut«, stimmte sie spontan zu. Immerhin hatte sie Urlaub und konnte tun und lassen, was sie wollte.

»Dann treffen wir uns um neun Uhr morgen früh am Anleger. Es ist die *Lichterhavener Seeschnuppe.*« Er grinste, als sie die Stirn runzelte. »Die Fähre heißt wirklich so.«

»Okay.« Sie lachte. »Dann bis morgen.« Sie wollte ihm ihre Hand entziehen, doch er zog sie fest in seine Arme und küsste sie erneut – heiß, leidenschaftlich, tief, sodass sie ganz außer Atem geriet, und schwindlig wurde ihr ebenfalls.

»Bis morgen«, flüsterte er an ihren Lippen. Damit gab er sie frei.

7. Kapitel

»Vielen Dank.« Gabriella lächelte John zu, der ihr, ganz Gentleman, zuvorkommend den Stuhl zurechtgerückt hatte. Er hatte für den heutigen Freitagabend einen Tisch am Fenster reserviert, und da das Restaurant *Seemöwe* teilweise auf Säulen über der Nordsee gebaut war, entstand der Eindruck, über dem Wasser zu schweben. Oder viel mehr über dem Watt, denn die Ebbe hatte eingesetzt. Dennoch war die Aussicht im Licht der Außenlaternen sehr stimmungsvoll. Das stilvolle und zugleich gemütliche Ambiente des Restaurants tat sein Übriges, um die romantische Atmosphäre zu vervollständigen. Weiße Leinentischdecken, hellblaue Stoffservietten, die in Muschelform gefaltet waren, Kerzenständer aus glänzendem Silber, kleine Wintergestecke mit Weihnachtskugeln und – Gabriella schmunzelte – kleinen Möwen und Seesternen auf allen Tischen. An den Wänden hingen vergrößerte Fotografien vom Museumshafen und der Stadt sowie Aquarelle mit Nordsee- und Möwenmotiven.

»Es war eine gute Idee, hierherzukommen.« Sie lächelte, als John ihre Hand auf dem Tisch ergriff. »Der perfekte Abschluss für einen wunderschönen Tag auf Helgoland. Ich weiß gar nicht …« Zögernd brach sie ab.

»Was weißt du nicht?« Aufmerksam sah John sie an.

»Womit ich das verdient habe«, vervollständigte sie den Satz schließlich. »Ich komme mir ein bisschen vor wie in einem Traum. Jahrelang habe ich nur gearbeitet und funktioniert und getan, was von mir erwartet wurde. Dann mache ich einmal Urlaub in Lichterhaven und befinde mich plötzlich im Abenteuer meines Lebens.« Verlegen biss sie sich auf die Unterlippe. »Das klingt albern und theatralisch, aber für mich sind oder waren die letzten Tage wirklich wie ein traumhaftes Abenteuer.«

John drückte lächelnd ihre Hand. »Wahrscheinlich war es für dich einfach an der Zeit für ein kleines Abenteuer.«

»Ja, vielleicht«, stimmte sie nachdenklich zu.

Sie wurden von einer Kellnerin unterbrochen, die ihnen die Speisekarte reichte und nach ihren Getränkewünschen fragte. Als sie wieder verschwunden war, schlug Gabriella die Speisekarte auf und überflog das reichhaltige Angebot. »Da weiß man ja gar nicht, wie man sich entscheiden soll!«

Über den Rand der Karte warf John ihr einen schalkhaften Blick zu. »Dann fangen wir auf der ersten Seite an und arbeiten uns nach und nach vor. Wir können hier essen, wann immer wir wollen. Außer am Montag und Dienstag, das sind die Ruhetage.«

Überrascht lachte Gabriella auf. »Ist es nicht ein bisschen dekadent, hier jeden Tag essen zu gehen?«

»Hey, es ist dein vacation!« Er grinste. »Mach, was immer du willst. Dann hast du später ganz viele schöne Erinnerungen.«

»An mein Abenteuer in Lichterhaven.«

»Exactly.«

Sie entschieden sich beide für eine Variation aus Fischgerichten mit hausgemachtem Kartoffelsalat und einem bunten

Gemüsemix. Nachdem die Kellnerin die Bestellung aufgenommen hatte, ergriff John erneut Gabriellas Hand. »Ich mag dich sehr, weißt du das? So ein Glück, dass wir uns vor dem Schaufenster begegnet sind.«

»Ja, ein glücklicher Zufall.« Lächelnd blickte sie auf ihre Hand in seiner. Als sie den Blick wieder hob, bemerkte sie einen ungewöhnlich ernsten Ausdruck in Johns Augen. Ihr Herz holperte ein wenig. »Stimmt etwas nicht?«

Er ließ sich mit seiner Antwort Zeit. »Ich mag dich. Sehr.«

»Ich mag dich auch«, setzte sie an, doch der leichte Druck seiner Finger ließ sie innehalten.

»Das mit dem Traum, dem Abenteuer«, sagte er mit leicht rauem Unterton, »das fühle ich auch. Well, ich … also … Es ist ein Abenteuer, Gabriella, und es muss auch eines bleiben. In vier Wochen fliege ich zurück nach Boston.«

»Ich weiß.« Ihr Herz zuckte schmerzhaft, doch sie lächelte tapfer. »Ich kehre Mitte Februar nach München zurück. Bis dahin muss ich mir überlegen, was ich mit dem Rest meines Lebens anstelle, denn so, wie es ist, kann es nicht bleiben.«

»Ich bin mir sicher, es wird etwas Wunderbares.« John umschloss ihre Hand nun mit beiden Händen. »Ich habe ein Leben in Boston. Kein sehr angenehmes im Moment, viel Stress und … Aber du verstehst, das mit uns … Ich bin gerade frisch geschieden, und es ist noch sehr anstrengend, alles zu regeln. Meine … Ex-Frau, Janice, wir sind nicht im Guten auseinandergegangen. Vielleicht hätten wir nie heiraten sollen. Ihre Family und meine Family … Es war mehr oder weniger arrangiert. Wir passten so gut zusammen, aber nur an der Oberfläche. Nun streiten wir um jeden Blumentopf, jedes Buch, jeden Teppich …«

»Ein richtiger Rosenkrieg«, schloss Gabriella. John nickte.

»It's awful. Ich bin Teilhaber einer gut gehenden Kanzlei. Viel Stress, lange Arbeitstage. Dieser Urlaub ist der erste in drei Jahren.« Sanft hob er ihre Hand an seine Lippen und hauchte einen Kuss darauf. »Ich bin nicht bereit für etwas

Neues, Festes. Schon gar nicht ... Du verstehst ... Du lebst hier in Deutschland, ich in Boston ...«

Sie schluckte. Natürlich war das Irrsinn und was er sagte vollkommen richtig. »Es würde nicht funktionieren. Das ist mir bewusst.«

»Es ist nur so«, fuhr er fort. »Ich würde gerne ... Solange ich hier bin, möchte ich so viel Zeit wie möglich mit dir verbringen. Ich weiß, das ist vielleicht nicht klug ...«

»Ich möchte auch Zeit mit dir verbringen«, unterbrach sie ihn mit heftig pochendem Herzen. »Dann habe ich zu Hause später ganz viele schöne Erinnerungen an meine Auszeit – und mein Abenteuer – in Lichterhaven. Und du auch.«

In Johns Augen blitzte es vergnügt. »Also wird dies unser gemeinsames Abenteuer.«

»Ja.« Sie nickte lächelnd, obgleich sich ihr ein wenig die Kehle zuschnürte. Ihr Blick fiel durch das Fenster nach draußen. »Unser Winter-Abenteuer. Schau mal, John, es schneit!«

8. Kapitel

Sie hatten beide wohl schon geahnt, worauf der Abend hinauslaufen würde, und dennoch – oder gerade deswegen vielleicht – war Gabriella nervös, als sie vor ihrem Ferienhaus aus dem silbernen BMW X3 stieg, den John für seinen Aufenthalt in Lichterhaven gemietet hatte. Es schneite immer noch leicht, und da die Temperaturen knapp unter null Grad lagen, blieb die weiße Pracht sogar liegen. Ungewöhnlich für die Nordseeküste.

Auch John stieg aus und kam langsam um den Wagen herum. »Ich begleite dich noch bis zum Eingang.«

»Nicht bis nach drinnen?« Sie schluckte. »Ich meine, wir könnten noch einen Tee trinken oder ...«

»Oder?« Er trat dicht an sie heran.

»Oder so.« Meine Güte, sie war wirklich nervös!

»Oder so«, wiederholte er lächelnd. »Das könnten wir machen.«

»Gut, also …« Sie eilte zur Haustür und schloss sie auf. Ihr Herz raste, das Blut prickelte heiß durch ihre Adern. »Dann immer hereinspa…« Sie stieß einen verblüfften Laut aus, als John, der sich dicht hinter ihr gehalten hatte, sie impulsiv zu sich herumdrehte und küsste. »Huch!« Atemlos sah sie ihm in die Augen.

»Zu schnell?« Er wirkte betreten. »I'm sorry. Ich wollte nicht, wie sagt man, mit der Tür ins Haus fallen.«

In Anbetracht der Tatsache, dass sie tatsächlich mitten in der Tür standen, musste sie lachen. Das Prickeln verstärkte sich. »Gar nicht zu schnell. Wir sollten nur vielleicht …«

»Was?«

Sie grinste. Die Nervosität war verflogen. »Die Tür schließen und die vielen Klamotten loswerden.«

»Right.« Er grinste ebenfalls und kickte die Tür ins Schloss.

***

»Das ist definitely das beste Abenteuer meines Lebens«, flüsterte John in Gabriellas Ohr, als sie eine geraume Weile später dicht aneinander gekuschelt in dem nur eins vierzig breiten Bett lagen und dem Knistern lauschten, das durch den Schneegriesel entstand, der vom Wind gegen die Fensterscheiben geweht wurde. Seine Hand lag locker auf ihrem Bauch, und er begann, mit den Fingerspitzen zärtlich Kreise um ihren Bauchnabel zu ziehen.

»Ja.« Sie seufzte wohlig. »Definitely.«

Sie lachten beide.

»Und weißt du, was das Beste daran ist?« Seine Fingerspitzen wanderten wie zufällig ein wenig tiefer.

»Nein, aber du verrätst es mir bestimmt gleich.« Sie drehte den Kopf, um ihm ins Gesicht sehen zu können.

Prompt neigte er den Kopf ein wenig und küsste sie. »Das Beste daran ist«, raunte er, »dass die Nacht noch jung ist. Und morgen haben wir frei …«

Sie lächelte. »Stimmt auffallend.« Als seine Hand noch tiefer wanderte, sog sie hörbar die Luft ein. »Kann es vielleicht sein, dass du unersättlich bist?«

»Das«, er küsste sie, »kann«, wieder ein Kuss, »sehr gut sein.«

9. Kapitel

»Wie oft wollen Sie eigentlich noch vor meinem Schaufenster stehen und sich den Bilderrahmen ansehen?« Die heiteren Worte der alten Dame rissen Gabriella aus ihren Gedanken. Überrascht hob sie den Kopf. Nicht, weil sie nicht mit Sybilla gerechnet hatte, sondern weil deren Stimme so kratzig klang.

»Guten Tag«, grüßte sie und musterte die Frau besorgt. »Du liebe Güte, Sie sind aber blass! Geht es Ihnen nicht gut?«

»Ach je.« Sybilla seufzte und hustete dezent in ihre Armbeuge. »Sieht man es mir so sehr an? Ich weiß nicht, wie ich es geschafft habe, aber ich bin ziemlich erkältet. Gerade eben komme ich vom Arzt, der mir strikte Bettruhe verordnet hat. Für mindestens drei bis fünf Tage. Das wird der armen Deana gar nicht guttun, mitten im Weihnachtsgeschäft nur mit unserer stundenweisen Aushilfe dazustehen.« Wieder hustete sie und schniefte ein klein wenig. »In drei Wochen ist Weihnachten, da ist bei uns im Einzelhandel der Teufel los.«

»Das tut mir leid.« Gabriella verzog mitfühlend die Lippen. »Wenn ich Ihnen irgendwie helfen kann, sagen Sie es bitte.«

»Mhm, ja, also eine Bitte hätte ich da vielleicht.« Sybilla lächelte ihr hoffnungsvoll zu. »Sie mögen doch meine Bessie ganz gerne, nicht wahr? Wären Sie vielleicht so freundlich, ein- oder zweimal am Tag mit ihr spazieren zu gehen? Sie sind neulich sonntags so gut mit ihr zurechtgekommen. Natürlich kann ich auch jemand anderen bitten. Meine Nachbarin, Elke Dennersen, Sie wissen schon, von dem großen Bauernhof mit dem Hofladen, die würde mir ganz bestimmt auch aushelfen, aber ich will sie nicht unnötig belasten. Sie hat so viel zu tun und vier kleine Kinder, und, nun ja, auch meine anderen Freunde und Bekannten sind in der Vorweihnachtszeit schwer mit ihren Geschäften zugange ... Sie haben ja Urlaub, da dachte ich ... Aber Sie dürfen auch ganz ohne schlechtes Gewissen Nein sagen. Immerhin ist es Ihr Urlaub, und Sie haben jedes Recht, ihn so zu verbringen, wie Sie es möchten.«

»Unsinn!« Gabriella schüttelte energisch den Kopf. »Ich helfe Ihnen gerne mit Bessie. Ich könnte morgens und nachmittags mit ihr eine Runde drehen. John und ich gehen sowieso viel spazieren, also hat er bestimmt nichts dagegen.«

»Ach, das ist unglaublich lieb von Ihnen!« Sybilla strahlte. »Vielen, vielen Dank! Ich habe schon bemerkt, dass Sie und John geradezu unzertrennlich sind. Hach, junge Liebe, so schön!«

Verlegen räusperte Gabriella sich. Die Worte der alten Dame hatten ihr einen Stich versetzt. »Wir sind nicht, also, wir sind kein Paar oder so. Er muss ja bald wieder nach Boston zurückkehren, und ich ...«

»Sie leben in München, ich weiß.« Sybilla nickte. »Das ändert aber nichts an den Funken, die zwischen Ihnen beiden fliegen. Nun ja, genießen Sie die gemeinsame Zeit, das ist das Beste, was Sie tun können. Alles andere wird sich so fügen, wie es soll. Wo steckt der Junge denn eigentlich?«

»Er hatte ein paar Dinge telefonisch zu regeln.«

»Wegen seiner schrecklichen Ex?« Sybilla hustete wieder in ihre Armbeuge. »Verzeihung. Eigentlich ist Janice eine ganz nette Person, aber leider sehr ichbezogen und selbstsüchtig. Ein verwöhntes Einzelkind. Sie hat kein eigenes Ziel in ihrem Leben, abgesehen davon, jederzeit ihren Willen durchzusetzen und Johnny das Leben schwer zu machen. Ich hoffe, sie findet ganz bald einen anderen, möglichst reichen Mann, der ihre Flausen ertragen kann. Dann lässt sie Johnny vielleicht endlich in Ruhe.« Sie seufzte. »Nun ja, Johnny mit seiner vielen Arbeit hatte wahrscheinlich auch einen Anteil am Scheitern der Ehe. Er wurde praktisch von seinen Eltern in seine Karriere hineingedrängt. Natürlich macht er einen guten Job, sonst wäre er nicht so erfolgreich, aber er hat noch nie etwas nur für sich getan. Als er gemerkt hat, dass er seine Frau nicht oder nicht mehr so richtig geliebt hat, beging er den Fehler, sich in noch mehr Arbeit zu flüchten. So etwas ist reines Gift für jede Beziehung. Ich habe manchmal das Gefühl, er ist nur hier in Lichterhaven so ganz er selbst.« Sie lachte rau. »Aber da rede und rede ich in einem fort, dabei gehöre ich ins Bett. Ich sage nur rasch Deana Bescheid, dann fahre ich nach Hause.« Noch einmal deutete sie auf den Bilderrahmen im Schaufenster. »Vielleicht sollten Sie ihn kaufen.«

»Den Rahmen?« Gabriella betrachtete ihn mit zwiespältigen Gefühlen. »Ich weiß nicht. Er ist nicht direkt kitschig, aber … Also so richtig passt er doch nicht zu mir.«

»Aber er hat was«, gab Sybilla zu bedenken. »Er will zu der richtigen Person, die ihn zu schätzen weiß, vorher werde ich ihn wohl nicht los.« Wieder ein kratziges Lachen. »Ich danke Ihnen noch einmal für Ihre Hilfsbereitschaft, Gabriella. Sehen wir uns dann heute Nachmittag?«

»Ja, gerne.« Gabriella nickte ihr mit einem warmherzigen Lächeln zu. »Gute Besserung!«

10. Kapitel

»Du solltest dir das mit dem eigenen Eiscafé noch mal überlegen«, befand John nur wenige Tage später, als sie bei kaltem, wolkigem, aber trockenem Dezemberwetter mit Bessie auf dem Deichweg unterwegs waren. Sie hatten einen Spaziergang bis zum Vogelschutzgebiet weit hinter dem Leuchtturm hinter sich und waren nun auf dem Heimweg. Oder vielmehr auf dem Weg zu *Sybillas Schatztruhe*, denn Sybilla hatte sich bereits nach einer knappen Woche so weit erholt, dass sie schon wieder halbtags im Laden stand, und darum gebeten, Bessie dort vorbeizubringen.

»Du meinst, es ist eine Schnapsidee? A crazy idea«, setzte sie sicherheitshalber erklärend hinzu. »Wahrscheinlich hast du recht.« Sie blieb mitten auf dem Weg stehen und blickte in die Ferne. Die Flut plätscherte heute bei nur wenig Wind ganz zahm an die Ufermauer, und wie immer sausten die Möwen mit ihren unverkennbaren Schreien in atemberaubenden Kapriolen über ihnen hin und her. »Das ist es wirklich. Crazy.«

»Nein, du verstehst mich falsch.« John trat neben sie. Bessie setzte sich, offenbar froh über die kleine Pause, neben ihm hin. »Ich finde, du solltest es tun.«

»Wirklich?« Überrascht sah sie ihn an. »Ohne Ausbildung und Erfahrung im Gastronomie-Betrieb? Wie soll das gehen?«

»Erfahrung sammelst du dann schon. Du hast doch Ahnung von Zahlen, bist gut in deinem jetzigen Job. Ich habe etwas nachgeforscht. Es gibt eine Gelato University in Bologna, dort kannst du alles studieren, was du für den Start des Business brauchst. Theorie und Praxis. Und keine industrial production of ice cream, alles handmade. Natürlich mit professional machines, aber wirklich gut. Sie bieten Kurse weltweit an.«

Sie schmunzelte. Wenn John aufgeregt war, mischte er mehr als sonst Deutsch mit Englisch. Aber was er da erzählte, klang verführerisch. »In Bologna, sagst du?«

»Es gibt auch eine Niederlassung in Stuttgart. Die nächsten Kurse für professional Gelatieri starten im Sommer. Drei Wochen. Natürlich sind da die Gebühren, aber sie sind bezahlbar. Und zudem gibt es noch weitere Online-Kurse, die du nebenher machen kannst.« Er grinste. »Du brauchst also nur noch ein location.«

»Glaubst du wirklich, ich sollte das machen? Es ist doch sehr gewagt!«

»Es ist dein Traum, isn't it?«

»Irgendwie schon.«

»Nur irgendwie?«

Sie lachte. »Also schön, es ist mein Traum. Meine Großmutter wäre begeistert, glaube ich. Bestimmt würde sie herkommen und mir helfen und Tipps geben.«

»Dann tu es. Sei mutig!« John legte seinen Arm um ihre Schultern.

»Ob ich das so ganz allein schaffe?« Ein wenig bekam sie Angst vor der eigenen Courage. Es war eine Sache, sich all das mit John zusammen auszumalen, doch in etwas mehr als einer Woche wäre er wieder fort. Für immer. Sie verdrängte diesen Gedanken rasch, bevor er ihr Schmerz zufügen konnte. »Ich war noch nie selbstständig.«

»Ich glaube, dass du alles schaffen kannst, was auch immer es ist, Darling. Wenn du es willst«, raunte John ihr ins Ohr, bevor er sie küsste.

Das Bimmeln einer Fahrradklingel verhinderte, dass der Kuss allzu intensiv wurde.

»Na, sieh mal einer an, wen haben wir denn da?« Elke Dennersen, eine hübsche blonde Frau Mitte dreißig mit schickem Kurzhaarschnitt, bremste vor ihnen ab und stieg von ihrem Rad, in dessen Transportkorb mehrere leere Eierkartons festgeschnallt waren. »Wenn das nicht unser schönstes Urlaubspärchen aller Zeiten ist!« Sie lächelte ihnen herzlich zu und bückte sich, um Bessie zu streicheln, die freudig aufgesprungen war und Elke rutewedelnd begrüßte. »Und die süße Bessie! Nein, was bist du eine Süße! Wie geht es denn deinem Frauchen? Hat sie sich wieder etwas von ihrer Erkältung erholt?« Die letzte Frage hatte sie an Gabriella und John gerichtet.

»Sie ist schon wieder ganz okay«, antwortete John, »und arbeitet halbe Tage im Shop.«

»Was, so rasch?« Elke schüttelte halb erheitert, halb besorgt den Kopf. »Keine Ruhe im Leib hat diese Frau. Hummeln im Hintern, sage ich immer. Aber sie hat eine unverwüstliche Natur, die Gute. Beneidenswert in ihrem Alter! Bitte richtet ihr meine besten Grüße aus. Jetzt weiß ich auch, warum ich sie nie zu Hause angetroffen habe, wenn ich ihr ihre Bestellungen aus dem Hofladen vorbeigebracht habe. So was, so was ... Aber nun muss ich weiter, Eierkartons von meinen Kunden einsammeln. Viele von ihnen vergessen, sie mir zurückzubringen. Also hole ich sie ab.«

»Und dabei erfährst du gleich auch die neuesten News aus dem Ort.« John grinste vielsagend. Elke Dennersen war weithin dafür bekannt, stets über jeden Klatsch auf dem Laufenden zu sein. Dabei konnte man ihr aber nie böse sein, denn sie missbrauchte dieses Wissen niemals, sondern fungierte nur als durchaus sensible Verteilerstelle und war darüber hinaus eine liebenswerte und stets hilfsbereite Person.

Über Johns Seitenhieb lachte sie fröhlich. »Exactly. Allerdings kommen die News gewöhnlich auch so zu mir. Dazu muss ich nur den Hofladen öffnen.« Sie zwinkerte ihnen zu. »Also, dann will ich euch mal nicht länger aufhalten.« Sie stieg auf ihr Fahrrad.

»Wait! Sorry.« John hielt sie auf und zog gleichzeitig eine Digitalkamera aus der Manteltasche. »Wärst du so nett ... Machst du ein Foto von uns? Die Sonne kommt gerade heraus.« Er wies auf die Sonnenstrahlen, die sich in dem Moment durch die grauen Winterwolken kämpften.

»Na klar, sehr gerne.« Rasch schob Elke ihr Rad ein wenig zur Seite und lehnte es gegen eine Bank. »Dann stellt euch mal in Pose, ihr zwei, äh, drei.« Sie lachte. »Und bitte recht freundlich!«

11. Kapitel

»Schau mal, John! Das gibt es doch nicht.« Auf dem Weg von der *Seemöwe*, wo sie wie so oft das Abendessen eingenommen hatten, über den mit weihnachtlichen Lichterketten und -ornamenten geschmückten Hafen hatten sie die Hauptstraße erreicht. Auch hier glänzte und leuchtete alles vorweihnachtlich. Lichterketten, Sterne, geschmückte Tannenbäume an jeder möglichen und unmöglichen Stelle. Ein paar Schritte von ihnen entfernt standen drei Straßenmusikantinnen und spielten mit Violinen zauberhafte Weihnachtsmusik. Doch die romantische Atmosphäre war nicht der Grund für Gabriellas überraschten Ausruf.

»Was ist denn los?« John folgte ihrem Blick und lachte überrascht. »Also, das ist definitely destiny. Schicksal.«

»Glaubst du?« Mit wild klopfendem Herzen trat sie auf das ehemalige Eiscafé schräg gegenüber von *Sybillas Schatztruhe* zu. Das Lokal war, so hatte Sybilla erzählt, schon seit zwei Jahren geschlossen. Es hieß, die Besitzer wollten es renovieren und vermieten. Doch nun hing plötzlich gut sichtbar das Schild einer Immobilien-Firma an der Tür, auf dem in roten Lettern *Zu verkaufen* stand. Darunter waren eine Handynummer sowie eine E-Mail-Adresse vermerkt.

»Das Schild war gestern noch nicht da.« Eine eigenartige Aufregung hatte Gabriella ergriffen. »Das ist jetzt wirklich … nein! Das ist doch kein Zufall, oder?«

»Schicksal«, wiederholte John mit ernster Miene. »Davon

bin ich überzeugt. Schreib dir die Nummer auf und frag gleich morgen früh, was der Laden kosten soll.«

»Wirklich? Soll ich?« Sie zog bereits ihr Smartphone heraus und machte ein Foto von dem Schild. »Ich weiß nicht ... Hier in Lichterhaven?«

»Hier ist es so gut wie überall sonst.« John grinste. »Nur viel schöner.«

»Das stimmt auffallend.« Sie hatte sich noch nie so wohl und zu Hause gefühlt wie hier. »Da steht, im Obergeschoss ist eine Wohnung. Hundertzwanzig Quadratmeter. Ganz schön groß für eine Person, aber ...« Sie spürte ihrem wilden Herzklopfen nach. »Weißt du was? Das mache ich wirklich. Gleich morgen früh. Gleich nachdem ...« Sie brach ab. Ein schmerzlicher Stich durchzuckte sie. Morgen früh würde John zurück in die Staaten fliegen. Sie waren übereingekommen, die letzte Nacht bei ihr in der Ferienwohnung zu verbringen, gemeinsam dort zu frühstücken und sich dann nicht großartig zu verabschieden, sondern so zu tun, als würde John nur, wie so oft in letzter Zeit, rasch ins Hotel fahren, sich umziehen und ein paar Dinge erledigen, bevor sie den Tag gemeinsam verbringen würden. Nur mit dem Unterschied, dass er nicht wieder zurückkehren würde.

Ehe ihr das Herz schwer werden konnte, atmete sie tief durch und nickte mit Nachdruck. »Gleich morgen früh um acht.« Sie überquerte die Straße und blieb einmal mehr vor Sybillas Schaufenster stehen. Der Bilderrahmen war noch immer da, ebenso wie der Regenbogen aus Glas dahinter. »Warte mal kurz«, bat sie und betrat den Laden, in dem bereits sieben oder acht Kundinnen nach Geschenken stöberten.

Als Sybilla sie erkannte, trat sie mit einem erfreuten Lächeln auf sie zu. »Guten Abend, Gabriella, wie schön, Sie zu sehen. Was treibt Sie herein? Wollen Sie nun doch endlich den Rahmen kaufen?«

»Nein.« Sie lachte. »Aber den Regenbogen. Für John. Eigentlich wollen wir uns keine Abschiedsgeschenke machen, aber irgendwie geht es doch nicht ohne.«

»Ach ja, stimmt. Morgen fliegt er zurück. Wir haben uns schon ausgiebig verabschiedet.« Sybilla lächelte und winkte ihm kurz zu, als sie den Regenbogen aus dem Schaufenster nahm. »Jetzt muss ich mir eine neue Deko für den Rahmen suchen«, scherzte sie, während sie das etwa zwei Handspannen lange Glaskunstwerk in einen mit Holzspänen gepolsterten Karton packte und diesen in eine stabile Papptragetasche stellte. »Oder soll ich ihn als Geschenk einpacken?«

»Nein, nicht nötig.« Gabriella zückte ihre EC-Karte. »John hat ja schon gesehen, was ich gekauft habe.«

»In Ordnung.« Nachdem Gabriella bezahlt hatte – eine nicht unerhebliche Summe, die abzüglich der Provision für Sybilla an die junge Glaskünstlerin Jana Weißmüller gehen würde, die in einem kleinen Ort im Rheinland lebte –, kehrte sie zu John zurück, der sie neugierig musterte.

»Hast du dir die erste decoration für dein Eiscafé gekauft?«

»Nein.« Sie reichte ihm die Tüte. »Der Regenbogen ist für dich.«

»Für mich?« Verwundert starrte er auf die Tüte. »Nein, Gabriella. Wir haben doch gesagt …«

»Keine Geschenke, ich weiß. Aber ich finde, der Regenbogen gehört zu dir. Du hast mich die ganze Zeit unterstützt und mich darin bestärkt, meine Träume wahr zu machen … und meinen Schatz am Ende des Regenbogens zu finden.« Sie warf einen Blick über die Schulter auf das zu verkaufende Eiscafé. »Vielleicht hilft der Regenbogen dir, eines Tages auch deinen Traum zu leben, wie auch immer er aussehen mag, und deinen Schatz zu finden.«

Sprachlos starrte John sie an, dann zog er sie einfach in seine Arme und küsste sie zärtlich, tief, verlangend. Als er seine Lippen von ihren löste, lächelte er. »Danke, Gabriella. Das ist das schönste Geschenk, das ich je bekommen habe.«

Sie schluckte und blinzelte gerührt gegen die aufsteigenden Tränen an. »Wollten wir nicht noch eine Runde über den Weihnachtsmarkt drehen?«

»Ja, wollten wir.« Er ergriff ihre Hand.

Und so verbrachten sie ihren letzten gemeinsamen Abend bei einsetzendem Schneefall und romantischer Atmosphäre auf dem Lichterhavener Weihnachtsmarkt. Sie tranken Glühwein, aßen Waffeln und heiße Maroni und küssten sich vor dem großen, in Rot, Gold und Silber geschmückten Weihnachtsbaum, während aus versteckten Lautsprechern Mariah Careys *All I Want for Christmas Is You* zusammen mit feinem Schnee über sie hinwegrieselte.

12. Kapitel

24. Dezember, Heiligabend

Gabriella hatte gar nicht bemerkt, dass ihr schon seit geraumer Weile heiße Tränen über die Wangen rannen. Als sie aus ihren Erinnerungen auftauchte, drangen gerade die heiteren Stimmen eines Kinderchors zu *Morgen, Kinder, wird's was geben* aus der Stereoanlage. Entschlossen, sich nicht unterkriegen zu lassen, wischte sie die Tränen fort und atmete tief durch. »Ihr habt recht, morgen wird's was geben. Viel Arbeit. Genau wie übermorgen. Und überübermorgen. Und jetzt sofort.« Sie kroch mit einem Schraubenschlüssel bewaffnet erneut unter den Verkaufstresen und begann, die Verschraubung zu lösen.

Vier Stunden später stand nicht nur der Tresen in seine Einzelteile zerlegt an der Wand des Verkaufsraums, sondern Gabriella hatte auch bereits einen Teil der Vertäfelung abgerissen. Nun konnte sie kaum noch treten und musste aufhören. Da sie erst nach den Feiertagen den bestellten Abfallcontainer erhalten würde, musste sie ihre Energie wohl oder übel in etwas anderes investieren. Vielleicht probierte sie das neue Eisrezept aus, das ihre Großmutter ihr per E-Mail geschickt hatte. Rum-Kirschen in Vanille-Sahnecreme mit einem Hauch von Kokos und Mandelkrokant. Kokos und Mandeln waren ihrer eigenen Idee entsprungen. Sie wollte in ihrem Eiscafé nur ganz besondere, einmalige Sorten anbieten, und zwar rund ums Jahr. Im Herbst und Winter würde sie das Angebot um Waffeln mit und ohne Eistopping sowie um diverse Eiskaffee- und Eisschokoladensorten erweitern.

Die Bestätigung über ihre Annahme für den dreiwöchigen Studiengang an der Gelato University in Stuttgart war bereits vor einigen Tagen bei ihr eingegangen. Da der Kurs erst im Juni stattfinden würde, hatte sie sich kurzerhand für einige weitere Online-Kurse eingeschrieben. Im März oder April, wenn die ärgsten Renovierungsarbeiten durch waren, würden ihre Großeltern aus Rimini sie besuchen und sie mit Rezepten und Ratschlägen versorgen.

O ja, es wartete definitiv eine Menge Arbeit auf sie, sodass sie kaum Zeit haben würde, über John oder ihr gebrochenes Herz nachzudenken. Doch heute war Heiligabend, und sie war ganz allein. Vielleicht hätte sie doch die Einladung ihrer Mutter annehmen sollen, aber nach München zog sie so gar nichts zurück. Es war ihr zu groß, zu hektisch, und ihre Mutter würde natürlich mit aller Kraft versuchen, sie für die Firma zurückzugewinnen. Das kam aber nicht infrage. Ihr altes Leben fühlte sich so weit entfernt an, so fremd, als gehöre es zu einer völlig anderen Person.

Die Aussicht, den Heiligen Abend einsam in ihrem Ferienhaus zu verbringen, kam ihr allerdings auch nicht sehr verlockend vor, doch was hatte sie für eine Wahl?

Erst einmal duschte sie in der leer stehenden Wohnung im Obergeschoss. Im neuen Jahr würde sie ihre Wohnung in München auflösen und entweder verkaufen oder vermieten. Nein, verkaufen, entschied sie spontan. Ein paar Möbel und all ihre Sachen würde sie hierherbringen lassen. Bis dahin blieb sie noch in der Ferienwohnung.

Nachdem sie sich umgezogen hatte, beschloss sie, zu Fuß zu ihrem Domizil zurückzukehren. Sie hüllte sich in ihren Wintermantel, setzte die Mütze auf und wickelte den Schal um ihren Hals. Nachdem sie den Laden abgeschlossen hatte, trat sie ein paar Schritte zurück und musterte das Gebäude. Sie brauchte noch einen Namen für ihr Eiscafé, doch bisher hatte sie noch keinen gefunden, der ihr richtig gut gefiel. Andererseits hatte das wohl auch noch ein klein wenig Zeit.

Es begann, wieder leicht zu schneien, wie schon so oft in den letzten Tagen. Da die Temperaturen weiterhin unter null lagen, blieb der Schnee liegen und knirschte unter den Absätzen ihrer Stiefel. Weiße Weihnachten! Sie seufzte entzückt und ein wenig melancholisch. Da es bereits kurz nach sechs war, waren inzwischen alle Läden geschlossen. Lediglich einige Restaurants hatten noch geöffnet. Im Augenblick war Gabriella die einzige Fußgängerin in der Lichterhavener Hauptstraße.

Für einen Moment trat sie ans Schaufenster von *Sybillas Schatztruhe* und erwartete beinahe, darin den Bilderrahmen mit dem Regenbogen zu sehen. Doch Ersterer stand jetzt auf einem Regalbrett in der Eisküche, und Letzerer befand sich irgendwo in Boston.

»Hübsche Sachen, nicht wahr?«

Die dunkle Männerstimme riss Gabriella aus ihren Gedanken. Erschrocken drehte sie den Kopf – und sah sich einem großen Mann im roten Mantel und mit weißem Rauschebart gegenüber. Unwillkürlich lächelte sie. »Ja, das stimmt. Sybilla hat wunderbare Sachen im Angebot. Guten Abend, Santa Claus. Arbeiten Sie etwa um diese Zeit noch?« Soweit sie wusste, hatte der Weihnachtsmarkt bereits um sechzehn Uhr seine Pforten geschlossen.

»Machen Sie Witze?« Ein polterndes, ansteckendes Lachen folgte. »Die Arbeit für den Weihnachtsmann fängt doch gerade erst an.« Er breitete leicht die Arme aus. »Der Heilige Abend ist mein wichtigster Arbeitstag im ganzen Jahr. Ich habe nur einen kleinen Zwischenstopp hier in Lichterhaven gemacht, um zu sehen, wie eins meiner, nun ja, Wunscherfüllungsprojekte vorankommt. Mein Schlitten mit den Rentieren steht gleich drüben hinter dem Deich. Sobald ich mir sicher bin, dass alles läuft, wie ich es geplant habe, mache ich mich auf die Reise rund um die Welt, um den Kindern ihre Geschenke zu bringen.«

»Aha.« Gabriella schmunzelte. Dieser Weihnachtsmann-Darsteller nahm seine Rolle ja wirklich ernst. »Was ist das denn für ein Projekt, wenn ich fragen darf? Oder ist das geheim?«

»Nein, nicht geheim. Nur noch nicht ganz ausgeführt. Aber fast. Meine Elfen waren fleißig und haben alles in die Wege geleitet. Sie haben sich doch etwas zu Weihnachten gewünscht, oder?«

»Ich?« Überrascht runzelte sie die Stirn. »Na ja …« Tatsächlich hatte sie sich schon während ihrer Fahrt nach Lichterhaven gewünscht, dass ihr Leben eine entscheidende Wende nehmen würde. War das ein Weihnachtswunsch gewesen? Ja, vielleicht, weil sie sich das Ziel gesetzt hatte, bis Weihnachten Gewissheit über ihre Zukunft zu haben. Sie lächelte wieder. »Sie haben recht, und wissen Sie was? Ich glaube, mein Weihnachtswunsch ist sogar in Erfüllung gegangen.« Sie zögerte. »Nun ja, zumindest der größte Teil davon.«

»Also fehlt noch etwas?« Der Weihnachtsmann sah sie aufmerksam an.

Sie nickte zögernd, schüttelte dann aber den Kopf. »Ach, wissen Sie, man kann wohl nicht alles haben.«

»Warum nicht?«

Sie stutzte. »Weil … Manche Wünsche lassen sich nun mal nicht so einfach erfüllen. Oder überhaupt.«

»Auch nicht vom Weihnachtsmann?«

Sie musste über seinen leicht empörten Gesichtsausdruck lachen. »Also wenn, dann wahrscheinlich nur vom Weihnachtsmann!«

»Das will ich meinen!« Zufrieden nickte er. »Ein bisschen mehr Vertrauen in meine Fähigkeiten, junge Dame!« Er hob scherzhaft mahnend den Zeigefinger. »Aber nun halte ich Sie nicht länger auf. Soweit ich weiß, hat die liebe Sybilla Sie zu sich eingeladen.«

Verblüfft hob sie den Kopf. »Sie kennen Sybilla?«

Wieder dieses großartige polternde Lachen. »Ich kenne alle Menschen!«

»Natürlich.« Sie schmunzelte. Vermutlich verbarg sich irgendein Lichterhavener Bürger hinter dem sehr lebensecht wirkenden Kostüm.

»Sie sollten Sybilla anrufen und ihr sagen, dass Sie vorbeikommen. Dann kann sie alles vorbereiten.«

»Ich … Äh, ja, wahrscheinlich haben Sie recht. Sie ist an Heiligabend allein, na ja, mit Bessie, und ich ebenfalls. Also können wir auch gemeinsam feiern.«

»Richten Sie ihr bitte einen schönen Gruß von Santa Claus aus.« Der Weihnachtsmann grinste. »Nun gehen Sie schon. Ich sehe mich noch ein wenig um. Mein Projekt, Sie wissen schon.«

»Okay. Vielen Dank für das Gespräch.« Sie lächelte ihm zu. »Und frohe Weihnachten!«

»Ihnen ebenfalls.« Er ging winkend in Richtung Hafen davon.

Gabriella wandte sich in die entgegengesetzte Richtung. Als sie kurz über die Schulter zurückblickte, war von dem Weihnachtsmann keine Spur mehr zu sehen.

Leicht irritiert fischte sie ihr Smartphone aus der Manteltasche und wählte Sybillas Nummer. Als die alte Dame sich meldete, räusperte Gabriella sich. »Hallo, ich bin's, Gabriella. Ich würde Sie sehr gerne heute Abend besuchen kommen.«

***

Entspannt lehnte sich Gabriella auf der Couch in Sybillas kleinem Haus unweit des Deichs zurück und betrachtete den mit bunten Kugeln, Kerzenlichterkette und echtem Lametta geschmückten Weihnachtsbaum. Neben ihr lag Bessie auf einer weichen Schondecke und schnarchte leise vor sich hin. »Danke, Sybilla, das Essen war sehr gut. Was machen Sie bloß in Ihren Kartoffelsalat, dass man derart süchtig danach wird?«

Sybilla, die ihr schräg gegenüber in einem Sessel saß, lachte. »Ein bisschen Zauber und jede Menge Liebe, min Deern. Das Geheimnis jedes guten Essens. Ich wette, das sind auch die wichtigsten Zutaten in Ihren Eisrezepten.«

»Ja, irgendwie schon.« Gabriella nickte. »Glauben Sie, mein Eiscafé wird erfolgreich sein? Immerhin gibt es in der Stadt schon zwei klassische Eisdielen.«

»Na, aber sicher. Bis vor zwei Jahren waren es ja auch drei. Und keine davon bietet das, was Sie vorhaben. Ich kann mir sehr gut vorstellen, dass Ihre Idee mit den einzigartigen Eissorten einschlagen wird wie eine Bombe. Das wird der Hit!«

»Danke.« Die Worte der alten Dame taten ihr gut. »Ich soll Sie übrigens grüßen.«

»So?« Neugierig hob Sybilla die Augenbrauen. »Von wem denn?«

»Sie werden lachen. Vom Weihnachtsmann. Santa Claus.«

»Weshalb sollte ich darüber lachen? Heute ist Heiligabend, da ist es doch nicht ungewöhnlich, dem Weihnachtsmann zu begegnen.«

»Na ja, der Weihnachtsmarkt war aber schon eine Weile geschlossen. Ich hätte gedacht, dass dann auch der Weihnachtsmann Feierabend macht.«

»Wenn es an Heiligabend dunkel wird, fängt doch die Arbeit des Weihnachtsmannes gerade erst an. Er reist in seinem Schlitten um die Erde und bringt den Kindern ihre Geschenke.«

Gabriella schmunzelte. »So etwas Ähnliches hat er auch zu mir gesagt. Er scheint seinen Job sehr ernst zu nehmen.«

»Tja, er ist der Weihnachtsmann.« Sybilla lachte. »Warten Sie, ich mache uns ein bisschen Weihnachtsmusik an.« Sie warf einen Blick auf die Uhr und erhob sich.

Auch Gabriella sah zur Uhr. Es war kurz vor neun. »Wenn es Ihnen zu spät wird, sagen Sie es bitte. Dann mache ich mich auf den Heimweg.«

»O nein, keinesfalls«, wehrte Sybilla entschieden ab. »Ich habe mich nur gerade gefragt … Aha«, unterbrach sie sich, als das Telefon klingelte. »Augenblick bitte.«

Gabriella sah ihr etwas irritiert nach, als sie in den Flur ging und das Gespräch annahm. Da sie sehr leise sprach, bekam Gabriella nicht mit, worum es ging. Sie versuchte allerdings auch, nicht zu lauschen, sondern bewunderte noch einmal den bunt geschmückten Weihnachtsbaum.

»Ach, ach, ach.« Sybilla kam aufgeregt ins Wohnzimmer zurück. »Wir müssen unbedingt los. Beim Laden gibt es irgendein Problem. Etwas mit dem Schild. Wären Sie wohl bitte so lieb, mich zu begleiten? Bessie, du bleibst kurz hier. Für dich ist längst Schlafenszeit.« Hastig sprang Gabriella auf.

»Selbstverständlich. Was ist denn passiert?«

»Das sehen wir uns wohl besser vor Ort an. Kommen Sie, wir nehmen rasch mein Auto.« Schon reichte Sybilla ihr Mantel, Schal und Mütze und zog sich ebenfalls warm an. »So eine Aufregung mitten am Heiligen Abend!« Zu Gabriellas Verblüffung lachte sie. »Aber was wäre das Leben ohne Überraschungen?«

Die Fahrt dauerte nur wenige Minuten. Hinter ihrem Laden lagen ein paar Stellplätze; auf einem davon parkte Sybilla. Gabriella folgte ihr über eine kleine Seitengasse in die Hauptstraße, blieb aber verwundert dicht vor dem Laden stehen. »Mit Ihrem Ladenschild ist doch alles in Ordnung. Ich kann nichts Ungewöhnliches erkennen.«

Sybilla trat neben sie und legte ihr sanft eine Hand auf den Arm. »Ich sagte nicht, dass es sich um meinen Laden handelt, min Deern.« Sachte lenkte sie Gabriellas Blick zur gegenüberliegenden Straßenseite, auf das Eiscafé.

Gabriella schluckte. Schluckte noch einmal. »Was … ist denn das? Wo kommt das Schild her?«

An der Fassade über dem Eingang hing plötzlich ein zauberhaftes beleuchtetes Schild, auf dem in geschwungenen Lettern ein einzelnes Wort stand: *Eisträume.*

Ihre Kehle schnürte sich zu. »Woher …? Ist das von Ihnen, Sybilla? Ich … aber …«

»No, it's not. Es ist von mir«, erklang rechts von ihr eine ihr nur zu bekannte Stimme. »Von mir für die Frau, die ich liebe.«

»J…John!« Sie bekam kaum noch Luft, gleichzeitig wollte ihr das Herz beinahe aus der Brust springen. »Wo kommst du denn her?«

»Ganz frisch vom Flughafen.« Er kam lächelnd auf sie zu. »Sorry, Sybilla, dass es etwas länger gedauert hat. Mein Flug hatte Verspätung, und ich musste das Schild ja noch in Hamburg abholen.«

Gabriella blickte perplex von einem zur anderen. »Ihr habt das geplant?«

»Ein bisschen«, gab Sybilla zu. »Als John mich vorgestern anrief und mir seinen Plan erklärte, musste ich natürlich unbedingt helfen. Aber jetzt bin ich wieder weg. Das hier ist euer Abend.« Mit einem liebevollen Lächeln drückte sie noch einmal kurz Gabriellas Arm und eilte davon.

Vollkommen überwältigt blickte Gabriella ihr nach, dann in Johns lächelndes Gesicht. »Du bist zurück.«

»Yes.« Er trat nah an sie heran.

»Und du hast mir das Schild mitgebracht. Das war doch nicht nötig. Es muss furchtbar teuer gewesen sein.«

»Du hast mir doch auch etwas geschenkt.« Er ergriff ihre Hände. »Den Regenbogen. Weil du wolltest, dass ich meinen Traum finde und lebe.«

»Ja, aber deshalb hättest du nicht extra noch mal herkommen müssen. Wir waren uns doch einig …« Sie schluckte schwer, kämpfte mit den Tränen. »Ich weiß, dass du nicht zu mehr bereit bist und dass eine Fernbeziehung nicht funktionieren würde.«

»Ich habe mich geirrt.«

»Was?« Atemlos starrte sie ihn an.

»Damit, dass ich nicht bereit bin für … dich. Als ich in Boston in meiner Wohnung saß, in meinem alten Leben, da wusste ich … I knew in my heart, dass ich dort nicht mehr zu Hause war. Ich habe die letzten Wochen damit verbracht, dich dazu zu ermutigen, deine Träume wahrzumachen. Follow your heart, habe ich gesagt. Sei mutig. Folge deinem Herzen.« Er drückte ihre Hände. »Dabei habe ich nicht begriffen, dass ich das ebenso tun kann – tun *muss,* wenn ich meinen Schatz am Ende des Regenbogens finden will.«

»John …« In ihrer Kehle hatte sich ein schmerzhafter Kloß gebildet.

»Dieser Schatz bist du, Gabriella. Ich war so stupid, dass ich das nicht sofort begriffen habe. Aber jetzt weiß ich es, und wenn du nichts dagegen hast, würde ich meinen und deinen Traum gerne miteinander verbinden. Sie sind sich nämlich sehr ähnlich, weißt du?«

»Ja?« Sie bekam das Wort kaum heraus.

»Absolutely! Wie findest du den Namen für unser Eiscafé?«

Sie blickte hinüber zu dem zauberhaften Schild. »Er ist perfekt.« Sie hielt inne, immer noch überwältigt. »*Unser* Eiscafé?«

»Wenn du mir erlaubst, dein Teilhaber zu werden. Soweit ich weiß, ist die Wohnung oben auch groß genug für zwei. Ich kann zwar kein Eis zubereiten, aber ich könnte die Gäste bedienen und den Papierkram machen und …« Er umfasste mit beiden Händen ihr Gesicht. »… ich könnte an deiner Seite sein. Denn nur dort fühle ich mich wirklich zu Hause.«

»O mein Gott.« Sie blinzelte heftig, schniefte, doch die Tränen ließen sich nicht zurückhalten. »Du glaubst gar nicht, wie sehr ich mir das gewünscht habe.« Sie dachte an ihre seltsame Begegnung von vorhin. »Ich glaube, sogar beim Weihnachtsmann.«

»Bei Santa Claus?« Überrascht lachte John.

»Aber ich wollte ... konnte doch nichts sagen. Wir hatten diese Abmachung, und das war ja auch okay so.«

»Nein, war es nicht. Vergiss die Abmachung! Bitte.« Er hauchte einen Kuss auf ihre Lippen. »Forget it, please. Das war das dümmste, most stupid thing, I've ever said or done.«

»Aber was ist mit deinem Leben in Boston? Mit der Kanzlei? Deinen Freunden, deiner Familie?«

Wieder küsste er sie. »Mein Leben ist hier bei dir, Gabriella. Meinen Anteil an der Kanzlei gebe ich auf. Meine Freunde werden es verkraften, meine Family auch. Sie können mich jederzeit besuchen oder wir sie. Der Flug dauert nur sechs bis sieben Stunden. Wenn sie so lange quer durch die Staaten fahren oder fliegen können, um Skiurlaub zu machen, dann auch, um nach Lichterhaven zu kommen. Wo ist der Unterschied?«

»Das ist dir wirklich ernst? Du willst hier in Lichterhaven leben? Mit mir?«

»Wenn du Ja sagst.« Er grinste schief. »Es wird eine Menge Papierkram auf mich zukommen, bis alles geregelt ist, und wahrscheinlich muss ich noch hundertmal hin- und herfliegen, und der Jetlag wird awful, aber das ist mir egal.« Er nahm sie in die Arme. »Also, was sagst du dazu?«

Ihr Herz floss geradezu über vor Glück. »Was soll ich anderes dazu sagen als Ja?« Sie reckte sich, bis ihre Lippen die seinen beinahe berührten. »Tausendmal ja! Das ist das schönste Weihnachtsgeschenk, das ich je bekommen habe!« Sie dachte an den Weihnachtsmann. Offenbar hatte er tatsächlich all ihre Wünsche erfüllt.

»Du bist mein schönstes Geschenk«, flüsterte John. »Nicht nur zu Weihnachten. I love you, Gabriella.«

»Ich liebe dich auch«, flüsterte sie zurück.

Als sie sich küssten, begann es erneut zu schneien, und Gabriella war, als höre sie irgendwo in der Ferne Schlittenglöckchen erklingen und ein eigenartig poltendes Lachen: »Ho Ho Ho – fröhliche Weihnachten allüberall!«

Der Teddybär

von
Nicole Steyer

Frankfurt am Main – 18. Dezember 2009

Hans stand an diesem grauen und kalten Tag auf dem Frankfurter Hauptfriedhof vor dem Grab seiner geliebten Hanni, und die Trauerrede des Pfarrers flog an ihm vorüber. Es war der bereits bekannte Kram, da musste er ihm gar nicht so genau zuhören. Wenn man in seinem Alter war, nahm man ab einem bestimmten Zeitpunkt ständig von Verwandten und Freunden Abschied – so war nun mal das Leben. Auf die Teilnahme an dieser Beerdigung hätte er jedoch gerne verzichtet. Er hatte immer geglaubt, dass er derjenige von ihnen sein würde, der als Erster würde gehen müssen, immerhin war er drei Jahre älter gewesen als seine Hanni. Sie hatten einander bereits als Kinder gekannt und in den engen Gassen der Frankfurter Altstadt miteinander gespielt. Er hatte sie noch vor Augen, das kleine Mädchen mit den blonden Affenschaukeln – so nannte man die lustige Zopffrisur, die die Mädchen damals häufig trugen. Nach Kriegsende hatten sie einander wiedergefunden, und in dieser Zeit des Neubeginns hatten sie ihre kleine Teddy- und Puppenstube erschaffen, ihren ganz persönlichen Zufluchtsort, der Kinderaugen zum Strahlen brachte. Hans hatte sich schnell den Ruf des besten Puppendoktors der Stadt erarbeitet. Unzählige Puppen und Teddys, beste Freunde von kleinen Mädchen und Jungs, hatte er in den letzten Jahrzehnten wieder heile gemacht, während seine geliebte Hanni sich um den Laden gekümmert hatte. Das größte Glück, eigene Kinder zu haben, war ihnen verwehrt geblieben. Anfangs waren sie traurig darüber gewesen, doch irgendwann hatten sie ihren Frieden damit gemacht.

Die Diagnose Krebs war dann vor zwei Monaten gekommen. Er hatte es zuerst nicht wahrhaben wollen und so reagiert, wie er es immer tat, wenn ihm etwas Angst einjagte und er keine Antworten kannte: Er hatte sich in seiner Werkstatt vergraben. Erst war Hanni ins Krankenhaus gekommen, dann in ein Hospiz. Hans hatte ihr Zimmer mit ihren Lieblingspuppen und Teddys gefüllt. In dem Augenblick ihres Todes hatte sie Bertl im Arm gehalten, ihren ersten Teddy, der früher in der winzigen Dachkammer des alten Fachwerkhauses auf dem Bett gesessen hatte, das sie sich mit ihren zwei Geschwistern hatte teilen müssen.

Bertl, einen struppigen Gesellen mit grauem Pelz und schwarzen Kulleraugen, hatte Hans auch heute mit dabei. Er und der alte Bär waren die einzigen Trauergäste bei dieser Beerdigung. Der Mann vom Bestattungsinstitut hatte eine Todesanzeige in der Zeitung schalten wollen, doch Hans wusste, dass seine Hanni das nicht gewollt hätte. Sie hatte die Traueranzeigen immer überblättert und nie viel von dieser Zurschaustellung des Sterbens gehalten. »Die Wichtigen erfahren, wenn man für immer geht, die Unwichtigen interessiert es ja doch nicht.« So hatte sie es einmal gesagt. Und von den Wichtigen war keiner mehr übrig, dem er eine Todesanzeige hätte schicken können.

Der Pfarrer beendete seine Rede und schüttelte ihm mit mitleidigem Blick die Hand, wünschte ihm alles Gute und ging. Hans blieb am offenen Grab stehen. Es gab keine Unmengen an Kränzen und Gestecken, auf denen Abschiedsgrüße von der Familie, von Freunden und Kollegen standen, wie es am Nachbargrab der Fall war. Hier war nur der Haufen Erde neben dem schlichten Holzkreuz, auf dem Hannis Name stand, ihr Geburts- und Todesjahr. Er hatte ihr versprechen müssen, keine teuren Blumen zu kaufen, die sowieso nur welken würden. Und daran hatte er sich gehalten:

Nur zwei rote Rosen hatte er auf ihren schlichten, aus Kiefernholz gefertigten Sarg geworfen. Die eine war von ihm, die andere von Bertl. Damit wäre sie bestimmt einverstanden gewesen.

Ein plötzlich aufkommender böiger Windstoß ließ ihn erzittern, er brachte vereinzelte Schneeflocken mit.

»Ich glaub, es wird Zeit, dass wir zwei beiden nach Hause gehen«, sagte er zu dem Teddy in seinem Arm. »Sonst holen wir uns an diesem grauen Tag noch einen Schnupfen.«

Er ging im Schneckentempo, weil die Beine nicht mehr schneller wollten, an mit dicken Schneeschichten bedeckten Gräbern vorüber und zum Haupteingang hinaus, wo ihn der Straßenlärm der viel befahrenen Eckenheimer Landstraße begrüßte.

Die U-Bahn brachte ihn und Bertl zurück in die Frankfurter Innenstadt. Als er aus der dunklen Untergrundwelt an der Haltestelle Römerberg nach draußen trat, schneite es in dicken, weißen Flocken, und Hans musste lächeln.

»Bestimmt ist es unsere Hanni, die dafür sorgt, dass Frau Holle kräftig ihre Betten ausschüttelt«, sagte er. »Sie weiß, wie gern ich es habe, wenn es schneit.«

Zwei Kinder liefen fröhlich lachend an ihm vorüber und bewarfen sich gegenseitig mit Schneebällen. Auf dem Römerberg empfing Hans der Weihnachtsmarkt mit seinen bunten Buden, den vielen unterschiedlichen Gerüchen und weihnachtlichen Melodien. Bereits jetzt herrschte zwischen den Ständen dichtes Gedränge, in den frühen Abendstunden würde hier kaum noch ein Durchkommen sein.

Er überquerte die Braubachstraße. Auf dem hier gelegenen Paulsplatz herrschte ebenfalls weihnachtliches Treiben, Karusselle drehten sich im Kreis, Würstchen landeten in Brötchen, und der Geruch von gebrannten Mandeln stieg ihm in die Nase. Ein Stück vom Paulsplatz entfernt die Braubachstraße hinunter lag sein in einem Stadthaus gelegenes Zuhause. Das Geschäft im Erdgeschoss, darüber die Wohnung.

Als er an seinem Ladengeschäft ankam, blieb er vor dem Schaufenster stehen, das einen traurigen Eindruck machte: Es war dunkel, ein brauner Teddy saß auf einem Holzschaukelpferd, einige weitere unterschiedlich große Bären auf kleinen Stühlchen oder dem mit rotem Samt ausgelegten Regalboden, ihnen leisteten einige Stoffpuppen Gesellschaft. Weihnachtlichen Lichterglanz, wie Hanni ihn geliebt hatte, gab es dieses Jahr nicht. Der Anblick des trostlosen Schaufensters vertrieb Hans die eben noch empfundene Freude am Schnee, und er sackte ein Stück in sich zusammen.

Er wollte etwas zu Bertl sagen, doch plötzlich fiel ihm auf, dass sich der Teddy nicht mehr in seinem Arm befand. Panik erfasste ihn. Er wandte sich um und blickte die Straße hinunter, doch weit und breit war kein Bertl zu sehen.

»Wo hab ich dich nur gelassen?«, murmelte er. Die Erkenntnis kam schnell: Er hatte ihn in der U-Bahn neben sich gesetzt und beim Aussteigen, weil es etwas hektisch zugegangen war, wohl vergessen. »Oh, ich dummer alter Mann! Das wirst du mir niemals verzeihen«, sagte er. Resigniert schlurfte er zum Eingang und sperrte auf. Das vertraute Läuten der über der Tür hängenden Glocke erklang. Er blieb stehen und ließ seinen Blick durch das kleine Geschäft schweifen, das Jahrzehntelang ihr gemeinsames Glück gewesen war. Da war die alte Registrierkasse aus den Fünfzigern, die vielen im Raum stehenden Regale und Körbe, ausgefüllt mit Teddys und Puppen, und eine dünne Schicht Staub lag auf dem Verkaufstresen. Hanni hätte niemals zugelassen, dass so etwas passierte …

Die Last der letzten Tage fiel nur langsam von ihm ab. Wie Wackersteine hatte sie auf seinen mit den Jahren schmal gewordenen Schultern gelegen. Sein Blick fiel auf den alten Lehnstuhl in der Ecke, in dem Hanni gern gesessen hatte, und plötzlich traf ihn eine bitter schmeckende Erkenntnis: Er war nun ganz allein.

***

Lisa saß an ihrem Schreibtisch im fünfzehnten Stock des Frankfurter Messeturms und ließ ihren Blick über die von unzähligen Lichtern erfüllte Stadt schweifen. Es herrschte dichtes Schneetreiben, was in Frankfurt nicht alle Tage vorkam, weshalb es sich wie ein Geschenk anfühlte.

»Ist es nicht herrlich«, sagte ihr Kollege Michi, der, einen überdimensionalen Weihnachtskaffeebecher in Händen, neben ihrem Schreibtisch stehengeblieben war. »Vielleicht bekommen wir dieses Jahr endlich mal wieder weiße Weihnachten. Das wäre doch mal was! Das erste Weihnachten mit Uwe in unserer neuen Wohnung, und dann ist es weiß. Wenn das kein Glück bringt, weiß ich es auch nicht.« Er grinste breit, und Lisa stieß einen innerlichen Seufzer aus. Michi, blond, gutaussehend, mit einem Hang zur Dramatik, ließ keine Gelegenheit aus, der Welt zu verkünden, dass er mit seinem Uwe, einem erfolgreichen Investmentbanker, eine gute Partie gemacht hatte. Er war Mitte dreißig, Dauerstudent, und hatte sich mit der Arbeit im Call-Center und anderen Gelegenheitsjobs bisher mehr schlecht als recht über Wasser gehalten. Seit seiner Zufallsbegegnung mit Uwe bei einer Party schwelgte er im Liebesglück und redete sogar schon von Hochzeit, obwohl sich die beiden erst seit ein paar Monaten kannten. Lisa, die in Liebesdingen aktuell auf dem Abstellgleis stand, konnte seine Schwärmereien langsam nicht mehr hören.

Ihr Telefon läutete.

Lisa nahm das Gespräch an und sagte brav ihren Standardsatz auf – aktuell war es ein bekanntes Versandhaus, für das sie die telefonischen Bestellungen entgegennahmen. Dieses Mal befand sich eine ältere Dame in der Leitung, die für ihren achtjährigen Enkel eine Hose und einen Pullover ordern und wissen wollte, ob die Sachen noch vor Weihnachten bei ihr ankommen würden. Lisa sagte ihr die rechtzeitige Lieferung zu. Sämtliche Bestellungen, die bis zum achtzehnten Dezember eingingen, würden pünktlich zum Fest unter dem

Baum liegen, so lautete das aktuelle Werbeversprechen ihres Arbeitgebers. Eine Großmutter, die ihrem Enkelkind etwas zu Weihnachten schenkte, hätte sie auch gerne, kam es ihr in den Sinn, während sie die gewünschte Größe auswählte. Aber so jemanden gab es für ihre Tochter Sophie nicht. Lisas Mutter war gestorben, als Lisa noch ganz klein war, und ihr Vater war vor drei Jahren dem Lungenkrebs erlegen. Großeltern väterlicherseits gab es vielleicht irgendwo auf der Welt, allerdings kannte Lisa sie nicht, genauso wenig, wie sie Sophies Vater so wirklich gekannt hatte. Er war ein One-Night-Stand gewesen, ein Abend, an dem sie zu viel getrunken und einen Filmriss gehabt hatte. Sie hatte, nachdem die Schwangerschaft festgestellt worden war, ernsthaft über eine Abtreibung nachgedacht, es dann jedoch nicht fertiggebracht. Ihren großen Traum, Modedesign zu studieren, hatte sie wegen Sophie an den Nagel gehängt, und seit ihrer Geburt schlug sie sich mit Jobs wie diesem hier durch. »Call-Center-Agent« klang immerhin ganz gut, die Bezahlung konnte mit dem schicken Namen jedoch nicht mithalten. Schon seit Längerem schaute Lisa das dicke Minus auf ihrem Konto nicht mehr an. Eine zufällige Begegnung mit einem attraktiven Investmentbanker, der sich auf den ersten Blick in sie verlieben würde, könnte sie im Moment ausgesprochen gut gebrauchen. Nur übersah dieses in teuren Anzügen steckende Klientel aus den Bankentürmen eine alleinerziehende Mutter in gebrauchten Klamotten in der Regel komplett. Ihr Handy piepte, und sie warf einen Blick darauf: Die Kalender-App erinnerte sie daran, dass die Weihnachtsfeier im Kindergarten in einer halben Stunde beginnen würde.

»Verdammt!«, fluchte Lisa. »Das hab ich komplett vergessen.« Sie riss sich das Headset von ihrem blonden Lockenkopf und sprang auf. »Ich muss los.«

»Jetzt schon?«, fragte Michi. »Eine halbe Stunde vor Schichtende? Na, das wird die Chefin aber nicht gerne sehen. Unsere Kramer kann da recht ungemütlich werden.«

»Ich weiß«, antwortete Lisa. »Aber im Kindergarten gibt es heute eine Weihnachtsfeier, und die Kleinen wollen etwas vorsingen. Sophie verzeiht es mir nie, wenn ich nicht dabei bin. Kannst du ihr bitte sagen, dass mir schlecht geworden ist oder so?«

»Klar doch«, antwortete Michi. »Für dich immer, Schätzchen. Das weißt du doch.«

»Danke dir«, antwortete Lisa, warf ihm eine Kusshand zu und wickelte sich ihren selbstgestrickten Schal aus Wollresten um den Hals.

Zwanzig Minuten später betrat Lisa vollkommen abgehetzt den Kindergarten *Sonnenschein*, in dem ihre Tochter Sophie in der Bärengruppe betreut wurde. Bereits im Flur traf sie auf die ersten Mütter, die in den üblichen Kleingruppen beisammenstanden und schon wieder zu tratschen schienen.

»Also mein Leon ist als hochbegabt eingestuft worden«, sagte gerade Gabi Lubitz, Anwaltsgattin, soweit Lisa wusste, mit gestelzt klingender Stimme. Wie sehr sie diese aufgeblasene Tussi in ihrem teuren Mantel und mit der dämlichen Gucci-Handtasche über dem Arm doch verabscheute.

»Oh, wie schön«, antwortete ihr Gegenüber, Mara Brauer, Arztgattin, wenig beeindruckt. »Wir hatten auch schon darüber nachgedacht, unsere Karla-Bernadette testen zu lassen, halten das aber nicht für notwendig. Wir überlegen, sie auf die Montessorischule zu schicken, da hört man nur Gutes von.«

Wer seinem Kind den abscheulichen Doppelnamen »Karla-Bernadette« verpasste, hatte Lisas Meinung nach ein Problem mit den Schwangerschaftshormonen gehabt oder sonst nicht alle Sinne beisammen. Aber ihre Meinung war bei den beiden Supermamis, die Lisa wie immer geflissentlich übersahen, sowieso nicht gefragt. Sie betrat die Räumlichkeiten der Bärengruppe und wurde von ihrer Sophie auf die Art begrüßt, die all den Stress und Ärger des Tages mit einem Schlag verpuffen ließen.

»Mami!«, rief ihr blonder Goldschatz fröhlich und kam auf sie zugelaufen.

Lisa fing sie auf, und es folgten eine feste Umarmung und viele Küsschen. Sophie war so herrlich warm und duftete nach süßen Keksen. »Schön, dass du da bist«, flötete die Kleine mit der vertrauten Herzlichkeit, die Lisa mehr liebte als alles andere auf der Welt. Sie war für dieses kleine Mädchen ihre geliebte Mami – vielleicht war sie keine Supermutter wie die im Flur, aber sie wurde mit den besten Küsschen überhaupt begrüßt.

Während ihrer Schwangerschaft war sie von solchen Muttergefühlen allerdings weit entfernt gewesen. Ihr Vater hatte sie rausgeworfen, all ihre Zukunftsträume ihr Studium betreffend hatte dieses Kind durchkreuzt – doch als sie Sophie nach der Geburt im Arm gehalten und zum ersten Mal in das kleine Gesichtchen geblickt hatte, waren all die Wut und die Verzweiflung mit einem Schlag fort gewesen. Sie war die Mami dieses kleinen Wunders, und es war ihre Aufgabe, sich um das Mädchen zu kümmern. »Wir beide gegen den Rest der Welt« hatte sie ihr damals leise gesagt und ihre winzige Hand gehalten.

Nachdem sie ihr Begrüßungsritual beendet hatten, führte Sophie Lisa sogleich in die weihnachtlich dekorierte Turnhalle des Kindergartens. Dort standen bereits Stühle für die Eltern bereit, es gab Plätzchen sowie andere weihnachtliche Leckereien, Punsch und heißen Apfelsaft.

Sophie ließ ihre Mama im Stich und gesellte sich zu ihrer allerbesten Freundin Lena, die praktischerweise im Haus gegenüber wohnte.

»Ach, da sind Sie ja endlich, Frau Heimbach«, begrüßte die Kindergartenleiterin, Diona Georgiu, Lisa mit einem knappen Lächeln. Die Leiterin hielt nicht viel von ihr, was kein Wunder war, denn Lisa war weit vom Supermami-Image der Flurmamis entfernt, wie die nächste Aussage der Leiterin klarstellte: »Wir haben Sie beim letzten Elternabend vermisst.«

Du blöde Kuh, dachte Lisa. *Du weißt ganz genau, dass ich alleinerziehend bin. Soll ich mein Kind etwa abends um acht unbeaufsichtigt zu Hause lassen?* Laut sagte sie in einem betont freundlichen Tonfall: »Es tut mir schrecklich leid, mir ist bedauerlicherweise etwas dazwischengekommen. Aber beim nächsten Mal bin ich dabei.« Sie nahm sich rasch einen Keks und war froh darüber, dass einer der anwesenden Väter die Aufmerksamkeit der Leiterin auf sich zog.

Nur wenige Minuten später begann das Adventssingen, und die Kinder wurden auf der kleinen Bühne wie Ausstellungsgegenstände drapiert. Diona begleitete die Kleinen auf der Gitarre, und sämtliche Eltern hörten andächtig zu. Manch ein Ton klang etwas schief, aber das war egal – es herrschte eine besondere Stimmung im Raum. An den Fenstern hingen die selbstgebastelten bunten Sterne der Kinder, und im Raum verteilte Lichterketten sorgten für warme Beleuchtung. Vor dem Fenster schneite es noch immer in dicken, weißen Flocken. Sophie stand in der ersten Reihe und sang freudig mit. Es waren vier Stücke, die die Kinder einstudiert hatten. Nachdem das letzte Lied, *Leise rieselt der Schnee*, beendet war, klatschten die Eltern euphorisch Beifall, und die Kinder verbeugten sich. Danach folgte das übliche Geplänkel: Einige Mütter überreichten der Kita-Leitung kleine Aufmerksamkeiten zu Weihnachten, und Mara Brauer berichtete freudig davon, dass sie nach dem Fest in den Skiurlaub nach Österreich aufbrechen würden. Lisa war froh, als sie von Lenas Mama Caroline angesprochen wurde.

»Das war doch wieder mal eine nette Aufführung, oder?«, meinte sie. »Wie geht es euch? Was habt ihr denn für Weihnachtspläne? Bei uns kommen morgen Lars' Eltern, und die werden dann bis Neujahr bleiben.« Sie rollte die Augen, was verdeutlichte, wie sie zu dem Verwandtschaftsbesuch stand.

»Bei uns wird es eher ruhig«, antwortete Lisa. Sie hätte gerne Weihnachtspläne und nervige Schwiegereltern, doch es existierte nichts dergleichen. Sie hatte auch noch nicht all die Dinge organisiert, die sie organisieren sollte: einen Baum, Geschenke, ein leckeres Essen … Wenn es ganz schlecht lief, würden ihnen die Stadtwerke sogar den Strom zum Fest abdrehen, gestern war die dritte Mahnung zusätzlich mit drei weiteren Zahlungsaufforderungen aus den unterschiedlichsten Richtungen ins Haus geflattert. Lisa war dazu übergegangen, all die unschönen Briefe in die Schublade des Küchentischs zu stopfen. Aus den Augen, aus dem Sinn – ihre Oma Irmi hatte diesen Satz früher häufig gesagt und ihr dann immer schelmisch grinsend zugezwinkert.

Sophie und Lena kamen Hand in Hand angelaufen.

»Darf Lena heute bei mir übernachten?«, fragte Sophie. »Biiiiitte!« Sie sah Lisa flehend an.

Noch ehe Lisa antworten konnte, wies Caroline die Idee der Kinder ab.

»Das geht heute nicht, wir müssen gleich noch die letzten Einkäufe erledigen, Lena! Außerdem kommt Papa heute von seiner Dienstreise nach Hause. Da wäre er traurig, wenn du nicht da wärst.« Sie sah auf ihre Armbanduhr. »Ach du je«, rief sie. »Schon so spät! Komm, Lena, schnell, sonst klappt unsere Überraschung nicht mehr.« Sie nahm ihre Tochter an der Hand, und die beiden verließen eiligen Schrittes den Raum. Missmutig dreinblickend sah Sophie ihnen nach.

»Sei nicht traurig«, tröstete Lisa und ging vor ihrer Tochter in die Hocke. »Dann schläft Lena eben ein anderes Mal bei uns. Wollen wir auch los? Gleich läuft deine Lieblingsweihnachtsserie auf Kika. Zu Hause kuscheln wir uns gemeinsam unter die Strickdecke und futtern die restlichen Lebkuchenherzen. Mal sehen, was der Weihnachtsmann und seine Elfen wieder aushecken!« Sie stupste Sophie auf die Nase und lächelte aufmunternd. Sophie stimmte freudig zu.

Zwanzig Minuten später standen die beiden im Hausflur des Altbaus in der Beethovenstraße, und Lisa versuchte vergebens, ihren Wohnungsschlüssel ins Schloss zu stecken. Er wollte einfach nicht passen. Bei jedem Versuch zitterten ihre

Hände mehr und ihr Herz klopfte vor Aufregung wie verrückt. Es durfte nicht geschehen sein, nicht so kurz vor Weihnachten.

Irgendwann öffnete sich die gegenüberliegende Wohnungstür. Frau Kohlgruber, ihre Nachbarin, war eine zurückgezogen lebende alte Dame, die stets mürrisch dreinblickte.

»Guten Abend, Frau Heimbach«, grüßte sie und sah kurz zu Sophie. »Der Vermieter war heute mit einigen Leuten hier. Sie haben alles ausgeräumt und die Schlösser ausgetauscht. Er hat mir das hier für Sie hiergelassen – mit den Worten, dass er es gern anders gehabt hätte.«

Sie hielt Lisa einen dicken Briefumschlag hin, ging ohne ein weiteres Wort zu sagen zurück in ihre Wohnung und schloss die Tür hinter sich.

Lisa öffnete den Brief. Sie las die Überschrift des offiziell aussehenden Schreibens und ließ es fallen. *Räumungsklage!*

***

Lisa saß am Fenster und ließ ihren Blick durch das spartanisch eingerichtete Zimmer schweifen, das für die nächste Zeit ihr Zuhause sein sollte. Ein schlichtes Stockbett, ein Tisch am Fenster, zwei Stühle und ein weißer Wandschrank, an den weiß gestrichenen Wänden hingen nicht einmal Bilder. Toiletten und Duschräume befanden sich auf dem Flur. Eine Nachbarin aus dem ersten Stock, die sie eigentlich nur flüchtig kannte, war ihnen zu Hilfe gekommen und hatte ihnen für den ersten Abend Unterschlupf gewährt. Länger ging nicht, doch sie engagierte sich ehrenamtlich in der Obdachlosenbetreuung, und mit ihrer Unterstützung hatte sich wenigstens diese Übergangslösung, eine Art Mutter-Kind-Heim, finden lassen. Aber Weihnachten verbrachte man nicht an einem solchen Ort. Eine gute Mutter ritt sich und ihr Kind nicht in eine solche Scheiße. Anders ließ sich ihre derzeitige Lage nicht in Worte fassen. Sie hatte es gründlich vermasselt. Sophie saß auf ihrem Bett und blätterte in einem Bilderbuch, dass ihr eine der Sozialarbeiterinnen zusammen mit einigen anderen Spielsachen gebracht hatte. Schon bald wäre alles wieder gut, hatte Lisa ihr gesagt. Heiligabend würden sie in ihrer Wohnung feiern, es gäbe eine Überraschung. Doch Sophie war fünf Jahre alt und ein aufgewecktes Kind. Bestimmt ahnte sie, dass nichts so schnell wieder gut werden würde. Sie redete kaum noch und lachte nicht mehr. Morgen war Heiligabend, und vor dem Fenster ging der Schnee in Regen über.

Die Tür öffnete sich, und einer der im Haus tätigen Sozialarbeiter trat ein. Er war hager, trug eine Brille und einen grünen Strickpullover, der auch schon mal bessere Zeiten gesehen hatte. Seinen Namen hatte Lisa vergessen.

»Guten Morgen, Frau Heimbach«, grüßte er betont freundlich. In Händen hielt er eine graue Kunststoffmappe. »Wie geht es Ihnen heute?«

Anstelle einer Antwort zuckte Lisa mit den Schultern.

Er begrüßte Sophie, doch sie nahm gar keine Notiz von ihm.

»Ich habe gute Neuigkeiten für Sie«, sagte der Sozialarbeiter. »Ich konnte für Sie kurzfristig noch heute Nachmittag einen Termin bei der Schuldnerberatung der Caritas organisieren. Frau Bittner hat bereits vielen Frauen wie Ihnen geholfen. Vielleicht besteht ja auch in Ihrem Fall die Möglichkeit, eine rasche Lösung zu finden. Lassen Sie den Kopf nicht hängen, das wird schon werden! Der Termin wäre dann um fünfzehn Uhr, ihr Büro liegt unweit des Römerbergs in der Münzgasse 22. Ich habe auch bereits Ihre vorgelegten Unterlagen sortiert, damit sich Frau Bittner rasch einen Überblick verschaffen kann.« Er legte die graue Mappe auf den Tisch, wünschte ihr viel Glück und verließ den Raum. Nachdem sich die Tür hinter ihm geschlossen hatte, starrte Lisa auf die Unterlagen. *Frauen wie Ihnen*, wiederholte sie in Gedanken. Eine Frau, die sich von irgendwem ein Kind hatte anhängen lassen. Eine Frau, die niemals eine perfekte Mutter sein würde, mochte sie sich noch so sehr anstrengen. Sie schluckte, doch der dicke Kloß in ihrem Hals wollte nicht weichen. Erste Tränen begannen, über ihre Wangen zu laufen, und sie wischte sie schnell fort.

»Wieso weinst du denn, Mami?«, fragte plötzlich Sophie. Es waren die ersten Worte, die sie seit einer gefühlten Ewigkeit von sich gab.

»Es ist nichts«, antwortete Lisa und wischte sich noch hektischer über das Gesicht. »Ich hab nur etwas ins Auge bekommen, mehr nicht.«

»Du musst nicht schwindeln«, antwortete Sophie. Verdutzt sah Lisa ihre Tochter an. »Ich weiß, dass du traurig bist. Müssen wir jetzt für immer hierbleiben?« Sophie blickte sie mit ernster Miene an.

Nun kullerten noch mehr Tränen aus Lisas Augen. Sie stand auf und nahm ihre Tochter in den Arm. »Nein, das müssen wir nicht«, antwortete Lisa irgendwann. »Das verspreche ich dir. Mami findet einen Ausweg.« *Und sie wird niemals wieder in ihrem ganzen Leben Rechnungen in der Küchenschublade verschwinden lassen*, fügte sie in Gedanken hinzu.

Einige Stunden später verließen die beiden das Büro der Schuldnerberatung und Lisa schwirrte der Kopf von den vielen Dingen, die Frau Bittner, eine resolute Mitfünfzigerin mit einem aschblonden Vogelnest auf dem Kopf, von sich gegeben hatte. Die Beraterin war gar nicht so negativ eingestellt gewesen, wie Lisa angenommen hatte. Lisa hatte ein festes Einkommen, und bis auf die säumigen Zahlungen hatte sie sich nichts zuschulden kommen lassen. Sie hatte bedauerlicherweise einige Hilfen des Staats nicht in Anspruch genommen, die ihre finanzielle Situation verbessert hätten, aber könnte nun ihr Gehalt vom Arbeitsamt auf Mindestlohnniveau aufstocken lassen und Wohngeld beantragen. Auch für größere Anschaffungen wie Möbel oder Ähnliches konnte sie Unterstützung bekommen. Lisa verwunderte es, wie viele

Möglichkeiten sie hatte – sie hatte bisher stets angenommen, dass sie alles alleine schaffen und das Amt nur für Arbeitslose zuständig wäre. Wie blauäugig sie doch gewesen war! Frau Bittner versprach Lisa, mit ihren Gläubigern zu sprechen. Gewiss ließen sich für die Schulden Ratenzahlungen vereinbaren. Außerdem sagte sie Lisa zu, sie bei der Suche einer neuen Wohnung zu unterstützen. Sie hatte Kontakte zu mehreren Wohnungsgenossenschaften und zu einer netten Mitarbeiterin vom Wohnungsamt, die alleinerziehende Mütter stets bevorzugt vermittelte. Allerdings würde sie mit all ihren Bemühungen erst nach Neujahr beginnen können, was bedeutete, dass sie die Feiertage in diesem unpersönlichen Wohnheim verbringen mussten. Aber dort konnten sie es sich doch eigentlich auch etwas hübsch machen, oder? Sie hatte ihren Notgroschen in Höhe von fünfzig Euro mitsamt den Rechnungen aus der Schublade ihres Küchentischs in diesem dummen Lagerraum gezogen, in dem ihre gesamten Möbel untergebracht worden waren. Vielleicht ließ sich ja noch ein kleines Bäumchen finden, Glanzpapier zum Basteln gab es im Kinderzimmer der Unterbringung. Sie könnten gemeinsam hübsche Sterne machen und sie an den Baum hängen. Wenn sie Glück hatten, fand sich auch noch eine Lichterkette.

Sie erreichten den Römerberg, auf dem der Weihnachtsmarkt bereits geschlossen hatte. Es herrschte trotzdem geschäftiges Treiben, denn die Händler waren mit dem Abbau ihrer Stände beschäftigt.

Lisa überlegte, wo in der Nähe Christbäume verkauft wurden. Da fiel ihr plötzlich ein junger Mann auf, der die Dekobäume hinter einem der Weihnachtsmarktstände wegräumte und lieblos auf einen Laster verfrachtete. Vielleicht wäre er ja so nett und würde ihnen ein kleines Bäumchen einfach so geben, überlegte sie spontan. Sophie schien ähnlich zu denken, denn plötzlich sagte sie: »Die armen Bäume. Der könnte uns ruhig einen abgeben.«

Ihre Aussage ermutigte Lisa, und sie trat auf den jungen Mann zu. »Guten Tag«, grüßte sie freundlich. »Was wird denn nun mit den Bäumen?«

»Die kommen zum Wertstoffhof, wie jedes Jahr«, antwortete der junge Mann. Er war blond, hatte lockiges Haar und unsagbar schöne blaue Augen.

»Verstehe«, antwortete sie. Ihr Blick blieb an einem Baum hängen, der perfekt für sie wäre: Er war ungefähr einen Meter groß und mit roten Schleifen geschmückt.

»Könnten Sie uns den da nicht geben?«, fragte plötzlich Sophie und deutete auf das Bäumchen. »Wir sind pleite und aus der Wohnung geflogen, und in dem Zimmer unserer Unterkunft ist es scheußlich. Bitte. Es ist doch Weihnachten, und auf den doofen Hof da will der Baum bestimmt nicht.«

Verdutzt sah der Mann Sophie an, dann wanderte sein Blick zu Lisa, die ein verlegenes Lächeln aufsetzte und hinzufügte: »Lief die letzten Tage nicht so dolle.« Oh Gott, was redete sie nur! Bestimmt würde er sie jetzt wegschicken. Doch es kam anders.

»Natürlich könnt ihr den Baum haben«, antwortete der Mann und hielt Lisas Blick für einen Moment fest. Ein Schauer lief ihren Rücken hinunter. Sie wusste gar nicht, wie ihr geschah. »Aber nur unter einer Bedingung.« Er sah von Lisa zu Sophie, grinste verschmitzt, ging kurz zur Fahrerkabine des Kleinlasters und kam mit einem struppig aussehenden grauen Teddybären zurück, dessen rechtes Ohr nur noch an wenigen Fäden hing, und sein linkes Bein war ihm leider komplett abhandengekommen. »Wenn ihr nicht nur dem Baum, sondern auch diesem armen Teddy ein Zuhause schenkt. Ich hab ihn heute Morgen in der B-Ebene der Hauptwache gefunden. Dem kleinen Kerl hat irgendjemand übel mitgespielt, aber bei einem kleinen Mädchen wie dir geht es ihm bestimmt rasch wieder besser.« Er zwinkerte Sophie zu, und in Lisas Innerem verstärkte sich das warme Kribbeln von eben.

»Abgemacht!«, antwortete Sophie und nahm den Teddy mit strahlenden Augen entgegen. Der junge Mann hielt Lisa den Baum hin. »Viel Spaß damit und schöne Weihnachten.«

Lisa konnte nicht anders und fiel dem Mann vor lauter Freude um den Hals.

»Danke«, sagte sie mit Tränen in den Augen. »Sie wissen gar nicht, was uns das bedeutet!«

»Gern geschehen«, antwortete der Mann und berührte verlegend dreinblickend die Stelle, die Lisas Lippen eben geküsst hatten. Mit einer solch überschwänglichen Reaktion hatte er anscheinend nicht gerechnet. »Vielleicht sieht man sich ja mal wieder«, sagte er. »Samstags findet ihr mich nachmittags immer im Café Hauptwache. Fragt einfach nach Tobi.«

Lisa wusste gar nicht, wie ihr geschah. Er wollte sie wiedersehen. Oder war das nur Höflichkeit? Was sollte ein gutaussehender Mann wie er von einer alleinerziehenden Mutter wie ihr wollen, die auch noch einen Haufen Schulden und kein eigenes Dach über dem Kopf hatte? Nein, es war besser, ihn nicht wiedersehen zu wollen. Liebeskummer konnte sie jetzt nicht auch noch gebrauchen.

Die beiden verabschiedeten sich endgültig, und Lisa ging mit dem Baum in der rechten und Sophie an der linken Hand zur nahen Straßenbahnhaltestelle, an der eine alte Frau in einem braunen Wollmantel auf der blauen Metallbank wartete. Als sie den kleinen Bären in Sophies Arm erblickte, lächelte sie plötzlich.

»Der Teddy sieht aber mitgenommen aus«, sagte sie. »Was ist ihm denn geschehen?«

»Das wissen wir nicht so genau«, antwortete Lisa. »Er wurde in der B-Ebene der Hauptwache gefunden, und wir haben ihn eben geschenkt bekommen.«

»Also ich hab ja einen ähnlichen Bären schon einmal gesehen«, sagte die Frau. »Er hieß Bertl und war der beste Freund einer Bekannten von mir. Ihr und ihrem Mann gehört der Spielzeugladen dort die Straße runter.« Sie deutete nach rechts.

»Ich weiß gar nicht, ob es den noch gibt. Ich war länger nicht mehr dort. Der Hans war früher der beste Puppendoktor von ganz Frankfurt, auch Teddys hat er wieder heil gemacht. Vielleicht habt ihr ja Glück, und er kann dem hier ebenfalls helfen.« Eine Straßenbahn näherte sich der Haltestelle, und die Frau erhob sich schwerfällig. »Das ist meine. Viel Glück mit Bertl, und grüßt mir meinen Hans.« Sie verschwand in der Bahn, und die Türen schlossen sich hinter ihr.

Irritiert dreinblickend sah Lisa der fortfahrenden Tram nach.

Meinen Hans, wiederholte sie leise in Gedanken. Wieso hatte die Frau ihn bloß so genannt? Ihr Blick wanderte die Braubachstraße hinunter.

***

Hans stieg aus der U-Bahn an der Haltestelle Römer und schlurfte zu einer nahen Bank, um sich ein wenig auszuruhen. Er setzte sich neben einen Teenager, der, wie die meisten Jugendlichen, Ohrstöpsel in den Ohren und den Blick auf sein Handy gerichtet hatte. Ein wenig von seiner Musik drang an Hans' Ohr. Es war irgendein abscheulicher Krach, bei dem er froh war, dass er ihn nicht lauter hören musste. Die nächste U-Bahn fuhr ein, und die Bremsen quietschten, als sie hielt. Menschen stiegen ein und aus, ihre Gesichter wirkten in dem kalten Licht der Neonlampen fahl und blass. Nur selten lächelte jemand. U-Bahnstationen waren kein Ort für Fröhlichkeit. Sie waren Mittel zum Zweck, Orte, die man rasch verlassen wollte, an denen es meist übel roch und besonders in den Abendstunden gerne mal zwielichtige Gestalten lauerten. Deshalb waren die Überwachungskameras mit den Jahren mehr geworden, ebenso wie die Ordnungshüter. Viele von den meist in blauen Uniformen steckenden Wachmännern hatte er in den letzten Tagen nach seinem Bertl gefragt, doch keiner der Männer hatte ihm helfen können oder wollen.

Als er von der Beerdigung nach Hause gekommen war, hatte er gedacht, der Bertl wäre für immer verloren. Doch am nächsten Morgen war in ihm der Kampfgeist erwacht. Er war es dem alten Teddy schuldig, ihn zu suchen! Dem Bären und seiner geliebten Hanni. So hatte er die letzten Tage mit U-Bahn-Fahrten durch ganz Frankfurt verbracht. Morgens um acht war er aufgebrochen, und am späten Nachmittag hatte er Feierabend gemacht. Er kannte nun beinahe jede U-Bahn-Strecke der Stadt und viele Bahnhöfe, denn er war oft ausgestiegen, um zu gucken, ob Bertl irgendwo saß oder in einer der schmutzigen Ecken lag. Doch er hatte ihn nicht gefunden, und so langsam schwand die Hoffnung, den geliebten Bären wiederzufinden. Wie hatte er auch so dumm sein und den Bertl in der U-Bahn vergessen können! Das würde ihm seine Hanni niemals verzeihen. Doch es half ja nichts. Der Bertl war fort, und so wie es aussah, würde er ihn nicht mehr wiederfinden. Die nächste U-Bahn fuhr ein. Es war die U5, Endhaltestation Preungesheim – dort hatte er auch alles abgesucht und keinen Bertl gefunden. Am Hauptfriedhof war er auch ausgestiegen, und er hatte den Bahnhof ganz genau abgesucht, war jedoch nicht zu Hannis Grab gegangen. Er konnte nicht sagen, weshalb er es nicht getan hatte. Es war so ein seltsames Gefühl in seinem Inneren, dass ihn davon abhielt, den Weg dorthin einzuschlagen. Den Gedanken, dass seine Hanni nun für immer dort sein würde, hatte er noch nicht verinnerlicht, vielleicht würde es niemals geschehen.

Der Jugendliche neben ihm war längst fort, und vier weitere U-Bahnen waren durchgefahren, als er sich endlich dazu aufraffen konnte, nach Hause zu gehen.

»Für heute lass ich es gut sein«, sagte er leise zu sich selbst. »Es tut mir leid, Bertl.«

Er schlurfte zur Rolltreppe, die ihn aus der Unterwelt nach oben beförderte. Neben dem Eingang zur U-Bahnstation Römer stand das hässliche technische Rathaus, ein abscheulicher Betonbau aus den siebziger Jahren, den Hanni stets gehasst hatte, denn er stand auf ihrem ehemaligen Zuhause: einem schiefen Fachwerkhaus aus dem siebzehnten Jahrhundert, das in seinem Leben so vieles ertragen und gesehen hatte und in einer einzigen Nacht von den Kriegsbomben dem Erdboden gleichgemacht worden war. Den Ort ihrer Kindheit mit all seinen Erinnerungen gab es nicht mehr. Aber immerhin hegte die Stadt nun den Gedanken, einen Teil der Altstadt wieder aufzubauen. Man würde sehen, was daraus werden würde.

Er lief über den zu dieser Stunde bereits im Dunkeln liegenden Römerberg. Die meisten Stände des Weihnachtsmarktes waren nun abgebaut, der Weihnachtsbaum vor dem Römer strahlte jedoch noch. Die schmale, das Rathaus überragende Fichte stand etwas schepp, wie man in Frankfurt zu sagen pflegte. Aber Kummer mit ihren Weihnachtsbäumen waren die Frankfurter ja gewöhnt. Ein Leierkastenmann mit einem Esel an der Leine kreuzte seinen Weg und grüßte freundlich. Die beiden schienen noch ein Überbleibsel des Marktes zu sein. Er erreichte die Braubachstraße und kurz darauf seinen Laden. Davor stand eine Frau mit einem kleinen Mädchen an der Hand – und das Kind hatte Bertl im Arm.

***

Lisa und Sophie sahen sich in dem kleinen Ladengeschäft mit großen Augen um. Überall um sie herum saßen Teddys in allen möglichen Größen und Formen sowie Stoffpüppchen auf Regalen und in Körben. Es roch etwas muffig und war staubig. Weihnachtsdekoration, wie man sie in einem solchen Laden in diesen Zeiten vermutete, gab es keine. Das Einzige, was im Moment an das bevorstehende Christfest erinnerte, war ihr mitgebrachter kleiner Weihnachtsbaum, der hinter ihnen an der Eingangstür lehnte. Lisa und Sophie kamen sich etwas verloren vor, wie sie in ihre warmen Wintermäntel gehüllt mitten im Raum standen. Sie wussten nicht so recht, was sie jetzt tun sollten. Der alte Mann hatte Sophie dazu überredet, ihm im Austausch eines anderen Teddys den ramponierten zu überlassen. Sein Vorschlag hatte ihr gefallen, und sie waren ihm in das Geschäft gefolgt. Doch nun fühlten sie sich wie bestellt und nicht abgeholt, denn der Alte, Lisa nahm an, dass sein Name Hans war, wie die alte Dame an der Bushaltestelle gesagt hatte, war mit dem struppigen Bären im Arm sogleich in einem Hinterzimmer verschwunden und ward seitdem nicht mehr gesehen.

»Der hat aber viele Teddys«, sagte Sophie irgendwann und ließ ihren Blick durch den Raum schweifen. »Aber sie sehen alle irgendwie traurig aus. Findest du nicht?«

»Ja, das tun sie«, antwortete Lisa. Sophie hatte mit ihrer Aussage die im Raum hängende, trostlose Stimmung gut eingefangen. Doch in einem Laden wie diesem hier sollte das nicht so sein. Hier sollten Kinder mit ihren Eltern ein und aus gehen, und es sollte Fröhlichkeit herrschen! Teddys und Puppen sollten bestaunt, gewünscht und gekauft werden. Sie sollten in Geschenkpapier gewickelt unter Weihnachtsbäumen liegen und die Herzen erwärmen. Doch diese Bärchen und Puppen saßen in schummrigem Licht, und es schien, als wären sie von der ganzen Welt vergessen worden. Viele von ihnen waren offenbar mit Liebe gestaltet: Es gab Teddys mit Nickelbrillen auf den Nasen, welche mit karierten Leibchen und Lederhosen, und solche mit Schlafanzügen und Zipfelmützen auf den Köpfen, auf einem Regal standen Teddymädchen mit Schleifchen. In diesem Laden gab es große und kleine Teddys, welche mit flauschigem, andere mit struppigem Fell. Es gab welche mit Knopfaugen und welche mit Glas- oder Kunststoffaugen. Es schien, als hätte jeder Teddy, und mochte er noch so klein sein, seinen ganz eigenen Charakter. Die Püppchen waren allesamt aus Stoff, trugen süße Kleider und hatten Wollhaare, die hübsch frisiert waren. Moderne Puppen, wie es sie in anderen Spielwarengeschäften zu kaufen gab, suchte man hier vergebens. Dieser Raum verströmte einen ganz eigenen Charme, einen Hauch von Nostalgie, der Lisa für sich einnahm, und sie wünschte sich plötzlich, sie könnte ein Teil dieses Ortes sein. Sie wollte nichts sehnlicher als diejenige sein, die den Bärchen ihre Persönlichkeit schenkte. Erinnerungen an frühere Zeiten stiegen in ihr auf, an ihre Kindheit, als sie für ihre Barbies selbst Kleider kreiert und ihre Monchichis mit kompletten Häkelgarderoben ausgestattet hatte. Damals wollte sie unbedingt Modedesignerin werden – aber nun würde sich dieser Wunsch wohl niemals erfüllen.

»Denkst du, der Mann kommt irgendwann wieder?«, fragte Sophie und riss Lisa aus ihren Gedanken. »Er hat versprochen, dass ich mir einen anderen Teddy aussuchen darf! Ich kann doch nicht einfach irgendeinen nehmen. Vielleicht will er den ja doch lieber für sich behalten, so wie den Bertl.«

Bertl, wiederholte Lisa in Gedanken. Die Frau an der Bushaltestelle hatte diesen Namen genannt. Ein eigentümliches Gefühl ergriff von Lisa Besitz. Sie konnte es nicht beschreiben, aber plötzlich kam es ihr so vor, als hätte sie die alte Dame bewusst hierhergeschickt.

»Was machen wir denn nun?«, hakte Sophie ungeduldig nach.

»Ich gehe und frage ihn«, antwortete Lisa und richtete ihren Blick auf die angelehnte Hintertür hinter der Verkaufstheke, auf der neben unzähligen Teddys eine verstaubte Registrierkasse stand, die aus einer längst vergessenen Zeit zu stammen schien.

»Warte bitte hier«, wies sie Sophie an, ging zu der Tür, schob sie auf und fragte zaghaft: »Hallo?«

Es kam keine Antwort. Sie betrat einen schmalen Flur, von dem drei Türen abgingen. Eine von ihnen war nur angelehnt, und ein schmaler Lichtschein war zu sehen. Sie trat zur Tür, atmete einmal tief durch und schob sie auf. Es war eine erneute Wunderwelt, die sich vor ihr auftat: eine richtige, kleine Teddywerkstatt, die ihr wie ein Ort aus einem Märchen erschien. Es gab eine Werkbank, auf der unzählige Gerätschaften verstreut lagen, in Regalen standen viele Boxen mit Beschriftungen darauf. Vermutlich enthielten sie Kleinteile. Halbfertige Puppen und Gelenke lagen überall herum, und in einer Ecke stand eine Singer-Nähmaschine, die dem Modell ähnelte, an dem sie früher ihre ersten eigenen Kleider aus irgendwelchen Stoffresten genäht hatte. Der alte Mann, der nun eine blaue Schürze über seinem blau-grün karieren Flanellhemd trug, saß an der Werkbank, vor ihm brannte eine helle Schreibtischlampe, auf seiner Nase ruhte eine Nickelbrille. In Händen hielt er den struppigen Bären, dem er gerade ein neues Bein verpasste. *Er ist der beste Puppendoktor von ganz Frankfurt*, hatte die alte Frau an der Haltestelle gesagt. *Er hat die Teddys wieder fein gemacht.* Eine ganz besondere Form von Wärme breitete sich in Lisas Innerem aus. Er machte nun auch Bertl wieder fein, so wie er es vermutlich sein Leben lang mit unendlich vielen Teddys und Puppen, besten Freunden von kleinen Mädchen und Jungen, getan hatte. Lisa machte durch ein Räuspern auf sich aufmerksam und fragte: »Wie geht es Bertl?«

Hans ließ den Teddy sinken und sah sie verwundert an.

»Der wird schon wieder«, antwortete er.

»Machen Sie all die Bären selbst?«, fragte Lisa.

»Nein, das wäre ein zu großer Aufwand. Aber die Puppen hat meine Hanni genäht.« Er deutete auf die Nähmaschine. »Und sie hat so manchen Bären eingekleidet und verschönert. Sie war ein kreativer Mensch, tagtäglich in einer der großen Nähereien an der Maschine zu sitzen, das hat ihr nicht gefallen. Deswegen haben wir unseren Laden aufgemacht.«

Lisa trat an die Singer-Nähmaschine und berührte sie kurz. Sie ahnte, dass seine Hanni ihn für immer verlassen hatte. »Ich hatte auch mal so eine«, sagte sie. »Ich wollte als junges Mädchen Modedesignerin werden. Aber es hat nicht geklappt. Ich hab früher meinen Barbies Kleider genäht.«

»Ach, diese abscheulichen Puppen!«, erwiderte er. »Hanni hat sie gehasst. Sie hat immer gesagt, die Proportionen von den Dingern sind so falsch, die würden im echten Leben ständig vornüberkippen.«

Seine Worte brachten Lisa zum Schmunzeln. Neben der Nähmaschine lag eine halbfertige Puppe. Ihr fehlten noch ein Kleid und die Haare. Lisa nahm sie zur Hand und betrachtete das hübsche, aufgezeichnete Gesichtchen.

»Die hat sie nicht mehr fertigbekommen«, sagte der alte Mann leise. Plötzlich stand der Schmerz über den Verlust seiner Frau im Raum, und Lisa wusste nicht so recht, wie sie ihn trösten könnte. Sie legte die Puppe zurück und schluckte. In diesem Moment streckte Sophie den Kopf durch die Tür und brach die beklemmende Stimmung im Raum.

»Wo bleibst du denn, Mama?«, fragte sie ungeduldig. »Da sind so viele Bären, ich weiß gar nicht, welchen ich aussuchen soll. Und ich muss mal Pipi.«

Hilfesuchend sah Lisa den alten Mann an. Er erhob sich.

»Ich zeige dir die Toilette«, antwortete er. »Und wenn du möchtest, helfe ich dir beim Aussuchen des perfekten Bären für dich. Wir werden schon den richtigen finden.«

Wie selbstverständlich nahm er Sophie an die Hand und führte sie aus dem Raum. Plötzlich wünschte Lisa sich, sie könnten noch ein wenig länger hierbleiben. Am liebsten würde sie sich an die alte Nähmaschine setzen und die halbfertige Puppe vollenden.

***

Lisa befand sich in der Gemeinschaftsküche des Wohnheims, holte ein Blech Vanillekipferl aus dem Backofen und summte die Melodie von *In der Weihnachtsbäckerei* von Rolf Zuckowski mit. Die am Tisch sitzenden Kinder, es waren fünf Stück im Alter von vier bis sieben Jahren, waren gerade eifrig dabei, Butterplätzchen auszustechen, und sahen inzwischen wie kleine Mehlgespenster aus. Lisa hatte angenommen, dass die Weihnachtstage in der Unterbringung abscheulich werden würden, aber dem war nicht so. Die Sozialarbeiter bemühten sich, ihnen ein hübsches Weihnachtsfest zu bereiten. Im

Gemeinschaftsraum war am Vormittag ein Weihnachtsbaum aufgestellt und geschmückt worden, und es sollte am Abend sogar ein kleines Weihnachtsbuffet für die Bewohner und die Kinder geben. Würstchen und Kartoffelsalat sowie unterschiedliche Gemüse und als Nachtisch Schokoladenpudding sollte es geben. Für den ersten Weihnachtstag waren ein gemeinsames Mittagessen und ein Filmnachmittag geplant – wer wollte, konnte in der Gemeinschaft *Drei Haselnüsse für Aschenbrödel* gucken.

Hier waren nur Frauen mit Kindern. Jede von ihnen hatte ein mehr oder weniger übles Päckchen zu tragen, wie Lisa inzwischen gelernt hatte. Aische, die mit ihnen Plätzchen backte und mit ihrem sechsjährigen Sohn Mustafa seit zwei Wochen in der Unterbringung lebte, war eine sanfte und liebenswürdige, leicht rundliche Frau mit wunderschönen, tiefbraunen Augen, die vor ihrem gewalttätigen Ehemann geflüchtet war. Mehr wusste Lisa über die Frau nicht, die durch ihre Zugehörigkeit zum Islam eigentlich nichts mit Weihnachten am Hut hatte, jedoch Bräuche wie Plätzchen backen und Weihnachtsbäume mochte und sich deshalb freudig an allen Aktivitäten beteiligte.

Neben Lisa auf der Eckbank saß ihr neuer Teddy, dem sie den Namen Alfons gegeben hatte. Er war ein hellbrauner Teddy mit süßen Knopfaugen und einem wuscheligen weichen Fell, der einen lustigen karierten Flicken in Herzform auf seinem Bauch hatte. Ihn hatte sich Sophie nach längerer Überlegung am gestrigen Abend in dem wundersamen Spielzeugladen ausgesucht, der Lisa auch heute nicht aus dem Kopf gehen wollte. Wie der alte Mann wohl Weihnachten verbrachte? Lisa ahnte, dass es für ihn ein einsames Fest werden würde. Doch ändern konnten sie daran nichts. Sie kannten ihn ja kaum, und er lebte in einer vollkommen anderen Welt. Oder vielleicht doch nicht? Sie dachte an seine zauberhafte Werkstatt und an das wärmende Gefühl in ihrem Inneren, das sie in dieser von ihm erschaffenen Wunderwelt empfunden hatte. Erneut wünschte sie sich, sie könnte ein Teil davon werden. Vielleicht könnten sie und Sophie dafür sorgen, dass die Teddys und Puppen nicht mehr traurig aussahen und das Kinderlachen in den kleinen Laden zurückkehrte, ebenso wie der strahlende Lichterglanz zu Weihnachten, den es in einem Spielwarengeschäft wie diesem eigentlich geben musste. Sie selbst könnte an der Singer-Nähmaschine sitzen und Puppen nähen. Die Vorstellung zauberte ein Lächeln auf ihre Lippen.

»Weißt du schon, wie lange du hierbleiben wirst?«, fragte Aische und holte sie zurück in die Wirklichkeit.

Lisa zuckte die Schultern. Den genauen Grund, weshalb sie hier gelandet war, hatte sie ihr nicht erzählt. Sie schämte sich zu sehr.

Aische gab sich mit der vagen Antwort zufrieden, vermutlich sagte hier keine der Frauen die ganze Wahrheit. Es galt zu hoffen, dass sie diesen unpersönlichen Ort voller Unwägbarkeiten, der irgendwie zwischen den Welten zu schweben schien, so bald wie möglich wieder verlassen konnte. Ihr einziger Weihnachtswunsch bestand darin, dass alles wieder gut werden und sie und ihre Sophie ein neues Zuhause sowie eine gesicherte Zukunft haben würden. Da blieb keine Zeit für Tagträume, die in den Spielwarenladen eines alten Mannes führten.

Und vielleicht würde sie, wenn alles wieder in geregelten Bahnen lief, tatsächlich den Mut aufbringen, sich im Café Hauptwache nach Tobi zu erkundigen. Der Gedanke an den jungen Mann mit den wunderschönen blauen Augen sorgte sogleich für ein warmes Kribbeln in ihrem Magen.

Doch plötzlich gab es Streit am Kindertisch: Der siebenjährige Paul, ein kräftiger Junge, hatte Sophie ihren Teddy weggenommen.

»Das kleine Mädchen schleppt wie ein Baby seinen Teddy mit sich herum«, zog er sie auf. »Und dann ist er auch schon halb kaputt. Schaut mal: Er hat schon einen Flicken auf dem Bauch.«

»Gib ihn mir zurück!«, rief Sophie und wollte nach dem Teddy greifen, doch der Junge sprang auf und hielt ihn in die Höhe.

»Dann hol ihn dir doch!«, rief er in einem gehässigen Tonfall.

»Was soll das, Paul?«, mischte sich Lisa sogleich ein und trat näher. »Hör mit diesem Unsinn auf! Du gibst Lisa jetzt sofort ihren Teddy wieder.«

»Du hast mir gar nix zu sagen«, blaffte Paul Lisa an und hielt den Teddy weiter in die Höhe. »Holt ihn euch doch, wenn ihr ihn haben wollt.« Er trat ein Stück zurück und hielt den Bären von Lisa und Sophie weg.

Es war Aische, die jetzt ebenfalls einschritt und beherzt nach Alfons schnappte. Sie erwischte den Teddy jedoch nur an seinem rechten Arm und zog daran. Da geschah das Unglück: Die Naht hielt der ruppigen Behandlung nicht stand, und plötzlich hatte Aische den Bärenarm in der Hand …

***

Hans saß im Frankfurter Dom und ließ die Stille des altehrwürdigen und größten Sakralbaus der Stadt auf sich wirken. Hanni hatte den Dom immer gemocht, obwohl sie eigentlich gar nicht katholisch gewesen war. Sie stammte aus einem protestantischen Haushalt, was ihnen ihre Eheschließung nicht ganz leicht gemacht hatte. Dass sie »einen von den Katholischen« geheiratet hatte, hatte ihre Mutter ihr noch viele Jahre nach der Eheschließung übelgenommen. So war das damals gewesen, da hatten die Leute auf solche Zugehörigkeiten noch Wert gelegt. Heute interessierte das keinen mehr, und es gab sogar gleichgeschlechtliche Ehen. Wenn das seine Schwiegermutter wüsste, sie würde sich im Grabe umdrehen – Hans sah das selbst aber nicht so eng. Wenn zwei Menschen einander gernhatten und füreinander da sein wollten, dann sollten sie auch heiraten dürfen. *Liebe ist Liebe*, hatte Hanni immer gesagt. *Sie hat viele Gesichter.*

Hans konnte gar nicht so genau sagen, weshalb er hier saß. In seiner Hand hielt er zwei rote Rosen, und der Bertl saß, wieder repariert, neben ihm auf der Bank, eingehüllt in eine dunkelblaue Strickjacke. Das Wetter war unangenehm nasskalt, die weiße Weihnacht war mit dem Regen der letzten Nacht davongeschwommen. Eigentlich hatte er zu Hanni auf den Friedhof gewollt, um ihr frohe Weihnachten zu wünschen. Er war auch in die U-Bahn gestiegen und bis zur Haltestelle Hauptfriedhof gefahren. Doch dann hatte er es nicht fertiggebracht, mit der Rolltreppe an die Oberfläche zu fahren. Er konnte nicht sagen, warum das so gewesen war, aber alles in ihm sträubte sich gegen einen Friedhofsbesuch. Es war unmöglich, auf den Erdhaufen zu starren, auf das unscheinbare Kreuz mit ihrem Namen darauf.

Also war er wieder in die U-Bahn gestiegen und hatte sich spontan entschieden, in den Dom zu gehen. Nun saß er in der Kirchenbank, die Rosen in der Hand, den Bertl neben sich, und wusste nicht so recht, was er mit diesem für viele da draußen so wichtigen Tag anfangen sollte. Früher hatten sie an Heiligabend immer einen festen Tagesablauf gehabt: Bis um vier war der Laden noch offen gewesen, dann hatte Hanni abgeschlossen, und sie hatten die Lichter ausgemacht. In ihrer Wohnstube hatte ein kleiner Weihnachtsbaum gestanden. Vollbehangen mit Lametta, weil Hanni das mochte. Und natürlich immer mit echten Kerzen! *Diese elektrischen kommen mir nicht ins Haus*, hatte Hanni immer gesagt. Sie hatten die alte Weihnachtsplatte aufgelegt, die zwar einen Kratzer hatte und deshalb jedes Jahr bei *Ihr Kinderlein kommet* hängen blieb, aber sie mochten nicht drauf verzichten. Es hatte immer Frankfurter Würstchen, Kartoffelsalat und sauergespritzten Apfelwein gegeben. Wenn die Glocken dann später zur Christmette riefen, schlüpften sie in ihre Mäntel und liefen, sich an den Händen haltend, über den Römerberg zum Dom. In der Heiligen Nacht lag stets eine besondere und besinnliche Stimmung über dem Platz, die sich nur schwer in Worte fassen ließ. An diesem Abend, so schien es jedenfalls immer, kam sogar eine pulsierende Metropole wie Frankfurt zur Ruhe.

»Was soll jetzt nur werden?«, fragte er Bertl. »Allein schaff ich das mit dem Laden nicht, und du alter Bär bist mir ja keine große Hilfe. So eine patente Person wie die junge Frau von neulich könnte uns vielleicht helfen – sie hat gesagt, dass sie nähen kann. Allerdings glaub ich nicht, dass so ein junges Fräulein in einem so verstaubten Laden wie unserem würde arbeiten wollen. Unsere Teddys und Puppen sind halt altmodisch. Mit den Videospielen und dem modernen anderen Zeugs können wir schon lange nicht mehr mithalten. Vielleicht ist es besser, wenn wir den Laden schließen und das Haus verkaufen. Aber wo sollen wir dann hin? In so einen Aufbewahrungsbunker für alte Leute bringen die mich in diesem Leben nicht mehr.« Er seufzte.

Hinter ihm waren erste Kinderstimmen zu hören. Schon bald würde der Kindergottesdienst beginnen.

»Na komm, Bertl«, sagte er und nahm den Teddy hoch. »Lass uns nach Hause gehen. Unsere Rosen lassen schon die Köpfe hängen. Wir sollten sie ins Wasser stellen, und dann machen wir uns die Würstchen warm. Ich weiß, der Kartoffelsalat ist aus dem Supermarkt. Aber er wird schon schmecken.«

Er verließ die Kirchenbank und schlurfte zum Ausgang.

Als er wenig später am Laden eintraf, standen, er mochte seinen Augen kaum trauen, die junge Frau und das Mädchen erneut davor.

Er trat näher, und die Frau und das Mädchen sahen ihn erleichtert an.

»Guten Tag«, grüßte die Frau. »Wir sind es – schon wieder. Ich weiß, es ist Heiligabend. Aber wir hätten da einen Notfall.«

Sophie hielt den kaputten Bären in die Höhe und sagte: »Der Paul, der Blödmann, hat dem Alfons den Arm ausgerissen.«

»Na sowas aber auch«, antwortete Hans und plötzlich verspürte er eine ganz besondere Form der Freude. Die beiden waren wieder da. Sie waren zurückgekommen. Das musste Schicksal sein. »Dann werden wir mal sehen, dass wir den Alfons rasch wieder heile machen.«

Hans nahm den Bären an sich, und plötzlich verspürte er eine ungewohnte Aufbruchstimmung in seinem Inneren. Er schlurfte in seine Werkstatt und summte dabei sogar die Melodie von *Ihr Kinderlein kommet.* Er bat Lisa und Sophie, ihre Mäntel abzulegen, und während er den Bären reparierte, erkundigte er sich genauer nach ihren Lebensumständen und Plänen. Niemand der drei wusste so recht, wie es dazu gekommen war, doch bald darauf saßen sie in seiner Wohnstube. Ein alter Plattenspieler, den Sophie mit großen Augen bestaunte, lief, und es gab Würstchen mit Kartoffelsalat. Und während es vor dem Fenster wie durch ein Wunder erneut zu schneien begann, schmiedeten sie plötzlich Zukunftspläne.